天命

영웅 홍계남을 위하여

1

나남
nanam

이병주(1921~1992)

호는 나림那林. 경남 하동에서 태어났다. 일본 메이지대 전문부 문예과와 와세다대 불문과 재학 중 학병으로 끌려갔다. 해방 후 진주농대와 해인대(현 경남대) 교수를 거쳐 〈국제신보〉주필 겸 편집국장으로 활발한 언론활동을 했다. 5·16 때 필화사건으로 복역 중 출감한 그는 1965년 월간 〈세대〉에 감옥생활의 경험을 살린 〈소설·알렉산드리아〉를 발표, 문단에 신선한 충격을 던지며 등단하였다. 그 후 1977년 장편 〈낙엽〉과 〈망명의 늪〉으로 한국문학작가상과 한국창작문학상을, 1984년 장편 〈비창〉으로 한국펜문학상을 수상하였다.

 일제 강점기로부터 해방공간, 남북 이데올로기 대립, 정부 수립, 한국전쟁 등 파란만장한 한국 현대사를 온몸으로 겪은 그의 작가적 체험은 누구보다 우리 역사와 민족의 비극에 고뇌하게 했고, 이를 문학작품으로 승화시킨 원동력이 되었다. 대표작으로는 〈관부연락선〉, 〈지리산〉, 〈산하〉, 〈소설 남로당〉, 〈그해 5월〉, 〈정도전〉, 〈정몽주〉, 〈허균〉, 〈돌아보지 말라〉등의 장편이 있으며, 1992년에 화려한 작가생활을 마무리하고 타계하였다.

이병주 장편소설

天命 1

영웅 홍계남을 위하여

2016년 5월 20일 발행
2016년 5월 20일 1쇄

지은이 李炳注
발행자 趙相浩
발행처 (주) 나남
주소 413-120 경기도 파주시 회동길 193
전화 031-955-4601 (代)
FAX 031-955-4555
등록 제 1-71호 1979. 5. 12
홈페이지 http://www.nanam.net
전자우편 post@nanam.net

ISBN 978-89-300-0628-6
ISBN 978-89-300-0572-2 (세트)

책값은 뒤표지에 있습니다.

이병주 장편소설

天命

영웅 홍계남을 위하여

1

나남
nanam

임진왜란의 '고독한 영웅'…
홍계남의 치열한 삶

고승철 (나남출판 주필 · 소설가)

임금은 비겁했고 의병은 용감했다.

한민족이 겪은 최대의 전란戰亂인 임진왜란, 그때 상황이 그랬다. 1592년 4월 13일 신무기 조총으로 무장한 일본군이 한반도를 침공하자 임금 선조宣祖는 서둘러 서울을 버리고 평양, 의주로 몽진했다. '몽진'蒙塵은 '머리에 먼지를 덮어쓰다'라는 의미로 임금이 난리를 맞아 궁궐 밖으로 피신함을 뜻한다.

부산에 상륙한 일본군은 동래성을 가볍게 진압한 데 이어 조선의 명장 신립申砬 장군이 이끄는 부대를 탄금대에서 거의 전멸시키며 파죽지세破竹之勢로 북상北上했다. 그들은 굶주린 맹수였고 조선 관군은 나약한 초식동물이었다. 서울은 20일 만에 점령당했고 조선왕조의 상징인 경복궁은 잿더미로 변했다.

멸망 직전의 조선을 구한 것은 의병과 이순신이었다. 곽재우, 고경명, 조헌 등 기개 높은 의병장들이 육지에서 왜군들을 격퇴하고 민족의 영웅 이순신이 바다에서 왜선들을 격침했다.

5

여러 의병장 가운데 신출귀몰神出鬼沒한 지략과 군계일학群鷄一鶴의 무술로 왜군을 패퇴시킨 홍계남洪季男 (1564~1597) 장군도 중요한 역할을 했다. 그는 혁혁한 공적에 비해 이름이 덜 알려졌다. 주로 게릴라 전술로 왜군들을 격파했기에 정사正史엔 그의 전공戰功이 두드러지게 기록되지 않았다.

대하 역사소설 작가로 한 시대를 풍미한 문호文豪 이병주李炳注 (1921~1992) 선생의 역사관, 작가관을 압축한 어록은 다음과 같다.

"햇볕에 바래지면 역사가 되고 달빛에 물들면 신화가 된다."

"역사는 산맥을 기록하고 나의 문학은 골짜기를 묘사한다."

이병주의 역작 《천명》은 숱한 왜적들을 기상천외奇想天外한 유격전으로 응징한 신화적 인물 홍계남을 그렸다. 정치적 이데올로기에 얼룩진 정사正史보다 피가 튀고 숨결이 살아 흐르는 야사野史가 어차피 작가의 몫이었다.

이병주 소설을 연구해서 박사학위를 받은 손혜숙 교수는 저서 《이병주 소설과 역사 횡단하기》에서 "이병주는 공적인 역사에서 배제되어 왔던 사적인 역사를 통해 공적인 역사에 균열을 내고 역사를 새롭게 재구축하려 시도한다"고 분석했다. 이런 측면에서 기록보다는 구전口傳을 통해 위업이 면면히 전해 내려오는 홍계남 장군의 파란만장한 일대기는 이병주의 관심을 끌 만했다.

'현대의 사마천司馬遷이 되고 싶었던 작가.'

문학평론가 · 언론인 이광훈李光勳 (1941~2010)은 이병주를 이런 인물로 규정했다. 사형보다 더 가혹한 형벌인 궁형宮刑을 당한 사마천이 발분發憤하여 《사기》史記를 썼듯이 필화筆禍 사건으로 영어囹圄의 몸이 되기도 했던 이병주는 소설이라는 그릇에 시대에 대한 그의 울분鬱憤을 담았으리라. 작가는 홍계남에 빙의되어 이 작품을 쓰지 않았을까.

《천명》의 원제原題는 《유성流星의 부부賦》이다. 이 장편소설은 〈한국일보〉에 1981년 2월 10일부터 1982년 7월 2일까지 1년 6개월간 424회 연재되었다.

홍계남은 1564년 우찬성 홍자수洪自修의 서자庶子로 경기도 안성군 서운면 양촌리에서 태어났다. 남양南陽 홍씨洪氏. 서출에 대한 차별이 극심할 때 태어났으니 홍계남은 나면서부터 가시밭길을 걸어야 했다. 적자嫡子보다 두뇌 총명하고 신체 강건한 것이 불운의 씨앗이었다.

문과에는 응시조차 할 수 없어 무과武科로 등용된 홍계남은 임진왜란 발발 3년 전인 1589년 조선통신사가 일본에 갈 때 수행원으로 따라갔다. 정사正使 황윤길, 부사副使 김성일, 서장관 허성許筬 등이 수뇌진이었다. 귀국 후 황윤길은 일본이 조선침략을 꾀한다고 보고한 반면 김성일은 그럴 걱정 없다고 맞섰다. 서장관 허성은 《홍길동전》의 저자 허균許筠의 형이다. 《홍길동전》에서 서자로 태어난 홍길동은 아버지를 아버지라 부르지 못하는 한恨을 품고 개벽을 꿈꾼다.

작가 이병주는 《천명》에서 홍계남이 홍길동의 모델이라고 기술했다. 허성이 홍계남의 딱한 처지를 알고 귀국 후 동생 허균에게 홍계남에 대해 이야기해 주었을까. 국문학계에는 홍길동이라는 작중인물의 실제 모델이 누군가에 대한 여러 주장이 있다. 이런 점에서 홍계남의 존재가 흥미롭기도 하다. 《천명》에는 홍계남과 생모가 아버지의 정실正室로부터 지독한 학대를 당하는 모습이 자세히 그려져 있다.

경기도 안성시 미양면 구수리 산 87-1. 요즘 주소로는 안성시 서운로 539-32. 진재봉陣裁峰이라 불리는 나지막한 산기슭의 오솔길을 따라 올라가면 자그마한 비각 건물이 보이는데 그 안에 홍계남의 공적을 기록한 고루비古壘碑가 서 있다. 장군의 사후 140여 년 후인 1745년에 안성 주민들이 장군이 진을 쳤던 터에 세운 비석이다.

이곳 주민들은 어릴 때부터 홍계남에 관한 전설 같은 무용담을 들으며 자라났다. 장군은 말타기, 활쏘기, 검법 등 무술 전반에 걸쳐 신기神技에 가까운 경지에 올랐다고 한다.

임진왜란이 일어나자 홍계남은 고향 안성에서 부친, 형님 넷과 함께 의병을 모아 의병장이 되었다. 그는 목촌, 죽산, 양지, 용인 등지에서 유격전을 벌이며 왜적의 격퇴했다. 홍계남의 전술은 하늘을 나는 나비처럼 경쾌해서 '홍나비'라는 별명으로 불렸다.

홍계남은 부친 홍자수가 죽산 전투에서 숨져 시신이 왜진倭陣에 있다는 소식을 듣자 말을 타고 그곳으로 달려 들어갔다. 아버지 시신을 거두어 돌아오는 홍계남을 보고도 왜군들은 감히 나서지 못했다고 한다. 왜군들은 그만큼 홍계남의 환상적인 무술에 대해 공포감을 가졌단다.

문장에도 뛰어났던 홍계남은 아버지와 외사촌 형 이덕남 장군이 전사하자 '복수대復讐隊로 나서자'라는 비장한 내용의 격문을 썼다.

이 땅에서 먹고 자라 숨 쉬고 사는 사람은 모두 다 창을 베고 자며 쓸개를 씹어가면서 임금과 어버이를 위해 복수하려 한다. 그러나 나는 불행히도 이번 난리를 만나 흉한 칼날 아래 아버지와 형을 함께 잃었으니 어찌 구차히 살아 있기를 구하여 왜적들과 한 하늘을 이고 살 수 있으랴? 생각건대, 멀고 가까운 지방 선비와 백성으로서 나와 같은 참화를 입은 사람이 천, 백뿐이 아니리라. 그런 사람들을 모아 한 부대를 이루어 '복수대'라 일컬으며 부형의 깊은 원수를 갚으려 한다. 부형과 처자의 죽은 뼈가 들판에 버려져 있으며 그 원통한 넋이 의지할 곳 없는데 나 홀로 편안히 앉아서 복수할 것을 생각하지 않는다면 황천에서도 알음이 있다고 할 때 그들이 과연 '나도 아들이 있다', '나도 아우가 있다'고 말하겠느냐?

홍계남처럼 왜적에게 부친을 잃은 고경명의 아들 고종후와 조헌의 아들 조완도 상복을 입고 부친의 남은 병사를 거두어 별군別軍을 만들었다. 홍계남은 부대를 이끌고 남원, 구례를 거쳐 1593년 겨울에는 경주로 옮겼다. 이때 경주 군민 5천여 명이 포로로 잡혀갔는데 홍계남 부대가 적진에 뛰어들어 백성들을 구출하는 쾌거를 이루었다. 홍계남은 영천군수로 재임하면서도 여러 전투에서 왜적들을 물리쳤다.

조선후기의 개혁 군주 영조, 정조가 홍계남의 후손이라는 주장이 제기되기도 했다. 영조의 생모가 궁중에서 허드렛일을 하던 무수리 출신임은 널리 알려진 사실이다. 그 숙빈 최씨의 아버지는 하급 무사 최효원崔孝元(1638~1672), 어머니는 남양 홍씨(1639~1673)이다. 어머니의 아버지, 즉 숙빈 최씨의 외할아버지가 홍계남洪繼南인데 홍계남洪季男 장군과는 한자漢字 이름이 다르다. '홍나비' 장군은 숙빈 최씨의 어머니 남양 홍씨가 태어나기 40여 년 전인 1597년에 전사했다.

영조의 외할아버지인 최효원은 관례에 따라 영의정으로 추증追贈된다. 서울 구파발역 부근 이말산 기슭의 최효원 묘역에 홍계남洪繼南의 묘도 있다. 이 홍계남의 묘소를 찾아 홍계남 장군을 추모하는 분들이 더러 있다고 한다. 추모객은 문무겸전文武兼全한 정조正祖 대왕의 풍모에서 홍계남 장군의 DNA를 발견하고 정조가 장군의 후손이라고 억지로라도 믿고 싶었기 때문일까.

골짜기에서 숨져간 비非주류 영웅에 대한 작가의 치열한 탐구가 없었다면 홍계남의 무용武勇은 아스라한 야담으로 그칠 뻔했다. 《조선왕조실록》에 남은 홍계남에 대한 짤막한 기술記述 등 빈약한 사료를 극복하기 위해 작가는 구전 무용담을 찾아 맹렬하게 취재했으리라. 여기에 작가 특유의 엄청난 스케일의 상상력을 발휘하여 홍계남의 활약상과 내면세계를 복원했다. 역사소설의 주요한 개가凱歌라 하겠다. 2014년에 새 편집체제로 펴낸 이병주 작 《정도전》, 《정몽주》, 《허균》 등 역사소설 3편에 이어 《천명》도 '이병주 역사소설'의 대표작으로 평가되기를 기대한다.

한 시대를 풍미했으나 오늘날 젊은 독자들에게는 다소 생소한 소설가 이병주 선생의 진면목에 대해 전문가들이 남긴 촌평寸評을 소개한다.

스무 몇 살 시절에 나는 세상에 과연 생을 걸고 도전할 만한 것이 있을까 고민했다. 그때 도서관에서 《지리산》을 읽었다. 나는 알게 되었다. 세상에는 도전할 만한 것이 몇 개 있는데, 문학이 그 하나라는 것을.
– 소설가 공지영

이병주는 학병세대가 낳은 대형작가였다. – 문학평론가 김윤식

나는 공부하고 싶을 때 이병주 선생의 소설을 읽는다. – 드라마작가 신봉승

이병주는 우리 문단 최후의 거인이다. – 문학평론가 김인환

그는 감히 단언하건대 천재이다. – 문학평론가 최혜실

작가의 말

　타임머신을 타고 4백여 년을 거슬러 올라가면 우리는 임진왜란壬辰倭亂
이라 불리는 수라장修羅場을 목격하게 된다. 끊임없이 비극이 연출되
기도 한 우리 역사 속에서도 가장 참담한 수난이 임진왜란이다.

　그런데 그것이 지나가 버린 사건이 아니라는 것은 4백 년 전이 그다
지 먼 거리에 있지 않다는 인식 때문이 아니고, 그 난의 원인과 양상이
오늘에도 충분한 현대적 의미를 가지고 있다는 인식으로 하여 그렇다.
언제나 역사는 다시 쓰여야 한다는 자각엔 의미가 있다.

　임진왜란은 그 자체가 하나의 비극이었지만 그런 비극이 아니었더
라면 발휘되지 못했을 민족의 역량을 제시하기도 했다.

　그런 현상 중의 하나가 홍계남洪季男 장군이다. 나는 34세를 일기로
처절하고 숭고하게 조국을 위해 순절한 이 무인武人에 대해 각별한 애
착을 느꼈다. 그리고 어느 때부터인가 그의 일대기一代記를 통해 임진
왜란을 조명해 보고 싶은 마음으로 자료를 수집하고 있었다.

1981년 〈한국일보〉의 청으로 그 기회를 얻어 연재한 후 그것을 다시 보완하여 마침내 이 작품을 내놓게 되었다.

작중인물엔 일체 경칭을 생략했으니 양해 있기를 빈다.

1988년 5월

李炳注

이병주 장편소설

天命

영웅 홍계남을 위하여

1

차 례

서 장序章

민족의 어두운 하늘에 한때 찬란한 광망光芒을 남기고 유성流星처럼 사라져 간 무수한 인물들이 있다. 그 유성들 가운데서도 영용英勇했기에 애절哀切하고 준수俊秀했기에 더욱 아쉬운 인물을 얘기할 참인데, 그러기 위해선 줄잡아 4백여 년의 세월을 거슬러 올라야 한다. 한 편의 서사序詞를 필요로 하는 감회가 없을 수 없다.

홍계남 장군이 이 지상에 생을 받은 것은 조선 명종 19년(1564년), 갑자년甲子年이다. 이해에 "미켈란젤로 앞에 미켈란젤로가 없고, 미켈란젤로 후에 미켈란젤로가 없다"는 칭송을 받은 위대한 예술가 미켈란젤로가 죽었다. 그리고 이해는 "인도대륙과도 맞바꿀 수 없다"고 영국인이 자랑하는 불세출不世出의 천재 셰익스피어가 탄생한 해이다. 말하자면 우리 홍계남 장군과 셰익스피어는 양洋의 동서東西를 각각 달리하고 이 하늘 아래, 같은 해에 탄생한 동갑同甲이다.

물론 이러한 사실은 한갓 우연 이상의 것은 아니다. 그러나 깊어가는 밤에 등을 밝혀 홀로 정궤淨几를 대하고 앉아 있으면 야릇한 상념이

17

고인다. 만일 그때 셰익스피어가 조선에 태어나고, 홍계남이 영국에 태어났더라면 어떻게 되었을까. 셰익스피어는 도저히 셰익스피어가 될 수 없었겠지만, 홍계남은 혹시 대영제국大英帝國에 군림하는 훌륭한 거인이 될 수 있지 않았을까.

부질없는 얘기다. 그러나 소설가란, 기록자란 원래 이와 같은 부질없는 공상을 먹고 사는, 그러기에 고문서의 먼지를 털어가며 4백 년 전의 인물을 애모하는 작업에 몰두하기도 한다.

셰익스피어는 조선을 몰랐다. 홍계남도 영국이란 나라의 존재를 몰랐다. 그러나 지구의 극서極西에 영국이 있었고 지구의 극동에 조선이란 나라가 있어, 각기의 운명대로 살아가고 있었다. 피차 아무런 관련도 없이 살다가 죽어간 그들 동시대인同時代人을 하나의 시야 안에서 관조해 보는 것은 후인後人들이 지닌 일종의 특권이다.

셰익스피어 당시의 영국은 르네상스의 신풍新風에 자극을 받아 문화나 경제적으로 신흥의 기운이 넘쳤다. 엘리자베스 여왕의 지배 아래 숱한 정변政變을 겪으면서도 근대국가의 기초를 닦았고, 스페인의 무적함대를 무찔러 바야흐로 7대양 6대주를 석권하는 시대를 열었다. 장차 미합중국美合衆國으로 대성할 신대륙에 버지니아 식민지를 건설한 것도 이 무렵이다.

영국뿐만이 아니라 유럽 전체가 위대한 도약시대, 이른바 대탐험시대에 들어서고 있었다. 이윽고 세계는 그들의 것이 될 것이었다.

그런데 우리나라는 어떠했던가. 호색好色한 군주君主는 엽색獵色에 영일이 없었고, 정사政事를 맡은 신하들은 당쟁黨爭에 영일이 없었다.

한편 우리의 이웃 일본에도 변화가 일어나고 있었다. 군웅할거群雄割據하던 분열에서 통일의 기틀을 잡아가고 있었는데 그 중심인물이 풍신수길豊信秀吉이다.

그들은 오랜 전란기戰亂期를 통해 탁월한 무예를 익혔을 뿐만 아니라 무기의 개발에도 월등한 진보를 보였다. 그들이 포르투갈로부터 신무기, 즉 조총鳥銃을 입수한 것은 1543년의 일이다.

수길秀吉은 명明을 평정하고 이어 인도, 필리핀, 대만 등을 지배하에 넣고 동남아시아에 일대 통일국가를 건설해야겠다는 망상妄想을 가졌다. 한데 이 망상은 구체적이었다. 수도首都를 북경北京으로 정해 당시의 왕, 후양성后陽成 천황天皇을 그리로 옮기고 조선의 통치는 직전수신織田秀信 또는 우희전수가宇喜田秀家에게 맡길 요량이었다.

언제부터 그가 이런 망상을 품게 되었는가는 구체적으로 밝힐 수 없지만 초기에서부터 비롯된 생각이었던 것 같다. 수길의 상전 직전신장織田信長의 신임이 두터웠던 포르투갈의 선교사 루이스 프로이스가 본국의 예수회 총장에게 다음과 같이 보고한 것이 있다.

일본의 군벌수장 직전신장은 일본 전국의 통일을 이룩한 후에 대함대를 편성하여 중국을 정복하고, 중국을 몇 부분으로 분할하여 그 아들들에게 나눠 줄 계획을 가지고 있다.

수길은 그의 상전 신장信長의 유지를 이어받은 것이다. 그가 조선과 명나라를 침공할 의사를 구체적으로 확고하게 밝힌 것은 1586년 3월이다. 포르투갈의 선교사 프로이스, 코에루, 로렌소 등과 대판성大阪城

에서 회견을 마친 뒤, 그의 측근이며 기독교 신자인 고산우근高山右近과 소서행장小西行長에게 이런 말을 했다.

"구주九州를 평정하고 나면 비전肥前지방은 우근右近과 행장行長에게 나눠 주고, 나가사키長崎는 야소회耶蘇會에 기부하겠다. 전국을 평정한 뒤엔 명明과 조선에 출병할 작정이니 포르투갈로부터 대선大船 두 척을 사들여야겠다. 그 일을 너희들이 맡아서 해라. 명에 출병하는 준비기간에 일본인의 반은 예수교 신자가 될 것이다. 명을 정복하고 나면 모든 국민이 예수교 신자가 되도록 명령하겠다."

이러한 망상의 바탕엔 스스로를 '태양의 아들'이라고 부르고, 죽은 후엔 신위神位를 얻어 일본의 대영웅으로서 숭앙을 받겠다는 소원이 있었다.

아무튼 조선출병이 확실하게 되자 무장武將들은 흥분했다. 가등청정加藤清正 같은 자는 고향에 있는 부하에게 '명나라에서 20개국을 배령拜領하게 되었다'는 기쁨에 겨운 편지를 썼다. 과도직무鍋島直茂 같은 자는 "조선을 정복한 뒤에 명나라의 영토를 얼만가 베풀어 주십시오" 하고 수길에게 신청했다.

그런데도 조선은 한 치 앞을 보지 못하는 주제에 당파싸움만 하고 있었다. 이 무렵의 나라 사정을 대충 설명해 둘 필요가 있다.

조선의 중앙집권체제가 완비된 것은 건국 약 1백 년 후인 성종成宗 때이다. 태평성세라고까진 할 수 없었으나 비교적 안정된 가운데 백성들이 그 소업을 다할 수 있었던 시기가 아닌가 한다. 그런데 제10대 왕인 연산군燕山君 때부터 붕당朋黨의 알력이 일기 시작하더니, 제14대

선조宣祖 대부터는 당쟁이 고질화되어 악성의 도가 짙어만 갔다.

당쟁의 중심인물은 사림士林의 구파를 대표하는 심의겸沈義謙과 역시 사림의 신파를 대표하는 김효원金孝元이다.

심의겸은 명종明宗 인순왕후의 아우였는데, 어느 날 영의정 윤원형 尹元衡의 집을 찾아간 적이 있었다. 그때 심의겸이 윤원형의 사랑방에 김효원의 침구가 놓여 있는 것을 보았다. 심의겸은 김효원을 권문權門 에 아첨하는 놈이라고 보았다. 김효원은 그 뒤 과거 갑과에 장원으로 합격했는데 당시 이조참의吏曹參議로 있던 심의겸이 끝끝내 김효원을 전랑銓郎 천거에 반대했다. 얼마지 않아 김효원이 심의겸에게 보복할 기회가 있었다.

심의겸의 아우 충겸忠謙이 과거에 합격하여 전랑의 천거를 받았는데 김효원 일파가 외척을 천관天官, 즉 이조아문吏曹衙門으로 기용한다는 것은 불가不可하다고 반대했던 것이다.

이리하여 각기 붕당을 이뤄 사사건건 대립하게 되었다. 김효원이 경 동京東의 건천동乾川洞에 살아 그 일파를 동인東人이라고 하고, 심의겸 은 경서京西인 정릉방貞陵坊에 살았기에 그 일파를 서인西人이라고 불 렀다. 동인의 영수領袖는 대사헌 허엽許曄이었고, 서인의 영수는 좌의 정 박순朴淳이다.

동인은 김효원을 비롯해 유성룡柳成龍, 김성일金誠一, 우성전禹性傳, 정구鄭逑, 남이공南以恭, 최영경崔永慶, 정인홍鄭仁弘, 곽재우郭再祐, 이산해李山海, 이발李潑, 송응개宋應漑, 박근원朴謹元, 퇴계 이황李滉과 조식曺植의 문인이 많았다.

서인으로선 박순, 심의겸을 비롯해 윤두수尹斗壽, 윤근수尹根壽, 남언경南彦經, 송익필宋翼弼, 김계휘金繼輝, 정철鄭澈, 조헌趙憲, 이귀李貴, 황신黃愼, 안방준安邦俊, 김천일金千鎰 등으로 율곡栗谷 이이李珥와 성혼成渾의 문인 또는 우인友人이 많았다.

이렇게 대립이 노골화되자 가장 부심腐心한 사람은 율곡이다. 그는 온갖 방책으로 동서인 대립을 완화 또는 조절을 위해 노력하였으나 끝내 뜻을 이루지 못하고 고향인 파주坡州로 내려가 은거하고 말았다.

서인이 득세하면 동인이 몰락하고 동인이 득세하면 서인이 몰락하는 시소게임을 벌이는 과정, 동인 가운데 남인南人과 북인北人의 분파가 생겼다. 남인이란 이름은 분파의 영수격인 우성전이 남산 밑에 산다고 하여 생긴 것이고, 북인이란 이름은 분파의 영수 이발이 북악北岳 밑에 살고 있대서 생긴 이름이다. 이들은 정책을 놓고 서로 대립한 것이 아니라 각기의 처신을 위해 물고 뜯은 것뿐이다. 임진왜란의 화인禍因의 절반 이상은 조선의 조정이 책임져야 한다.

겹겹이 쌓인 한恨

낙산駱山 밑에 선비 하나가 살고 있었다. 낙산은 낙타산을 줄여 부르는 이름이고, 그 아래라고 했으니 지금의 동숭동, 조선 말기엔 대군방大君坊이라고 불리던 곳이다. 그러나 이 선비가 살았을 무렵에 그런 이름이 있었는지 확실하지 않다.

선비의 이름은 강희일이라고 했다. 중종中宗 때 교리校理 벼슬을 한 강헌姜憲의 독자이다. 강헌이 3대독자이니 강희일은 4대째의 독자이다. 그런 까닭으로 가까운 친척이라곤 없는 외로운 집안이다. 강헌은 "오직 너 하나만이 집안의 희망이다" 하는 뜻으로 그의 독자에게 희일希一이란 이름을 지었으리라.

희일은 아버지의 기대를 저버리지 않을 듯했다. 행실이 얌전해서 마을사람들의 칭송을 받았고, 총명했기 때문에 성균관을 거쳐 25세에 대과大科에 장원하여 창창한 앞날을 열어 놓고 있었다. 바야흐로 신진사류들이 시대의 각광을 받을 때이기도 했다.

그런데 벼슬길에 오르려던 차, 아버지의 상喪을 당했다. 관례에 따라

3년 동안 빈소를 지켰다. 원래 청렴한 관리였던 아버지의 뒤라서 가세는 가난했다. 3년상을 양반의 법도에 따라 지키는 것은 여간 고통이 아니었다. 그 고통을 겪는 동안 희일의 부인 신 씨慎氏는 과로한 탓으로 탈상하자마자 병석에 누웠다. 그들 부부 사이엔 옥녀玉女라는 어린 딸이 하나 있을 뿐이었다. 4대독자의 무남독녀이니 그야말로 금지옥엽金枝玉葉이었다. 화려한 이름을 꺼리는 것이 선비된 자의 예양禮讓임을 아는 강헌이며 강희일이었지만 감히 옥녀란 화려한 이름을 붙인 그 마음을 짐작할 수 있다.

중종의 승하로 그 뒤를 이은 인종仁宗은 재위 8개월 만에 세상을 떠났다. 중종의 차남인 경원대군慶源大君이 대통을 이어받았다. 이가 곧 명종明宗이다.

인종의 승하는 7월, 강희일의 탈상은 6월이니 강희일의 관도官途는 명종의 시대와 더불어 시작될 것이었다. 희일은 예조와 이조에 신상 경위를 보고하고 사관仕官의 전형銓衡을 기다렸다. 사관의 사령辭令을 받기만 하면 부인의 병도 쾌차하리란 아련한 믿음을 가지기도 했다.

8월에 들자 난데없이 정변이 발생했다. 이른바 대윤파大尹派와 소윤파小尹派가 얽혀서 싸우다가 소윤파가 득세함에 따라 빚어진 을사사화乙巳士禍였다. 이 사화에 몰려 많은 사람이 죽었다. 그 가운덴 강희일과 친한 사람들도 섞여 있어 마음이 아프지 않는 바는 아니었으나 3년상을 지키는 동안 외부와의 접촉이 없었기에 자기와는 전혀 무관한 사건이라고만 생각했다.

다만 이런 정국에 사관을 하면 무얼 하느냐 하는 의혹 때문에 마음이 우울했다. 사관 자리에 앉으면 아무리 고절孤節을 지키려고 해도 그 끝

임없는 정쟁의 암투 속에 휘말려 들기 십상팔구인 것이다. 그런데도 사관의 희망을 포기할 수 없었던 것은 아내와 딸 때문이었다.

정권 교체기라 정변이 겹치고 보니 강희일의 전형은 늦어지기만 했다. 뿐만 아니라 을사사화 때문에 사림士林이 관도에서 물러날 판이라 넓은 의미로 사림에 속한 강희일에겐 지극히 불리한 정국이었다. 그렇다고 해서 정계에서 사림이 절멸한 것은 아니었다. 어디엔가는 뿌리가 남아 있었다. 강희일은 같은 무색無色한 사류의 등용이 전혀 가망 없는 일은 아니었다.

그는 회의懷疑와 초조를 달래어 시서詩書를 읽으며 부인의 병간호로 1년여를 보냈다. 무겁고 쓸쓸한 나날이었다. 처가 덕택으로 근근이 끼니를 잇는 형편이었는데, 처가는 지난번의 정변에 휘말려 비록 극악한 희생은 면했지만 몰락지경에 이르러 솔권하여 낙향하고 말았다. 이때 강희일도 같이 낙향하면 어떠냐는 권고를 장인으로부터 받았다.

"난세엔 고종명考終命이 최대의 복이니라. 한운야학閑雲野鶴으로 전리田里에서 주경야독하다가 그대로 생을 끝내도 좋고, 태평성대를 만나 다시 청운靑雲을 탈 수 있으면 그것도 좋고, 자네도 같이 고향으로 돌아가세."

강희일의 마음은 크게 움직였는데 부인 신 씨는 한사코 반대했다.

"군자가 난세를 두려워해서 그 동량지재棟梁之材를 썩힌다면 말이 되지 않습니다. 어려움을 견디며 한양에 머물러 포부를 펼 날을 기다려야 합니다. 저 때문에 약한 마음을 먹으신다면, 아니 처가의 권고로 낙향하여 백두포의白頭布衣로 끝난다면 저는 강 씨 문중에 얼굴을 들 수 없습니다."

희일 자신도 사관의 꿈을 완전히 포기할 수 없어 눌러앉고 말았는데 날이 감에 따라 문득문득 처가와 함께 낙향하지 못한 것을 후회했다.

대과에 장원한 사람, 더욱이 청백리였던 아버지를 가진, 얼마 전 탈상한 인재를 버려두지 않는 것은 조정의 불문율이기도 해서 암담한 나날이긴 해도 사관에 대한 일루의 희망을 가지고 강희일은 살아가고 있었다.

그런데 뜻밖의 일이 생겨났다. 명종 2년이 10월로 접어든 어느 날이었다. 강희일이 마루에 앉아 북악의 추색秋色을 바라보고 있는데 포졸 몇이 들이닥쳐 불문곡직하고 강희일을 오랏줄에 묶었다.

병석의 부인은 실신했다. 여섯 살 난 옥녀는 울부짖었다. 강희일은 가까스로 태연을 되찾곤 부인에게 일렀다.

"내겐 어버이를 섬기지 못한 불효의 죄밖엔 없소. 무슨 오해인 것 같으니 염려하지 마시오."

그리고 옥녀에겐,

"숙녀는 함부로 울음소릴 내선 안 되느니라. 아버지에겐 아무런 죄도 없다. 넌 결단코 죄인의 딸이 아니다."

하고 깊은 눈빛으로 바라보곤 포졸들에게 이끌려 나갔다. 바깥으로 나가서야 무슨 일이냐고 물었다. 포졸들의 답은 무뚝뚝했다.

"가 보면 알 거요."

의금부에 끌려간 강희일은 자기가 윤임尹任의 일당, 즉 대윤파大尹派의 한 사람이라고 체포되었다는 사실을 비로소 알았다. 윤임은 을사사화 때 이미 죽음을 당한 사람인데 그 사화의 여파가 아직까지, 아니 더욱 확대되어 갔다. 득세한 소윤파小尹派는 적대세력을 근절할 요량으로 갖은 계교를 다해 설쳐 댔다.

강희일이 붙들린 사단인즉 이렇다.

연전 강희일이 상주의 신분으로 있을 때 이약수李若水라는 사람에게

… 선생님의 온정 잊지 못할 것이매 후일에 기필 보답할 기회가 있으리로다. 높은 기상과 깨끗한 절개를 가진 선생님과 같은 선학先學을 모시고 있다는 사실은 후학後學으로선 이만저만한 긍지가 아니옵니다. 지금은 오직 선생님의 소지所志가 성취될 것을 빌 뿐이옵니다. …

하는 편지를 보낸 적이 있는데 그 편지가 이약수의 집을 가택 수색할 때 발견된 것이다.

이약수는 28년 전인 1519년 기묘사화己卯士禍 때 성균관 관생으로서 소두疏頭가 되어 1천여 명의 회중을 광화문 밖에 집결시켜 조광조趙光祖의 무죄를 주장하다가 하옥당한 경골硬骨의 선비인 데다, 을사사화 때 죽은 정랑正郎 이중열李中悅, 이문건李文楗 등과 친교가 있다 해서 대윤파로 몰려 죽을 운명에 있는 사람이었다.

강희일은 자기가 쓴 편지의 내력을 일단 설명했다.

"내가 상중일 때 이약수 선생님이 쌀 한 섬을 보내신 적이 있었습니다. 그 온정이 고마워서 예장을 쓴 것이지 타의는 전혀 없었습니다."

그런 변명이 통할 까닭이 없었다. 소윤파의 우두머리에 속한 정순명이 마룻바닥을 치며 호통했다.

"네 이놈, 이약수에게 후일, 기필 보답할 기회가 있을 것이라고 했

으니 놈의 역모에 가담할 의사를 밝힌 것이렷다. 놈의 기상을 긍지로 안다고 했으니 놈이 죽으라고 하면 죽을 정도로 놈에게 충실할 것이렷다. 이약수의 뜻이 성취되길 빈다고 했으니 분명히 네놈은 그놈의 당이렷다."

하도 어처구니가 없어 강희일이 항변했다.

"궁할 때 베풀어 준 온정에 대한 보답은 인간으로선 마땅히 해야 할 도리일 뿐 사업을 같이하자는 뜻은 아니며, 높은 기상을 운운한 것은 그분의 과거 행동에 대한 칭찬이니 지금의 일과는 아무런 관련도 없고, 그분의 뜻이 성취될 것을 빈다는 것은 후학으로서 선학의 학문에 관한 뜻을 말한 것이지 정사政事에 관한 것은 아니었소."

"이놈, 너 이약수와 몇 번이나 만나 밀의를 했느냐?"

"아버지가 돌아가셨을 때 문상 오신 그분을 만났을 뿐 그 후엔 만난 적이 없소."

"은혜를 갚겠다면서 만난 적이 없다니, 그것 무슨 소린고?"

"가세가 가난하여 아직 은혜를 갚을 처지가 못 되었고, 내자의 병환이 심해 외출할 겨를이 없어 아직 그분을 뵈옵지 못했소."

정순명이 소리를 높였다.

"이실직고하여 관대한 처분을 비는 것이 옳은 일이거늘, 언言을 좌우左右하여 속이려 함은 천부당만부당이로다. 명경 알처럼 네놈의 속을 꿰뚫어 보고 있는데 무슨 수작인고!"

강희일은 역정을 참을 수가 없었다. 무고한 선비를 끌어다 놓고 이놈 저놈 하는데 경어로 대답하는 것 자체가 비굴하다고 느꼈다. 그래도 그 비굴을 참은 것은 오로지 병석의 아내와 딸 옥녀를 위한 노릇이 있는데 계속 이런 식으로 나가면 선비의 체면만 깎일 뿐 아무런 소득도 없을 것이란 판단이 들었다. 그래서 단호하게 말했다.

"나는 지금 이실직고하고 있다. 나는 절대로 거짓말이라곤 안 한다. 명경 알처럼 남의 속을 꿰뚫어 본다는 자가 그것도 모른다면 실로 허무한 자로구나."

강희일의 말투가 비위를 거슬렀던 모양이다. 정순명이 버럭 고함을 질렀다.

"네 이놈, 그 말투가 뭐냐?"

"나는 그래도 여기가 정청政廳이라고 생각하고 정청에 대한 경의로 점잖은 말을 써왔다. 그런데 가만 보니 이 자리가 무고한 선비를 끌고 와서 억지로 죄를 뒤집어씌우는 억지판이란 걸 알았다. 죄인은 내가 아니고 죄 없는 사람을 모함하려는 네가 죄인이다. 그래서 나는 말투를 바꾸기로 했다."

"이놈, 넌 살아남지 못하리라. 그 주둥아리 닥쳐라."

"나는 이미 네놈들의 올가미에 걸려든즉 살아남지 못할 것을 알고 있다. 그래서 한마디 해 둔다. 하늘에 도道가 있고 땅에 이理가 있어 네놈들의 사심邪心과 사악한 행동은 천벌을 받지 않곤 배겨 내지 못하리라. 나는 대윤大尹도 소윤小尹도 아니다. 너희들 짐승만도 못한 놈들에게 생명을 구걸해서 사느니보다 차라리 죽음을 택하겠다. …"

강희일은 그 말을 끝내지 못했다.

"저놈을 목숨이 끊어질 때까지 쳐라."

그는 이윽고 절명하고 말았다. 항상 허기가 져 있는 몸이 뭇매를 이겨 낼 도리가 없었다. 강희일이 절명하자 정순명은 아차 하고 후회했다. 그런데 그 후회는 희일을 죽였다는 데 대한 후회가 아니었고 좀더 고통을 주며 죽이지 않았다는 데 대한 후회였다.

이미 시신屍身이 된 강희일이 말이 있을 수 없었다. 정순명과 그 도당들은 강희일의 죄를 함부로 꾸며 대어 그 부인 신 씨와 그의 딸 옥녀를 노비로 만들 계책까지 세우곤 장예원掌隷阮의 부책簿冊에 기재하려 절차를 밟기까지 했다.

이약수는 그의 죽음 직전에 이 소식을 듣고 크게 한탄했다고 한다.

"그 편지의 필적이 하도 좋아서 버리지 않았더니만 그게 화근이 되었구나."

아침에 나갔던 강희일이 저녁에 만신창이 시신이 되어 하인의 등에 업혀 낙산으로 돌아왔다. 부인 신 씨와 딸 옥녀의 곡성이 밤새 계속되어 듣는 사람의 간장을 에는 듯했다.

그 슬픈 곡성을 남달리 예민한 감수성으로 들은 사람 가운데 홍청洪淸이란 사람이 있었다. 홍청은 수원에 사는데 무슨 볼일이 있어 서울에 올라와 낙산 아래의 고숙가姑叔家에서 머무르던 터였다. 앞지른 얘기가 되었으나 홍청은 홍자수의 아버지로 그러니까, 홍계남 장군의 조부祖父될 사람이다. 그러나 그것은 아득한 훗날의 일이니 그 얘기에 앞서 강희일의 죽음을 둘러싼 전후 사정을 대강이나마 간추려 둘 필요가 있다.

요컨대 강희일은 당파싸움에 희생됐다. 전혀 알 바 없는 사건에 휘말려 사람이 그처럼 죽는 것은 어처구니없는 일이다. 그런데 그 당시엔 그런 어처구니없는 죽음이 범람했다.

당쟁은 조선 건국과 더불어 비롯되었다. 아니 조선의 건국 자체가 당쟁에 승리한 결과라고 할 수 있다. 이렇게 시작된 역사가 순탄할 까닭이 없다. 수양대군首陽大君, 즉 세조世祖의 난亂으로 이어진다. 세조의 난이 있고, 그 후 백 년을 경과하는 동안을 소강小康의 시대라고 했으나, 세조의 왕위 찬탈은 형形과 색色을 바꿔 가며 당쟁의 원류로 작용했다. 쿠데타에 의한 정권은 그 명분과 실적이 어떠하건 끝내 안정을 기하지 못하고 혼미를 거듭한다. 조선의 역사가 그 증명이다.

영국 같은 데도 당쟁이 있긴 했다. 그러나 영국에서의 싸움은 충분히 명분이 있었다. 이를테면 귀족의 횡포에 대한 평민의 저항, 교회와 정부의 대립 등이다. 그런 만큼 하나의 싸움이 지나면 문제가 하나씩 풀려나가 전진의 방향을 취했다. 조선의 경우는 그렇지 못했다. 감투와 자리를 두고 하는 싸움이어서 근본 문제는 해결되지 않은 채 언제나 제자리걸음만 쳤다.

강희일이 억울한 죽음을 당한 의미를 살피려면 무오사화戊午士禍에까지 거슬러 올라가야 한다. 사화는 사화의 꼬리를 물고 이어진다.

무오사화는 1498년 연산군燕山君 4년에 발생했다. 이것은 돌발적인 것이 아니고 사림士林과 훈구파勳舊派와의 오랫동안 쌓이고 쌓인 적대감정의 폭발이었다.

사림이란 학문의 힘으로 일신한 선비들을 말하고, 훈구파란 조상의 훈공을 배경으로 관직에 앉은 사람들을 말한다. 말하자면 기성귀족계급이다. 사림은 신진세력이다. 사림의 대표적 인물이 밀양사람 김종직金宗直이었다.

사림이 정치무대에 등장한 것은 성종成宗 때부터이다. 사림은 주로 영남출신이었는데 그들이 전공한 학문은 성리학性理學으로서 대간臺諫, 또는 홍문관弘文館에 근무하며 기개가 사뭇 높은 젊은 층이었다.

훈구파는 이들의 진출을 못마땅하게 여겼다. 훈구파는 원리를 탐구하는 학문보다는 사장詞章을 감상하고 만드는 데 주력한, 당시로선 실리주의적 학문을 한 사람들로 세조의 총신寵臣들이 중심인물이었다. 그런 만큼 보수성이 강했다.

향토가 다를 뿐 아니라 향교의 바탕이 다른 이들은 사사건건 대립하여 서로를 헐뜯기에 열중했다. 사림파는 훈구파를 "재물에 대한 탐욕으로 양심이 흐려진 속물배들!"이라고 욕했다. 훈구파는 사림파를 "터무니없는 야심에 들떠 있는 경박한 재자배才子輩로 버르장머리 없는 놈들!"이라고 욕했다.

무오사화戊午士禍 혹은 戊午史禍에 이어, 연산군 10년에 또다시 사화가 발생했다. 무오사화가 있은 지 6년 후, 연산군 10년인 1504년 초여름. 내시 김자원金子猿의 주선으로 임사홍任士洪이 연산군과 단둘만의 자리를 가졌다. 임사홍의 아들 광재光載는 예종의 부마駙馬이며 또 다른 아들 종재宗載는 성종의 부마여서 임사홍은 연산군의 시장査丈이 된다.

"긴히 할 말이 있다고 하셨으니 말해 보시구려."

낮술에 얼굴이 벌겋게 된 연산군이 먼저 입을 열었다.

"상감마마께옵선 상감마마를 낳으신 어머님께서 무슨 까닭으로 폐비廢妃의 욕을 당하시고 무슨 까닭으로 처참한 죽음을 당하셨는지 아시옵니까?"

"과인은 모르는 일이오."

하는 연산군의 얼굴이 아연 긴장했다. 연산군의 생모인 윤비尹妃가 폐

위된 것은 성종 12년의 일이다. 그때 연산군의 나이는 네 살이었다. 그러니 그 연유를 알 까닭이 없었다.

"말해 보시오."

임사홍이 이마를 방바닥에 대고 흐느껴 울기 시작하며

"사실인즉 …"

하고 성종의 후궁 엄숙의嚴叔儀와 정숙의鄭叔儀가 모략한 때문이라고 일러바쳐 일어난 것을 갑자사화甲子士禍라 하는데 그 잔학함은 무오사화의 유가 아니었다. 이 사화의 동기는 어디에 있었건 간에 이른바 훈구세력이 꾀한 신진사류의 절멸책이었다.

연산군의 폭정은 날이 감에 따라 더해만 갔다. 드디어 중종中宗의 반정으로 연산군 시대는 막을 내리고 만다. 반정에 성공한 중종은 정사를 혁신할 의욕으로 사류士類들을 등용했다. 이에 등장한 인물이 조광조趙光祖이다. 조광조는 김종직의 제자인 김굉필의 제자이다. 출중한 재능과 포부를 가진 청년 정치가였다. 나이 37세에 대사헌 벼슬에 오를 정도였으니까 중종의 신임도를 짐작할 수 있다.

이때 등장한 신진세력들의 노력은 거기 따른 성과를 얻기에 앞서 반대파들의 시기와 질투심을 자극했다. 모두 30대의 젊은 나이 탓도 있어 이상을 추구하는 나머지 현실에 등한했다. 심지어는 너무나 급진적으로 서둘러 왕을 강박하는 사례조차 없지 않았다. 기성귀족들을 비판하는 데도 서슴지 않았다. 은연한 세력을 지니고 있는 남곤南袞과 심정沈貞을 "형편없는 소인배"라고 마구 욕설을 퍼부었다.

이윽고 이들 신진세력은 구세력과의 충돌을 유발하고 말았다. 중종

14년 때의 일이다.

조광조 등 수십 명은 그해 11월에 정죄되었다. 조광조는 일단 전라도 능주로 유배되었다가 곧 사사賜死되고 말았다. 이때 조광조는 38세, 형조판서 김정金淨은 34세, 응교 기준奇遵은 28세, 충청수사 한충韓忠은 34세, 대사성大司成 김식金湜은 38세. 모두들 아까운 나이에 억울한 죽음을 당했다. 일러 이것을 기묘사화己卯士禍라고 하고, 이때 화를 입은 사람들은 기묘명현己卯名賢이라고 부른다.

강희일姜希一이 터무니없이 그 속에 말려들어 억울한 죽음을 당한 정미사화丁未士禍가 2년 전의 을사사화乙巳士禍의 여파餘波였음은 이미 말한 그대로이다. 을사사화는 왕실의 외척이 대윤파와 소윤파로 갈라져 싸운 사화인데 그 원류를 찾으면 무오·갑자사화로 이어지고, 정미사화는 뒤이은 당쟁의 원인으로 작용한다.

이제 강희일의 시체를 부여안고 부인 신 씨와 옥녀가 통곡하고 있는 낙산 아래로 돌아가야 하겠다.

4대독자인 희일에게 친척이 있을 까닭이 없고 처가는 낙향하여 가까이에 없으니 병든 과부와 어린 딸만 남아 있는 형편이라, 그 정상은 가련했다. 그래도 사관仕官을 앞둔 선비의 집이라서 초로初老의 부부 노비가 있어 불행 중 다행이었지만 곧 땔감과 양식이 떨어질 형편을 어떻게 할 순 없다.

동네사람들은 그들을 동정하는 마음이 있었지만 형사刑死한 사람 집을 돌보다간 무슨 일이 있을지 모른다는 후환을 두려워해서 그 집에 접근하는 것을 꺼려했다.

기골氣骨 있는 성균관의 동학同學 몇 사람이 달려와서 도왔지만 원래 세사世事엔 무능한 백면서생白面書生들이 할 수 있는 일이란 뻔하다.

이러한 정황을 보고 홍청洪淸의 의협심이 가만있을 수 없었다. 우선 사정이나 알아볼 작정으로 문상 채비를 했다.

"알지도 못하는 집에 무슨 문상을 하겠다는 건가."

하고 고모부가 말렸다.

"설혹 알진 않았다고 하나 이웃사촌이란 말이 있잖습니까."

홍청이 결연하게 말했다.

"이 사람아, 이웃사촌이면 내게 이웃사촌이지 자네가 이웃사촌일 게 뭣고. 엉뚱한 일에 참견하지 말게. 여리박빙如履薄氷해야 할 세상이 아닌가."

고모부의 말은 간절했다. 홍청의 고모부 이름은 이극견李克堅으로 미관微官으로 있는 신분이라 매사에 조심해야 하는 처지이다.

"얼음을 깨고서라도 물에 빠진 자를 구해야 하는 것이 사람의 도리 아니겠습니까. 구할 수 없으면 위문이라도 하는 것이 인지상정人之常情 아니겠습니까."

"인지도리人之道理, 인지상정이 통하는 세상이면 얼마나 좋을까만."

이극견은 숙연히 장죽을 두들겼다.

"통通 불통不通은 오불관언이고, 저는 제 도리를 다하고자 할 뿐입니다."

홍청의 태도가 만만치 않음을 보자 이극견은 껄껄 웃곤 문갑에서 돈 다섯 냥을 꺼내 홍청에게 건넸다.

"남양南陽 홍 씨洪氏의 고집이니 할 수 없구나. 내 이름을 낼 필요 없이 이걸 부의금에 보태라."

비유컨대 강희일가姜希一家에 홍청의 등장은 한천寒天의 자우慈雨이
며 지옥에서 만난 부처님이었다. 홍청은 마련해 온 돈으로 사정이 허
용하는 범위 안에선 법도에 맞게 강희일의 장례를 치르고 신 부인과
옥녀가 신 부인의 친정으로 떠날 수 있게 제반의 준비까지 마련해 주
었다.

그런데 장사를 치른 그 이튿날 장예원掌隷院으로부터 관노 두 사람이
나타나더니 신 부인과 옥녀는 이미 노비로서 보책에 올랐으니 별명別命
이 있을 때까지 꼼짝 말고 그 자리에 머물라고 통고했다.

그렇지 않아도 신 부인은 병환으로 인해 발정發程의 준비를 했다는
것뿐 기동할 수가 없는데 그런 통고를 받자 완전히 실신하고 말았다.
밤에 들어 의식을 회복하긴 했으나 생명은 기름이 다하기 직전의 호롱
불처럼 깜박거렸다. 그 깜박거리는 생명의 사이사이 신음했다.

"우리 불쌍한 옥녀를 어찌할꼬, 우리 불쌍한 옥녀를 어찌할꼬."

뒤처리를 하던 강희일의 동학들과 사랑에 남아 있던 홍청이 이 신음
소리를 듣고 마당으로 뛰어나갔다. 그리고는 목청을 돋우었다.

"여봐라, 따님은 내가 맡아 내 딸처럼 기를 테니 아씨께선 걱정 마시
라고 여쭈어라. 따님이 원하시면 부인의 친정까지 내가 모시고 가겠다
고 여쭈어라. 무슨 대가를 치르더라도 따님을 노비로 만들지 않겠다고
여쭈어라."

홍청은 내당의 창을 향해 이렇게 소리치다가 드디어는 하늘을 향해
맹세하듯 울부짖었다.

찬란한 성두星斗가 은하銀河를 이뤄 하늘 위를 흐르고 있었다. 홍청의 뺨에 줄기줄기 눈물이 흘러내렸다.

'세상에 이런 법이 어디에 있담. 죄 없이 아비를 죽이고, 그 어미의 생명까지 뺏어 놓고 어린 딸을 노비로 만들려고 하다니 놈들에겐 부모도 없고 아들딸도 없단 말인가!'

가슴을 치고 호통하고 싶은 충격을 가까스로 참고 홍청이 나직이 그러나 또박또박 내당을 향해 말했다.

"아씨에게 여쭈어라. 따님 옥녀 아가씨는 이 홍청이란 사나이가 장부의 체면을 걸고 맡아 잘 키울 것이라고!"

그래 놓고 사랑으로 돌아가니 방에 있던 사람들은 모두 흥건히 눈물에 젖은 얼굴을 들어 홍청을 쳐다봤다. 그 가운데 문신범文信範이란 유생은 홍청의 손목을 잡고 울먹였다.

"도의가 땅에 떨어지고 정리가 진흙 밭에 뒹굴게 되었다고 하는 세상에 홍 공이야말로 의인義人 중 의인이며, 인자仁者 중 인자요."

홍청은 대답 없이 벽에 기대앉아 눈을 감았다. 신 씨 부인이 안심하고 숨을 거두기를 비는 마음이었다. 신 씨 부인은 그날 밤 자정에 세상을 떴다. 하인과 하녀의 말에 의하면 홍청의 맹세에 희망을 얻어 안심한 빛으로 숨을 거두었다고 했다.

홍청은 신 씨 부인의 장례까지 보아주어야 할 형편이 되었다.

'이것도 타생의 인연이겠지.'

홍청이 마음속으로 중얼거렸다.

원래 가을은 슬픈 계절. 그 슬픈 계절 속에 강희일의 부인 신 씨의 초라한 장사가 있었다. 이미 비적婢籍에 들었다고 해서 상여喪輿를 꾸미지 못하게 해 관棺은 일꾼들의 지게로 장지에 옮겨졌다. 상주도 없고 백관도 없는 고혼孤魂이 며칠 전 망부亡夫가 밟은 황천길을 뒤따랐다.

무슨 숙연宿緣이 있었던 것도 아니었을 텐데 홍청이 그 장사를 지켜보곤 이제 생生이 끝나 도리道理가 막힌 세상을 통곡하려 해도 죽어 재가 된 몸엔 그럴 기력조차 없다는 감회가 일었다.

죽은 사람은 이미 죽었지만 살아 있는 옥녀가 문제였다. 강희일의 친구들과 홍청은 장지에서 돌아와 의논했다. 어떻게 해서라도 하인 부부로 하여금 옥녀를 그 외가에 데려다 주어야 할 것인데 그 방도가 막연했다.

"장예원에서 허락이 내리지 않을 것인데…."

"소를 올려도 이 판국에 누가 귀담아 들어주기라도 하겠는가…."

"결국 대갓집 종살이로 맡겨질 것인데 인심이 후한 집으로나 갈 수 있었으면."

하는 따위의 푸념밖엔 나오질 않았다.

홍청이 고숙 이극견에게 말해 볼 수밖에 없었다. 이극견이 입맛만 다시고 있다가 뚜벅 말했다.

"관에서 하는 일에 참견 말고 자넨 시골로 내려가거라."

홍청은 임종에 있는 사람에게 맹세했다는 사실을 강조했다.

"만일 제가 그 맹세를 저버린다면 장부의 면목이 어떻게 되겠습니까. 제 면목이야 어떻게 되건 저 어린아이를 방치할 수 있겠습니까."

"그들의 마음을 우리의 마음처럼 쓰려고 하지 마라. 장예원은 그 아이를 외가로 데리고 가는 것은 절대로 허락하지 않을 거다."

"꼭 그렇다면 제가 데리고 가서 키울 수 있도록 고모부님께서 주선해 주실 순 없겠습니까?"

이렇게 말하는 홍청을 한참 동안 바라보다가 이극견이 혀를 찼다.

"자네의 인정은 모르는 바 아니지만, 상시하솔上侍下率해야 하는 처지에서 어찌 그런 생각을 가질 수 있느냐."

"저는 분가分家한 몸이라서 아버지께 말씀드리면 허락하실 것으로 믿습니다."

이때 고모가 거들었다.

"남달리 정이 깊어서 하는 소리니 홍청의 소원이 이뤄지도록 하여 주사이다. 들으니 옥녀라는 아이의 정상이 너무나 가련하지 않소이까. 저 사람같이 인정 많은 사람을 만나야만 그 아이에게도 솟아날 구멍이 있을 것 같소이다."

"정만으로 살아갈 수 있는 세상이면 얼마나 좋겠소."

이극견이 딱하다는 듯 한숨을 쉬었다.

세상을 모르고 고집을 피우는 홍청의 태도가 귀찮기도 했지만 불쌍한 아이를 도우려는 충정이 갸륵하지 않은 바도 아니어서 이극견이 다소의 연줄이 있는 허자許磁를 찾아갔다.

허자는 소윤파에 속한 인물이며 그때 대사헌大司憲이었다.

이극견은 횡사한 강희일과는 아무런 관련도 없고 다만 이웃 사람으로서의 정임을 전제하고, 옥녀의 양육養育을 홍청이 맡게 해 달라고 간곡하게 부탁했다.

허자는 정에 이끌려 일을 처리하는 그런 사람이 아니었지만 과묵 독실하다고 알려진 이극견의 청을 거절하기가 곤란했던지 물었다.

"내가 힘은 써 보겠네만 홍청은 믿을 만한 인물인가."

"홍청은 전에 형조정랑刑曹正郎이었던 순수舜叟 홍요달洪孝達의 차남입니다. 남양 홍 씨로 말하면, 명신과 석학을 배출한 집안이며 본조에 들어와서는 …."

하며 설명을 시작하자, 허자는 웃었다.

"누가 남양 홍 씨가 명문거족임을 모르겠는가. 그보다 홍청이란 사람의 됨됨이 어떠냐고 묻고 있소."

"대감, 옥인玉人이란 말이 있지 않습니까. 홍청이야말로 옥인입니다. 정직하기가 대쪽과 같아 정도正道를 어기는 법이 없사옵니다. 다만 옥에 티는 정情이 너무 많다는 사실입니다. 그 사람에게 강희일의 딸을 맡기면 후환後患이란 결코 없을 것이옵니다."

이극견의 말이 이처럼 간절하자, 허자가 승낙했다.

"그 일을 맡아 처리하는 곳은 형조와 장예원인즉, 내 일존一存으로 처리할 수 있는 일은 아니로되, 내 이 공의 마음을 알았으니 서원대로 되게끔 주선해 보리다."

허자의 승낙만 얻으면 되는 것이었다. 그의 말대로 그가 장악한 사항은 아니라 할지라도 같은 소윤파의 입장에서 형조판서가 그들 파의 중심인물인 허자의 말을 거역할 까닭이 없는 것이다.

이극견이 돌아와 홍청에게 일렀다.

"내 대강 말해 두었으니 며칠 안으로 무슨 하회가 있을 것이니라."

그러나 관청의 일이란 그때나 지금이나 마찬가지다. 좀처럼 하회가 내리지 않았다. 기다리는 동안 홍청은 강희일의 동문들과 그 집 사랑에 거처하며 강희일이 남긴 서책과 문류文類를 챙겼다. 후일 옥녀에게 물려주도록 간수하기 위해서였다. 그 서책과 문물을 통해서 안 일이지만 강희일은 참으로 비범한 인물이었다.

한 달이 지난 후, 네 사람으로 된 일행이 한양을 떠나 남쪽을 향해 늦은 가을 길을 걸어가고 있었다.

책 꾸러미와 함께 옥녀를 나귀에 태우고 그 뒤를 홍청과 옥녀의 하인 부부가 따랐다. 홍청은 옥녀가 정을 새 고장에 붙일 때까지 같이 살자고 해서 그 하인 부부를 데리고 가는 참이었다. 하인 부부도 그렇게 하길 원했다. 그들은 원래 옥녀의 외가에 속했으므로 장차 그리로 가야만 했는데 홍청의 사정이 허락하기만 하면 옥녀를 위해서 홍 씨 가문에서 살겠다는 희망을 가지고 있었다.

홍청은 1천 냥 가까운 돈을 가지고 서울에 와서 소관사는 아무것도 보지 못하고 이렇게 사람 셋을 얻었으니 약간 염려되는 바가 없지 않았다. 첫째 아버지가 뭐라고 하실지. 아내가 무어라고 할지.

그러나 높은 하늘을 보고 주위의 추색秋色을 보고 나귀 위에 다소곳이 앉아 있는 옥녀의 모습을 볼 때 슬픔과 더불어 용기가 솟았다. 나는 귀여운 딸을 하나 얻었다는 충족감이었다.

새삼스럽게 고모부가 고마웠다. 고모부는 한편 홍청을 나무라면서도 그의 청을 들어주었다. 허자를 만나기도 하고 장예원에 드나들기도 해서 옥녀를 홍청이 맡아 키울 수 있도록 주선했다. 그런데 다음과 같은 장예원의 지시가 꺼림칙하긴 했다.

1. 옥녀는 관비로서 장차 나라에 유용하니, 어디까지나 노비로 다루어야 하며 노비 법도에 어긋남이 없도록 가르쳐야 한다.
2. 정에 끌려 양녀니 수양딸이니 하는 명분을 주어 노비로서의 마음이 해이해지도록 함을 엄히 금한다.
3. 자라서 15세가 되면 반드시 장예원으로 환원해야 한다.
4. 명백한 이유 없이 행방을 잃으면 관이 정하는 대속금代贖金을 지불해야 한다.
5. 당자가 노비 법도를 어기거나 양육자가 노비 법도로써 대하지 않을 땐 지체 없이 환수를 명하고 벌罰을 병과하니 명심해야 한다.

'이 어린아이에게 무슨 죄가 있다고 ….'

홍청은 옥녀를 와락 껴안고 울고 싶은 심정을 가까스로 참았다. 그 감정이 말소리에 서렸다.

"옥녀야. 배고프지 않으냐?"

"고프질 않아요."

"옥녀 착하구나."

"……."

"저 해가 떨어질 무렵이면 집에 닿을 게다. 집에 가면 엄마가 있고 오빠도 있단다. 다 모두 널 반겨줄 게다."

홍청이 오빠라고 들먹인 것은 아들 자수自修를 두고 한 말이었다. 자수는 여덟 살, 옥녀는 여섯 살이니 좋은 놀이 동무가 될 것이다. 동시에 가슴이 '쿵' 했다. 노비로서의 법도에 따르게 하려면 옥녀더러 자수를 '오라버니'라고 부르게 해선 안 되었기 때문이다.

옥녀玉女의 길

가을 해는 짧다. 홍청이 집에 도착한 것은 초경初更이 조금 지나서였다. 마을 사람들의 이목을 끌지 않으려 그 시각을 겨눈 것이기도 했다.

하인 부부와 옥녀를 행랑에 두어 저녁밥을 먹이는 동안 자기도 내당에서 밥을 먹으며 옥녀에 관한 사연을 대강 설명했다. 홍청의 부인 여흥 민 씨는 남편의 결단성 있는 행동을 칭송하고, 옥녀를 자기 딸처럼 키우겠다며 행랑으로 옥녀를 데리러 나갔다.

한편 홍청은 사람을 서당으로 보내 자수自修를 데려오라고 하고, 부엌일을 거드는 큰딸 수련秀蓮도 방으로 들라고 했다.

집안 식구가 모두 모였을 때 홍청이 입을 열었다.

"자수야, 수련아, 듣거라. 너희들의 동생을 데리고 왔다. 앞으로 동기간처럼 잘 지내라. 새로 온 너희들 동생의 이름은 옥녀이고 성씨는 강 씨다. 근본을 따지면 떳떳한 양반의 금지옥엽으로 자란 따님이다. 그런데 세상의 풍파가 가혹해서 당분간 양반 행세를 못하게 되었느니라. 내 마음 같아선 나를 아버지라고 부르게 하고, 너희들 어머니를 어머니라고 부르게 하고, 수련을 언니, 자수를 오라버니라고 부르게 하고 싶다만 세상의 눈이 두렵구나. 조정에서 정한 일을 거역할 순 없다. 그러니 마음으론 동기간이라고 여기더라도 세상의 눈앞에선 그러질 못할 것이다. 그렇게 알고 조심해라."

그리고 옥녀를 돌아보고 말했다.

"여기가 너의 집이니라. 불편이 있어도 참고 견디어라. 어린 너에게 이런 말이 통하겠는가만, 양지가 음지로 되고 음지가 양지로 될 수 있는 것이 세상이니라. 언젠가는 운이 터질 날이 있을 것이니라."

홍청의 부인은 옥녀를 와락 끌어안았다.

"지금부터 넌 내 딸이다. 딸 하나를 더 갖고 싶더니만 옥황상제가 널 보내주었구나. 우리가 아무리 애를 쓴들 네 아버지와 어머니만 하겠는 가만 이렇게 된 걸 어떻게 하니."

이렇게 말하며 여흥 민 씨가 울먹거리자 다소곳이 고개를 숙이고 있던 옥녀는 고개를 숙인 채 나지막이 속삭였다.

"제게 너무 고맙게 하지 마소서. 전 종이로소이다."

홍청은 깜짝 놀랐다. 옥녀의 사정이 딱하게 되었다고는 말을 했으나 '종'이란 말은 들먹인 적은 없었던 것이다.

"누가 네게 그런 말을 하더냐?"

홍청이 물었다.

"애비와 어미가 그렇게 말했소이다."

옥녀는 여전히 고개를 숙인 채 말했다. 옥녀가 말하는 애비와 어미란 그녀를 따라온 하인 부부를 두고 하는 소리다.

"옥녀야, 종이 뭐냐. 그런 소리 말아라. 넌 내 딸이다."

민 씨 부인은 옥녀를 안은 팔에 힘을 주었다.

홍청도 무언가 한마디 말을 하려다가 말았다. 어린 가슴속에 다져진 체념과 각오를 흔들어 놓을 필요가 없다고 생각했기 때문이다. 그러나 옥녀에게 위안을 주는 얘기를 하고 싶었다.

"옥녀는 아버지로부터 글을 배웠다지? 어디까지 배웠느냐."

"〈동몽선습〉童蒙先習을 마치고 〈사략〉史略에 들어갔소이다."

"여섯 살에 〈동몽선습〉을 떼었으면 총기가 대단하구나. 자수야, 넌 지금 무엇을 배우고 있느냐."

"엊그제부터 〈동몽선습〉에 들어갔습니다."

자수가 부끄러운 듯 말했다.

"그럼 넌 네 동생보다 뒤진 셈이로구나. 그러나 괜찮다. 옥녀가 너무 빨랐다는 얘기니까."

옥녀의 총명이 범상하지 않음을 하인으로부터 들었던 터라 홍청은 자수를 탓할 생각은 없었다.

옥녀는 하인 부부를 통해 노비가 따라야 할 법도를 죄다 배우곤 어느 날 홍청에게 말했다.

"저 하인들을 쇤네의 외가로 보내주사이다. 외가에선 저를 위한 걱정이 많을 것인즉 쇤네가 이처럼 잘 지낸다는 걸 알려 그 걱정을 덜어주었으면 하옵니다. 쇤네에겐 나리와 마님의 고마우신 마음에 정이 들어 저들이 없어도 두려움이 없겠사옵니다."

마디마디 노비로서의 신경을 쓴 옥녀의 말이 비수처럼 홍청의 가슴을 찔렀다. 그리고 그 말은 이치에 맞기도 했다. 옥녀의 외가에선 얼마나 가슴을 태우고 있겠는가.

홍청이 하인 부부에게 영을 내렸다. 그들은 떠났다.

옥녀는 어느덧 홍청의 집에 없어선 안 될 귀염둥이가 되었다. 너무 귀하게 키운다는 사실이 주책없는 이웃 사람들의 입을 통해 관가의 귀에나 들어가 무슨 탈이 있을까 봐 겉으론 노비 취급할 뿐이지 속으론 친딸 수련 못지않게 옥녀를 애지중지했다.

옥녀는 거의 슬픔을 잊었다. 뿐만 아니라 가슴 뿌듯하게 행복을 느끼게도 되었다. 그런 감정을 가진 원인의 하나에는 자수란 존재가 있었다. 남녀칠세부동석이란 관념이 지배적인 때인지라 항상 같이 놀 수는 없었지만 어쩌다 외인의 눈이 없을 땐 서당에서 돌아온 자수와 책을 같이 읽기도 하고, 운자韻字를 내어 글짓기 흉내를 내기도 했다.

세월은 흘렀다. 옥녀가 그 집으로 온 뒤 2년 후 홍청 일가는 안성安城으로 이사 가게 되었다.

홍청의 아버지 홍효달은 낙향한 선비이자, 청렴한 수신가이기도 해서 가산이 넉넉한 편이 못 되었다. 그런데다 홍청이 분가分家한 바람에 큰집, 작은집이 똑같이 곤궁에 빠지게 되었다. 홍청은 안성으로 옮겨 헐값으로 사들인 황무지를 일굴 요량을 하고 분재分財한 토지를 큰집으로 돌려주었다. 봉제사奉祭祀에도 급급한 큰집의 곤경을 보아 넘길 수가 없기 때문이다.

안성으로 이사한 후의 옥녀는 자연스럽게 행동할 수가 있고, 홍청이나 민 씨 부인도 거리낌 없이 사랑을 쏟을 수 있게 되었다. 마을 사람들이 옥녀의 내력을 몰랐기에 그다지 신경 쓸 필요가 없었다.

옥녀는 자라며 훌륭한 일손이 되었다. 길쌈을 하고 누에를 치는 등

부지런하게 일해서 살림에 큰 도움이 되었다. 옥녀가 짠 무명베나 명주는 인근에 큰 화제가 되었다. 그 덕분으로 농토를 몇 두락 더 장만할 수 있었으니 홍청 일가는 되레 옥녀의 덕을 보았다.

그러는 동안 누가 시킨 것도 아니고 그렇게 정한 것도 아닌데 자수의 시중은 옥녀가 도맡게 되었다. 시중이란 입성과 버선을 만들고 빨래하는 노력에 국한된 것이지만 그 시중을 통해 두 사람의 사이엔 정이 날로 두텁게 가꾸어져 나갔다. 사랑! 사랑이었다.

옥녀 15세. 아름답게 자랐다. 옥녀는 어디까지나 노비답게 처신하여 화려한 옷을 입지 않고 화장하는 법도 없었으나 천성의 미모를 감출 길이 없고, 우아한 맵시를 숨길 수 없었던 것은 구름이 영영 명월을 감출 수가 없는 이치를 닮은 것이리라.

이때 자수의 나이는 17세. 만일 신분과 제도의 속박만 없다면 그 이상 가는 배필은 상상도 못할 한 쌍이었다. 그러니 그 두 남녀 사이에 교류된 뜨거운 사랑은 짐작하고도 남음이 있다.

아름답게 자란 옥녀를 보는 것은 눈부실 정도의 기쁨이었지만 홍청의 가슴엔 먹구름 같은 고민이 짙어만 갔다. 15세가 되면 장예원에 환수시켜야 한다는 약조 때문이다.

홍청과 그 부인은 장예원에서의 독촉을 기다릴 것 없이 미리 손을 쓰자는 데 의견을 모았다. 여태껏 손을 쓸 생각을 안 한 것은 가만두면 잊고 넘어갈 일을 긁어 부스럼을 만드는 격이 될까 두려워 차일피일했던 것인데 날이 감에 따라 안절부절못하는 마음이 된 것이다.

머리칼에 홈을 파듯 민간의 비행을 적발하는 관이 10년 전 일이라고 해서 약조約條를 잊을 까닭이 없으니 언제 한양으로부터 통문通文이 올지 모른다고 짐작하자 민 씨 부인이 홍청을 졸랐다.

"이렇게 가만히 앉아 화를 당할 수 없으니 당신이 서울로 가서 손을 써 보시오."

홍청은 돈 5백 냥을 나귀에 싣고 한양으로 향했다. 그 돈은 수년 동안 옥녀의 대속금으로 푼푼이 모아 둔 것이었다. 종 하나를 사고파는데 백 냥이면 되었을 때에 5백 냥이면 거금이었으나 장예원을 상대로한 거래이고, 대상이 옥녀이고 보니 그 액수로도 자신이 없었다.

10년 가까운 세월이 흘렀으나 아직도 세상은 소윤파의 지배하에 있었다. 윤원형尹元衡의 전횡은 나날이 그 강도를 더하여 사람들은 원형을 구렁이를 대하듯 했다.

홍청의 말을 듣더니 고모부 이극견이 충고했다.

"자네의 충정은 모르는 바가 아니고 그렇게 애써 키운 사람을 딴 데로 보낼 수도 없으니 백방 주선을 해 봐야겠다. 그러나 신중에 신중을 기해야 할 것이라."

결국 윤원형의 배하에 있는 백白이란 부정副正에게 돈 2백 냥을 뇌물로 주고, 대속금 3백 냥으로 옥녀는 관노의 적에서 빠져 사노私奴가 되었는데, 장예원에선 조건을 달았다.

"어떤 일이 있어도 옥녀를 속량俗良해선 안 된다."

보통 사노일 경우엔 노비문서를 소유자가 파기하면 평민으로 속량할 수 있는데 대윤파의 후예라고 해서 그것마저 허락되지 않았다.

홍청은 한편 안도의 숨을 내쉬면서도 한편 낙담했다. 옥녀의 속량이 그의 소원이었고, 민 씨 부인의 소원이었다.

속량만 되면 옥녀는 양반의 신분을 회복하여 양반의 규수로서 행세할 수 있다. 그렇게만 되면 아들 자수와 옥녀를 배필로 만들 수가 있었다. 물론 완고하리만큼 가풍家風이 엄한 남양 홍 씨의 문중이 호락호락 승낙할 까닭이 없었지만, 옥녀의 재색才色과 행동거지가 출중한 터라 홍청은 문중을 설복할 수 있으리라고 믿었다.

그런데 그 희망이 수포로 돌아가고 말았다. 홍청은 무거운 마음으로 안성으로 돌아오며 눈물을 머금었다.

'사람의 욕심이란 한이 없구나. 한양 길을 떠날 땐 옥녀가 집에 있게만 되면 더 이상 바랄 것이 없다고 생각했는데, 그 뜻이 이루어지고 나니 속량이 못 되는 게 이렇게 한스러울 줄이야.'

사실 얘기를 들은 민 씨 부인도 풀이 꺾였다. 이젠 정이 들 대로 들어 옥녀는 부인의 혈육 이상이었다. 딸이자 며느리인 옥녀를 상상하고 마음이 흐뭇했는데 그 희망이 사라지고 말았다.

자기 때문에 상심하고 있다는 것을 눈치 채자 옥녀가 되레 홍청과 민 씨 부인을 위로했다.

"소녀가 어른 뫼시고 집에 머물러 있게 된 것만도 천행입니다. 소녀는 죽도록 이곳에 머물러 어른을 뫼실 것이오니 딴 곳으로 보내지만 말아 주옵소서. 소녀에겐 그 이상 바랄 것이 없사옵니다."

언제부터인가 옥녀는 홍청과 부인의 엄한 분부에 따라 '쇤네'라는 말 대신 '소녀'란 말로 바꾸고 있었다.

"걱정 말아라. 널 어디로 보내겠니, 그러나…."

하고 부인은 끝을 맺지 못했다.

과년한 옥녀를 그냥 집에 붙들어 두어 평생을 처녀로 늙게 할 수 없다는 마음이 가슴속에 스쳤기 때문이다.

"아무튼 소녀는 집에서 나가게 되는 날 소녀의 명은 다한 것으로 알고 있겠습니다."

감히 어른 앞에서 할 수 없는 말을 옥녀가 하는데도 민 씨 부인은 그런 옥녀를 나무랄 수가 없었다.

'너를 어디로 보낸단 말인가. 종의 신분인 너를 어디로 보낸다면 상대방은 종이 아니겠는가. 너를 어찌 종의 아내로 만들 수가 있겠는가.'

민 씨 부인의 가슴속엔 이런 상념이 감돌았지만 입 밖으로 내진 않았다.

옥녀의 속량이 가망 없게 되었다는 것은 온 집안의 기분을 침울하게 했는데 그 가운데서도 가장 심한 충격을 받은 것은 자수였다. 자수는 옥녀 이외의 여자를 아내로서 상상할 수가 없었다.

'양반이 무엇이며 종이 무엇인가. 하늘 아래 이런 불공평이 어디에 있는가.'

그러나 엄격한 집안에서 자란 자수는 양반의 법도를 어길 엄두도 내지 못했다. 기분대로라면 옥녀를 데리고 야반도주라도 해서 심심산곡에 숨어 살고 싶은 충동이 왜 없었을까만, 양반의 법도에 대한 의식 이외에 '나는 이 집의 장남이다' 하는 마음이 있었다.

잠을 이루지 못한 어느 날 밤 자수는 도끼를 메고 뒷산으로 들어갔다. 그리고는 아름드리 거목 하나에 도끼의 이빨을 세웠다. 그는 그 나무를 찍고 찍어 눕혔다. 그의 얼굴엔 땀과 눈물이 흥건히 흘러내리고 있었다.

옥녀가 관노의 적籍에서 풀려나 홍청의 사노가 되었다는 소식이 인근에 퍼졌다. 평범한 여자였으면 사노가 되었건 속량했건 얘깃거리가 될 까닭이 없었지만 워낙이 출중한 재색이었고 보니 그 소식은 만만찮은 반향을 일으키기 시작했다. 거간居間과 매파媒婆가 홍청의 집엘 드나들게 되었다.

"귀댁의 노비를 5백 냥에 사겠다는 사람이 있는데 어떻소."

하고 찾아오는 사람이 어제 왔는가 하면, 오늘엔

"천 냥을 주겠답디다."

하는 사람이 나타났다.

홍청과 그 부인이 그런 청탁을 받아들일 리가 없었다. 안팎으로 찾아드는 거간과 매파를 물리치느라 진땀을 뺄 지경이었다.

그러던 차 만만찮은 청이 들이닥쳤다. 판교板橋에 거소를 둔 전임판서前任判書 정모鄭某가 사람을 보내어 옥녀를 소실小室로 삼았으면 한다는 뜻을 전해 왔다. 그 조건으로 옥녀를 자기에게 주겠다는 승낙만 하면 당장에 속량할 수속을 하겠다는 것이며, 토지 백 두락을 홍청에게 선사하겠다는 것이었다.

토지가 문제가 아니라 홍청에겐 옥녀의 속량이 문제였다. 자기 집에 있는 한 옥녀의 속량이 무망함은 장예원의 서슬로서 명약관화한데, 정판서에게 보내기만 하면 속량이 된다 하니 옥녀의 신상을 걱정하는 그로선 당연히 고민하지 않을 수 없었다. 그런 데다 전 판서라고는 하나 소윤파에 속하는 세도가의 소청을 물리쳤다간 무슨 화가 있을지 모르는 형편이다. 그것이 또한 두통거리가 되지 않을 수 없었다.

홍청이 부인 민 씨에게 이런 사달을 알리고 장탄식을 했다.

"이 일을 어떻게 하면 좋겠소?"

부인은 한참을 잠자코 있더니 되물었다.

"당신의 진심을 말해 보시오."

"옥녀가 양반의 신분으로 돌아갈 수 있다니 그 이상 반가운 일이 있겠소만, 나는 옥녀를 보내기가 싫소. 임자의 본심도 말해 보오."

"옥녀가 양반의 신분을 되찾을 수 있다면 토지 백 두락을 받을 것이 아니라 우리 집의 없는 재산까지 붙여 주고 싶사이다. 그러나 나이 많은 사람의 소실이니 마음에 걸려 내키지 않소이다."

"임자의 마음이 그렇다니 반갑소. 어떻게 하건 정 판서의 청을 거절하리다. 그 때문에 설혹 후환이 있더라도 두려울 것 없소."

이렇게 해서 그들의 각오는 굳어졌으나 걱정은 남았다.

"그러나저러나 옥녀를 평생 처녀로 늙힐 수는 없고."

부인이 한숨을 쉬었다.

"내 걱정도 바로 그거요. 그러나 사내대장부가 열 계집을 거느리지 못하겠소. 보아하니 자수는 우리 아들이라고 해서가 아니라 출중한 장부가 될 것 같소. 옥녀의 일은 자수에게 맡깁시다."

홍청으로선 일찍부터 품어 온 생각이었다. 다만 입 밖에 내지 못했는데 지금 대담하게 밝힌 것이다.

민 씨 부인은 그런 생각을 안 해 본 것은 아니지만 너무나 미묘한 문제였다. 섣불리 결정할 수 없는 문제여서 망설이는데 홍청의 다음 말이 있었다.

"옥녀를 우리 집에서 내보내면 상놈의 아내로 만들든가 양반집의 첩으로 주든가 두 가지 길밖에 없지 않소. 나는 그 두 가지가 모두 싫소. 그렇다면 평생 우리 집에 두어야 하는데 달리 도리가 있소. 장차 이 집 주인이 될 자수에게 맡길 수밖에."

"그 뜻을 모르는 바는 아니옵니다만, 자수로서도 어찌…."

부인 민 씨는 여자의 처지인지라 장차 며느리로 맞아들일 자수의 부인을 생각하지 않을 수 없었다. 옥녀를 며느리로 할 순 없으니 말이다. 홍 씨 집안의 법도도 그걸 용서하지 않으려니와, 재작년 그러니까 계축년癸丑年 윤 3월에 나라에서 천녀 또는 노비를 양민의 정처正妻로 해선 안 된다는 영令이 내려 있었다.

홍청은 부인의 마음을 짐작하고 웃었다.

"요컨대 자수를 도량이 큰 사람으로 가르치면 되지 않겠소. 옥녀에 겐 평생 자수의 종으로서 살 각오를 갖게 하고, 장차 며느리도 그런 도량 있는 규수를 택하기로 하고요."

"남자의 마음과 여자의 마음은 다른 겁니다. 어찌 장차 이 집 가모家母가 될 사람의 처지를 그처럼 만만하게 생각할 수 있습니까."

부인은 여전히 근심스런 표정이었다.

"그러니까 모든 게 자수에게 달려 있다, 그 말 아니오. 자수가 자기의 정처正妻를 끝끝내 소중히 하고, 옥녀는 자수의 종으로서 충직하며 동시에 자수의 정실正室에게도 충직하면, 아무튼 자수가 큰 인물이 되면 이런저런 걱정이 없을 것이오."

"당신께선 편하도록만 생각하시는구료."

"그렇지 않으면 어떻게 생각하겠소? 지금 여기에 있지도 않은 며느리 때문에 마음에도 없는 곳으로 옥녀를 보내야 하오? 옥녀를 보내겠다면 임자 마음대로 하시구료.”

“누가 옥녀를 보내겠다고 합니까. 제 마음도 모르시고서.”

부인 민 씨는 넋 잃은 사람처럼 앉아 있더니 한참 만에 입을 열었다.

“방법은 그렇게 하는 도리밖엔 없겠습니다. 그렇다면 빨리 자수를 장가보내야겠습니다.”

“그렇다면 빨리 장가를 보내다니?”

홍청이 의아한 눈초리로 부인을 보았다.

“손주는 정실에서 먼저 보아야 하지 않겠소이까.”

민 씨 부인의 나직한 말이었다.

“임자의 신중한 마음 잘 알았소. 그런데 이런 대강의 뜻만이라도 당사자들에게 알려야 하지 않겠소?”

홍청의 말이 있자, 민 씨 부인은 다음과 같이 제안했다.

“대강의 뜻을 알리고 옥녀를 그의 외가로 보냅시다. 옥녀가 외가로 갈 때 자수를 동행시키도록 하구요.”

홍청은 부인의 심려深慮를 알았다.

옥녀가 외가로 출발하기 전날 밤. 민 씨 부인과 옥녀는 호젓한 자리에 단둘이 앉았다.

“옥녀야. 외가에 가게 되어 기쁘냐?”

“기쁘옵니다. 이 은혜를 어떻게 갚아야 할지.”

옥녀는 옷고름으로 눈시울을 닦았다.

“은혜를 갚다니, 너 쑥스러운 소릴 하는구나. 네가 건강하게 자란 것만으로도 은혜를 갚고도 남았다. 나는 너만 보면 마냥 기쁘고 즐겁다.”

"고맙습니다, 마님."

"또 쑥스러운 소릴. 그런데 마님 소리가 내 귀에 거슬리는구나. 그러나 할 수 없는 일이다. 이 집에선 넌 평생 그 말을 잊지 말아야 할 게다. 자수에게 머지않아 색시가 오게 될 것인데 그 색시에게도 넌 마님소릴 해야 한다."

"잊지 않겠소이다."

"그런데 넌 외가에서 살면 그런 말 쓰지 않고 살 수 있지 않겠니. 비록 나라의 영에 의해 속량은 되지 못한다고 해도 이제 관노가 아니니 우리 뜻대로 네가 살고 싶은 데 가서 살 수 있게 되었다. 그러니 이번 외가에 가거들랑 거기서 살도록 해라."

"아니옵니다, 마님. 외조부모님만 만나 뵙고 곧 돌아오렵니다."

"그건 네 마음대로 결정해라만 내 생각으론 네 장래를 위해선 네가 외가에 머무는 게 좋겠구나."

"소녀는 홍 씨 가문의 노빕니다, 마님."

"홍 씨 가문에 매인 까닭으로 돌아오겠다면 반갑지 않구나. 정에 끌려 돌아오겠다면 또 몰라두."

"소녀 말을 잘못했소이다. 이 집을 두곤 제겐 살 곳이 없사옵니다. 갈 곳도 없사옵니다."

"아무튼 그것은 네 외갓집에 가서 네 스스로 결정하기로 해라. 그런데 네가 꼭 알아 둘 일이 있다."

민 씨 부인은 차근차근 다음과 같이 말했다.

"정으로 말하면 넌 우리 딸이다. 혈육을 나눈 정 이상으로 나는 널 사랑한다. 그런데 사람이 세상에 사는 법도는 엄하고 두렵구나. 널 며느리로 할 수 없게 한 법도가 원망스럽다. 부득이 자수는 어느 양가의 규수를 골라 장가를 들어야 하겠다. 한데 또 너는 처녀로 늙을 수 없으니 자수의 사랑을 받아야 하겠구나. 그렇게 되면 자수의 정실은 혹시 널 보아 넘기지 못할지도 모른다. 그럴 때 나는 아무리 네 편을 들고 싶어도 그럴 수 없단다. 넌 내 며느리에게 복종해야 한다. 죽으려고 하고 죽으라고 하는 영 이외의 영은 모조리 들어야 할 판이니 그 고통을 어떻게 겪고 살 것이냐. 우선 내가 참질 못할 것 같구나. 다행히 순한 며느리가 오면 모르지만 그걸 바라고 섣불리 결정할 수 있겠느냐. 내가 널 외가로 보내는 것은 이 모든 일을 생각하기 때문이다. 이번 길은 자수와 함께 갈 것이니 잘 의논해라. 그런데 한 가지 잊어선 안 될 것은 정실正室에 앞서 네가 아이를 낳아선 안 된다는 것이다."

한편 사랑방에선 홍청 부자의 대화가 있었다.

"스무 살 이전에 등과登科해야 하는데 요즘 공부는 어떠냐?"

"문과文科는 그만두고 무과武科를 했으면 합니다."

자수는 체격이 장대하고 무술이 뛰어나다는 것을 모르는 바는 아니었으나 홍청은 불만이었다.

"훈장의 말론 너만 한一 학력이면 문과도 수월하다던데, 왜 그러느냐."

"요즘 조정의 사정으로 어디 학력만으로 대과에 등제하겠습니까."

"세상이 언제나 이대로 이겠는가. 눈앞의 일에 현혹되어 전정을 어긋내는 일이 없도록 하여라. 헌데 널더러 옥녀를 데리고 옥녀 외갓집에 갔다 오라고 한 내 뜻을 알겠느냐?"

"......"

"막여부지자莫如父知子라고 나는 네 마음을 잘 안다. 옥녀를 귀히 여기는 네 마음을 잘 안다는 얘기다. 헌데 세상은 마음대로 되는 게 아니다. 오늘부터 옥녀는 네 종이다. 네 종이니 네 마음대로 할 수 있다. 옥녀를 그 외가에 두고 오건, 다시 데리고 오건 그건 네가 알아서 해라. 알겠느냐? 어느 편으로 정하건 너희들끼리 긴 얘기가 있어야 할 줄 안다. 그래서 먼 길을 같이 떠나보내는 거다. 옥녀를 만금을 주고 사 가겠다는 전임대관前任大官이 있다. 그리로 보내면 우리 집안에 옥녀로 인한 후환은 없을 것이다. 그러나 애비와 어미의 마음은 그래 놓고 편할 수가 없을 것 같다. 오늘의 마음이 아프다고 장차 화근을 만드는 건 현명하지 못하다는 생각도 없지 않으나, 너의 마음과 옥녀의 마음을 감안해서 다소의 후환을 각오하고 그 제안을 거절했다. 그러니 앞일은 네가 알아서 해라."

"예."

"장부가 아내 둘을 거느리지 못할 바가 없다. 그러나 거기 따른 책임이 크다. 아내 둘을 거느리는 장부가 되려면 도량이 넓어야 하고 정실正室을 섬기는 데 남의 곱은 되어야 한다. 너는 어려서 아직은 모르겠지만 옥녀를 아끼는 마음이 지극하다면 미리부터 이런 사정을 알아 두어야 한다. 자신이 없으면 옥녀를 외가에 두고 오고, 자신이 있으면 데리고 오너라. 옥녀가 돌아오지 않을까 하니 슬프지만, 옥녀와 네 장래가 더욱 소중하다. 모든 것을 잘 생각하고 옥녀와도 충분히 의논해라. 자칫하면 일생을 망치고 집안을 망칠지도 모를 일이다. 꼭 명심할 것은 정실에 앞서 옥녀에게 아이가 있어선 안 된다는 사실이다."

3월. 들에 아지랑이가 가물거렸다. 하늘엔 종다리의 노래가 있었다. 산과 들엔 갖가지의 꽃이 만발했다.

이렇게 화창한 춘경春景 속으로 초립草笠동이 소년 둘이 걸어가고 있었다. 키가 큰 편은 홍자수, 키가 작은 편은 남장男裝한 옥녀였다. 두 사람은 여행 도중 형제로 행세하기로 했다. 그들에 열 발쯤 앞서 걷는 사람은 지리에 밝다고 해서 자수의 큰집에서 길잡이로 붙여 준 노복이었다.

경기도 안성에서 옥녀의 외가가 있는 경상도 거창居昌까진 천 리 길. 하룻길 50리로 잡고 장장 스무 날을 작정한 여정이었다.

옥녀의 가슴은 부풀었다. 10년 만에 외조부와 외조모를 만나는 것도 기쁨이었지만, 자수 도련님과 긴 여행을 같이 한다는 것이 한량없는 기쁨이었다. 그럴수록 아씨 마님, 즉 민 씨 부인과 나리의 마음씨가 고맙기 짝이 없었다.

'날 외가에 그냥 있으라고 하시더라만 난 돌아오고야 말 테다. 내가 가진 모든 정성을 다 바쳐 양 윗분을 모셔야지. 자수 도련님과 헤어져 어떻게 살아.'

양반의 숙녀로서의 긍지는 온데간데없고, 옥녀의 가슴엔 충비忠婢로서의 정성만 가득했다.

새벽에 집을 나선 그들이 점심때를 맞이했을 무렵이었다. 여태껏 말이 없이 걷던 자수가 옥녀를 돌아보며 물었다.

"다리 아프지 않니?"

"벌써 다리가 아파서 어떻게 하게요."

옥녀가 생긋 웃었다.

"우리 점심 먹을까?"

자수가 적당한 자리를 고르느라고 주위를 두리번거렸다.

옥녀가 소나무가 무성한 동산을 가리켰다.

"물이 있는 데라야 하겠는데."

"숲이 무성한 데면 물이 있을 거예요."

"옥녀는 영리하기도 하지."

자수는 앞서 가는 노복을 불러 옥녀가 가리킨 동산으로 갔다. 옥녀의 짐작대로 거기엔 맑은 샘이 있었다.

우물가 언덕에 둘러앉아 오곡밥으로 된 도시락을 폈다. 도시락을 먹으며 노복이 얘기를 시작했다.

"황해도 봉산이란 데 임꺽정林巨正을 두목으로 한 화적이 나타나서 야단이랍니다."

"임꺽정은 화적이라도 의적義賊이라고 하던데 참말인가?"

들은 얘기가 있어 자수가 물었다.

"임꺽정은 관의 봉물짐이나 인심 잃은 부잣집 아니면 털지 않는다 하던데요. 지금 그 무리는 수백 명이나 되어, 한양에 쳐들어올 기세여서 한양의 인심이 흉흉하다는 소문도 있습지요."

"고을마다 병정이 있고 나졸들이 있는데 왜 그걸 잡지 못할까?"

옥녀가 한 말이었다.

"아무도 임꺽정은 못 잡아요. 힘이 장산 데다가 둔갑술도 하고 축지법도 한다는데 병정이나 나졸들이 어떻게 임꺽정을 잡아요. 어림도 없는 소리지요."

듣자 하니 노복은 임꺽정에게 홀딱 반해 있는 모양이었다.

그날 밤은 천안삼거리에서 묵었다. 삼거리 실버들은 일제히 새 움을 피워 연록의 안개를 치장한 듯 아름다웠다. 주막집 안채로부터 들려오는 주정꾼들의 노랫소리를 들으며 자수와 옥녀는 밤이 깊을 때까지 도란거렸다.

이튿날은 천천히 길을 떠났다. 앞을 재촉하는 여정이 아니어서 서둘 필요가 없었다. 고빗길을 돌면 새로운 마을이 나타나고, 고개를 넘으면 새로운 풍경이 나타났다. 남쪽으로 내려감에 따라 춘색春色은 무르익어 옥녀의 기쁨은 한량이 없었다.

어떤 곳에선 우악스런 화적들을 만나기도 하고, 어떤 때는 깊은 산속에서 인가人家를 찾지 못해 노숙도 했으나, 사람도 자연도 이 노복을 곁들인 젊은 초립동이를 곤혹케 하는 일은 없었다.

'인생이 이대로 먼 훗날에까지 이어졌으면….'

옥녀의 다소곳한 소원이었다.

앞서가는 노복의 눈을 피해 자수와 옥녀는 손을 잡고 걸을 때도 있었고, 주막엘 가면 서로의 발을 씻어 주기도 했다. 그리고 밤이 되면 한 쌍의 원앙처럼 서로의 머리를 서로의 가슴에 파묻고 잠들었다.

이윽고 옥녀의 외가에 도착 전날 밤, 휘영청 달이 밝았다.

자수와 옥녀는 주막집 근처의 동산에 앉아 앞일을 구체적으로 의논했다.

"옥녀야, 나와 같이 돌아가겠지?"

"……."

"왜 말이 없느냐."

"도련님과 돌아가고 싶어요. 그러나 도련님과 저 사이의 소문이 났는데, 제가 있으면 도련님 혼사에 방해가 되지 않을까 걱정이오이다."

"쓸데없는 소리. 옥녀가 있다고 시집오길 싫어한다면 되레 좋지 뭐. 난 옥녀하구 살면 될 게 아닌가."

"그건 안 되오이다. 도련님은 양반 댁 규수를 정실로 모셔 와서 대代를 이어야 하옵니다."

"세상의 법도라는 게 뭔지 모르겠어. 왜 옥녀를 내 정실로 삼아서는 안 되는지 알 수가 없어."

"소녀가 바라는 것은 도련님의 정이고 사랑이옵니다. 그 정과 사랑을 믿고 평생을 종으로 지내도 조금도 불평이 없을 것이오이다."

"바로 그게 난 불만이란 말이다."

그러자 옥녀는 눈 아래 펼쳐진 달빛 속의 경치를 가리키며,

"저 산을 보사이다. 저 강을 보사이다. 저 산과 저 강은 사람의 뜻이 있기에 앞서 저렇게 솟아 있고 저렇게 흐르고 있사오이다. 저와 도련님의 처지도 저 경치와 꼭 같사오이다. 우리의 뜻으로, 우리의 마음으론 어떻게 할 수 없는 것이온즉, 사람은 저마다 팔자대로 살아야 하오이다. 다만 절 버리지만 마옵소서. 도련님의 정과 사랑만을 믿고 무슨 일이라도 하겠으며 어떤 고통이라도 참겠소이다."

하고 자수의 무릎에 엎드려 소리 없는 울음을 터뜨렸다.

이미 칠순에 가까웠으나 옥녀의 외조부모는 건재했다.

옥녀를 맞은 신 씨愼氏 일가는 삽시간에 울음바다를 이루었다. 그것도 그럴 것이 10년 만에 사지死地에서 돌아온 외손녀를 만났으니까.

낙향한 신 씨는 그런대로 양반의 법도를 지키며 살고 있었다. 신 대

감으로 불리는 옥녀의 외조부는 나이 어린 자수를 빈객으로 대접하며 간곡하게 심정을 털어놓았다.

"남양 홍 씨의 양반됨은 내 일찍이 알았으나 게다가 그처럼 후덕한 집안임을 알곤 새삼 존중하는 마음을 금할 수 없네그려. 내 기력이 감당할 수만 있다면 안성으로 달려가서 청하배라도 하여 고마움을 표할 것이거늘 그러지도 못하니 사람의 도리를 다하지 못한 것이어."

옥녀로부터 홍청 일가가 옥녀를 어떻게 키우고 어떻게 대접했느냐를 들은 옥녀의 외조모는 내외하는 법도를 무시하고 사랑에까지 나와 자수와 자수의 부모를 칭송하길 잊지 않았다.

자수가 옥녀 외가의 빈객이 된 지 사흘째 되던 날이다. 자수가 신 대감에게 아뢰었다.

"제 부모님은 옥녀를 며느리로 삼으려고 했습니다. 그런데 계축년 윤 3월의 금령禁令으로 그것이 불가능하게 되자 옥녀를 저의 소실로 했으면 하는 마음을 가지신 모양입니다. 금번 저를 옥녀와 동행시킨 바탕엔 저더러 대감님께 그 일에 관한 승낙을 받아오라는 뜻이 있는 것으로 짐작합니다. 옥녀의 마음, 제 마음, 그리고 제 부모님의 마음을 살피시어 비록 정실은 아니오나 옥녀를 저의 아내 되게 허락하여 주옵소서. 나라의 법을 어기지 못하와 취하는 고육지책苦肉之策에 대감님의 해량하심이 있으시오소서."

"감지덕지하오, 법에 의해 귀문의 종이 되었으면 귀문은 옥녀에 대한 생살여탈生殺與奪의 권한을 가졌거늘 내게 무슨 권한이 있겠는가. 귀문이 알아서 할 일이 아닌가."

신 대감은 정중히 말하고 한숨을 쉬었다.

"저는 법으로 할 일이 아니라, 이 일은 윤리倫理를 좇아 할 일이라고 생각하옵니다. 저는 옥녀를 종으로 여기지 않고 양반의 규수로서 대접하고 있사옵니다. 그런 까닭에 대감님께 이렇게 부탁 올리나이다."

홍자수는 정좌를 무너뜨리지 않고 앉아 신 대감의 허락을 기다렸다.

"불감청이언정 고소원이로다. 옥녀의 신분이 그러한즉 그의 부모도 그걸 차선次善의 방법은 될 거라고 자위自慰하겠지. 고마우이."

신 대감은 그날로 자수와 옥녀의 성례成禮를 서둘렀다.

정실正室과의 결혼이 있기에 앞서 소실을 먼저 맞아들인다는 것은 이치에 어긋난 일이지만 자수와 옥녀의 형편으로선 그 방법 이외엔 달리 도리가 없었다.

남쪽 거창에서 한 일이 천 리 길 저편의 안성에까지 알려질 까닭은 없으니 이왕이면 성대하게 하자는 것으로 집안의 의견이 합쳐진 모양이었다. 거식擧式을 준비하는 동안 홍자수는 그곳에서 5리쯤 떨어진 신 대감의 사돈집에서 묵기로까지 조치가 되었다.

초야初夜.

칠흑의 밤을 아래에 깔고 하늘엔 성두星斗가 찬란했다. 이 밤의 정적과 찬란은 오직 홍자수와 강옥녀를 위한 것이었다.

무슨 까닭으로 하늘은 이러한 섭리를 홍자수와 강옥녀를 위해 마련했을까. 그들을 맺은 섭리가 앞으로 어떻게 번져 나갈까. 그 섭리의 과정에 어떠한 이변異變, 무슨 기적이 나타날까.

"당신을 정실로 맞이하지 못하는 게 한없이 슬프구려."

몇백 번 되뇐 말을 자수는 이 초야의 향연에서도 토했다. 한숨과 더

붙어.

"도련님의 사랑을 얻었다는 그것만으로도 소녀는 한량없이 기쁘오이다. 원래 소녀는 종이 아니오니까. 도련님의 사랑이 있으면 그만이오이다. 소녀는 양반과 바꾸어 주지 않겠소이다."

옥녀의 이 말도 몇 번 되풀이한지 모른다.

"오늘 밤만은 그런 것 잊읍시다. 양반이면 어떻고 상민이면 어떻소."

자수가 옥녀의 옷고름에 손을 대었을 때,

"전 안성을 떠나올 때 마님으로부터 받은 분부가 있사옵니다."

하고 옥녀는 자수의 손을 살그머니 물리쳤다.

"나도 아버지로부터 받은 분부가 있소. 그러나 어찌 이 첫날밤을 무위로 지낼 수가 있겠는가."

자수는 다시 옥녀의 옷고름에 손을 댔다. 옥녀의 거절이 다부졌다.

"안 되오이다. 전 홍 씨 가문의 법도를 어길 수 없사옵니다."

"내가 시키면 무슨 일이라도 하겠다고 하고서?"

"그러나 도련님의 정실이 아기를 낳기까진 천첩은 아기를 가져선 안 되옵니다. 그로 인해 가문의 법도를 문란케 한다면 도련님께 대한 천첩의 충정도 아무런 보람 없는 일이 될 뿐만 아니라 화근禍根이 될 뿐이오이다."

"그 처리는 내가 하겠소. 만사는 내 가슴에 있는 것 아니겠소."

자수는 옥녀의 옷고름을 풀었다.

"저로 인해 도련님을 불효자로 만들 순 없사오이다."

옥녀는 풀린 옷고름을 다시 매려고 했다. 그러나 이미 불이 붙은 자수의 정염情炎은 진정시킬 수가 없었다.

"신령님은 나를 불효자로 만들지 않을 것이오."

자수의 입김은 뜨거운 불을 토하는 것 같았다. 옥녀는 눈을 감고 운명을 자수에게 맡겼다.

열흘을 그곳에서 묵고 자수가 떠나기 전날 밤.

"천첩은 당분간 외가에 머물러 있겠소이다. 도련님만 떠나시오."

"그 무슨 소린가."

자수가 놀라서 물었다.

"이유는 두 가지가 있사옵니다. 하나는 혹시 아기를 가졌을까 해서이고, 하나는 도련님의 혼사가 결정될 때까진 천첩은 피해 있는 것이 좋을까 해서입니다."

"아기를 가졌으면 어떻게 하겠소?"

"아기를 여기서 낳아 외가에 맡기고 홀몸으로 안성으로 가겠습니다. 마님의 분부를 어기고 낳은 아기를 종의 몸으로서 데리고 갈 수가 없는 것이 아니겠습니까. 아기는 어미의 신분을 쫓는다 하옵니다. 만일 아기를 낳으면 천첩의 외 5촌가엔 아기가 없으니 그리로 드릴까 하옵니다. 그리고 혼사 전엔 안성에 있지 않는 것이 좋다는 것은 이런저런 구설수口舌數를 면하려 하는 까닭입니다."

자수는 옥녀의 그 이론정연한 말을 납득하지 않을 수 없었다.

"옥녀의 마음이 꼭 그렇다면 할 수가 없지. 넉넉잡고 1년 후에 내가 이리로 오지. 옥녀를 데리러."

"그렇게 번거로운 일을 하실 게 없사와요. 안성의 소식만 알려 주면 1년 후 남복으로 변장하고 늙은 하인을 데리고 제가 올라가겠습니다."

"옥녀는 내 마음을 모르는 말을 하는군. 옥녀는 나와 천 리 길을 같이 걷는 게 기쁘지 않던가?"

"기뻤사와요."

"나도 기뻤어. 그래 그 기쁨을 한 번 더 겪어 보고 싶소. 그래 내가 오겠다는 거지."

아닌 게 아니라 자수와 같이 천 리 길을 걸은 여행은 행복하기 짝이 없었다. 그 행복을 다시 맛볼 수 있으려니 하고 생각하자 가슴이 설레었다.

"감사하오이다. 도련님."

옥녀는 자수의 무릎 위에서 흐느꼈다.

그 이튿날. 자수가 옥녀의 외가를 떠날 때 신 대감은 그를 위해서 나귀 두 필을 마련했다. 나귀 한 필엔 선물이 실려 있었고, 나귀 한 필은 자수를 태우기 위한 것이었다. 헤어질 때 신 대감의 말이 간절했다.

"돌아가거든 어른에게 내가 평생을 두고 홍 씨 가문의 은혜를 잊지 않을 것이며, 자자손손 유언으로 귀문을 돈독히 섬기도록 할 것이라고 일러 주게. 옥녀의 간곡한 청이 있기로 내 옥녀를 1년 동안 잘 맡아 줄 터이니 잊지 말고 데리고 가도록 하고, 옥녀로부터 아들 하나를 얻거든 그 아이의 덕택으로 강 씨 일문의 치욕이 씻어지도록 큰 인물로 키워주게. 내 나이 칠순이라 다시 만날 날이 있을까 한스러우나, 자네와 같은 외손녀 사위를 보았으니 안심하고 눈을 감겠구나. 세상이 하수상하니 만사를 신중히 처리하여 입신양명토록 하게…."

만감을 가슴에 새기고 나귀를 탄 홍자수는 그곳을 넘으면서 옥녀 외가 마을이 보이지 않는 산마루턱에 서서 그 마을을 내려다보았다.

자수가 안성으로 돌아온 것은 4월 그믐께였다. 혼자 돌아온 아들을 보자 민 씨 부인은 가슴이 철렁했다. 홍청도 굳은 표정이 되었다. 그만큼 옥녀에 대한 애착이 깊었다. 자수는 거창에서 옥녀와 결혼식을 올렸다는 얘기를 숨김없이 아뢰었다.

"누가 들을라."

민 씨 부인은 주위를 살폈지만 싫진 않은 표정이었다. 홍청은 아들의 행위를 수긍한 듯 보일 듯 말 듯 고개를 끄덕거렸다.

이어 자수의 얘기를 끝까지 듣곤 홍청과 민 씨 부인은 비로소 수미愁眉를 열었다.

"우리가 너무 욕심을 부린 게 아닐는지."

민 씨 부인의 말은 옥녀를 붙잡아 두려는 것과 자수의 정실을 좋은 데서 구해야겠다는 욕심이 겹친 마음을 두고 한 말이다.

"모든 일은 자수 네 마음에 달렸다."

홍청의 이런 말도 부인의 뜻과 엇비슷한 감정의 표현이었다.

옥녀가 돌아오지 않았다는 것이 홍자수의 결혼에 큰 도움이 되었다. 그만큼 매파의 행동을 활발하게 했기 때문이다.

홍자수가 청주淸州 한 씨韓氏와 결혼한 것은 그해 가을이다. 한 씨는 양반 가운데서도 특히 강직한 명문에서 태어나 엄격한 법도를 골고루 지키며 자라나 성격이 곧은 한편 고집이 있었다.

자수는 곧은 성격과 청결한 몸가짐을 가진 한 씨를 정실로 삼았다는 것을 다행스레 여기면서도 일말의 불안을 금할 수 없었던 것은 그녀의 고집스러운 성격이 옥녀에게 어떠한 부담으로 될 것일까 하는 걱정 때문이었다. 아니나 다를까 결혼식이 있은 사흘째 밤에 한 씨는 처음으로 입을 열었다.

"풍문에 듣사온즉 서방님께선 어릴 적부터 몸종으로 여식 아이를 데리고 있다고 하는데 그 몸종은 어떻게 되었사오이까."

바로 옥녀에 관한 질문이었다.

"그 사람은 자기 외가에 가 있으나 곧 돌아올 것이오."

자수는 이렇게 덤덤히 대답했다.

"종을 외가에 보내는 아량은 어떤 법도에 의거한 것이옵니까."

"법도에 의한 것이 아니고 정에 의한 것이오."

"소녀가 일개 종년을 두고 말썽을 삼는다는 건 본의가 아니오나 서방님의 종이면 분명히 소녀의 종이 되는 것이 아니오이까."

"그렇다고 할 수 있지요."

"그러하오시면 그 종년에 관해선 소녀가 맡아 처리할 것이온즉 미리 양해하여 주사이다."

"그 사람에 관해선 부모님이 처리할 것이오. 비록 종이라고는 하나 우리가 마음대로 처리할 수 없는 것은 어른을 모시고 있는 까닭이오."

"아녀자가 들먹이긴 무엇하오나 수신제가修身齊家라야만 치국治國하고 평천하平天下하옵니다. 한데 제가齊家의 일사一事 가운덴 종을 잘 거느려야 한다는 것이 있사옵니다. 부모님의 영을 받아 종년은 제가 맡아 다스리겠소이다. 종놈은 서방님이 맡으시오소서."

청주 한 씨가 이렇게 딱딱하게 나온 덴 물론 이유가 있었다. 옥녀에 관한 소문이 들려왔고, 때문에 옥녀를 어떻게 처리하는가에 따라 며느리로서, 남의 아내로서의 성패成敗가 결정됨을 본능적으로 느꼈기 때문이다.

그 밖엔 청주 한 씨는 그지없이 자상했다. 남편을 위하고 보살피는데 털끝만큼의 착오도 없었다. 뿐만 아니라 남편에게 청운靑雲의 꿈을 불어넣는 일도 잊지 않았다. 만일 옥녀의 문제만 없었다면 자수는 기막힌 아내를 만났다는 사실로 다시 없이 행복을 느꼈을 것이었다.

한 씨 부인은 결혼하고도 시집으로 오기까지 2년 동안은 친정에 머무르기로 했다. 당시의 관행慣行에 따른 것이다.

한 씨와의 결혼 후 1년이 지났을 무렵 자수는 거창으로 내려가서 옥녀를 데리고 왔다. 행인지 불행인지 옥녀에겐 태기胎氣가 없어 거기에 따른 복잡한 사정은 없었다.

거창서 안성으로 돌아오는 도중, 자수는 한 씨 부인의 성격을 소상하게 설명하고 앞일을 걱정했을 때 옥녀는 각오를 다짐했다.

"종의 팔자를 타고났는데 종으로서 충실해야 하는 건 당연한 일이 아니겠습니까. 천첩이 도련님의 종이라면 도련님 부인에게도 종이 되는 것인즉, 젊은 마님에게 모든 정성을 다하겠으니 괘념치 마시옵소서."

그러나 불안이 없을 순 없었다. 옥녀의 얼굴이 창백해지는 것을 보고 자수는 외가로 돌아가 사는 것이 어떻겠느냐고 권유했다.

"도련님을 지척에 모시고 종살이 하는 편을 천첩은 택하겠소이다. 도련님이 없는 세상에 혼자 양반으로 행세하고 사는 것보다 도련님의 종으로서 살길 바라나이다."

그러면서 옥녀는 웃어 보이기까지 했다. 옥녀를 다시 만난 민 씨 부인은 옥녀를 끌어안다시피 하고 울었다. 반가움의 울음이었고 고생길이 훤한 앞날을 염려한 때문의 울음이었다.

새 며느리의 성격을 들어서 안 홍청은 며느리가 시집오기 전에 옥녀를 위해 조그마한 집을 마련함과 동시에 농토를 붙여 줄 계획까지 세웠다. 그것을 옥녀는 한사코 거절했다. 말을 입 바깥에 내진 않았으나 스스로 고초를 자청함으로써 자수에 대한 그녀의 사랑을 증명해 보고자 한 심정이었다.

옥녀는 누가 시키지도 않았는데 안성으로 돌아온 이후 비단옷을 걸치지 않았다. 삼베 아니면 무명베의 옷을 누더기처럼 기워 입고 얼굴에선 일체 화장기를 없앴다. 그래도 빛나는 아름다움을 어떻게 하랴. 누더기를 입을망정 깨끗이 몸을 지키는 버릇을 어떻게 하랴!

청주 한 씨는 시집으로 와서 가마에서 내린 그 순간 옥녀의 모습을 시야에 잡았다. 되도록 구석진 곳을 찾아 숨은 듯한 옥녀를 첫눈으로 발견했을 때 한 씨 부인의 가슴이 떨렸다.

영리한 사람은 스스로를 알고 남을 이해한다. 한 씨 부인은 누더기를 걸친 옥녀의 몸매와 화장기 없는 옥녀의 얼굴에서 자기보다 우월한 자색姿色과 자질資質을 보았다. 한 씨 부인은 속으로 되뇌었다.

'저년과 싸움이 내 평생의 일이 되겠구나!'

홍계남 출생의 비밀

조선 시대의 가정은 비유하면 2원 2차방정식처럼 되어 있다.

사랑舍廊과 내당內堂의 생활은 서로 연관을 가지면서도 어디까지나 양원적兩元的이다. 사랑의 생활과 내당의 생활은 엄연히 다르다. 비록 가장家長이 사랑에 있다고 하더라도 내당은 가모家母의 지배하에 있다. 내당의 식구는 가모가 지배한다. 남자의 세계는 총체적인 재산의 관리, 대외적인 접촉, 청소년 시대엔 서당 출입에 국한된다.

한 씨 부인은 이 양원성兩元性을 교묘하게 이용하여 자수와 옥녀가 만날 기회를 봉쇄해 버렸다.

한 씨 부인이 옥녀에게 한 첫말이다.

"너 길쌈을 잘한다고 들었는데 그것이 사실이냐?"

"그러하옵니다."

한 씨 부인은 길쌈감을 몇 배나 불려 옥녀를 뒷방 베틀에 묶어 버렸다. 옥녀가 베틀에 앉아 있지 않을 땐 그녀와 시간을 같이했다. 세수할 때도, 청소할 때도 같이, 옥녀가 측간에 갈 땐 한 씨 부인은 마당에 나가 서 있었다. 한시반시도 감시의 눈을 떼지 않았다.

한 씨 부인이 시집오기 전엔 자수의 입성은 모두 옥녀의 손을 거친 것이었는데 부인이 오고부턴 옥녀에게는 시아버지, 시어머니 입성을 맡도록 하고 자수의 것만은 부인 자신이 도맡았다.

한편 부인은 남편의 면학勉學을 독려했다. 서당에다 남편을 묶어 놓은 셈이다. 그러곤 내당에 출입할 날을 정해 놓고 그날 밤은 어떻게 해서라도 자기 곁으로 오도록 조종했다.

옥녀는 언제나 부인이 데리고 온 몸종과 동침케 하여 자는 동안에도 감시를 게을리하지 않았다. 때문에 아무런 풍파도 소음도 없이 집안은 감쪽같이 다스려져 나갔다. 감쪽같이 집안이 다스려지는 덴 물론 옥녀의 협력도 있었다. 옥녀는 스스로 부인의 감시를 감수했을 뿐 아니라 적극적으로 감시의 권내에서 벗어나지 않도록 노력도 했다.

좁은 집안에서 한 남자를 사랑하는 두 여인이 살 경우 프로이트 같은 천재로서도 그들의 심리를 분석하기가 어려울 것이다.

옥녀의 고통도 고통이려니와 한 씨 부인의 고통도 짐작할 만하다. 모든 점에서 옥녀가 우월하다고 느끼지 않을 수 없었을 때 양반으로서의 자부와 긍지가 혈액화血液化된 한 씨 부인으로선 이중삼중의 고통을 겪는 셈이었다. 옥녀의 말 없는 종순從順이 더욱 밉지 않을까. 한 씨 부인의 행동이 지나치다고 해서 우리는 그녀의 부덕에 흠을 잡을 순 없다. 다만 비극悲劇의 탄생을 보는 안타까운 마음일 뿐이다.

무오년戊午年 4월의 초시初試에 홍자수는 합격했다. 대과大科를 3년 후로 미룬 것은 까닭이 있었다.

문정대비文定大妃의 수렴청정은 벌써 5년 전에 끝났으나 여전히 정사에 대한 간섭이 심했다. 그리고 그 간섭이 너무나 사연私緣에 치우쳐 명종은 근심이었다. 명종 13년, 그러니까 홍자수가 초시에 합격한 그해 문정대비와 윤원형은 정모鄭某를 한성판윤으로 천거했는데 정모의 비위사실이 너무나 엄청나 이를 명종에게 알려 정모의 임명을 막은 사람이 있었다. 그 사람이 승지 임소립林素立이었다.

명종이 대비의 말을 듣지 않자 대비는 왕에게로 달려가 따졌다.

"어떤 이유로 나의 천거를 무시하느냐?"

왕은 정중히 정모의 비위사실을 들은 대로 말했다.

"그건 말짱 거짓말이다. 누가 그런 고자질했는지 대라."

대비가 소리를 높였다.

명종은 자기에게 고한 자의 이름을 댔다간 무슨 보복이 있을지 몰라 대답하지 않았다.

"내 말을 듣기 싫으니까 함부로 꾸며 냈구나. 그대가 임금이 된 것은 나와 나의 아우 윤원형의 덕분이 아닌가. 배은망덕도 유분수지."

대비는 명종의 뺨을 때렸다.

이 사건을 목격한 승지 임소립은 '성상聖上의 수모受侮가 있게 한 것은 오로지 나의 죄책罪責이니라' 하는 유서를 남겨 놓고 스스로 독배毒杯를 마시고 자결해 버렸다. 그 임소립이 바로 홍자수를 지도하고 뒷받침해 줄 인물이었다. 자수는 임소립에 대한 마음으로서의 복상服喪으로 대과大科를 3년 후로 미룬 것이다.

이런 일 외에도 조정은 계속 평온하지 못했다. 그리고 해안 각지에서는 왜변倭變이 쉴 새 없이 일어났고 각지에 화적이 들끓었다. 그 가운데서도 황해도 봉산鳳山을 거점으로 한 임꺽정은 세력을 불려나가 황해도 일부에선 거의 행정력이 마비되었다. 바야흐로 외우外憂와 내환이 우심하여 뜻있는 자로 하여금 좌불안석케 하는 시기였다.

"세상이 이 꼴인데 벼슬을 해선 무엇하리오."

홍자수는 향리에 내려가 주경야독 생활을 꿈꾸기로 했지만,

"나라가 어지러울수록 장부의 뜻은 튼튼해야 하는 겁니다."

하는 한 씨 부인의 편달은 간절했다.

자수는 울울한 나날이면 옥녀를 생각하는 마음이 간절했지만 정실에게서 아이를 얻기까진 삼가야겠다는 의지로 참았다. 물론 한 씨 부인의 감시가 옥녀에게 접근할 틈서리를 있게 하지도 않았다.

이윽고 한 씨 부인의 몸에 태기가 있었다. 홍 씨 집안엔 경사를 앞둔 술렁임이 있었다. 달이 차서 아이를 낳았다. 딸이었다. 집안사람들은 다소간 실망했지만 그 가운데서도 가장 크게 실망을 한 사람은 옥녀였다. 정실에 앞서 아들을 낳아선 안 된다는 분부는 정실이 아들을 낳은 뒤엔 아들을 가져도 좋다는 허락과 다를 바 없었으니 옥녀는 그 누구보다도 한 씨 부인의 첫 아기가 아들이길 바랐던 것이다.

같은 집에서 살면서도 옥녀에게 자수는 그림의 떡이었으며 오를 수 없는 나무였다. 한데 그 고통을 참을 수 있었던 것은 언젠가는 자수와 자기 사이에도 사랑의 열매를 맺을 수 있으리라는 희망 때문이었다.

정실이 아들을 낳기만 하면 어떠한 감시를 뚫고라도 자수의 곁으로 갈 것이란 용기와 수단이 옥녀에겐 있었다. 옥녀를 묶어 놓은 것은 한 씨 부인의 감시가 아니라 스스로의 마음이었다.

옥녀가 모든 뒷바라지를 남김없이 해 놓고 산모와 영아가 잠들기를 기다려 몸을 빼낸 것은 3경도 지났을 무렵. 옥녀는 뒤뜰 매화나무에 이마를 기대고 흐느껴 울었다. 옥녀가 홍청을 따라 이 집으로 와서 눈물을 흘려 보긴 이번이 처음이었다. 한 씨 부인의 가혹하리만큼 엄한 처우에도 눈물 한 방울 흘리지 않았던 옥녀였고, 힘겹고 지겨운 일에 영일이 없을 상황인데도 심신이 지치긴 했으나 슬프다는 생각은 해보지 않은 옥녀였다. 그러한 옥녀가 한 씨 부인이 딸아이를 낳았을 때만은 슬피 울었던 것은 자수를 향해 달리는 마음을 앞으로 몇 년 동안은 억눌러야 한다는 자기 인식이 너무나 애처로웠기 때문이다.

그때는 초가을의 스무날께였다.

늦게 솟아오른 달이 매화나무에 이마를 대고 우는 옥녀의 들먹이는 어깨를 비추었다. 만상이 고요한 밤, 소리를 죽이고 슬피 우는 이 여인을 지켜보는 것은 달만이 아니었다.

머슴애이건 딸아이건 손주가 처음으로 이 세상에 태어났다는 마음으로 해서 잠을 이루지 못한 홍청이 자리에서 일어나 집 이곳저곳을 천천히 배회하다가 뒤뜰로 들어서려는데 매화나무의 언저리에 사람의 그림자를 발견했다. 멈칫 걸음을 멈춘 홍청은 그것이 옥녀임을 알아차렸다. 홍청 자신도 며느리를 본 이후론 옥녀와 상종할 기회가 거의 없었다. 며느리에 대한 체면도 있어 내당 출입을 삼가는 데다 옥녀는 옥녀대로 베틀에 묶여 있었기 때문이다.

홍청은 옥녀가 소리 없이 우는 것을 보자 가슴이 아파 옴을 느꼈다. 마음의 깊은 바닥에선 며느리 이상으로 옥녀를 사랑하는 그였다. 옥녀에게 가서 위로의 말이라도 했으면 했다. 그러나 어른의 체면, 가장으로서의 권위가 그 충동에 제동을 걸었다. 홍청은 발소리를 죽여 돌아 서선 아들이 자고 있는 사랑방을 두드렸다.

"자수야. 이리로 좀 나오너라."

아들에게 나직하게 일렀다.

"너 옷을 챙겨 입고 뒤뜰 매화나무 밑으로 가 보아라."

하늘 아래 갖가지의 사랑이 있다.

남녀의 상애相愛에도 갖가지가 있다. 사랑해선 안 될 사랑도 갖가지이며, 사랑하면서도 떳떳할 수 없는 것도 갖가지며, 마음은 절실하면서도 이룰 수 없는 사랑도 갖가지가 있다.

아버지가 무슨 뜻의 말씀을 하셨다는 것을 자수는 깨달았다. 지난 봄 한양에 갔을 때 종로 금은전에서 사가지고 온 쌍雙으로 된 금반지를 문갑에서 꺼내 들고 자수는 뒤뜰로 갔다. 월광이 이슬빛으로 깔린 뜰을 조심조심 밟아 매화나무 옆에까지 가선 놀라지 않게 인기척을 하고 자수는 옥녀의 어깨를 안았다.

놀라며 돌아보는 옥녀의 눈동자에 달빛이 고였다. 오오, 그 아름다움! 움직이려는 옥녀의 입술을 가볍게 손바닥으로 막고 자수는 어깨를 안은 채 옥녀를 이끌어 뒷문으로 집을 나갔다. 그리고는 동산으로 이어지는 길을 걸었다. 집 바로 뒤가 동산이었다.

솔 그늘 사이의 풀을 깔고 앉아 자수는 무릎 위에 옥녀를 앉혔다.

"눈물을 거둬라 옥녀야. 네가 울면 내 가슴이 터진다."

"서방님."

외마디 이렇게 불러 보고 옥녀를 뒤를 잇질 못했다.

"네 고통을 모르는 바 아니다. 네 고통은 아버지도 알고 계신다."

자수는 매화나무 아래 옥녀가 있음을 알려준 것은 아버지라고 했다.

"아아, 아버님이, 아니 큰 어른께서."

옥녀는 몸을 떨었다. 부끄러움과 감격이 겹쳤기 때문이었다.

"임자를 나는 어떻게 하면 좋을꼬."

자수가 신음했다.

"천첩의 걱정일랑 마사이다."

옥녀는 자수의 가슴에 얼굴을 묻었다.

"울고 싶은 심정이야 내 익히 알고는 있지만 하필 오늘밤에 그처럼 슬피 우는 까닭이 무엇인지 알고 싶구려."

"첫 아드님이 아니고 첫 따님인 것이 한없이 슬프오이다."

자수는 잠잠해 버렸다. 정실이 아들을 가지기 전엔 옥녀가 아들을 낳아서 안 된다는 부모님의 분부가 상기된 것이다.

"자꾸만 서방님이 멀어지는 것 같소이다. 천첩 그것이 견딜 수 없소이다."

옥녀는 여전히 얼굴을 자수의 가슴에 묻은 채 어깨를 들먹였다.

자수는 품속에 지니고 온 쌍가락지를 꺼냈다. 달빛에 빛나는 은은한 황금빛은 신비롭기까지 했다.

"옥녀야. 얼굴을 들어봐."

옥녀가 고개를 들자 자수는 금가락지를 내밀었다.

"금가락지다. 지난 번 한양 갔을 때 구해 왔지."

순간 활짝 피려던 옥녀의 얼굴이 곧 흐려지는 것이 달빛 아래에서도 역력했다.

"자 끼어 봐라."

자수가 옥녀의 손을 잡았다. 옥녀의 말은 단호했다.

"안 되오이다. 아씨에게 드리사이다. 저에겐 서방님의 마음만이 소중하나이다. 그것은 천첩이 가질 물건이 아니오이다."

"내 마음을 원한다면 마음의 표적인 이것을 받아야 할 것이 아닌가."

자수는 조용히 타이르는 듯했다.

"마음이면 그만이오이다. 표적은 싫소이다."

자수가 반지를 억지로 끼우려고 하자 옥녀는 주먹을 꽉 쥐어 버렸다.

"그럼 내 마음이 섭섭하구려."

자수는 하늘을 보았다. 달은 벌써 서산의 마루턱 가까이에 있었다.

"천첩의 견식은 얕으옵니다만 금은보화는 있을 곳에 있어야 한다고 믿사이다. 노비의 손에 끼인 금반지는 노비를 더욱 천하게 만들 뿐 무슨 보람이 있으오리까. 숨겨 가져야 할 물건이면 숨길 죄를 하나 가진 것밖엔 되지 않으며 오히려 고통일 뿐이오이다. 있을 곳에 있지 못하는 금은보화는 금은보화가 아니라 추물醜物일 뿐이오이다."

옥녀의 말은 간절했다.

"내 마음을 간직하는 셈으로 옥녀가 이걸 간직하고 있으면 될 게 아닌가."

"아니오이다. 천첩은 아씨가 모르는 물건은 일절 가질 생각이 없사오이다. 부앙천지俯仰天地 깨끗이 몸을 지니고 싶사오이다."

"그렇다면 내 사랑까지 거절하겠다는 말 아닌가."

"그건 아니오이다. 서방님의 제게 대한 마음, 저의 서방님께 대한 마음은 아씨가 이 세상에 계신다는 것을 알기 전에 이미 가꾸어진 마음이옵니다. 다만 법도에 따라 분수를 지킨다는 것뿐이오니 천첩은 천첩의 분수에 맞추어 서방님의 사랑을 받고 싶사이다. 저가 분수를 넘기지 않는다면 아씨께선 천첩의 사랑을 막을 길 없사오이다. 그것만은 분명하오이다."

"그러니까 이걸 받아 두란 얘기가 아닌가."

"서방님의 뜻만은 감사하게 받겠사옵니다만 그 금반지만은 받을 수 없사옵니다."

"난 이걸 임자가 간수해 두었다가 먼 훗날 며느리를 볼 때, 그때 임자가 떳떳하게 며느리에게 물려주었으면 하는 생각까지 했는데…."

"그러시다면 서방님, 그걸 어머님께 맡기시오서. 서방님의 그 뜻을 함께 전하시며 어머님께 맡기시오면 어머님께서도 얼마나 좋아하시겠나이까."

"옥녀의 원려가 그럴듯하군."

자수는 옥녀를 안은 팔에 힘을 주었다. 초가을 밤의 그 무렵이면 대기는 차가웁다. 그러나 젊은 두 몸뚱어리는 타오르는 정념으로 해서 추위를 몰랐다.

자수가 자기도 모르게 불타오른 정념으로 행동을 시작하려 했고, 옥녀는 자수의 포옹에서 비집고 일어섰다.

"서방님, 지금 이럴 수가 있다면 천첩은 오늘 밤 눈물을 흘리지 않았을 것이오이다."

그래도 자수가 강요하는 태도로 나오자 옥녀는 다시 얼굴을 자수의 가슴에 묻고 흐느끼며 속삭였다.

"천첩의 마음이 이러하거늘, 하물며 대장부가 왜 그러시나이까. 아

씨가 아드님을 낳으시기만 하면 천첩은 수화水化를 불사하고 서방님의
품을 찾아가겠나이다."

돌연 주위가 캄캄했다. 달이 서산을 넘은 것이다. 동녘 하늘에 샛별
의 광망이 날카로웠다. 얼마지 않아 날이 샐 것이었다.

"내 업고 내려가지."

자수는 덥석 옥녀를 업고 비탈을 내리기 시작했다.

홍자수와 한 씨 부인 사이에 첫아들이 난 것은 임술년, 명종 17년,
자수 23세 때이다. 이해의 정월 황해도의 거적巨賊 임꺽정이 포살捕殺
되었다. 임꺽정은 근 5년 동안 황해도의 산악지대를 본거로 하고 인근
의 양반과 토호들을 겁략劫掠했을 뿐만 아니라, 서북에서 오는 관물을
탈취하기도 하여 세위를 떨쳐, 한땐 경노京都를 위협할 정도로 그 세를
확대 강화하기도 했다.

대도大盜 임꺽정, 의적義賊 임꺽정의 전설은 그의 죽음과 더불어 비
롯되어 널리 서민들 사이에 전파되었다. 더러는 임꺽정을 숭앙하는 시
문詩文이 경향 간에 나돌기도 했는데, 이는 윤원형尹元衡이 전횡하는
당시 정사政事에 대한 백성들의 불만의 은근한 반영이었다.

이렇게 세상은 어수선했고 자수의 앞날 역시 불투명했으나 첫아들
을 얻은 것만은 홍 씨 일문의 기쁨이었다. 홍청은 손주의 이름을 진震
이라고 지었다. 널리 천하에 이름을 떨칠 손주의 앞날을 기대하는 마
음에서였다. 홍청은 이러한 기대를 가질 만했다. 진은 나면서부터 골
상이 비범하고 총명의 서조瑞兆를 지녔다.

그런데 진의 탄생을 누구보다도 기뻐한 것은 옥녀였다. 그러나 한

씨 부인은 감시의 눈을 게을리하지 않았기 때문에 자수와 옥녀는 좀처럼 자리를 같이할 기회가 없었다. 그런데 1년 후 그런 기회가 왔다.

진의 돌날이 지났을 때 한 씨 부인이 시어머니 민 씨에게 아뢰었다.

"외손外孫도 손주가 아니겠습니까. 외가의 할아버지와 할머니가 진을 오죽이나 보고 싶어 하시겠나이까. 허락하신다면 진을 데리고 친정에 다녀왔으면 하옵니다."

"그렇게 하려무나, 빨리 출향 날짜를 받아야지."

시어머니는 승낙했다.

그러자 한 씨 부인은,

"친정에 갈 땐 하님으로 옥녀를 데리고 가야겠습니다."

민 씨 부인은 '아차' 하는 심정이었지만 속으로 마음먹은 바가 있어, '그렇게 하라'고 간단하게 동의했다.

날짜를 받고 내일 아침이면 한 씨 부인이 친정으로 떠날 전날 밤, 민 씨 부인은 잠자리에 들기 직전 옥녀에게 말했다.

"옥녀야, 넌 아플 줄도 모르느냐?"

옥녀는 민 씨 부인의 말뜻을 단번에 알아차렸다. 이튿날 아침 모든 채비가 다 차려져 한 씨 부인이 가마를 탔을 때 민 씨 부인은 며느리에게 일렀다.

"옥녀가 간밤에 토사곽란을 만났다는구나. 하님으론 또순이를 데리고 가야겠다."

또순이란 한 씨 부인이 시집올 때 데리고 온 몸종이다. 또순은 옥녀를 감시하는 역할을 맡고 있었다.

한 씨 부인은 시어머니의 말을 듣는 순간 가마에서 내리고 싶은 충동을 느꼈다. 가마를 타기 직전에 그 말을 들었더라면 출향을 중단했을 텐데 이미 가마에 올라탄 후인 데다 여러 어른들이 전송하고 있는데 그럴 수도 없었다. 울컥하는 감정을 억누르느라고 안간힘을 썼다.

'이년, 두고 보자' 하는 기분인데 교군이 가마를 메었다. '지금이다. 내려야지' 했을 땐 가마는 대문을 나서고 있었다.

골목길을 통과할 때도 가마를 되돌려 세울 마음이 울컥울컥 했는데 마을을 빠져나와 들길로 들어섰을 땐 이미 늦었다고 한숨을 쉬었다.

여자의 본능, 질투가 갖는 추측은 뜻밖에도 정확한 것이다.

한 씨 부인이 친정에 머무는 동안의 심기는 결코 편하지 않았다. 감시를 맡은 또순이마저 따라오고 말았으니 지금 안성에서 무슨 일이 일어나고 있을지 몰랐다. 제대로 놀 수도, 먹을 수도, 잘 수도 없는 정황이었다.

한 씨 부인의 걱정은 적중했다. 옥녀가 안타까워 견딜 수 없는 심정이었던 민 씨 부인은 그동안 친정엘 다녀오겠다면서 집을 비웠고, 홍청은 잠시 한양엘 다녀오겠다고 떠나 버렸다. 자수의 누이는 이미 시집가고 없는 터이고 보니 농사일을 거드는 하인 부부 말곤 집엔 자수와 옥녀만 남게 되었다.

한 씨 부인이 친정엘 다녀오기로 한 시일은 보름 동안이었다. 이를테면 자수와 옥녀는 그 보름 동안에 평생의 몫을 살아야 할 참이었다.

옥녀는 그 보름 동안을 위해선 나머지 일생을 희생해도 아깝지 않다는 생각이었으며, 자수 또한 기왕에 앞으로도 못 다할 정애를 그 보름 동안에 살아야 한다는 심정이었다.

하늘이 그처럼 푸른 것을 옥녀는 처음으로 느꼈다. 해가 뜨고 해가 지는 의미, 달이 뜨고 달이 지는 의미, 별이 그처럼 찬란한 의미, 산은 높게 솟고, 들은 평평하게 펼쳐지고, 강물은 조용히 흐르는 이치를 옥녀는 비로소 안 것이었다.

음양陰陽의 이치에 천지의 이치가 있을진대 옥녀의 그러한 감각은 오히려 당연한 것이었다.

한 씨 부인이 친정으로부터 돌아오기 사흘 전날 홍청이 한양에서 돌아오고, 민 씨 부인은 친정에서 돌아왔다. 한 씨 부인의 입장으로서 보면 모두 공범자들이었다.

한 씨 부인이 돌아오기 전날 밤, 언젠가 옥녀가 기대어 서서 눈물짓던 매화나무 근처에 서서 옥녀가 말했다.

"천첩이 아들을 낳으면 어떻게 될까요. 벼슬할 수도 없이 평생 천골로 지내야 할까요."

"걱정 말게. 노비를 정처로 삼아선 안 된다는 영令이 내린 그해, 계축년 10월에 양첩良妾의 아들은 문무과文武科에 통할 수 있도록 되었느니라."

그러면서도 자수의 말은 침울했다.

그동안 무슨 일이 있었는가를 누구에게 묻지 않아도 한 씨 부인은 여성 특유의 육감으로 알아차렸다.

양반의 가정에서 자라난 체모로서 결코 어른들을 원망하는 태도를 나타내지 않았지만 시부모가 완전히 자기편만이 아니란 사실을 가슴속에 새겨 넣었다. 그런 만큼 옥녀에 대한 태도는 엄격의 도를 넘어 가혹했다. 자존심 때문에 자기의 짐작을 입 밖에 내어 따지고 책하진 않았지만 다른 사유에 트집을 잡아 사사건건 옥녀를 못살게 굴었다.

시부모들은 때에 따라 며느리의 처사가 지나치다고 느낄 경우도 있었지만 며느리로선 당연할 것이란 공감과, 일종의 공범共犯이었다는 죄의식 때문에 옥녀를 두둔할 수 없었고, 그럴 형편도 못 되었다.

옥녀는 그런 박해를 잘도 견뎌냈다. 자기에 대한 자수의 절대적인 사랑을 믿는 옥녀는 어떠한 곤란도 감수할 각오가 되어 있었다. 그런데 옥녀가 임신한 흔적이 완연해지자, 한 씨 부인의 행동은 가일층 과격한 지경에 이르렀다. 때론 구타하기도 했다. 옥녀는 구타의 고통은 참을 수 있었지만 태내胎內의 생명에 위급을 느꼈다. 어떤 일이 있어도 태내에서 숨 쉬는 생명만은 안전해야 했다.

드디어 옥녀는 민 씨 부인에게 호소했다.

"어떻게 잘못하면 태중의 생명을 잃을 염려가 있사옵니다. 제가 죽는 건 얼마라도 참을 수가 있지만 태중 생명은 보전하고자 하옵니다."

민 씨 부인은 결단을 내렸다.

큰동서, 즉 형인 홍택洪澤의 부인을 찾아가 안산安産할 때까지 옥녀를 맡아 달라고 부탁했다. 그렇게 하여 옥녀를 큰집으로 보낼 작정을 했는데 한 씨 부인의 맹렬한 저항에 부딪혔다.

"저의 부모님 봉양이 미치지 못하오이까, 저의 효도가 미흡하오이까. 일개 종년의 거취를 제 마음대로 결정하지 못한다면 저는 이 가문의 무엇이오이까?"

"며느리, 듣거라. 옥녀는 홀몸이 아니다. 홀몸이 아닌 사람의 심기는 언제나 편안하게 해주는 것이 도리이니라. 집에서 키우는 소나 개도 임신 중이면 각별한 마음을 써야 하거늘, 옥녀는 비록 종일지라도

소나 개보다는 낮게 보살펴야 하지 않겠느냐. 며느리, 듣거라. 이 시
어미가 어릴 때부터 키우고 데리고 있는 종 하나를 내 마음대로 못한다
고 해서야 그야말로 양반집의 법도를 문란케 하는 일이 되지 않겠느
냐. 이번 일만은 내 마음대로 하게 해다오."

기가 센 한 씨 부인도 시어머니의 간절한 부탁을 물리칠 수 없었다.
"그렇다면 어머니. 옥녀의 몸에서 난 아이는 호부呼父도 호형呼兄도
못하게 하겠다는 약조만은 해주사이다."

한 씨 부인이 하나의 요구를 했다. 이 요구엔 양보하지 않을 수 없어
민 씨 부인이 말했다.

"원래 아이는 여자의 신분을 좇기로 되어 있지 않느냐. 집안따라 각
각 다르지만 호부나 호형을 금할 수 있는 건 너와 너의 남편 자수니라.
그러니 그건 네가 알아서 해라. 그 사달을 두고 내가 용훼容喙하지 않
겠다는 약조만은 하겠다."

날이 가고 달이 거듭되었다. 옥녀는 홍청의 형님인 홍택의 집 뒷방
에서 옥동자를 안산했다. 가정嘉靖 갑자년甲子年 중양가절重陽佳節인 9
월 9일 진시辰時였다.

즉시 이 소식은 홍청에게 전해졌는데 그때 홍청은 간밤에 꾼 꿈이 하
도 이상해서 해몽에 골몰하던 터였다. 그 꿈이란 캄캄한 밤하늘의 일
각에 돌연 눈부신 광망光芒이 나타나더니 쏜 화살처럼 빠르게 중천을
지나며 온 누리를 환하게 비춰낸 장관이었다. 홍청은 옥녀가 옥동자를
안산했다는 소식을 듣자 무릎을 탁 쳤다. 꿈의 의미는 바로 그것이었
던 것이다.

홍청은 큰집으로 달려가 영아와 산모의 안부를 물었다. 모자가 건전하다는 전갈이 있었다. 형과 갓난아이의 이름을 의논했다.

홍택은 묵묵부답으로 앉아 있더니 뚜벅 한마디 했다.

"소생종모所生從母라 하였거늘 명명命名에 경솔이 있어선 안 될 것이니라."

아이는 어미의 신분을 따라가는 것이니 경경하게 적자嫡子와 평등한 이름을 지어서는 안 된다는 말이다. 그런데 이것은 형의 고집이 아니고 조카며느리 한 씨 부인이 미리 말해 온 바를 자기 의견으로 고쳐 말한 것뿐이었다.

홍청의 착잡한 표정이 안쓰러워 형은 한마디를 더 보탰다.

"택안가제宅安家齊라야만 아기가 무사하게 자랄 수 있는 걸세. 어떻게 하건 그 아이의 운명은 대모의 뜻에 있는 것이니 그렇게 알고 처리하게."

홍청은 비로소 옥녀가 낳은 손주에게 할아버지 노릇도 제대로 못할 형편을 깨달았다. 형의 말은 집안이 편안해야 그 아이가 무사할 수 있으니 모든 것을 며느리에게 맡기라는 것이다.

"우리가 살더라도 얼마를 살 것인가."

하고 형은 수연한 얼굴이 되기도 했지만, 한편

"그러나저러나 손주는 손주가 아닌가. 손주를 얻은 기쁨을 어찌 등한히 할 수 있으랴."

하며 내당에 주안상을 청했다.

잔을 주고받는 사이 홍청은 어젯밤의 꿈 얘기를 털어놓았다.

초칠일初七日이 지나 옥녀는 아이를 안고 집으로 돌아왔다. 여태껏 쓰지도 않던 골방이 옥녀와 그 아이의 거처가 되었다.

그런데 아무리 기다려도 아이의 이름이 붙여지질 않았다. 기다리다 지쳐 옥녀가 민 씨 부인에게 호소했다.

"마님, 아이에게 이름을 주옵소서. 이 세상에 와서 열흘이 되었는데 이름이 없다고 해서야 너무나 불쌍하지 않사옵니까."

민 씨 부인인들 왜 그 안타까움을 몰랐을까만 며느리 한 씨의 눈치가 보여 입 밖에 내지 못했는데 가만있을 수가 없어 저녁밥이 끝난 후 남편 청을 내당에 납시라고 이르고 그 자리에 며느리를 불러 앉혔다.

"어떻게 되었건 홍 씨 집안의 씨인 것만은 사실인데 갓난 신인新人의 대접을 이렇게 할 수가 있습니까. 영감님, 아이의 이름을 생각해 보시와요."

그러자 청이 눈치를 살폈다.

"며늘아, 네게 무슨 의견이 있을 것 아니냐."

"어른이 계시는데 제게 무슨 의견이 있사오리까."

했을 뿐 한 씨 부인은 입을 다물었다.

"자수를 내려오라고 해야겠군. 자수의 요량에 따를 수밖에."

청이 과거 준비로 한양에 가 있는 아들을 들먹였다.

"그만한 일로 애비를 부를 필요가 없을 줄 아옵니다."

한 씨 부인은 '외람하오나' 하는 서두를 붙여 다음과 같이 말했다.

"명문名門의 가통家統에 문란함이 있어선 안 될 줄 아옵니다. 기강을 먼저 세우려면 적출嫡出과 혼동되는 이름은 단연코 불가하오이다. 장자가 진震, 외자이면 차자, 삼자도 응당 외자로서 이어져야 하리라 믿사옵는데 서출庶出의 아이에 외자 이름을 붙이면 적서의 분간이 서지 않습니다. 서출은 이를 엄하게 다스리려면 호부호형呼父呼兄을 못하게 하는 법이거늘 어찌 혼동되기 쉬운 이름을 붙이오리까. 옥녀가 낳은 아이에겐 쌍자雙字 이름을 붙이되 진의 동생이 앞으로 몇이 출생하더라도 그가 형 대접을 받지 못하게 이름을 지어야 할 줄 아옵니다."

일리一理도 이리二理도 있는 말이었지만 청이 듣기론 거북했다.

"그럼 어떻게 지으면 그렇게 되겠느냐?"

"제 소견으로는 계남이 무방할까 하옵니다. 끝 계季 사내 남男이면 나이야 어떻건 수하手下로서 행신할 이름이 아니겠습니까."

"계남이라!"

청이 신음하듯 중얼거렸다. 청의 심정으로 말하면 옥녀에게서 얻은 손주에게 적서嫡庶의 차별을 두고 싶지 않았다. 며느리 한 씨의 의견이 하나부터 열까지 타당하긴 하지만 정情을 앞세워 생각하면 청의 마음먹기에도 무리가 없었다.

아무튼 홍청은 며느리의 총명엔 혀를 내두를 심정이 되었다. 계남이란 곧 사나이, 즉 막동이란 뜻이니 적출嫡出이 앞으로 몇 계속 되더라도 그 이름으로서 서열序列이 정해진 거나 다를 바가 없고, 아울러 앞으로 옥녀의 몸에선 아들을 낳을 수 없다는 것을 지레 못을 박는 경고의 뜻이었기 때문이다. 한편 계남이란 이름은 옥녀의 몸에서 낳은 아들을 서출로나마 인정하는 것도 이것이 마지막이란 뜻을 포함하기도 했다. 즉, 앞으로 옥녀가 아들 몇을 낳건 이름을 주지 않겠다는 의사표시였다. 끝 사나이를 낳아 놓고도 무슨 아들이 존재하겠는가 말이다.

이에까지 생각이 미쳤을 때 청은 백번 며느리의 의견을 승인하는 기분이 되면서도 동시에 두려움을 느꼈다. 옥녀의 몸에서 낳은 그 어린 애의 장래가 미리 짐작이 되는 심정이었다.

'우리가 살면 얼마나 살 것인가'한 형의 말이 상기되기도 했다.

그 아이를 무사하게 보전하려면 섣불리 시아비로서의 권위를 휘두를 것이 아니라 며느리의 의견에 영합迎合하는 것이 현명하다는 심정이 되었다.

"임자, 계남이란 이름도 나쁠 것이 없겠소."

청이 부인 민 씨를 돌아보았다. 민 씨 부인의 가슴속엔 소용돌이가 일고 있었다. 남편의 심정을 이해하지 못할 바는 아니었지만 선뜻 남편의 말에 승복할 마음이 되질 않았다.

"이왕에 늦었으니 그애가 오기를 기다려 이름을 결정합시다."

하고 민 씨 부인은 입을 다물어 버렸다. 그애란 아들 자수를 말한다.

"애비완 상관없이 이름을 지어 주는 게 무방할 듯하옵니다만."

며느리 한 씨의 말이었다. 청은 부인인 민 씨의 고집도 알고 있는 터였다. 자칫 잘못하면 고부간에 불미스런 말들이 오갈지 몰랐다.

"자넨 물러가 있게."

며느리의 발자국 소리가 멀어지길 기다려 청이 부인에게 말했다.

"이번 일은 며느리 하라는 대로 하는 게 좋겠소."

"그렇더라도 계남이란 이름은 너무하지 않사옵니까. 옥녀로선 첫아긴데 첫아기 이름이 대뜸 계남이면 옥녀의 마음이 어떠하오리까."

"임자의 심정 모르는 바 아니오. 그러나 그런 말 입 밖에 내질 마오. 며느리는 가통家統과 법도를 엄히 지키려는데 시어미 되는 사람은 아녀자의 정에 이끌려 집안을 망신스럽게 하려고 서두는 것처럼 되겠소."

"그러니 영감님이 영을 세워야 될 게 아니옵니까. 법도로만 사람이 사는 게 아니오이다. 사람은 정으로서 살며, 정이 있고서야 집안의 화락이 있는 것이오이다. 보다도 옥녀가 불쌍해서….."

민 씨는 눈시울을 닦았다.

자수가 그해 한양에서 귀성歸省한 것은 섣달그믐이 가까워서였다. 물론 그는 옥녀가 아기를 낳은 사실은 알았지만 이 때문에 집으로 돌아올 순 없었다.

한데 자수가 귀성했을 무렵엔 갓난아기의 이름은 막동이로, 옥녀는 막동이네 또는 막동이 어머니로 굳어져 있었다. 자수는 그 까닭을 어머니로부터 들었으나 별 말이 없었다. 시하侍下의 몸이기도 했지만 자기의 집안은 끝내 부인 한 씨의 의향을 존중하는 데서만 편안할 수 있다는 소신이 있었기 때문이다.

그러나 몸소 뒷방으로 옥녀를 찾아가서 갓난 아들과의 첫 대면을 감행한 것은 장부로서의 체면을 세운 것이라고 할 수 있었다.

"참는다는 것은 이 아이와 나와 당신을 위함이다. 헌데 끝까지 참아야 참는 것으로 되는 것인즉, 그렇게 알고….."

옥녀의 손을 잡았을 때 옥녀는 몸을 파르르 떨었다. 그 떨고 있는 몸을 안으며 자수는 신음했다.

"아아, 이 불쌍한 것을….."

이 말에 옥녀는 정신을 차린 듯했다.

"서방님, 전 불쌍하다는 말씀 싫소이다. 제가 불쌍하면 이 아이가 어떻게 되옵니까. 불쌍한 아낙네의 불쌍한 아이가 되지 않으오이까.

전 결단코 불쌍하지 않소이다. 이 아이의 어미가 어떻게 불쌍할 수 있 사오리까. 보시오, 이 이마를, 이 눈망울을, 이 콧날을! 장차 크고 큰 사람이 될 것이오이다. 그런데 어째서 제가 불쌍하다 하오이까."

마지막은 울먹이는 소리로 변했다. 자수의 가슴이 짜릿했다. 아닌 게 아니라 준수한 이마며, 시원한 눈동자며, 사내의 기상이 벌써 나타 나 있는 콧날이었다. 그런데다 무심하게 웃어 보이기까지 하며 무슨 의사라도 전달하려는 듯 흔드는 귀여운 손!

입 밖에 내진 않았으나 자수의 마음은 외치고 있었다.

'넌 내 아들이다. 내 아들이다. 고이 자라라! 어떤 난관을 헤치고라 도 굳세게 자라라! 내 아들아!'

자수는 위로의 말을 했다.

"이 귀여운 아들에게 막동이란 이름을 붙였으니 억울하겠구나."

"전 서방님 마음이 괴로울까 봐 걱정이오이다. 좋은 이름을 가진 사 람은 귀신이 질투한다는데 이름은 뛰어나지 않는 게 좋사오이다."

"장차 내가 이름을 지어 주지. 장부다운, 군자다운 이름으로."

"아니오이다, 서방님. 어떠한 이름이건 그 이름을 빛나게도 하고 추 잡하게도 하는 것은 당자이옵니다."

"그렇더라도 막동이란 이름은 언짢아. 지금부턴 계남이라고 불러야 지, 계남이란 이름은 막동이란 뜻만이 아니다. 마지막이라고 할 만큼 훌륭한 사나이란 뜻으로 풀이할 수도 있는 거여."

"듣자 하오니 그러하오이다. 서방님의 영으로 내일부터 막동이라고 부르는 것을 폐하여 주옵소서."

자수는 그대로 하겠다고 약속했다. 아버지와 어머니에게 아뢴 후 부인 한 씨에게 일렀다.

"이왕 계남이란 이름을 지은 바에야 그대로 부르기로 합시다. 막동이로 굳어 버리면 임자와 나 사이에도 다시 아들을 얻지 못할 것이오."

이렇게 계남은 그 출생과 더불어 이름을 얻는 데도 안타까운 곡절을 겪었다. 그런 때문만이 아니라 계남의 성장과정을 보면 자연 〈홍길동전〉을 연상하게 되는데 이에 관해선 작자의 견해를 밝혀 둔다.

〈홍길동전〉을 쓴 허균許筠은 선조 2년 기사생己巳生이니 홍계남보다 5년이 연하年下이다. 그도 임란壬亂을 겪고 1618년에 죽었으니 홍계남 장군의 무용武勇은 물론 듣기도 하고 알기도 했을 것이다. 어쩌면 두 사람 사이에 친교가 있었을지도 모르는 일이다.

〈홍길동전〉의 황당한 내용은 홍계남 장군의 사적과는 전혀 다르다. 그러나 서출의 아들이 어렸을 때 겪어야 했던 대목은 홍계남 장군의 소싯적 얘기와 물론 내용이 일치된 것은 아니나 촉발된 것이 아닐까 한다. 아니 〈홍길동전〉을 쓰게 한 충동의 원천이 홍계남 장군에 있었던 것이라고 추측할 수도 있다. 서출의 아들, 뛰어난 재질, 비범한 무용武勇, 그러나 그 웅지雄志 중도에 산화散華한 일생을 음미할 즈음에 허균은 홀연 〈홍길동전〉의 상상想을 얻은 것이 아닐까 하는 추측은 결코 무리가 아닐 것이다. 비범한 인물을 두고 이렇게도 되었더라면 하고 상상력에 자극을 준 인물은 바로 그와 동시대인인 홍계남이 아니었을까.

… 길동이 점점 자라 8세가 되매 총명이 과인過人하여 하나를 들으면 백百을 통하니 공公(아버지)이 더욱 애중愛重하나 근본이 천생賤生이

92

라 길동이 매양 호부호형呼父呼兄하면 문득 꾸짖어 못하게 하니 길동이 10세를 넘도록 감히 부형父兄을 부르지 못하고 비복婢僕들이 천대함을 각골통한刻骨痛恨하여 심사心事를 정하지 못하더니…

하는 대목은 홍계남 장군의 어린 시절의 모습이 선히 떠오른다.

그래서 나는 상상한다. 허균이 억울한 누명을 쓰고 함열咸悅의 배소配所에서 파란만장한 스스로의 생애를 회고하며 인생의 행로에서 만난 적이 있는 고인故人들에게 생각이 미쳤을 때, 문득 홍계남 장군을 상기하고 붓을 든 것이 〈홍길동전〉으로 되었을 것이다. 그런데 홍계남을 아쉬워하는 마음은 바닥에 깔려 버리고 분방한 상상력이 엉뚱한 사람을 만들어 버렸다. 촉발한 것은 홍계남 장군이지만 결과는 울굴한 허균의 감정폭발이었다는 것은, 허균이 당시 억울해서 못 견딜 심정과 더불어 불안한 장래를 앞두고 잔뜩 반역적인 기분이었기 때문일 것이다. 〈홍길동전〉을 쓴 지 얼마 안 되어 허균은 능지처참을 당한다.

을축년, 즉 홍계남이 탄생한 그 이듬해 천지가 뒤집혔다. 근 20년 동안 실권實權을 잡고 천하를 휘두르던 문정대비가 죽었다.

전제專制하던 자가 죽으면 으레 시국은 소연騷然하게 마련이다. 더욱이 문정대비의 정사엔 갖가지 무리가 있었고 보니 그 반동도 격심했다. 천지에 다시 봄이 오는 듯했다.

자수는 이 기회에 벼슬길을 열어야겠다고 마음을 가다듬고 공부에 열중했다. 윤원형과 문정대비가 천하를 쥐고 있는 동안엔 과거를 볼 생각을 안 했고 했더라도 소용이 없는 노릇이었다.

자수는 고모부의 인도로 이이李珥의 문하로 들어갔다. 그때 비로소 자수는 인생의 목표를 세운 듯한 마음이었다.

이때 명종은 현군賢君으로서의 면목을 차츰 나타내기 시작하여 자수를 비롯한 유생들의 기대는 자못 커가고 있었는데 이 무슨 사변이었을꼬. 명종은 정묘 6월, 재위 22년 만에 승하하고 말았다.

세자는 18년에 졸거하고 후사가 없었던 터라 인순왕후仁順王后의 뜻을 받아 덕흥군德興君, 즉 중종中宗의 제7자의 제3자에게 왕위를 잇게 했다. 제14대 왕 선조宣祖이다. 이때 선조의 나이는 16세. 명종비明宗妃 인순대비가 수렴청정하게 되었다.

정묘丁卯, 즉 1567년 6월 명종의 승하 직후 등극한 선조는 이름을 균鈞 또는 연昖이라고 하고 하성군河城君이란 군호君號로 불리었다.

중종의 막내아들 덕흥군의 3남이니 명종에겐 조카뻘이 된다.

명종은 일찍이 하성군의 총명함에 주목하고 "덕흥은 복이 있다"고 말할 만큼 하성군을 좋아했고, 아들 순회세자順懷世子가 죽었을 때는 인순왕후를 돌아보고 한탄했다.

"임금 될 자가 나타나 있는데 이 아이가 어찌 죽지 않을 수 있었겠는가."

임금 될 자가 나타나 있다고 함은 바로 하성군을 두고 한 말이었다. 명종의 심중엔 그를 후계자로 정하고 있었다.

임금이 죽고 새 임금이 들어서도 아침이면 해가 떠오르고 저녁이면 해가 서산을 넘었다. 6월은 찌는 듯 더웠고 7월이 지나니 양풍이 일고 이젠 8월, 한가위도 얼마 남지 않았다.

서울에 머무르면서 대과준비에 여념이 없던 홍자수는 이러한 자연과 인사에 접하며 인생의 무상을 느꼈다. 만인萬人의 상에서 군림하다가 죽어 무덤 속으로 들어간 명종의 34년 짧은 생애를 슬퍼한 것은 명종 개인에 대한 동정이 아니고 덧없는 인간에 대한 비감悲感이었다.

그런데도 사람들은 악착같이 덤빈다. 신왕新王의 등극을 계기로 서울의 거리는 갑자기 붐볐다. 어느 연줄을 타고 벼슬하려는 사람들이 모여든 탓도 있고, 선왕先王 때 억울한 꼴을 당한 자제와 친척, 제자들이 신설伸雪을 위해 모여들기 때문이기도 했다.

더욱이 을사사화 때 화를 입은 수많은 사람들의 자제들과 친척들, 그리고 제자들은 곳곳에 모여 앉아 신원운동의 기세를 올렸다. 그런 일을 보고 들을 때마다 자수는 강희일姜希一을 생각했다. 대과에 장원한 몸으로 창창한 앞날을 지닌 채 억울하게 죽어 간 강희일, 그 죽음도 억울한데 무남독녀로 남은 옥녀는 노비의 신세를 면치 못하는 정상이니 가련하지 않을 수 없었다.

만일 을사사화에 화를 당한 사람들의 신설이 이루어진다면 그 여파에 있었던 정미사화의 신원도 있을 것이며, 그렇게 되면 강희일의 복권도 가능하지 않겠는가 하는 희망은 자수의 가슴을 설레게 하였다. 자수는 옥녀를 생각했다.

'아아, 그렇게만 되면 얼마나 좋을까.'

옥녀의 복권이 이루어지면 옥녀는 양첩良妾의 대접을 받게 된다. 어미가 양첩이면 계남은 서출庶出의 신분은 면할 수 없더라도 문무과文武科에 응시할 수 있는 자격만은 갖게 된다.

이러한 기대가 부풀자 가만있을 수가 없는 자수는 고숙에게 대략의 소감을 말한 뒤 물었다.

"강희일의 신원을 서둘고자 하는데 어떤 방책이 있사오리까?"

옥녀와 자수와의 사이를 아는 고숙은 자수의 마음을 충분히 이해할 수 있었지만 꾸지람을 했다.

"지금은 그런 생각을 할 때가 아니다."

그런데 어떤 학우에게 의논했더니 그 학우는 다음과 같이 말했다.

"강희일은 관직에 있었던 사람이 아니니 혹시 정미사화에 연관된 사람들의 신원이 있다손 치더라도 거기까진 범위가 미치지 않을 것이다."

강희일은 사화로 죽은 것이 아니고 사화에 끼인 사람과 사적인 연루로 죽었으니 신설의 대상이 안 된다는 설명까지 있고 보니 설레던 가슴이 물을 맞은 모닥불처럼 꺼져 버리는 기분이었다.

그래도 단념할 수 없어 자수는 영의정 이준경을 찾아보기로 했다. 이준경은 청렴하고 강직할 뿐 아니라 젊은 선비들에게 자상하다고 들었기 때문이다.

일개 유생의 몸으로 당대의 영상領相을 만난다는 것이 쉽지 않았다. 몇 번을 그 집 앞까지 갔다가 되돌아서곤 했는데 어느 날 그 집으로 통하는 골목 어귀에서 어떤 선비가 말했다.

"당신은 영상을 만나고자 하지요? 용건을 말해 보시오."

"용건을 말하면 영상을 뵙게 해주겠습니까?"

"용건에 따라선 그렇게 할 수도 있지요."

공연한 말 같진 않았으나 생면부지의 사람에게 털어놓을 사연이 아니라서 자수가 물었다.

"당신은 누구시관데 그런 말을 하시오?"

"용건을 말할 수 없거든 그만두시구려. 내라서 귀찮은 일 억지로 맡아서 할 사람은 아니외다."

선비는 웃으며 지나쳐 버리려고 했다.

"아닙니다. 용건이 은밀한 것이어서 함부로 말할 수가 없어서 그렇게 한 것이오."

자수의 변명이 은근한 것이 마음에 들었던 모양이다.

"내 이름은 이량은이고, 영상은 내 숙부요."

자수는 간추려 용건을 말했더니 이량은이 앞장을 섰다.

"간절한 마음은 알겠소만 그런 용건 갖곤 영상을 만날 순 없을 것이오. 그러나 내 한번 아뢰보리다. 같이 갑시다."

자수가 외랑外廊에서 기다리는데 이량은이 나와 들어오라고 했다. 뜻밖인 요행이었다.

이준경은 자수의 좌정을 기다려 부드럽고 인정스럽게 말했다.

"나는 억울한 사람들의 사정이라고 하면 듣기만이라도 하려고 자네를 보자고 한 걸세. 그러니 자네의 뜻대로 되지 않는다고 해서 날 원망하진 말게. 하여간 얘기를 해보게."

자수는 강희일에 관한 자초지종을 설명하고 추관의 이름이 정순명鄭順明이라고 일렀다.

묵묵히 듣던 이준경이 '후유' 하고 한숨을 쉬었다.

"세상에 그런 일이 비일비재하니 어찌 나라가 ⋯."
하고 잠시 말을 끊었다가 이었다.

"성상이 새로 등극하시고 나니 그런 청원이 사방에서 들어오는구나. 마땅히 신설이 되어야지. 억울한 것을 그냥 두고는 안 되느니. 그러나 나는 신중을 기해 천천히 할 참일세. 갑자기 일을 서둘렀다간 선왕先王을 비난하는 결과가 되어 일부의 반발을 사선 그로 인해 성상의 심기가 불안해질지 모르니 말일세. 그러니 서둘지 말고 기다려 보게. 순리대로 풀릴지 모르니. 헌데 자네 과거는 어떻게 되었는가?"

"초시를 치렀을 뿐입니다."

"그럼 빨리 대과를 서두르게. 자네가 크게 입신하면 그로써 강희일인가 하는 사람의 신원伸寃을 빠르게 할 수도 있을 것 아닌가."

이준경의 말은 준절했다. 자수는 큰절을 올리고 물러나왔다.

자수가 영상의 집을 나왔을 때 해는 아직 높았다. 따스한 가을의 햇살이 거리에 깔려 있어 그대로 글방으로 돌아갈 기분이 되질 않았다.

그는 추색을 즐기기도 할 겸 천천히 걸어 숭례문을 빠져나왔다. 한강변을 산책할 작정이었다. 울결한 마음을 가눌 길이 없으면 즐겨 한강변을 걸어 보는 것이 자수의 취미이기도 했다. 삼개로 나가 나루터에서 서성거렸다.

"여보쇼."

귀에 익지 않은 사투리로 부르는 사람이 있었다. 갓과 구레나룻이 먼지에 덮인 것으로 보아 먼 길을 걸어온 사람임에 틀림없었다. 나이는 자수 자신과 비슷한 또래나 될까, 한두 살 위일까? 괴나리봇짐을 진 초라한 차림이었으나 눈빛에 사람을 끄는 무엇인가가 있었다.

"왜 불렀소?"

"먼 길을 걸어오고 보니 낭중囊中 무일푼이 되었소. 어디 공짜로 먹고 자고 할 곳이 없겠소?"

"어디서 왔습니까?"

"나는 경상도 양산이라 카는 데서 왔소. 이름은 김달손이오."

"돈도 없이 서울에 와서 어쩔 작정이오?"

"만호 서울에서 설마 굶어 죽기야 할까 하고 왔소이다."

궁색한 몰골과는 딴판으로 말투는 활달했다.

"겨우 굶어 죽지 않기 위해서 왔소?"

자수가 익살스럽게 말해 보았다.

"굶어 죽기만 안 하면 더러 할 일이 생기지 않겠소이까."

"결국 아무런 목적도 없이 왔단 말이우?"

"예사로 할 말은 못 되지만, 뭔가 내 요량은 있을 것 아니겠소."

"내게 부탁은 하면서 사정 얘긴 못하겠다는 거로군. 세상에 그런 경우가 어디 있소."

자수의 말이 퉁명스럽게 나왔다.

"아따, 세상엔 이런 일도 저런 일도 있는 법이오. 경우를 따져 뭘 하겠소. 그러나저러나 날 요기부터 시켜 주쇼. 허기가 져서 말도 제대로 못하겠소."

뻔뻔스러운 말이었으나 그 말투가 밉지 않아 자수는 근처의 주막집으로 김달손을 데리고 갔다. 국밥 한 그릇 값쯤은 호주머니에 있었던 터였다.

"허기가 심하면 국밥이 좋겠지요?"

했더니 김달손은 능글능글했다.

"이왕이면 술도 한 대접 끼워 주시오."

자수는 피식 웃고 중남을 불러 국밥 한 그릇과 술 한 잔을 시켰다.

술과 국밥이 오자 김달손은 술 사발을 들어 꿀꺽꿀꺽 마시곤 자수의 눈치를 보았다. 한 잔 더 하고 싶다는 표정이었다.

김달손의 표정이 어떻건 아랑곳없다는 태도를 취하자 그는,

"벼룩에도 낯짝이 있고 빈대에도 체면이 있으니."

하면서 국밥을 먹기 시작했다. 그런데 그건 먹는다기보다 끌어넣는다고 해야 옳았다. 순식간에 국밥 한 그릇을 먹어 치우는데 아무래도 모자라는 기색이었다. 자수가 실토했다.

"더 사 주고 싶지만 내게 충분한 돈이 없쇠다. 미안하구료."

"술 사 주고 밥 사 주고 미안해서야 되겠소. 덕택으로 서울에 오자마자 굶었다는 꼴은 면했소."

달손이 너털웃음을 웃었다.

"요기가 되었으면 몸에 묻은 먼지나 터시오. 얼굴도 씻구요."

"참 그렇구나. 임금 사는 동네에 먼지투성이로 들어갈 순 없지."

김달손은 문 바깥으로 나가 갓을 벗어 털고 두루마기를 벗어 털더니 돌아와 뜰에 있는 물독의 물을 떠서 얼굴과 손을 씻었다.

깔끔한 얼굴이 나타났다. 이목구비가 여간 단정한 것이 아니었다.

"어디서 한숨 잤으면 좋겠는데…."

자수는 곧 난처한 입장을 발견했다. 그 사람을 그냥 두고 일어설 수 없었다. 같이 고모댁으로 가기엔 고모님은 가난했다. 그래도 한 이틀쯤은 감당할 수 없는 바가 아니었지만 이처럼 뻔뻔스러운 자를 끌어들였다간 뒷일이 걱정이었다.

하는 수 없이 자수가 일어섰다. 그러자 김달손도 일어섰다. 셈을 해 주고 주막집을 나서는데 김달손도 따라나섰다.

"보시다시피 난 가난한 서생이고, 나도 남의 집에 기식하고 있소. 데려가고 싶어도 할 수가 없군요."

같이 걸으면서 자수가 사정을 말했다.

"넉넉잡고 닷새만 있을 곳이 없겠소?"

"닷새 후면 무슨 방도가 생기겠소?"

"생기겠지, 생겨요. 바보 아들 키우는 대감집이 있을 것 아닙니까?"

"바보 아들이 있으면 어떻게 할 거요?"

"대감 아들이면 과거를 봐야 할 게 아니오. 과거만 보면 바보라도 대감 아들이면 등제가 되겠지만, 이왕이면 과시科詩가 그럴듯해야 되지 않겠소. 그래서 내가 대리과거를 봐 준다, 이겁니다."

"대리과거?"

"그렇소. 나는 무슨 과제科題가 나와도 장원급제할 자신이 있소. 의심스러우면 과제를 한번 내어 보소."

"그렇게 자신이 있으면 왜 당신이 과거에 응하지 않소?"

"재능과 문장만 갖고 누가 등과시켜 준답디까? 게다가 내겐 과거에 응할 수 없는 조건이 있거든요."

김달손의 말은 시원시원했다.

재능이 있어서 문장력이 좋대서 등과할 수는 없다. 문벌이 좋아야 하고 후견자가 있어야 한다. 그러니까 김달손의 말은 평범한 사실이어서 별반 놀랄 것이 없었으나 과거에 응시할 자격이 없다는 말엔 호기심을 느꼈다.

'상민인가, 천민인가.' 그렇다면 파립破笠일망정 갓을 쓴 것이 이상했다.

"과거에 응시할 수 없다니, 그 말이 마음에 걸리는데요."

자수는 은근히 호기심을 표명했다.

"어머니를 욕되게 하는 것이니 말하고 싶지 않소."

그 대목에서만은 김달손의 말이 움츠러들었다. 자수는 그 이상 묻고 싶지 않았다. 그래서 화제를 바꿨다.

"헌데 대리과거를 본다는 건 어떤 것이오? 하기야 나도 그런 얘길 듣긴 하였소만 실지 그런 일이 있다곤 믿지 않았는데."

이것은 자수의 솔직한 말이었다.

"나도 잘은 모르오. 그런 일이 있다고만 들었을 뿐. 하지만 대관들은 못할 짓이 없으니 혹시 내가 쓰일 곳이 있을까 해서 서울에 왔소."

달손은 그 얘기를 어느 과객으로부터 들었다면서 덧붙였다.

"운수가 좋으면 천 냥쯤 벌기는 수월하다고 합디다."

"모처럼 글을 배워 갖고 남의 과거를 대신 치러 주는 그런 꼴 달갑지 않소그려. 내 닷새쯤 당신의 숙식을 마련해 주지 못할 바는 아니지만 그만두겠소. 아직도 젊은 나이에 그 마음먹기가 틀려먹었소. 여기서부턴 날 따라오지 마시오."

자수는 이렇게 말해 놓고 걸음을 바삐 했다.

김달손이 멍하니 서 있더니 곧 뒤따라와서 자수의 소매를 잡았다.

"보아하니 당신은 경골인 것 같소이다. 서울에 온 첫날에 당신과 같은 경골을 만났다는 것도 반가운 일이오. 대리과거 얘기는 안 할 테니 우리 서로 친해 봅시다."

"불순한 생각을 품고 서울에 온 당신 같은 사람과 친하고 싶질 않소이다.”

자수는 여전히 걸음을 빨리 했다.

“당신은 세상을 순조롭게 살아왔으니 그런 말을 하는가 보오. 그러나 만장지재萬丈之才를 갖고도 빈천의 늪에 헤매면서 남의 모멸만을 사는 형편으로 20년을 견디어 보시오. 무슨 생각을 안 하리까.”

“그래 세상이 탁하니 우리도 같이 더러워지자, 이 말이오? 나는 싫소. 당신은 당신이 갈 길을 가시오. 나에겐 내 갈 길이 있소.”

홍자수의 태도가 일부러 꾸민 것이 아니란 사실을 알자 김달손이 멈칫 서 버렸다.

숭례문을 들어서서 육조 앞 큰길로 나선 기점에서였다. 해는 기울고 있었다. 자수는 뒤도 돌아보지 않고 몇 걸음을 걸었다. 그러다가 문득 훌륭한 재능을 가지고도 과거에 응할 수 없는 사람이란 상념이 일었다. 이어 자식인 계남이도 그런 처지가 될 것이 아닌가 하는 생각이 어두운 구름처럼 마음에 깔렸다. 김달손에게 대한 동정심이 일었다.

낭중 무일푼으로 각박한 한양의 거리에 그를 버려둘 수 없다고 마음을 먹었다. 뒤돌아보았다. 김달손이 멍청히 어느 집 처마 밑으로 비켜서서 남쪽 하늘을 바라보고 있었다.

“이리로 오시구려, 같이 갑시다.”

자수의 손짓에 따라 김달손이 가까이로 왔다.

“아까 성을 낸 것은 내 잘못이었소. 사과하오.”

“사과할 것까지야. 댁은 퍽이나 강직한 성품인가 보오.”

“나는 지금 고모집에서 기식하고 있소. 가난한 처지라 융숭한 대접을 못할 것이오만, 조반석죽朝飯夕粥으로 동고同苦는 꺼리지 않을 것이니 나와 같이 갑시다."

"고맙소이다. 염치 불구하고 신세를 지겠소."

두 사람은 어깨를 나란히 하고 낙산 밑을 향해 걸었다. 걸어가는 도중 자수가 창덕궁, 명륜당을 띄엄띄엄 설명했다.

낙산 아래 고모집이 가까워 오자 자수의 가슴이 무거워졌다. 김달손을 데리고 왔다는 덴 뭔가 구실이 있어야 할 것이었다. 고모부나 고모는 활달한 성품이어서 자수의 친구라고 하면 박절하게 대하진 않을 것이지만 자기 자신의 체면은 있어야 한다.

고모집이 있는 골목 어귀에 들어서며 다음과 같이 일렀다.

"여보시오, 김 공. 나는 사흘 후 안성에 있는 집으로 절사를 모시기 위해 돌아갈 것이오. 그때 나와 같이 갑시다."

"내가 안성에?"

"내가 고모집에 없으면 당신도 그곳에 있지 못할 것 아니오. 그래서 하는 소리요."

김달손이 고개를 끄덕끄덕했다.

자수의 고모부는 김달손이 과거를 보러 온 사람이란 설명으로도 간단히 그를 맞아들였다.

"그럼 자수완 공부동무가 되겠군."

그리고 이것저것 학문에 관한 것을 묻기 시작했는데 김달손이 호언장담한 그대로 대단한 재능의 소유자였다.

이편에서 《대학》大學이나 《역경》易經 가운데 있는 문구文句 하나를 들먹이면 김달손은 그 전후의 문장文章을 거침없이 암송하면서 설명하

는 것이다. 자수의 고모부가 얼만가의 문답이 있은 후,

"자네는 사서오경四書五經에 통효通曉하고 있구려."

하고 감탄하자 김달손은 시원한 얼굴로서 말했다.

"예. 전 10세에 통송通誦하여 그 후론 스승을 찾을 길 없어 혼자 복습을 하여 왔습니다."

"그런데도 과거에 응시하지 않은 것은 무슨 까닭인가?"

그러자 김달손이 쓸쓸하게 웃곤,

"저는 아무리 책을 읽어도 재물도 없고, 집 없고, 아내도 없고, 폐의파립弊衣破笠 이 꼴입니다. 분명히 사람 종자인데도 소나 말과 같습니다. 이번 신왕新王이 명철하다고 듣고 감히 기회를 엿보고자 불원천리 한양엘 와 봤습니다."

김달손의 사정을 짐작한 자수의 고모부는 한동안 묵연히 앉아 있더니 입을 열었다.

"가석하구려. 신언서판이 그만하면 유익한 인재가 될 것을. 그러나 혹시 천여의 운이 있을지 모르니 과히 낙심을 말게. 우리 집에 있는 동안 자수를 도와주게. 조인助人도 또한 덕행德行이 아닌가."

김달손은 자수가 추측한 그대로 동갑인 기해생己亥生이었다. 그런데 그가 겪은 신고辛苦는 형언할 수가 없었다. 토반土班 김 진사의 넷째 아들과 노비와의 사이에 태어난 김달손은 집안이 크고 적손들이 많았던 만큼 갖은 천대 속에서 자랐다.

워낙 영리해서 글을 배우기 시작했는데 그것도 정통적으로 배움을 받은 것이 아니고 그야말로 귀동냥, 눈동냥으로 배웠다. 다행히도 같은 나이 또래의 적출동기嫡出同氣가 그에게 책을 빌려주고 필묵을 나눠

주기도 하는 등 호의를 베푼 덕분에 일진월보하는 학력을 가꾸었다.

고생은 하였어도 아버지가 살아 있는 동안엔 그냥저냥 지낼 수 있었는데 아버지가 병사하자 혹심한 천대가 시작되었다. 견딜 수 없어 어머니를 데리고 도망치려다가 붙들려 광에 갇혀 구사일생의 사경을 헤매기도 했다.

"그랬는데 어느 날부터 돌연 대접이 좋아졌소. 깨끗한 옷을 입혀 서당으로 보내주더군요. 마음 놓고 공부했지요. 허나 그 까닭을 나는 곧 알았소 ….."

김달손의 할아버지가 어느 날 '넌 앞으로 달평이란 이름을 쓰고 익히라'고 했다. 김달평은 달손에게 사촌뻘이 되는 큰집의 아들이었다. 나이는 한두 살 위였지만 생김이 달손을 닮아 있었다. 할아버지의 의도는 달손으로 하여금 달평의 행세를 시켜 과거에 합격토록 해서 뒤에 바꿔치기 하자는 데 있었다.

"나는 그래도 좋다고 생각했습니다. 달평은 아내를 데리고 처가가 있는 깊은 산속으로 가 버리고 내가 달평의 방을 쓰며 달평의 행세를 하게 되었지요. 꽤 편하게 지냈죠. 서당의 훈장이 나에게 가르칠 것이 없을 정도가 되었으니 수월하게 과거에 장원할 것으로 할아버지는 믿었겠지요. 서울 대감집으로 적잖은 재물을 보내는 것도 나는 알았습니다. 내 힘으로 사촌형 출세시키는 게 나쁠 것이 없다고 생각하고 공부에만 열중했는데…."

달손은 여기서 말을 끊곤 '헛허' 하고 웃었다. 그 웃음소리가 너무나 공허해서 자수가 까닭을 물었다.

"세상에 내가 아무리 천생賤生이기로서니 피는 통한 사이가 아니겠소. 그런데 할아버지는… 5년 전의 일이었소. 과거를 보러 출발하는데 억돌이라고 하는 떠돌이를 내게 동행을 시킵디다. 두 사람은 문경 새재까지 왔지요. 고갯마루에 앉아 땀을 식혔는데 그때 억돌이의 말이 과거고 뭐고 집어치우자는 겁니다. 왜 그러냐고 물었더니 과거를 보아 등과登科가 되면 돌아오는 길에 심심산속을 골라 날 죽이라고 하더랍니다. 나를 살려 두면 달평이 마음 놓고 벼슬살이를 못할 거라고 생각했기 때문이겠죠. 억돌이는 말을 끝내고 괴나리봇짐에서 칼을 꺼내 흙을 파고 묻어 버립디다. 그 길로 우린 소백산으로 들어가 살다가 어머니 걱정이 돼서 고향으로 갔더니 3년 전에 별세했더군요. 그래서…."

그 이튿날.

아침 밥상을 물리고 난 뒤 홍자수와 김달손은 낙산 위로 올라갔다. 김달손의 제의를 자수가 받아들였다. 달손은 자수의 설명을 바라지도 않고 멍한 눈으로 한성의 풍경을 이곳저곳 두리번거리더니 한숨을 쉬었다. 자기도 모르게 나와 버린 듯한 그 한숨소리가 너무나 무거워 자수는 달손의 표정을 살폈다.

"아닙니다. 아닙니다."

달손이 손을 저었다. 무엇이 아니라는 말인지 자수는 더욱 의아해서 물었다.

"왜 그러시오, 김 공."

"괜히 비감悲感이 드네요."

달손의 얼굴엔 어제의 그 뻔뻔스러움이 말쑥이 가셔져 있었다.

"두고 온 고향 생각이 나서 그러오?"

"두고 온 고향이 어디 내게 있겠소. 쫓겨난 고향이 있을 뿐이오. 지금 한성을 내려다보고 생각하는 것은 이곳에 내가 발을 붙일 곳이 없다는 사실이오."

"어제 오신 분이 당장 발을 붙일 곳을 찾을 수 있겠소. 살고 사노라면 차차 터전이 잡히지 않겠소이까?"

"나는 그런 뜻으로 말하고 있는 건 아니외다. 인자위인人者爲人이려면, 아니 사람이 사람답게 살려면 윤倫의 바탕이 있어야 하는데 나의 처지는 윤에서 탈락한 데다가 …."

달손은 돌연 말을 끊고 왕궁 있는 쪽을 가리켰다.

"저곳에 서序의 근본이 있는데 그게 나와는 전혀 무관합니다."

달손의 말은 침울했다. 자수는 그의 말뜻을 알았다. 천생賤生인 달손에겐 왕을 중심으로 한 위계질서에서 벗어나 있다는 뜻이며, 그러니까 한성에 발붙일 곳이 없다고 한 것이었다.

자수는 묵묵할 수밖에 없었다. 자기 힘으로 도울 수 없는 사정인데 위로의 말을 꾸며 본들 소용이 없는 노릇이다.

달손이 말했다.

"농사를 지으려니 촌토寸土가 없고, 상고商賈에 투신하자니 그럴 재간이 없고, 남의 노예로서 안분安分하려니 내 자존심이 허락하지 않고…. 그렇다고 해서 모진 목숨 끊어 버릴 수도 없고, 그래서 나는 기생술寄生術로서 나의 학문을 이용하려고 한성을 찾았소. 그런데 형兄이 어제 나에게 보여준 노여움으로 해서 나는 느낀 바가 있소. 남의 과거科擧를 대신 보아주고 재물을 얻어 구차한 안락을 탐한다는 것이 얼마나 치사스런 일인가를 깨달았소. 나를 업신여기는 나라인데, 썩어 없어지건 무너져 박살나건 상관없다고 생각했는데, 임꺽정처럼 대담하게 반역은 못할망정, 사자심중獅子心中의 벌레쯤은 되어 보자고 했던 것인데….”

김달손의 말은 계속되었다.

“… 그것도 이 세상을 저주하는 방편의 하나가 될 수 있다고는 생각했는데, 형의 강직한 성품에 접하자 가슴에 타박상을 받은 느낌이 들었단 말이외다. 물론 형은 나완 다른 처지요. 명문의 적자로서 형의 앞날은 훤히 틔어 있지 않소? 그러니까 나처럼 생각하는 것을 용납할 수 없겠지만 문제는 거기 있지 않고 같은 나이 또래인데 나는 왜 이처럼 비굴하고 어두운 길을 걸어야 하느냐 하는 생각에 짓눌리게 되었소. 나는 한성이 싫어졌소이다.”

달손의 절박한 술회를 듣고 가만있을 수 없었다. 그러나 적당한 말이 생각나질 않았다. 자수는 자기의 심정을 털어놓았다.

“김 공의 그런 말씀을 듣고 보니 무어라 할 말이 없구료. 나는 신수가제身修家齊하고 충효忠孝를 입신하도록 지금 과거 준비를 서두르는 터이오만 과연 세상이 이대로 좋으냐는 생각도 해 봅니다. 과거에 급제하여 꼭 벼슬해야만 하는 것인가 의혹에 사로잡힐 때도 있습니다. 그러나 사람은 어떤 신분이건 나름대로 훌륭하고 떳떳이 살 수가 있지 않겠습니까. 대리과거를 치르는 그런 짓 말고 과거 볼 사람의 학문을 도와주는 일은 떳떳이 할 수 있지 않겠소이까. 외람된 청입니다만 김 공이 내 학문을 도와주시구려. 그래서 내가 등과登科하여 벼슬하면 그 벼슬을 나눠 합시다. 나는 비록 천학무재이긴 합니다만 김 공과 동고동락할 수 있는 신의는 있는 자입니다. 함께 노력해서도 내가 등과하지 못하면 전리田里에 묻혀 같이 청경우독晴耕雨讀하여 평생을 지내는 것도 무방하지 않겠소이까."

"홍 공의 말씀 고맙소이다. 내 신분을 밝혔는데도 선비로서 대접해 주시는 그 도량이 우선 한량없이 감사합니다. 홍 공의 청을 받아들이는 것은 동락同樂을 바라는 것이 아니고, 동고同苦만으로도 흡족하다는 뜻이오니 그리 아시기 바랍니다."

"아직 그런 처지도 아니면서 동락 운운은 심히 건방진 말입니다만, 나는 동락을 기하고 김 공을 내 스스로 사부로 모시겠습니다."

자수의 말은 정중했다.

"스승이라니 당치도 않은. 천생이지만 붕우朋友로 대해 주시면 내 영광이 망극하겠습니다."

이렇게 해서 홍자수와 김달손의 낙산 서약이 이루어졌다.

내일은 추석 명절.

홍자수는 김달손을 데리고 안성의 집을 향해 떠났다. 화창한 가을날. 들엔 황금의 파도가 유착이고 산엔 가을꽃이 만발했다.

"인생의 여로旅路가 이만큼만 된다면 원도 한도 없는 겁니다. 팔도를 거의 다 돌아보았습니다만 경기도의 산수는 각별히 수려합니다."

김달손은 산용山容에 관한 그의 식견을 피력했다.

"산수만 좋으면 뭣합니까. 인심이 좋아야지."

"그 생각엔 나도 동감입니다. 인심을 만드는 건 오로지 정사政事입니다. 정사가 잘되면 인심은 순박, 돈독해지고, 정사가 잘못되면 각박해집니다. 그래서 공자님 말씀에 가정苛政은 법보다도 무섭다는 것 아닙니까."

정사 얘기가 나오자 화제는 갑자기 넓어졌다. 요순시대를 비롯해서 춘추전국시대를 거쳐 한나라의 정사에까지 얘기가 번졌다.

김달손의 박람강기博覽强記엔 탄복하지 않을 수 없었다. 《춘추》春秋는 물론이고 사마천의 《사기》史記를 전부 암송하듯이 하며 얘기를 엮어 나가는데 자수는 그저 황홀하게 듣고만 있었다. 달손의 입을 통하니 천수백 년 전의 일들이 눈앞에 전개되듯 생생한 색채를 띠었다. 이러한 학력과 화술이면 전국 어딜 돌아다녀도 사랑마다에서 대환영을 받을 것이라 생각하며, 이만한 인물이 자기의 청을 받아들여 혼연 안성의 집으로 가고 있다는 사실이 감격스러웠다.

아버지와 백부의 환대가 이만저만이 아닐 것이란 기대가 생겨나기도 하여 자수의 발걸음은 가벼웠다.

해가 서산과의 사이에 서너 발쯤의 거리에 있을 때, 홍자수와 김달손이 안성 고을이 내려다보이는 고갯마루에 섰다.

"저기가 우리 마을이오."

홍자수가 가리키자 김달손이 한참 동안 근처의 산수를 살피다가 풀밭에 앉으며 말했다.

"홍 공, 조금 쉬었다 갑시다. 홍 공의 집에 가기 전에 홍 공의 정실庭室을 알아 두어야 하겠소. 식객食客이 된 후에 가정을 알려면 구구하게 될 뿐 아니라 처신處身을 마음대로 할 수 없습니다. 미리 알고 들어서면 처신할 바를 사전에 작정할 수 있으니 진퇴進退가 용이할 줄 아오."

이러한 김달손의 말은 홍자수의 심기를 좋게 하는 것은 아니었다. 어디까지나 약삭빠른 과객의 계산속으로 느껴졌다.

"우리 집에 가서 처신을 걱정할 필요는 없소이다. 걱정은 나에게 있소. 넉넉지 않은 가세家勢여서 빈객賓客에 대한 대접이 소홀할까 봐서 말이오. 그러하니 우리 집 사정엔 구애하지 말고 종소유심從所由心으로 하시오."

하는 말을 보내지 않을 수 없었다.

그런데 김달손의 뜻은 그런 것이 아니었다. 강희일과 옥녀에 관한 얘기를 들었기 때문에 거기 무슨 연유가 있지 않을까 하는 의혹을 가진 것이다. 마침내 홍자수는 자기의 가정사정을 말하고 계남의 이름을 들먹였다. 얘기를 듣자 김달손이 장탄식을 했다.

"나와 처지가 꼭 같은 아드님이시구만요."

김달손이 한참을 생각하더니 말을 이었다.

"홍 공. 부탁이 있소. 나를 과거에 낙방落榜만 하고 있는 영남의 선비로만 알게 하고 내 출생의 근원을 말하지 말았으면 하오. 그 까닭은 언젠 말할 때가 있으리다."

"나도 그럴 작정이었소이다."

"헌데 오해가 있어선 안 되겠소이다. 계남이라고 하는 홍 공의 천출자賤出子를 위하고 나아가 홍 공의 적출자를 위해서 드리는 말씀이오이다. 사자獅子는 아이를 낳으매 천 길 절벽 아래 떨어뜨려 놓고 기어오르는 놈만을 기른다고 하는데, 나는 계남을 위해 스승이기에 앞서 사자가 되고 싶소이다."

"좋소."

"홍 공의 그 '좋소'라는 말을 어떻게 들어야 할지 모르겠소만, 나는 내 소회所懷와 소지所志를 계남에게 부탁해 볼까 하오. 물론 내가 직접 그 아이를 보고 정할 일이지만 지금의 내 심경은 그러하오."

만월 하루 전의 달빛도 그윽하다.

그 달빛 속을 걸어 홍자수는 김달손을 자기 집으로 인도했다.

자수의 아버지 청淸은 아들을 맞이하는 기쁨 이상으로 김달손을 반
가워했다. 그런 만큼 백여 리를 걸어온 손님을 어떻게 대접해야 할지
를 그는 잘 알고 있었다. 자수를 내당으로 보내고 난 뒤 냉수, 온수를
준비하여 객진客塵을 씻게 한 뒤, 청은 자기의 이웃 방을 치워 편히 쉬
도록 하는 데까지 마음을 썼다.

무릇 아버지는 자식을 엄하게 다스리는 한편 그 자정慈情을 자식의
친구에게 베푸는 것이 당시의 관행이긴 했지만, 김달손은 홍청의 자상
한 마음 씀에 눈물을 흘렸다.

"부정父情이 이럴 수도 있구나."
하는 감회가 깊었던 것은 자기가 나고 자란 환경의 비참함을 회고한 때
문이 아니라 나라의 방방곡곡을 돌아다니며 견문한 사례事例와 비교해
서 홍청의 지조와 말이 너무나 김달손에게 감격스러웠기 때문이다.

이튿날 아침이었다.

절사를 모시기 직전 홍청은 달손에게 일렀다.

"객지에서 명절을 지내는 마음이야 가히 짐작할 수가 있구나. 망배望
拜라도 할 수 있도록 차례상을 차리게 할 터이니 방위를 정하라."

그 말에 달손은 뜨거운 눈물을 흘렸다. 동시에 어머니의 영혼을 위
로했으면 하는 마음에 울먹였다.

"동남방으로 과果, 육肉, 어魚와 채菜 4종에 밥 한 그릇, 국 한 대접만
차려 주면 한이 없겠소이다."

그렇게 김달손은 홍청의 사랑방에서 처음으로 '김달손지모당신위'金達孫之母堂神位란 지방을 붙이고 홀로 제사 지낼 수 있었다. 달손의 제사가 끝날 무렵 홍청의 가권들은 큰집의 절사를 끝내고 돌아왔다. 자수가 아들 진震과 계남, 그리고 제霽를 데리고 왔다. 진은 7세, 계남은 5세, 제는 3세였다. 그런데 진과 제는 저마苧麻를 엷은 옥색으로 물들인 고이 적삼을 입었지만, 계남은 툭툭한 올의 삼베 고이 적삼을 입고 있었다. 그 복색服色으로 달손은 계남을 알아보았다.

김달손은 진과 제에게도 나이를 물어 온화한 미소를 띠어 보이기까지 하면서 계남에겐 말이 없었다. 자수는 의아하게 여겼지만 까닭을 물을 수가 없었는데 아이들을 물러가게 한 뒤 달손이 말했다.

"계남을 두고 말하면 보면 가련하고, 생각하면 당연하고, 깊게 생각하면 말이 있을 수 없는데, 말이 있을 수 없다는 것은 이중지연泥中之蓮이 화단지모란花壇之牧丹을 부러워하지 않는 법이요, 창공의 독수리가 왕가지가금王家之家禽을 상대하지 않는 마음과 통한다는 뜻이오."

"그렇게 보아주셔서 고맙소이다."

자수가 한 말이었다. 그러자 달손이 상 위의 대배大杯를 단숨에 마시고 자수에게 건네며,

"옥색 모시옷 사이에 누렇게 바랜 삼베옷을 입고도 비색卑色이 없다는 것은 스스로 옥玉을 심중에 가졌다는 자부 때문이오."

"그렇다면 왜 한 말씀도 그애에겐 없었습니까?"

자수는 차례의 술에 대배를 곁들여 너그러운 기분이 되었던 터라 이렇게 물었다.

"계남에게서 나를 보았소. 그도 또한 나에게서 그를 보았소. 내가

나에게 무슨 말을 하리까. 나의 그와 같은 마음을 계남은 알았소이다. "

달손의 말에 자수는 어이가 없어 웃었다.

"김 공, 계남인 겨우 다섯 살입니다. 어떻게 그런…. "

"동심童心은 천심天心입니다. 천심은 있는 그대로를 비추고 받고 하는 마음입니다. "

김달손은 이 말 끝에 잠깐 숨을 돌리곤 물었다.

"홍 공, 계남은 아까 말한 대로 이중지연泥中之蓮이 화단지모란花壇之牧丹을 부러워하지 않겠지만, 가오척加五尺이면 모시옷을 입힐 수 있는 처지인데 중추가절에 삼베옷을 입혀야 하는 그 모정母情은 어떻겠소. "

자수는 잠잠해 버렸다.

"사정을 몰라서 이런 말을 하는 것은 아닙니다. 누구보다도 내가 그 사정을 잘 아니까요. 그러니까 누굴 탓하자는 것은 아닙니다. 원컨대 모정에 더 이상 못을 박지 말았으면 하는데, 홍 공과 홍 공 춘당春堂의 뜻으로선 이루어질 수 없는 것이겠습니까. "

"나도 생각하지 않는 바는 아니오. "

자수의 신음하는 듯한 대답이었다.

이때 이웃 방에 기침소리가 있더니 자수 아버지의 말이 있었다.

"자네야말로 자수의 친구가 될 수 있겠구나. 남의 집 일에 입을 놀리지 않는 것이 선비의 도리인데, 김 공 자네는 그런 일로 보아 담대膽大허이. 진정이 없고서야 못하는 노릇이지. 허나 충언忠言과 간언諫言엔 부책負責하는 바 있어야 하느니라. 내 오늘 큰집에서 절사 끝에 형님과 의논했지만 자네가 우리 대소가의 아들들을 맡아 사람의 도道를 가르쳐 주어야겠네. 자네가 맡아 주어야만 우리가 계남에 대해 미치지 못한 것을 대신 미치게 해줄 수 있지 않겠나. 이중泥中의 연꽃이 화단의 모란을 부러워하지 않는다지만 그것도 연꽃이 피었을 때의 얘기가 아닌가. 계남은 아직 봉우리도 맺지 못했어. 원컨대 화단의 모란을 부러워하지 않을 연꽃으로 피워 주게. 연꽃으로 피기만 하면 지금 모정母情에 백천 개의 못을 박았다고 해도 춘양春陽에 이름이 아니겠는가."

홍청의 말은 간절했다.

"소인 천재박덕하나 힘껏 치성致誠하겠사옵니다. 지나치면 질책하시고 모자라면 가르쳐 주옵소서."

김달손이 미닫이 저편을 향해 사붓이 절을 했다.

"고마우이."

자수는 김달손을 데리고 온 것이 썩 잘된 일이란 자부심을 비로소 가질 수 있었다. 그리고는 정중하게 말했다.

"김 공을 아이들 스승으로 하기에 앞서 제 스승으로 모시겠습니다."

김달손이 홍청의 집 식객이 된 지 얼마 후의 일이다.

그날 홍청 부자父子는 종중宗中의 일로 출타하고 없었다.

하도 청명한 날이라 아이들을 글방에 붙들어 두는 것이 안타까워 들에 나가 놀라고 이르고, 달손은 사랑의 대청을 왔다갔다 하며 거기서 보이는 추색을 즐기고 있었다.

그러던 차 내당으로부터 심상치 않은 소리가 들려왔다. 귀를 기울였다. 계남을 매질하는 소리가 들렸다.

"마님, 살려 주옵소서."

하는 여자의 목소리가 간간이 들렸다.

"썩 물러서지 못해?"

성난 목소리는 청주 한 씨의 소리임이 분명했다.

"이놈아, 잘못했다고 빌어라."

하고 타이르는 소리도 있었는데 그건 계남의 어미 옥녀의 소리였는지 모른다. 그런데 매질하는 가혹한 소리는 계속 들려오는데도 계남이 반응하는 소리는 전혀 없었다. 비명소리도 우는 소리도 탄원하는 소리도 없었다.

"계남아 잘못했다고 빌어라."

애절한 소리만 숨 가쁘게 반복될 뿐이었다.

"아이구, 마님, 이 아이가 기절했습니다. 마님."

울부짖는 소리가 잇따랐다. 그와 동시에 소동은 가셨는데 달손은 걱정했다. 기절한 아이를 잘 간호하지 않으면 심기의 착란증을 유발할 염려가 있었기 때문이다.

하인을 불러 즉시 계남을 사랑으로 안고 오라고 일렀다. 하인의 팔에 안겨 축 늘어진 계남을 보자 달손의 가슴이 뭉클했다. 자기의 어릴 때 모습을 그에게서 본 느낌이었다. 달손은 구급용으로 지니고 다니던 환약을 물에 타서 계남의 입에 디밀어 주고 반반히 눕혀 이곳저곳의 상처를 물수건으로 닦았다. 그리고 팔다리를 정성스럽게 주물렀다. 피의 응결凝結을 방지하기 위해서였다.

무슨 잘못을 했기에 다섯 살 난 아이가 이처럼 맞아야 하는가. 김달손은 눈물을 머금고도 계속 간호의 손길을 쉬지 않았다.

반각이 지났을까. 계남이 정신이 돌아온 모양으로 눈을 떴다. 달손이 반가워 어쩔 줄을 몰랐다.

"정신이 들었구나."

계남이 몸을 일으키려고 했다.

"아니다. 좀더 누워 있거라."

하고 계속 그의 팔과 다리 그리고 가슴을 어루만졌다.

"너 무슨 잘못을 했느냐?"

"잘못한 것 없어요."

"잘못한 게 없는데 이처럼 매를 맞아?"

"매 맞을 짓은 했어도 잘못한 짓은 없어요. 마님은 매질해야 했고 나는 맞아야 했지만 내가 잘못한 건 없어요."

"네 말을 내가 알아들을 수가 없구나."

"그러나 사정이 그런 걸요."

계남은 더 이상 말하려 하지 않았다.

뒤에야 안 일이지만 사건의 내용은 이러했다. 후원에 여남은 그루의 배나무가 있었는데 배가 탐스럽게 열려 있어 비복婢僕의 아이들을 비롯해서 마을 아이들이 그 배가 먹고 싶어 군침을 돌리고 있었다. 계남은 그 동무들의 욕망을 채워 주고 싶었다. 그러나 어떻게 할 방도가 없었다. 그 배를 따 먹을 수 있도록 허락할 사람은 마님이었는데 마님이 계남의 말을 들어줄 까닭이 없었다.

계남은 형인 진震에게 말을 해 보았다. 진은,

"네가 먹고 싶으면 한두 개 살짝 따서 먹으라만 아이들에게 나눠 줄 수 있게 많이 따선 안 된다."

고 못을 박았지만, 계남은 배 밭에 들어가 열한 개를 땄다. 나눠 줄 동무의 머릿수가 열하나였다.

급기야 그 사실이 탄로 나고 말았다. 마님이 계남을 불렀다. 그리고는 네 잘못을 아느냐고 물었다. 계남이 대답이 없었다.

"물건을 훔친 거나 몰래 과일을 따는 거나 다름없이 도둑질인데 왜 잘못했다고 죄를 빌지 않느냐."

마님의 말이 거듭되었을 때 계남이 또박 대답했다.

"저는 남의 물건을 훔친 적이 없기 때문에 도둑놈은 아닙니다."

"그럼 그 배가 네 것이란 말이냐? 말이 없는 것을 보니 그 배가 네 것도 된다는 생각이구나. 너 매를 맞아야 하겠다."

마님, 즉 청주 한 씨가 매질을 시작했다. 그런데도 계남은 끝까지 잘못했다고 하지 않았다. 계남의 그러한 고집스런 태도가 마님의 흥분을 더욱더 자극했다.

"이놈의 버릇을 단단히 고쳐 놓아야겠다."

계남에 대한 매질이 이때부터 그 강도를 더해 갔다. 그래도 계남은 끝내 굴하지 않고 드디어는 기절하기에 이른 것이다.

이런 사정을 듣고서야 달손은 계남이 '매 맞을 짓은 했어도 잘못한 짓은 없어요'라는 말의 뜻을 납득할 수 있었다.

며칠 후 달손이 계남을 조용한 곳으로 불러 물었다.

"네 배를 따서 친구에게 나눠 준 일이 나쁜 짓이라고는 생각하지 않지?"

계남이 눈동자를 말똥말똥 굴리며 고개를 끄덕였다.

"그럼 잘한 짓이라고 생각하니?"

"그렇게 생각하진 않아요. 할 수 없었던 일이라고 생각합니다. 모두들 배를 먹고 싶어 했거든요."

"그렇다면 매 맞은 일을 어떻게 생각하나?"

"그것도 할 수 없었다고 생각해요."

"마님을 원망하진 않느냐?"

"왜 원망해요?"

계남의 말이나 태도에 구김살이란 없었다.

"그러나 계남아, 네가 한 짓 가운데 꼭 한 가지 마땅치 못한 것이 있다. 네가 매를 맞았기 때문에 네 어머니가 얼마나 슬퍼했겠는가. 어머니를 슬프게 했다는 것 그것이 큰 잘못이다. 앞으로 어머니를 슬프지 않게 해드려야 한다."

은하수는 밝은데

저녁밥상을 물리고 율곡 이이李珥는 남으로 향한 창문을 열었다. 검은 남산의 윤곽이 시야로 다가서고 아직 달이 돋지 않은 하늘에 성두星斗가 찬란한데 은하가 유난히 완연했다.

'명하明河는 재천在天인데!'

자기도 모르게 한숨이 나왔다. 하늘에 은하수는 저렇게 밝고 아름다운데 이 지상은 왜 이다지도 혼탁할까 하는 감회가 한숨으로 되었다.

가슴속에 포부가 일어나고 있어도 언제나 얼굴은 유순하고 온화한 이이. 뿐만 아니라 그는 호오好惡의 감정을 노출하는 법은 없었지만 가을이란 계절엔 민감했다.

뇌리를 스치는 일편의 상념!

우선 그날에 있었던 일만으로도 수심에 겨웠다. 그날이란 선조 2년 9월 5일. 이이는 영상 이준경李浚慶과 임금을 모신 자리에서 격렬한 언쟁을 벌였다. 그런데도 그의 소신은 관철될 수 없을 것 같았다. 그래서 이이는 교리校理 벼슬에서 물러나 고향으로 돌아갈까 하고 망설이는 터였다. 그러나 좀처럼 마음을 결정할 수 없는 것은 관직에 미련이 있기 때문이 아니었다.

그날 이준경과 이이 사이에 있었던 언쟁言爭이란, 임금을 모시고 공경公卿들이 모여 앉은 자리였다. 을사사화乙巳士禍가 화제에 올랐다.

이준경이 "을사년에 위사衛社할 때에…"라고 말을 시작하는데 대뜸 이이가 반박했다.

"대신께선 위사라는 말의 뜻을 아시고 하시는 말씀입니까, 모르시고 하시는 말씀입니까?"

이준경이 불쾌한 얼굴을 했다. 아랑곳없이 이이는 쏘았다.

"대신의 말씀은 모호합니다. 어째서 을사년의 옥사가 위사로 되는 것입니까. 위사라는 것은 허위의 훈공 아니었습니까. 그때에 죄를 받은 사람들은 모두 착한 선비들이었습니다. 간흉들이 사람들을 도륙屠戮하고 위훈僞勳을 날조하여 녹錄한 것이 어떻게 위사가 된다는 말씀입니까. 이제 새 정사政事를 시작함에 있어서 마땅히 그 간흉들의 훈공을 삭탈削奪하여 명분을 바로 세워 국시國是를 바로잡아야 합니다."

"말인즉 그럴듯하지만 선조先朝 때에 있었던 일을 조급하게 변개할 순 없는 일이오."

이준경은 언성을 높였다. 이이도 지지 않았다.

"선조 때의 일이라도 그릇된 것은 고쳐야 할 것 아닙니까. 선조 때 행한 일이라고 해서 나쁜 것을 고치지 아니하고 방치하면 금조今朝도 그 악을 뒤집어쓰게 됩니다. 명종께서 어리신 나이로 왕위에 올라 비록 간흉들의 속임을 받았으나 이제 하늘에 계신 선왕先王의 영이 그 간사한 일들을 통촉하셨을 것인데 왜 고치지 못한다고 하옵니까."

이준경이 분노의 빛이 있었으나 분노를 억누르고 조용히 말했다.

"을사, 기유년의 옥사는 생각해 볼 만한 점이 많긴 하오. 그러나 오늘에 당장 그 해결책을 강구한다는 것은 갖가지 복잡한 사정이 있으므로 불가할 줄 아오."

갖가지 복잡한 사정이란 간흉들의 후예 또는 그 패거리들이 궁중, 궁의에 많이 있어서 처단을 서두르면 그만큼 혼란이 있음을 뜻한다.

이이는 이런 사정까지 들먹이고 간흉들의 반발이 겁나서 공명정대하게 해야 할 짓을 하지 못한다면 통탄할 일이라고 극론했다. 그런데 임금의 심기가 편하지 않은 것을 눈치챈 공경들이 말리는 바람에 이이는 입을 다물고 말았다.

이때 상노가 중문으로 들어섰다.

"정지평 나리께서 오셨습니다."

상노의 뒤에 지평持平 정철鄭澈의 모습이었다. 이이가 반겼다.

"이것이 어떻게 된 일이오니까?"

"야밤에 무례함을 용서하오. 왠지 불안한 마음이 있어서 왔소이다."

이이는 정철의 다음 말을 기다렸다.

"숙헌叔獻께서 혹시 조급한 생각을 가지시나 않았나 해서."

이 말을 듣고 이이는 정철이 찾아온 까닭을 알았다.

오늘 조정에서 임금을 모신 자리에서 이이가 영상 이준경과 심한 말다툼을 벌였는데 임금은 이준경을 두둔하는 태도를 보였다. 그래서 정철은 혹시 이이가 오늘밤 사표辭表를 쓰고 있지 않을까 해서 찾아온 것이었다.

"조급한 생각이 아니라 관직에서 물러날까 하외다."

"그건 안 될 말씀이오. 이 공께서 사의를 표명하셨는데 상의上意로서 만류된 것이 지난달에 있었던 일 아니오이까."

지난달 이이는 자기를 어릴 때부터 양육해 준 외조모가 아들이 없는 처지로 강릉에서 병들어 있으니 그 은공恩功을 갚을 겸, 곁에서 봉양해야겠다고 관직을 물러나려 했는데 임금께선 한사코 이를 만류했다.

"그런데 또 사직하겠다고 하면…. 두 가지의 우려가 있을 것 같소. 임금께선 이 공이 자기의 재주만 믿고 보채는 것이라 하면 불쾌한 마음을 먹을 것이고, 조정의 속인배俗人輩들은 번연히 만류될 줄을 알면서 꾀를 부려 보는 것이라고 말을 꾸밀 것이 아닌가 하오이다."

이이는 말없이 쓰게 입맛을 다셨다.

"괜히 남의 입에 오르내리는 게 좋을 까닭이 없지 않소이까. 그런데다 이 공께서 굳이 조정에서 물러나면 그러지 않아도 사람이 없는 조정이 어떻게 될 것이오. 정사가 어찌 될 것이오. 이 공 같은 분이 있기에 그래도 조정엔 생신한 광光이 있는 것이오. 나는 이 공을 암야暗夜의 등불이라고 생각하고 있소."

"과하신 말씀을."

"결단코 과한 얘기가 아니오이다. 통하건 통하지 않건 임금을 상대하고 이 공처럼 소신을 솔직 선명하게 직언直言하는 사람이 어디에 있소이까. 비록 임금께서 그대로 행하진 않는다고 해도 들어주시는 것만으로도 가하다고 생각해야지요. 언젠가는 보람이 있지 않겠소이까."

"소인배들이 무슨 소릴 한들 그거야 개의할 것 아니지만…."

하고 이이는 어두운 얼굴이 되었다.

임금이 엉뚱한 오해를 하면 그것이 곤란하다고 이어질 감회였다. 정철이 이이의 그러한 마음을 꿰뚫어 본 듯 말했다.

"어린 임금을 성군聖君으로 만드는 것이 우리의 소원, 특히 이 공의 포부가 아니었소이까. 그런데 지금 임금과 이 공의 사이가 석연치 않게 된다면 사직의 장래가 걱정스럽소이다."

"아마 정 공 같은 분이 중용되어야 하며, 정 공 같은 분의 뜻이 통해야 할 것인데, 정 공의 언동엔 너무나 모角가 나 있어서…."

"바르게 언동하려면 모가 나고, 모를 없애려면 벙어리가 되어야 하고…. 그건 이 공도 마찬가지가 아니고?"

정철도 웃었다.

그날 밤 정철의 방문은 그 목적을 이룬 셈이 되었다. 이이는 당분간 사표를 쓰지 않기로 마음을 고쳐먹었다. 그 대신 만만찮은 각오를 했다. 임금의 기분엔 아랑곳없이 직언直言과 직설直說로 일관할 작정을 한 것이다. 사실 이이는 너무 말이 많았다. 뿐만 아니라 그렇게 하는 것이 신하된 도리라고 믿었다. 언관言官이 직언直言하지 않으면 누가 직언하겠는가 하는 사명의식이 너무나 강했다. 옳은 말은 옳게 통해야 하며 반드시 보람을 가져야 한다는 것이 그의 신념이었다.

그런데 임금이 소리에 메아리처럼 자기 말에 응해 주지 않으니 딱했다. 총명한 소질을 가졌으니 기릴 성군聖君이 될 수도 있을 텐데 싶으니 더욱 안타까웠다.

이이의 충언忠言에 응하지 않는 임금의 태도도 그저 비방할 것은 못되었다. 총명한 임금은 문제의 소재를 나름대로 파악하고 있었다. 예컨대 이이와 맞서 소리에 메아리처럼 토론할 수 있다면 이이와 맞먹는 학력學力을 가져야 할 것이었고, 이이의 진언대로 정사를 움직여 나간다면 그 밖의 삼공육경三公六卿의 존재를 무색하게 하는 셈이었다.

게다가 단 한 가지 일을 고치려고 해도 수십 개의 문제가 고개를 쳐들 형편이었다. 가령 선왕先王의 묘廟에 제사 지내는 법도를 고치려 하면 조정 내에서도 중구난방의 논의가 끓어올랐고, 인재 등용을 하자고 해도 각류각파各類各派의 작용과 반작용이 있어 수월하지 않았다.

호를 구봉龜蜂이라고 하는 송익필宋翼弼은 이이보다 두 살 위였으나 누구보다도 이이를 아끼는 사람이었다. 이이 역시 그를 좋아했다. 두 사람은 기탄없이 서로의 마음을 열어 보일 수 있는 사이였다.

그러한 사이인지라 구봉의 말은 언제나 솔직했다. 조정에서 있었던 일을 들었던지.

"숙헌은 지고志高하지만 부지세정不知世情이라."

어느 날 구봉이 한 말이었다.

"세정을 알아 뜻을 굽히라는 말인가?"

"뜻을 굽힐 필요야 없지. 그러나 방편을 생각할 필요는 있을 것 같군. 저편에서 말을 청해 올 때까지 말문을 닫고 있는 것도 한 방편이 아닌가?"

"그건 언관으로서의 도리가 아닐세. 나는 무위無爲로 국록國祿을 축내긴 싫어."

"딱한 사람 보았나. 직언이 중한 것이 아니라 보람이 중한 것이 아닌가. 숙헌은 옳은 말이면 통해야 하고 통하지 않으면 상대방이 그릇되었다고 생각하는 모양이네만, 세상은 그런 것이 아냐. 언리言理만으론 안 돼. 정리情理와 기미機微가 통해야지."

126

"아무튼 직언과 선언善言이 통하는 세상이 되어야 하지 않겠는가."

"되어야 하는 것과 하고 있는 그대로의 세상은 다르이. 숙헌은 경서經書의 이리에 치우쳐 사서史書의 감鑑을 등한히 하는 것 같아. 고래로 유위有爲한 명신名臣은 말이 적은 법이다. 옳은 일을 행하지 않을 수 없게 상황을 만들어 놓고서야 비로소 옳은 말을 한 걸세."

"구봉의 말은 들을 만하이. 그러나 나는 상감을 대하는 데 방편을 쓰기가 싫어. 상감은 총명하셔. 되레 방편이 화가 될지도 모르느니."

"숙헌의 그 말 한마디는 잘했다. 상감이 총명하다는 말. 총명하다고 생각했으면 더더구나 말을 아껴야지. 실행 못할 일만 권하면 자네가 명신名臣이 되기 위해 암군暗君으로 만들려고 한다고 생각할 걸세."

친구 송구봉의 충언이 간절했는데 이이는 듣지 않았다.

그러나 이이의 마음은 석연하지 않았다. 임금에게 선치지의善治之意가 없는 것으로 보였다. 그렇다면 조정에 남아 있을 필요가 없는 것으로 보였다. 벼슬에 연연한 소인배라고 지목되긴 죽어도 싫었다. 이이는 집에 돌아가 사표를 썼다. 외조모의 병환이 위중하니 급히 귀성하여 마지막의 봉양을 다해야겠으니 해관解官하길 바란다는 내용이었다. 임금은 그래도 이이를 아끼는 마음이 있었던 터라 해관을 허락하지 않고 사가賜暇하여 귀성하라는 허락만 내렸다.

홍계남에서 장차 대인大人이 될 수 있는 소지素地를 발견한 김달손은 독특한 교육법을 안출했다. 계남은 글방에 나오질 않았다. 나오지 않았다기보다 나올 수가 없었다.

"천첩의 자식이 글을 배워 무엇 하느냐."

청주 한 씨의 서슬이었고 보니 김달손인들 계남을 대소가의 적출아
嫡出兒들과 한방에 앉혀 놓고 가르칠 수 없었다.

그래서 김달손은 계남을 자기 방에 불러 놓고 글을 가르치곤 낮에 할
일을 지시했다. 그 대강은 다음과 같았다. 강가에 가서 팔매질을 하루
백 번씩 하되, 어떤 표적을 만들어 놓고 그것을 맞히도록 하라. 제자리
뛰기를 하루 백 번씩 하되, 적당한 언덕을 골라 그 언덕 위에 뛰어오르
도록 하라. 달리기를 하되, 건너편 동산 뒤쪽에서 하루 백 번씩 왔다갔
다 하라. 막대기를 쥐고 하루 백 번씩 휘둘러라. 키의 두어 길 되는 언
덕에서 하루 백 번씩 뛰어내려라.

"오백위일五百爲日이라고 하는 것이다. 오백위일을 1년을 하면 다음
또 내가 지시하마. 그러나 이것을 누구도 보지 않는 곳에서 하라. 너
혼자 한다고 해서 수를 속여선 안 된다. 하늘과 땅 사이에 너는 너 하
나이다. 네가 너를 키울 수밖에 없다."

"그렇게 하면 어떻게 됩니까?"

"장군이 된다."

"장군이 뭘 하는 겁니까?"

"장군은 군사를 거느리고 적으로부터 나라를 구하는 사람이다."

"아버지를 보고 아버지라고 못 부르는 나도 장군이 될 수 있습니까?"

"나라의 사정이 급해지면 양반이고 상놈이고 없어진다. 적출이고 서
출이고 천출이고도 없어진다. 글을 익혀 정승이 되진 못하더라도 힘과
기량은 바깥으로 나타낼 수 있으니 누구도 이를 천대하지 못한다. 네
가 누구로부터 천대받지 않으려거든 내 시키는 대로 하라."

계남은 여섯 살 난 어린아이였지만 김달손이 말하고자 하는 뜻을 잘

알아들었다.

김달손은 자기에게 병서兵書와 무술의 조예가 없는 것이 한스러웠지만 서책을 통해 익힐 대로 익혀 전수傳受하다가 언젠가는 박길홍朴吉弘을 찾아내어 계남을 맡길 작정을 했다.

그 무렵 한성에 갔던 홍자수가 돌아와서 홍문관 교리 이이를 둘러싼 사건의 경위를 들었다.

누구보다도 이이를 존경하던 김달손은 한탄했다.

"그분이 조정에 있는 것만으로도 든든했는데."

"해관은 안 되었다니까 곧 조정으로 돌아갈 걸세. 그만한 인재를 임금이 버리겠는가."

하는 홍자수의 말이었는데 이이가 강릉으로 일시 귀성한다는 말을 듣고 김달손이 눈을 반짝했다.

"경도에 있을 땐 관직으로 바쁘겠지만 강릉에선 짬이 있겠지. 내 이 기회를 이용해서 이 교리를 만나보고 평소의 감회를 풀어야겠다."

홍자수는 그것 좋은 일이라고 했다.

"홍 공, 강릉 갈 땐 계남이를 데리고 가야 하겠네. 그 어른에게 계남을 한번 보여주고 싶어, 어쩐지 …."

김달손의 생각이 깊다는 것을 알고 있는 터였지만, 계남을 이이에게 데리고 가고 싶어 하는 심정은 납득할 수 없었다.

"어린아이를 덕이 높으신 어른과 만나게 해서 무슨 소용이 있겠소?"

"소용이 있을 것으로 믿어서가 아니라 왠지 데리고 가고 싶을 뿐이오."

김달손은 이렇게 말했지만 내심엔 기대하는 바가 있었다. 계남처럼 총명한 아이가 단지 적출이 아니란 사실만으로 일생을 그늘에서 살아야 하는 딱한 처지를 계남을 옆에 두고 이이에게 설명하여 그분의 의분심을 자극하는 동시에, 계남의 장래를 이이의 힘으로 열어 주고 싶은 마음이 간절했다.

뿐만 아니라 김달손이 어린 계남을 데리고 원행遠行하겠다는 덴 또 하나의 이유가 있었다. 계남의 마음이 그렇게 되어 주기만 한다면 계남을 데리고 홍 씨 가문에서 영영 떠나 버려도 좋다는 속셈이 있었다. 그리하여 팔도를 돌아다니며 글을 가르치는 한편, 계루가 적고 무자無子한 양반집을 만나면 그 양반의 아들로 만들어 출세하는 길을 터놓을 수도 있을 것이며, 그것이 불가능하면 숨은 무술가武術家를 찾아 계남을 불세출不世出의 무인武人으로 만들 수도 있을 것이었다.

김달손이 우려한 바는 어릴 때 받은 수모受侮로 해서 천의무봉한 계남의 성격과 재질을 망쳐 버리지 않을까 하는 데 있었다. 한마디로 말해 계남을 김달손 자기의 꼴과 같이 만들긴 싫었다. 그러나 그런 말을 홍자수에게 할 순 없었다. 그렇게 되었을 때 가슴 아픈 사람은 계남의 어머니겠지만 어느 곳에서건 아들이 건전하게 자라고 있다는 것만 믿을 수 있다면 학대받고 수모를 당하는 꼴을 목전에서 보지 않는 것이 도리어 마음 편하지 않겠는가.

홍자수의 동의를 얻은 김달손은 계남의 원행 준비를 단단히 시켰다. 새 옷을 두 벌 마련하라 이르고, 머슴을 시켜 미투리를 한 죽 만들게 했다. 이때 청주 한 씨의 심중이 어쨌는지는 알 수가 없다. 하여간에 원행 준비를 서두르는 덴 별다른 지장이 없었다.

안성에서 강릉까진 거의 5백 리 길이다. 그 먼 길을 달손이 계남을

데리고 떠난 것은 10월도 반을 지나 있어 제법 쌀쌀한 바람이 부는 날
이었다.

　홍자수는 집 앞에서 "잘 갔다 오라"고 했을 뿐인데, 자수의 아버지
청淸은 동구 밖까지 따라 나와 10냥쯤은 되어 보이는 전대를 계남의 허
리에 감아 주고, 미리 하인을 시켜 마련해 두었던 당나귀를 끌어다 놓
으며 다정하게 말했다.

　"계남아, '할아버지, 잘 다녀오겠습니다' 하고 절 한번 해봐라."

　계남의 눈에 글썽 눈물이 괴었다. 그리고는 넙죽 땅바닥에 엎드려
절을 하며 울먹였다.

　"할아버지, 잘 다녀오겠습니다."

　"오냐 오냐, 잘 다녀오너라."

　청은 계남을 일으켜 세워 바지에 묻은 흙을 털어 주고 머리를 쓰다듬
었다. 콧등이 시큰한 느낌으로 이 광경을 지켜보던 달손이 나귀의 고
삐를 잡았다.

　"걱정 마십시오. 갔다 오겠습니다."

　나귀 등에 올망졸망하게 짐을 싣고 두 사람은 걷기 시작했다.

　쌀쌀한 날씨인데도 조금 길을 걷고 나니 몸에 땀이 뱄다. 달손은 천
천히 걸음을 떼 놓으며 계남의 보조에 맞추려고 했는데 계남은 그것이
불만이었던 모양이다.

　"선생님, 5백 리 길이라고 했지요? 이렇게 걸어가서 언제쯤 닿겠습
니까."

　"먼 길을 갈수록 천천히 가야 하느니라. 가까운 곳이면 뛰어가도 좋

지만 먼 길은 서둘러선 안 돼. 노는 것처럼, 쉬는 것처럼 걸어야지."

"저 때문에 일부러 천천히 가시는 것이라면 … 그렇게 마음 쓸 것 없습니다. 저도 선생님만큼이나 걸을 수 있어요."

달손이 시키는 대로 앞동산 중허리를 하루 백 번씩 돌았더니 이제는 숨이 가쁘질 않다고 했다.

"그러니까 널 데리고 나선 것이 아니겠느냐. 너 때문에 천천히 걷는 건 아니다. 나는 하도 길을 많이 걸어 보아서 잘 안단다. 오늘 조금 서둘렀다 싶으면 내일은 자리에서 일어날 수가 없더구나. 그래 쉬엄쉬엄 걸어야 한다는 걸 알았다."

계남이 고개를 끄덕끄덕했다.

"길을 걷는 일만이 아니라 … 인간만사가 다 그런 거다. 별로 중하지도 않고 바쁘지도 않는 일이면 서둘러 바삐 처리해도 되지만, 바쁘고도 중한 일이면 천천히 해야 하느니라. 만일 실수라도 있으면 큰일이거든. 바쁜 일이라 고쳐 할 짬이 없으니. 그러니까 이런 말이 있다. 신이민愼而敏. 천천히 신중하게 서두르라는 뜻으로 될 거다. 외워 둬서 나쁠 것이 없으리라, 신이민!"

'신이민!' 계남이 조그마한 소리로 되뇌었다.

"길을 걷는 데도 갖가지가 있느니라. 군사軍使라는 것이 있다. 이것은 빨리 갈수록 좋은 것이다. 원병을 청하거나, 적이 쳐들어왔다는 사실을 알리러 갈 때는 밤을 낮으로 하여 사력死力을 다해 일각이라도 빨리 가야만 한다. 예행禮行이란 게 있다. 이것은 다른 나라 또는 먼 곳에 있는 어른을 찾아뵈러 가는 길이다. 이번 우리가 가는 이 걸음이다. 예행에서 특히 조심해야 할 것은 그곳에 가서 예를 잃지 않도록 건전하게 몸을 지닌다는 것이다. 모처럼 예방했다고 하면서 그곳에 가서 노독路毒으로 드러눕기라도 하면 어떻게 되겠느냐. 천 리 길을 왔는데도 싱싱한 손님이라고 하면 맞이하는 사람도 기분이 좋지 않겠는가."

계남이 달손의 말뜻을 알았다는 듯 생긋 웃었다.

말없이 한동안을 걸었다. 그러다가 달손이 계남에게 나귀를 타라고 했다.

"저는 안 타도 돼요."

"그런 게 아녀. 나귀를 아끼는 것도 좋지만 너무 아끼면 이놈이 꾀를 낸다. 나귀에게 우리를 태워야 하는 버릇을 익혀 둘 필요가 있는 거다. 너무 지쳐도 심술을 내고 너무 아껴도 심술을 내는 게 당나귀다."

달손은 '헛허' 하고 웃었다.

죽산에 도착했을 때 해는 아직 두어 발이나 남아 있었다. 주막을 찾아들기가 바쁘게 나귀에게 먹이를 실컷 먹이고 목덜미를 두드려 주고 나선 물을 데워 오라고 하여 달손이 자기의 손발을 씻으며 계남도 손발을 깨끗이 씻도록 했다.

"몸을 청정히 하는 것은 마음을 청정히 가지는 것과 꼭 같다. 뿐만 아니라 이렇게 손발을 깨끗이 씻고 있으면 혈행血行을 좋게 하여 피로를 푼다. 그러니 원행할 땐 몸을 자주 씻는 것을 잊어선 안 된다."

달손이 손 씻고 발 씻는 법을 가르쳤다. 물칠을 하여 그저 문대면 되는 것이 아니라 손가락과 발가락 사이를 정성스레 비비고 문대고 이어 관절의 마디마디를 씻고 손바닥과 발바닥을 서른 번 이상 마찰해야 한다는 것이 골자였다.

음식을 먹는 데도 만만찮은 가르침이 있었다. 맛이 있건 없건 밥상에 오른 음식이면 빠짐없이 꼭꼭 씹어 삼키라는 것이었는데 물도 씹어서 마시라는 달손의 말엔 계남이 이상하다는 표정을 했다.

"물을 씹어서 마시라는 게 그처럼 이상한가?"

달손이 물그릇을 들고 시범을 보였다. 한 모금 마시고 입을 우물거리곤 삼키고 하는 식이었다.

계남이 따라 해보았다. 꿀떡꿀떡 물을 마실 때와는 다른 느낌이 있었다. 김달손이 '날마다 몸을 정성 들여 씻고 음식을 먹을 때마다 그렇게 하면 무병식재無病息災할 것이니 그렇게 알라'고 했다.

밥을 먹고 조금 쉰 후에 《동몽선습》을 꺼내라고 하고 다음을 가르쳤다. 그렇게 하다가 자리를 깔고 눕곤 달손이 물었다.

"계남아, 집에서 누가 제일 좋던?"

"할머니가 좋아요."

계남이 품속에서 알밤 크기만 한 은괴銀塊를 내 보였다.

"그것 할머니가 주었나? 그런 것 준다고 할머니가 좋아?"

"아녜요. 생각이 나서 꺼내 본 겁니다."

"할아버지도 돈을 많이 주던데."

"할아버지도 좋아요. 돈을 줬대서가 아니구요."

"네 아버지도 널 지극히 사랑하신다. 널 잘 데리고 가라고 내게 노자를 많이 주었어."

계남이 아무런 대꾸가 없었다.

"어머니 생각은 안 하나?"

"……."

"마님은 밉지?"

134

"……."

"미워해선 안 돼."

"미워하지 않아요."

"그러나 좋다고도 생각하지 않지?"

"어머니의 말로는 마님은 가풍을 엄하게 다스리기 위해 그렇게 하신 대요."

"그런 걸 알면 됐다. 네가 크면 모든 걸 알게 되겠지만 사람은 나무와 비슷한 데가 있어. 낭떠러지 위에 위태롭게 서 있는 나무도 있고, 동네 앞에 의젓이 솟아 있는 정자나무 같은 것도 있고, 담뿍 열매를 열어선 자기는 한 톨도 먹어 보지 못하고 사람에게 빼앗기는 그런 나무도 있고. 사람이 이곳저곳으로 옮아 다닐 수 있대서 나무보다 나을 건 별반 없느니라. …"

계남의 고른 숨소리가 들렸다. 달손은 괜히 혼자 지껄이고 있었던 것이다.

집을 떠난 사흘 후 영월의 고개를 넘었다. 심심산중이었다.

"계남아, 호랑이가 나오면 어떻게 할 테냐?"

"선생님과 나귀가 있으니 무섭지 않습니다."

"나귀가 호랑일 당할까?"

"호랑이가 나귀 잡아먹었다는 소리는 듣지 못했어요."

"그것도 그렇군. 그러나 호랑이가 덤비면 어떻게 할 텐가?"

그러자 계남은 주위를 두리번거리더니 돌멩이를 몇 개 집어 들었다.

"그걸 갖고 호랑이를 친다 이건가?"

"골통을 바로 때리면 호랑이도 꿈쩍 못할 겁니다."

"좋다. 그럼 그 돌맹이 갖고 저편 나무에 달려 있는 솔방울을 떨어뜨려 보려무나."

계남은 두 다리를 열고 버텨 서더니 잠깐 꼬느는 눈으로 힘차게 돌맹이를 던졌다. 3개가 얽혀 있던 솔방울이 툭 하고 떨어졌다.

"장하다, 계남아. 꽤 기량을 익혔구나."

달손이 환성을 올리곤 계남의 머리를 쓰다듬었다.

"선생님 시키는 대로 매일 백 번씩 돌팔매질을 했거든요."

"장하다 장해. 그렇게만 하면 커서 훌륭한 장수가 되겠구나."

그리고 이어 달손의 말이 있었다.

"호랑이 걱정은 하지 말라. 사람이 둘 이상 가면 호랑인 덤비지 않는다. 제가 위태로운 짓을 안 하는 것이 호랑이니라. 호랑이뿐만 아니라 모든 동물이 다 그렇지."

놀란 꿩이 이곳저곳에서 푸드덕거렸다.

"옳지. 우리 꿩을 두어 마리 잡아 가지고 오늘밤은 꿩고기 맛을 보자꾸나. 내 당나귀를 붙들고 있을 테니까 네가 가서 꿩을 잡아 오너라."

영이 떨어지기가 바쁘게 계남은 몸을 날려 꿩을 숲 속에서 쫓아내선 돌팔매를 던졌다. 잠시 동안에 계남이 꿩을 세 마리나 잡았다.

해가 질 무렵 영월 장터의 주막에 들었다. 꿩을 세 마리나 들고 들어서자 봉루방에 모여 있던 사람들이 물었다.

"보매 활도 가지지 않았는데 어떻게 꿩을 잡았느냐?"

"이 아이가 돌팔매로 잡은 것이오."

"아이구나, 아직 어린앤데 어떻게 돌팔매질을?"

그날 밤 그 주막에 들른 장꾼들은 꿩고기를 맛있게 먹었다. 그리곤 "어린이 덕분에 포식을 했다" 하며 입입이 칭송했다.

"먼 훗날 여러분은 홍계남 장군이란 이름을 들을 것이오. 이 이름을 잘 기억해 두시구려."

달손은 호기 있게 술잔을 비웠다.

좌중의 한 사람이 계남에게 물었다.

"활을 쏠 줄 아는가?"

"모릅니다."

"돌팔매를 그만큼 할 줄 알면 활을 배울 수가 있을 텐데."

"이 근처에 활 잘 쏘는 사람이 있소?"

김달손이 물었다.

"있지요. 있습니다. 엄도익이란 영감인데 상촌에 살고 있습지요. 활을 쏘아 호랑이도 잡고 멧돼지도 잡는 영감입니다."

"명년 봄에 다시 이곳을 찾아 그 어른을 만나 보겠는데 거처를 상세하게 알려 주오."

"거처를 상세히 알 것은 없소이다. 활 잘 쏘는 엄도익이라 하면 근처에선 모르는 사람이 없으니까요. 그러나 엄도익 영감의 나이가 팔순인 데다 요즘 앓고 있다고 들었소. 명년 봄까지 살아 있을지 의문이오."

"그렇다면 내일에라도 찾아가 보아야겠군."

"그렇게 하시는 게 좋을 겁니다."

봉루방에 모인 사람들은 엄도익의 궁술弓術 얘기로 꽃을 피웠다.

명궁名弓의 길

"한 가지 기예技藝에 통하면 달도지인達道之人이라 할 수 있다. 달도란 사람 된 자가 응당 밟아야 하는 길이니라. 그러나 달도한 사람이란 드물다. 그러니 달도한 사람이 있다고 듣고 뵙지 않을 수 있느냐."

김달손이 홍계남을 데리고 엄도익 노인의 집을 찾아 나섰다. 봉루의 사람들이 전하는 그대로라면 엄도익은 궁술弓術을 통해 달도했을 것이다. 달손은 영월의 엄 씨嚴氏가 지조와 기백에서 범상치 않다는 풍문을 들은 바도 있었다.

계남은 김달손에 이끌려 비탈진 산속의 길을 걸어 오르며 물었다.

"활이란 그처럼 소중한 것입니까."

"만백성의 원수를 화살 하나로 꺾어 버릴 수 있다면 그 이상 소중한 것이 다시 있겠나?"

"지금 우리가 찾아가는 어른은 만백성의 원수를 화살 하나로써 꺾어 버리는 그런 어른입니까?"

"그렇다고 듣고 뵈러 가는 것이 아닌가."

그럭저럭 마을 앞에까지 왔다. 달손이 계남이더러 엄도익 영감의 집을 마을 사람들에게 물어보라고 시켰다. 엄도익 노인의 집은 거기서 보이는 곳에 있었다. 달손이 옷의 먼지를 털었다. 계남도 따라 같은 동작을 했다.

쇠잔의 기운이 엄도익의 얼굴을 덮고 있었으나 그의 눈은 이상하리만큼 맑았다. 얼핏 보아도 하나의 기량을 통해 명인名人의 경지에 이른 사람이라고 짐작할 수 있었다.

"병중에 계시는 어른을 번거롭게 해서 죄송하오이다."

인사를 먼저 하고 자기와 계남의 성명을 알리곤 내의來意를 고했다.

"활쏘기를 배우고 싶다구?"

양편의 부축을 받아 상체를 일으켜 앉은 엄도익은 홍계남의 얼굴을 자세히 들여다보며 물었다.

"활을 배워 무엇을 할 텐가?"

"만백성의 원수를 쏘아 없애겠소이다."

계남은 달손으로부터 들은 대로 말했다.

"장하다. 만백성의 원수는 북으로 오랑캐가 있고, 남쪽으론 바다 건너 왜놈이 있구나."

엄도익의 말이 기침으로 중단되었다가 다시 이어졌다.

"그런데 원수는 북쪽과 바다 건너에만 있는 것이 아니어."

이때 김달손이 말을 끼었다.

"소원대로라면 이 소년이 직접 어른으로부터 기량을 배우도록 했으면 좋겠습니다만, 어른의 건강이 쾌치 않으니 평생을 두고 명심해야 할 말씀만이라도 듣잡고자 합니다."

"말이 무슨 소용이겠소."

엄도익은 다시 계남을 응시하며 한숨을 쉬었다.

"천추에 이름을 남길 상을 가졌는데 … ."

그 한숨에 만감이 담긴 듯하여 달손이 캐고 물으려다가 그만두었다. 어린 계남을 옆에 두고 물을 말이 아니었기 때문이다.

"활을 배우는 것은 좋다. 그러나 살생을 위해 활을 배우는 것은 옳지 못하다. 만백성의 원수를 없애는 데 활로선 당치도 않다."

또 한 번 한숨을 쉬었다. 대국에도 왜국에도 대포가 있고 화총火銃이 있다고 들었다며, 엄도익은 활은 이미 정심집중正心執中의 도道가 되었으며 그런 뜻으로 궁술弓術을 권한다고도 했다.

"그런데 궁술의 묘제는 과녁을 맞히려는 데 있어선 안 되고 과녁이 화살을 빨아들이도록 해야 한다."

그러기 위한 몇 가지 주의가 있었다.

먼저 숨을 죽이고 미동도 하지 않는 법을 배울 것. 동작을 밤중에 이슬이 내리듯 해야 할 것. 활을 자기 몸 일부가 되어 버리도록 순응시킬 것. 명경지수, 광풍제월과 같은 마음을 가꿀 것.

"그리고 무엇보다도 소중한 것은 활을 이용해서 세속적인 재물이나 명예를 탐해선 안 된다는 사실이다. 활은 활로서 살 뿐 그 밖에 무슨 의도를 섞으면 백발백중할 수가 없다."

마지막에 엄도익은 계남의 머리를 쓰다듬었다.

"난세에 영웅이 난다지만, 영웅과 평온한 세상을 어떻게 바꿀 수 있겠는가. 안타깝다."

엄도익의 말뜻을 홍계남이 속속들이 알아들을 순 없었지만 어린 마음으로도 깊은 감동을 받았다.

그와 김달손과의 말 가운덴 "사람을 만나기가 싫어 산속에서 살다가 보니 필요에 따라 활을 배웠지만 나 하나 살기 위해 너무나 많은 살생을 해 한스럽다"는 것이 있었는데 이에 덧붙인 "사람을 위하고 나라를 위하는 일이 아닐 땐 살생을 삼가야 한다"는 말이 두고두고 계남의 가슴에 새겨졌다.

엄도익의 집을 나온 김달손은 홍계남을 단종의 능으로 데리고 갔다.

어린 나이로 임금이 되었다가 숙부 수양대군首陽大君에게 자리를 빼앗기고 이윽고 죽음을 당한 단종의 얘기는 계남을 슬프게 했다.

달손은 또 단종이 귀양살이를 했다는 섬에도 가 보았다. 삼방이 강물이고 한쪽은 절벽인 외롭고 후미진 곳에 한때 임금이었던 사람이 혼자 살았다고 들으니 가슴이 저미었다.

그런 비운悲運에 비하면 설움을 받긴 하지만 자신의 처지를 견디지 못할 바 아니라는 생각이 들기도 했다.

"숙부가 조카를 죽여도 괜찮았을까요?"

계남이 달손에게 물었다.

"그 숙부가 임금이 되었으니 누가 뭐라 하겠나?"

하는 달손의 말이었지만 계남은 납득할 수가 없었다.

"임금이니까 할 수 없다는 그런 일이 있을 수 있었을까요? 그런 사람을 백성들이 임금이라고 받들 수 있었을까요?"

"받든 사람이 있었으니까 임금이 되지 않았겠나."

"백성들 같으면 숙부가 조카를 죽였다고 하면 큰일이 나겠지요?"

"큰일이 나다마다. 능지처참을 당할 죄가 되지."

"백성은 죄가 되는데 그 사람은 임금이 되다니."

"세상이란 그러한 거다. 그러나 끝끝내 그것을 불의不義라고 해서 항거한 의사義士, 열사烈士들이 있었다."

김달손은 성삼문成三問을 비롯한 사육신死六臣들 얘기를 했다.

"그분들이야말로 훌륭하군요."

"훌륭하지. 훌륭하다 뿐인가."

하고 김달손은 의義를 행하기가 얼마나 어려운가에 언급했다.

"아까 엄도익 영감이 사람을 대하기가 싫어 산에서 살았다는 얘기가 있었는데 그 어른은 이러한 세상에 염증을 느꼈다는 뜻일 것이다."

이렇게 말하면서도 김달손은 엄도익의 고조할아버지가 단종의 시신屍身을 몰래 간수했다가 아까 그곳에 정중히 매장했다는 사실은 모르고 있었다.

서글퍼진 계남을 보고 김달손이 농담 삼아 말했다.

"어때 계남아, 이것저것 뒤숭숭한 세상에 살기보다 우린 산중으로 가서 수양이나 하고 도술이나 익힐까?"

"도술이 뭔데요?"

"신선이 되는 길이다."

"신선이 뭔데요?"

계남의 질문은 끝 가는 델 몰랐다.

"사람이 살아가는 길엔 여러 가지가 있다. 더러는 높은 벼슬을 해야만 직성이 풀리는 사람이 있고, 더러는 재물을 탐하여 사는 사람이 있다. 그런데 아무리 벼슬하려고 해도 할 수가 없고 재물을 탐해도 보람이 없는 사람이 있다. 그렇다고 해서 그 사람이 불행하다고는 할 수가

142

없다. 총명하고 의지가 굳센 사람은 속세를 피해 산으로 가서 도를 닦고 술術을 익혀선 천지의 신비에 화합化合하여 산다. 그것을 신선이라고 한다."

여섯 살 난 홍계남이 이런 말을 알아들을 수 있었겠는가만 김달손은 스스로의 한을 이렇게나마 표현해 보지 않을 수 없었다. 백 년 전 억울하게 죽은 단종의 유적을 살피는 동안에 깊은 비감悲感에 젖어 들었다.

"선생님은 신선을 보신 적이 있습니까?"

"본 적이 없다. 신선은 볼 수가 없는 것이다. 스스로 신선이 되기 전엔 신선이 무엇인가를 알 수도 없다. 그러나 이 한 많고 슬픔에 벅찬 세상을 상대 않고 살려면 신선이 될 수밖에 방도가 없느니라."

그러다가 문득 김달손이 말을 바꾸었다.

"아차, 내가 실수했구나. 계남은 신선이 되어선 안 된다. 어머니를 모시는 사람은 신선이 되길 바라선 안 되느니라. 신선은 자기 혼자 것이지 남과 같이 신선이 될 순 없다. 너만 신선이 되고 네 어머니는 신선이 되지 못하면 불효자가 된다. 사람이 세상에 태어나서 꼭 밟아야 하는 길은 효도孝道니라. 효도란 사람이 짐승일 수 없다는 증거이다. 어쩌다 어머니가 돌아가시고 나면 몰라도 어머니 살아 계시는 동안엔 신선될 생각일랑 말아라."

하고 계남을 주막으로 데리고 갔다.

"내일도 또 험한 산을 넘어야 하는구나. 실컷 자 두어라."

설백雪白의 들길에 아침 태양이 눈부셨다. 미상불 백은의 세계! 김달손은 새삼스럽게 오늘의 의미를 깨닫는 마음이 되었다.

율곡을 만나는 것이 자기 자신에게나 홍계남에게 큰 인연이 될 것을 믿어 의심하지 않았다. 그는 율곡으로부터 당장에 무슨 보물이나, 또는 보물 이상의 교훈을 받으리란 기대를 가지지는 않았다. 불자佛者나 도사道士처럼 덕德이 높은 사람을 만났다고 해서 무슨 영험靈驗을 기대하는 것도 아니었다.

동해에서 해가 뜨는 광경을 본 사람과 안 본 사람은 다르다. 금강산 비로봉에 올라 본 사람과 올라 보지 못한 사람은 다르다. 이를테면 김 달손은 이율곡을 만나는 것을 동해에 해 뜨는 광경을 보는 것과 금강산의 절정에 오른 것과 비슷하게 본다는 얘기다.

세간엔 율곡을 대수롭게 보지 않는 사람이 많았고, 일찍이 중노릇을 한 경력이 있대서 비방하는 사람이 더러는 있어 그 세평世評이 분간 못할 지경에 있었지만, 김달손만은 그 인물이 장차 해동제일海東第一로 꼽힐 인물임을 굳게 믿었다. 그 때문에 이번의 출향을 결심한 게 아니었던가. 은빛 찬란한 들길을 걸으면서도 김달손의 감회는 사뭇 깊었고 기뻤다.

"보아라. 서쪽으로 보이는 저 산이 보현산이다. 남쪽의 저산은 정남산이고, 북쪽으로 보이는 산이 화부산이다."

김달손이 사방을 둘러보며 가리키는데 홍계남은 어린 마음으로도 감동했다.

"선생님은 어떻게 이 근처의 산 이름을 그렇게 잘 아십니까?"

"나는 원래 산을 좋아하느니라."

"좋아하면 이름을 알게 됩니까?"

"좋아하면 알게 되지. 사람의 이름도, 꽃의 이름도, 새의 이름도."

"그러나 선생님도 여기엔 처음 오시는 것 아닙니까?"

"아니다. 난 이쪽으로 두 번 온 일이 있다. 이 길로 금강산엘 갈 수도 있느니라. 금강산을 찾는 길에 이곳을 지나친 적이 있었지."

"금강산이 그렇게 좋습니까?"

"좋구 말구. 대국의 시인들이 하는 말이 있다더라. 생전에 해동의 금강산을 한 번 보면 원도 한도 없겠다는."

들이 좁아지더니 골짜기가 나타났다. 그 골짜기 안에 20~30호 남짓한 마을이 있었다. 역시 눈 속에 덮여 백일색白一色이었으나 지붕과 지붕의 사이, 나무들은 제대로 윤곽을 지니고 있었다.

"다 왔다."

하고 김달손은 마을 앞 어느 집의 사립문 앞에 섰다.

"이율곡 대감의 외가댁이 어디인지 알고자 합니다."

"먼 길을 오셨는가 본데…."

하고 초로의 사나이가 앞장을 섰다. 망건도 없이 빗어 올린 상투와 바지저고리 차림인 것으로 미루어 노인은 상민常民임이 틀림없었으나 거조엔 점잖은 데가 있었다.

"대감께선 근방의 선비들을 잘 만나시질 않사옵니다."

"왜 그러실까요?"

"외조모님의 간병으로 오셨지, 선비들과 어울려 소일하러 온 것이 아니란 뜻인 것 같사오이다."

"그 사정 알 만합니다. 한데 대감께선 몸소 간병을 하시오이까?"

"그렇사옵니다. 줄곧 병상에 붙어 계시며 약을 권하신다 하옵니다."

"각별하신 뜻인가 보지요?"

"대감님은 어릴 적에 어머니를 여의곤 줄곧 외조모님의 자정慈情에 의해 크셨다고 하옵니다. 어머니에게 못 다하신 효도를 외할머니에게 하시는가 보옵니다."

작은 마을이라 골목길에 들어서서 얼마 되지 않는 곳에 율곡의 외가가 있었다. 그다지 크지 않은 초가집이었지만 대문만은 위의威儀를 갖추고 있었다.

열린 대문으로 바깥마당이 들여다보였다. 억센 풍채의 사나이 둘이 이제 쓸어 놓은 듯한 바깥마당에 모닥불을 피워 놓고 그 언저리에 서성거리고 있었다.

"노인이 어쩐 일인가?"

하고 묻고는 김달손 일행을 살피는 눈으로 되었다. 노인이 까닭을 말하자 한 사나이가 핀잔하는 투로 말했다.

"대감께선 누구도 만나시질 않으시겠다는데 왜 이 사람들을…."

김달손이 나섰다.

"우리는 경기도 안성에서 대관령을 넘어왔소이다."

"대관령을 넘어왔건 무관령을 기어왔건 대감님이 만나시지 않으시겠다는 걸 어떡허우. 우리는 강릉부사의 분부를 받들어 와 있는 사람들이오만 안사랑에 들어가지 못하고 이 꼴이오."

하며 시무룩했다. 김달손이 말했다.

"대관령을 눈 속에 넘어 여섯 살 난 소년이 대감님을 뵈오려고 하는 겁니다. 나는 그의 종자에 불과하오. 아무리 바쁘시기로니 대감께서 아신다면 여섯 살 난 소년의 5백 리를 걷고 눈보라 속에 대관령을 넘어

온 정성을 물리치겠소이까?"

사나이의 하나가 계남을 눈여겨보더니, 턱으로 중문을 가리켰다.

"사정이 꼭 그렇다면 노인이 안으로 들어가 여쭈어 보구려. 우리는 안사랑까지 들어갈 수 없게 돼 있소."

안으로 들어간 노인이 한참을 있다가 나오는데 젊은 선비 하나가 따라 나왔다.

"이리로 듭시오."

달손은 계남을 데리고 중문 안으로 들어섰다. 중문은 근사했지만 사랑방 문은 초라했다.

율곡 이이는 의관을 정제하고 병풍 앞에 앉아 있다가 달손과 계남이 방안으로 들어서자 온유한 얼굴에 미소를 담고 보료를 가리켰다.

"앉으시구려."

달손과 계남은 정중히 절하고 좌정했다.

"5백 리 길을 걸어온 소년이 이분인가?"

하며 율곡이 계남의 손을 잡았다.

"저는 이 소년을 모시고 온 김달손이라 하옵니다."

"오시느라고 수고가 많았겠소."

율곡의 음성은 부드럽고 낭랑했다.

"대감님, 외조모님의 병환은 어떠하오신지. 마음의 겨를이 없으실 것을 짐작하면서도 찾아뵈온 외람함을 용서하시오소서."

"용서란 천부당한 말씀. 문병을 와 주셔서 고맙소이다. 헌데 외조모님의 병환은 심히 어렵소이다. 더욱이 노환老患이시니 경각이 불안하옵니다. 헌데 나를 찾으신 사연이 무엇이오?"

"한번 옥안을 뵙고 성음을 들었으면 할 뿐, 여타의 사연이란 없사옵니다."

"김 공에겐 없어도 소년에겐 있겠지."

하고 계남에게로 눈길을 돌렸다.

"우러러 뵙고자 하올 뿐이옵니다."

계남이 어젯밤 달손이 시킨 대로 한 대답이었다.

"홍 씨라고 했지. 관향은 어디냐?"

"남양이옵니다."

"남양 홍 씨, 명문이지. 많은 인물을 배출한 훌륭한 성씨가 아닌가."

하고 율곡이 조정에서 원임原任, 시임時任으로 이름이 높은 몇 사람을 들먹이곤 그들과의 촌수를 물었다.

"아직 어리시어 그런 것을 어떻게 알겠사옵니까."

하고 김달손이 대신 설명했다.

율곡이 화제를 바꾸었다.

"무슨 책을 배우고 있는고?"

"《동몽선습》을 배우고 있습니다."

율곡이 《동몽선습》 구절의 뜻을 물었다. 계남이 또박또박 대답하자 율곡이 기뻐했다.

"총명한 품질을 타고났구나. 하기야 6세, 7세 때엔 한창 놀고 싶을 때가 아닌가. 그 나이에 놀지 못하면 장차 놀 날이 없을 걸세. 《동몽선습》도 중하지만 노는 것도 중하니라."

"계남은 무술에 뛰어난 소질이 있는 것 같사옵니다."

"허어, 그래. 그럼 홍 공은 장차 뭣이 되려 하는가?"

"어머니께 효도를 다할 수 있는 사람이 되었으면 합니다."

"갸륵한 마음먹이로다. 그러나 어머니께 효도를 하려면 무언가 되어야 할 것이 아닌가. 치산을 한다든지 벼슬을 한다든지…."

"홍계남으로 말하면 … ."

김달손은 계남의 출생 내력을 설명하고 나서 물었다.

"대감께선 혹시 강희일이란 이름을 들은 적이 있사오이까?"

"들은 적이 있소."

말이 계속될 것 같았으나 더 이상 율곡은 말하지 않았다. 화禍를 당한 사람에 관한 말은 함부로 안 하는 게 당시 인사人士들의 경각심警覺心이었다.

"그분의 억울한 누명이 씻어지기만 하면 이 소년도 천출賤出을 면할까 하온데…."

"억울한 누명을 쓰고 화를 당한 사람이 어디 한두 사람이겠소."

"그러하오니 일대 혁신이 있어야 하지 않겠소이까. 지금 세인들은 대감께 기대하는 바가 크오이다."

"총명한 군주를 모셨기에 기대할 바 크다고는 생각하지만 아직은 그런 시기가 아닌 것 같소. 의義로써 일이 이루어지는 것이 아니라 이利로써 일이 얽히는 터라 정론正論이 그대로 통할 날은 먼 훗날 일일 것 같소."

"군주君主 한 사람의 마음만 돌리면 되는 일인데 그것이 그처럼 어려운 일입니까?"

"조정엔 나 혼자만 있는 것이 아니오. 게다가 나는 말직末職은 아니지만 미관微官에 불과하오. 군주 한 사람의 마음이라고 하지만 그 한 분의 마음을 움직인다는 것이 바로 천하를 움직이는 것일 때 일은 그처럼 만만한 것이 아니오. 내 심정을 그대로 토로하면 낙향落鄕하여 청경우독, 주경야독하고 때론 붕우와 담소하는 생활을 원하오. 뿐만 아니라 조정에서 언관言官의 직분을 다하려다간 고종考終이 어렵지 않나 하는 위구를 갖기도 하오. 그러나 모처럼 글을 배워 정사政事에 뜻을 둔 바에야 옳다고 믿는 말을 할 수 없다면, 하지 않는다면 무엇 때문에 언관의 자리를 차지하고 있을 겁니까. 나는 우둔하지만 김 공이 무슨 연유로 홍 소년을 데리고 나를 찾아왔는가 그 심사를 알 것만 같소이다. 5백 리 길을 대관령을 넘어 이곳까지 오신 그 심사 잊지 않으리다. 결코 잊지 않으리다."

"황송하옵니다 대감. 이 홍 소년을 앞으로 어떻게 지도하면 되올지, 가르침이 있었으면 고맙겠습니다."

김달손의 말에 율곡은 보일 듯 말 듯 고개를 끄덕이며 생각에 잠겼다. 긴 침묵이 있은 후 율곡은 입을 열었다.

"3가지 길이 아니 4가지 길이라고 할까. 산産, 문文, 무武 … 반反."

그리고는 다음과 같이 풀이했다.

"식산殖産에 전념하는 길이 있지 않겠소. 개간하여 농토를 넓히고 양축養畜하여 산産을 늘리고 광광鑛을 찾아 재財를 만들면, 반상귀천班常貴賤에 불구하고 장부의 면목을 세울 수 있을 것이오."

김달손이 쓸쓸하게 물었다.

"대감, 상민과 천민이 식산할 수 있겠습니까? 얼만가의 재물을 가졌다 하면 양반이나 관官의 노략질을 당하는 사실을 모르시고 하는 말씀은 아니라고 믿사옵니다만."

"난들 왜 그런 사정을 모르겠소. 하나 홍 소년은 가문 안에선 어떤 천대를 받을지 몰라도 식산한 과일을 보전할 수 있을 만큼의 울은 가진 것 아니겠소. 아무려나 남양 홍 씨의 가문에 속하는 사람인데 관이나 외인이 침범할 수가 있겠소?"

"듣고 보니 그러하옵니다만 홍 소년에게 식산을 기대하긴 어려울 것 같소이다."

"나도 그런 짐작이오. 순서를 따라 말을 한다면 식산의 방도도 있다는 얘기일 뿐이오. 다음은 문文의 길인데, 학문을 출세와 사관仕官의 수단으로 생각지 않고 오직 학문 자체를 숭상하는 정진은 반상귀천과는 관계없이 해 나갈 수 있지 않겠소."

"대감, 그것도 어려운 일인가 하오이다. 틈을 아껴 호학好學하는 버릇은 기를 수 있을망정 대유大儒가 된다는 건 어림도 없습니다. 사랑방 하나 차지하지 못할 주제에 어디에 책을 펴 놓고 학문을 하겠습니까?"

"김 공이 옆에 있지 않소."

"저로 말하면 홍 소년을 받들 수 있는 것이 앞으로 2~3년으로서 끝나지 않을까 하오이다."

"그렇다면 길은 오로지 하나밖에 없소. 훌륭한 무인武人이 되는 길이오. 들으매 무술에 소질이 있다고 하니 무인으로서 대성을 기할 수 있지 않겠소."

"무인이라면 독불장군이 아니겠소이까. 남의 신하가 되어 차츰 영진하여 많은 신하를 거느려야 하는데 지금의 상황으로 어디 당키나 하는 일이겠소이까."

"그러나 문文의 길과는 달리 무武의 길은 기량을 그대로 나타낼 수가 있어 우열優劣이 선명할 것이 아니겠소. 반상귀천과는 관계없이 장부의 기개를 펼 수 있을 것이오. 그럴 때가 반드시 있으리다. 김 공, 홍 소년을 좋은 무인으로 기르시오."

"반상귀천의 구별 없이 무인이 무인으로서 행세할 수 있을 날이 언제나 있게 되겠사옵니까?"

달손은 자기도 모르게 탄식을 토했다.

"그렇소. 아닌 게 아니라 여러 가지가 어렵소. 쓸데없는 버릇과 곰팡내 나는 공론公論으로 양궁良弓을 썩히고 양옥良玉을 사장死藏한다는 것은 실로 통탄할 일이오. 그러나 기필 때가 있을 것이오. 그런 때가 없으면 나라가 망합니다."

"아까 반反이란 말씀이 계셨는데…."

달손이 머리를 조아렸다. 율곡은 웃는 얼굴이 되었다.

"그것은 당위當爲의 길이 아니고 어떤 결과의 길을 말한 겁니다. 그러니 마땅히 피해야 할, 이를테면 당피當避의 길이지요. 하지만 이 길 저 길이 다 막히면 피해야 할 길을 피하지 못하는 것이 세상의 일이며 세상의 인심이 아니겠소이까. 내가 기미년己未年 임꺽정의 난을 살펴보고 느낀 바는 한마디로 애석하다는 거였소. 임꺽정이 붙들려 죽은 것이 애석하다는 것이 아니라 왜 그만한 역량力量을 국사國事에 유리하게 활용하지 못하고 국사를 그르치는 방향으로 방치했느냐는 얘기요. 임꺽정은 그 도량으로나 용병의 기술로나 능히 장재將材가 될 만한 사람이었소. 그런 사람들에게 등용의 길을 열어 나라가 장군으로서 대우했더라면 변방邊方을 막아 국토를 보전하는 대공大功을 있게 할 수도 있었을 텐데. 이미 역적이 된 사람을 두고 이런 소릴 한다는 건 터무니 없는 푸념이겠으나 앞으로는 나라의 간성干城이 될 인물을 역적으로 만드는 서러운 일이 없도록 해야 하지 않겠소. 그래서 나는 무과武科에 만은 반상, 귀천, 적서嫡庶의 구별 없이 널리 인재를 구할 수 있도록 제도와 관례를 고치는 데 노력할 작정이오."

"참으로 옳으신 말씀이로소이다."

"그런데 옳은 의견이 옳은 대로 통하질 않으니 걱정이오. 그런 만큼 나는 한꺼번에 허통許通을 꾀하지 않고 단계적으로 한 꺼풀 한 꺼풀씩 벗겨 나중엔 충전한 허통이 되도록 할 참이오."

"한데 대감께선 지금 세상에 나눠져 있는 상하의 구별을 온당한 것으로 보시는지요?"

"건공한 공신과 치적의 공신이 있는데 그 공신에서 비롯된 대우는 법法일진대 어찌 상하의 구별을 승인하지 않을 수가 있겠소."

"공신의 후손을 우대하는 것은 좋으나 예우와 등용은 달리하면 좋지 않을까 합니다. 예컨대 공신의 후손에게 전지田地를 주어 옹색하지 않게 살 수 있게 하는 것까진 좋지만 정사政事를 맡을 사람은 그 식견과 능력으로서 뽑으란 것입니다. 그래서 과거科擧를 시행하는 것인데 그 과거라는 것이 역시 권문權門을 우대하는 것이고 보니 진실로 나라에 유용한 인재의 등용에 적잖은 차질이 있는 것으로 보옵니다만."

"공신의 후손을 우대하는 데서 폐단이 있는 것이 아니라 공신도 아닌 사람들이 그런 우대에 빙자 편승하는 것이 폐단입니다. 과거의 법엔 고칠 데가 한두 군데가 아니지만 어떻게 법을 고쳐 보아도 시행하는 자의 마음이 공명하지 않으면 폐단을 고칠 방도란 없는 것이오. 진실로 통탄할 일이 한두 가지가 아니니 … ."

율곡이 장탄식을 했다. 그러나 율곡의 얼굴은 부드러웠다.

"김 공의 한은 짐작할 수 있소. 그러나 홍 소년을 그런 한恨으로 가르치진 마시오."

율곡과 홍계남의 대면에 관해선 율곡의 문서에 기재되어 있지는 않다. 그런데 후일 율곡이 서얼庶孽의 허통許通을 위해 열띤 상소를 올렸을 때 홍계남과의 대면 사실이 그의 염두에 있었을 것이란 글귀가 김달손의 수기手記엔 남아 있다.

그날 율곡은 김달손과의 대화 이후 꽤 많은 말을 계남에게 했다.

"진흙 속에 있어도 구슬은 구슬이다."

하는 말을 비롯해서,

"남이 나에게 잘못한다고 원망하면 원망하는 그만큼 손해를 본다. 잘못을 당해서 손해 보는 것도 뭣한데 원망하는 마음으로 울울하다면 또한 손해가 아닌가."

"나는 어렸을 때 퍽이나 가난하게 자랐다. 그러나 나는 가난하게 자란 것을 자랑으로 안다. 덕분에 어려서부터 내 또래의 아이가 모르는 것을 알게 되었다. 세상에서 가장 소중한 것은 재물이 아니라는 것을 알았다."

"괴로울 땐 정자나무를 보라. 벌레에 먹히지 않고, 바람에 꺾이지 않고, 사람의 도끼를 피하고 그처럼 정정하지 않더냐. 누가 뭐라고 해도 사람이 본분을 다하고 있으면 정자나무처럼 되느리라."

"너는 그래도 다행하다. 어머니를 모시고 있으니. 어머니의 기쁨을 알고 살면 고생도 낙이 될 수 있을 것이니라.”

“게다가 또 다행인 것은 좋은 할아버지와 아버지를 모시고 있다는 사실이다. 설령 밖으로 나타내지 못하고 표가 나도록 정을 쏟지 못할망정 그 정이야 오죽하겠느냐.”

“더욱 네가 다행한 것은 김 공과 같은 선생님을 옆에 모시고 있다는 사실이다. 나는 그것을 하늘이 널 알아주는 은총이라고 생각한다.”

“추호도 대모大母를 원망하지 말지니라.”

이 밖에도 많은 이야기를 하고 율곡은 달손에게,

“해동하여 눈이 녹을 때까진 안성으로 돌아갈 수 없을 것이오. 그러니 그동안엔 이 사랑에서 거처하도록 하시오.”

하는 고마운 말을 남기고 외조모의 병상으로 갔다.

그들은 거기서 사흘을 묵고 속초束草에 있는 달손의 친지를 찾아 그리로 떠났다. 떠날 무렵 율곡은 달손에게 적지 않은 노자를 주고, 계남에겐 ‘自强不息’자강불식이란 휘호 한 폭을 주었다.

그리고는 그 글의 뜻을 김달손에게서 배우라 했다.

망조亡兆의 일월日月

선조 6년 8월 심의겸沈義謙에게 대사헌이란 직첩이 내려졌다. 오랫동안 속으로만 끓던 동인과 서인의 싸움이 심의겸의 대사헌 임명을 두고 드디어 폭발했다.

정언正言 정희적鄭熙績이 경연에서 임금께 아뢰었다.

"특명特命을 외척에게 쓰는 것은 부당합니다."

외척인 심의겸에게 그런 높은 벼슬을 주어선 안 된다는 뜻이다. 심의겸은 명종비明宗妃 인순왕후의 아우이다.

임금이 노기를 띠고 말했다.

"오직 그 사람이 훌륭한가, 그렇지 못한가에 문제가 있을 뿐이다. 외척이래서 안 된다는 법이 어디 있는가?"

임금 앞에서 공공연하게 동인이 서인을 배척하는 말을 한 것은 이번이 처음이었다.

을해년乙亥年 선조 8년 7월, 김효원이 사간司諫이 되고 허엽이 대사간이 되었다. 허엽은 아득히 선배였지만 사사건건 김효원의 말을 잘 들고 그를 추대했다. 동인들은 허엽을 높여 그들의 영수領袖로 삼았다.

한편 우의정 박순은 청렴하고 명망이 있었는데 신진新進들의 방자한 언행이 지나치다고 하여 선배들, 즉 서인西人을 옳다고 두둔했다. 그러자 허엽이 기왕에 있었던 박순의 옥사처리獄事處理 잘못을 들고 나왔다. 박순이 위관委官으로서 처리한 사건인데 재령에서 종이 상전을 때려죽인 사건이었다.

박순은 병을 이유로 우의정의 자리에서 물러났다. 서인들은 이것이 김효원 일당이 심의겸의 세력을 꺾기 위해 꾸며낸 모략이라고 믿고 흥분했다. 서인들은 대개 나이가 많아 관력官歷이 복잡했으므로 그런 식으로 기왕지사를 들추고 나오면 먼지가 나지 않을 사람이 적었다. 그 반면 동인은 신진들이어서 들추어낼 만한 과거지사가 별로 없어 자연 언동이 방자하게 되었다.

'이런 상황을 좌시할 수 없다'고 느낀 정철鄭澈과 신응시辛應時는 부제학 이이李珥를 찾아갔다.

"숙헌, 사간원에서 대신을 추고推考하길 청하여 크게 일의 체통을 망쳐 놓았는데 어째서 탄핵하여 허엽을 갈아치우지 않으시오?"

"허엽의 청엔 일리가 있소. 지금 왜 그런 청을 했는가, 그 마음의 바탕에 약간 불순한 것이 있으나 내세운 이유엔 명분이 있소. 지금 허엽의 심리心裏를 따져 탄핵한다면 박순의 입장이 더 어려워질 것이오. 무슨 근거가 있다고 보면 벌떼처럼 시끄럽게 굴 것이 아니겠소."

하고 이이는 정철과 신응시의 제안을 거절했다.

병자년 2월 선조 9년, 이이는 조정을 떠났다. 떠나기에 앞서 박순에게 이런 말을 했다.

"유성룡과 김성일이 고향에 가서 돌아오지 않는 것을 보니 필시 무슨 이간책離間策에 동요된 것이 아닐까 하오. 상감께 잘 아뢰어 특명으로 불러오게 하시오. 그리고 김우옹이 요즘 임금으로부터 소원한 대접을 받고 있는데 역시 위에 아뢰어서 경연으로 끌어들여 이발李潑 등과 함께 여론을 바로잡게 하고, 정철도 오지 않으니 역시 특명으로 불러야 할 것이오. 아무튼 인재를 모아야 하지 않겠소. 사람을 쓸 때는 권형權衡처럼 정확하게 평량하여 딴 의논을 못하게 화합케 하고 흥분을 진정하도록 하면 1, 2년 동안에 조정이 평안하게 될 것입니다. 그렇지 못하면 속된 이견이 승勝하고 청의淸議는 쇠하여 장차 조정이 혼탁하게 될 것입니다. 그렇게 되면 청명淸名은 모두 김효원의 동배들에게 돌아갈 것이며 전배前輩 (서인) 들은 크게 인심을 잃을 것이오."

박순은 이이의 번의翻意를 간절히 권했으나 듣지 않았다.

선조가 등극한 지도 어언 16년.

총명한 군주이긴 했어도 별반 치적은 없었다. 나이가 더함에 따라 호색好色의 도가 심해지고 경연經筵에 결석하는 빈도가 잦았다. 당파 싸움은 이미 고황膏肓에 들어 국사는 날로 어지럽게만 되어갔다.

"임금께선 영단英斷이 없으니 나라가 이 꼴이다."

하는 말이 동서양당東西兩黨에 퍼졌다. 동인들은 그들이 배격하는 서인들을 즉각 갈아치우지 않는다고 해서 불평하는 말이었고, 서인들은 동인들을 많이 발탁 등용한다고 하여 불평하는 소리였다.

계미년 1월 이조판서 이이가 출사하여 임금을 만나 아뢰었다.

"신의 건강이 순조롭지 않아 중책을 감당할 수가 없사옵니다. 물러서게 해주옵소서."

"안 되오. 생각하면 걱정이 한두 가지가 아니오. 이럴 때 경이 조정을 떠난다니 될 말이오? 오늘은 내가 특히 경에게 부탁할 일이 있소."

임금은 한동안 묵묵하다가 다시 입을 열었다.

"나라의 병력이 말이 아니오. 실로 전조前朝에 비해서도 형편이 없소. 태평세월이 백년이나 지났으니 병정兵政이 해이해질 만도 하지만 북방에 호胡의 동정이 수상하고 남방에 왜의 동정이 이상하오. 병정의 문란을 일찍부터 걱정했지만 사람을 얻지 못해 차일피일 천연해 왔소. 그런데 믿을 만한 사람은 경밖엔 없구료. 경이 서둘러 병정을 개혁하여 주어야겠소. 경이 기특한 계획을 세워 운영하고 모든 폐단을 없애고 양병養兵의 규모를 만들면 국가의 다행이 아니겠소."

이이는 간곡한 임금의 말에 사양할 수도 없게 되었다.

"신의 성력을 다해 하교를 받들겠사옵니다."

선조의 예감은 사실이 되어 나타났다. 그해 2월 7일에 북병사北兵使 이제신李濟臣이 호胡의 추장 니탕개尼湯介가 국경지대에 침입하여 노략질을 한다는 사실을 급보했다. 이에 앞서 나라에서는 니탕개가 6진을 마음대로 드나든다는 소식을 듣고 관직과 녹용을 주는 등 후한 대접을 해서 무마했는데 진鎭의 장수가 최근 그를 홀대한다고 해서 그것을 핑계 삼아 행패를 부린 것이다.

경기 이하 5도에 군사의 징발이 시작되었다. 북방 6진의 수비를 위해 많은 군사를 필요로 했다. 당시의 기록에 의하면 '나라기 태평한 지 오래되어서 백성이 전쟁을 모르다가 갑자기 이런 일을 당했으므로 동 리에 우는 소리가 서로 들릴 지경이었다'라고 되어 있다.

이에 병조판서 이이는 다음과 같이 제의했다.

"자원하여 6진 수비에 나가 만 3년 복무하는 자는 서얼이라도 과거 에 오르는 것을 허許하고 천인들을 양민으로 올려주도록 하자."

나라가 군사를 징발할 때면 언제나 당하는 것은 서출庶出이고 천인 들이었다. 양반은 좀처럼 움직이지 않고 그들의 노비를 공출하거나 가 난한 집 사람들을 사서 내거나 하는 것이 상례常例로 되어 있었다. 그 럴 바에야 자원 형식을 취하도록 하여 그들의 지위를 개선해 주는 것이 좋지 않겠는가 하는 것이 이이의 속셈이었다. 이이는 서출의 사람들과 천인들이 구박받고 사는 것을 안타깝게 여겨 오던 터였다.

그러나 조선의 중신들은 이이의 제안을 거절했다. 강상綱常을 함부 로 변개할 수 없다는 것이 그 이유였다. 이이는 친우 성혼을 향해 장탄 식을 했다.

"어떻게 모두들 그처럼 옹졸한가. 인성人性에 적서嫡庶의 차가 있을 까닭이 없고, 인품에 귀천貴賤의 별別이 있을 리 없는데 한갓 구차한 법 을 조작하여 사람을 얽어매는 것은 인생의 도리가 아니거늘, 어째서 이 이치를 모르는가."

"도리에 어긋난 일이 어찌 그 문제뿐이리오. 그러지 않아도 숙헌을 해치려고 호시탐탐하고 있는데 그런 일로 하여 시배時輩들에게 틈서리 를 주어서야 되겠소. 천천히 시기를 기다립시다."

"조정의 녹을 먹은 지 수십 년. 이렇다 할 일은 못했는데 내가 조정에 있는 동안 서얼의 대우를 개선하는 일만이라도 했으면 좋겠소."

이것은 이이가 충정을 표현한 말이었다. 그러나 그런 일로 마음을 사로잡힐 순 없었다. 하나의 사건이 발생했다. 북병사 이제신을 탄핵하는 물의가 나타난 것이다. 양사兩司에서 아뢰길,

"북병사 이제신은 성질이 거칠고 사나우며 자만심이 심하고 일을 처리하는 데 질서가 없습니다. 북방 국경을 지키는 데도 위엄과 사나움만으로 민民을 대했으므로 여러 진鎭의 인심이 이반하고, 변방지대 오랑캐들의 원망을 사서 급기야 배반하기에 이르렀습니다. 그러니 오늘의 사태를 있게 한 것은 오로지 이제신의 탓이라고 아니할 수 없습니다. 나라를 욕되게 한 그의 죄가 크오니 처단해야 합니다."

이에 대해 임금은 답을 내렸다.

"사태를 확실히 알지 못하고 변지에 가 있는 장군을 함부로 처리할 순 없다. 좀더 두고 보자."

그러나 나라를 위해 지푸라기 한 개 들 성의도 없는 자들이 말하기만을 좋아해서 거듭 이제신의 처단을 요구하는 바람에 임금은 드디어 영을 내렸다.

"이제신을 불러오도록 하라."

그런데 이 영을 내린 지 4일 후에 이제신이 적과 싸워 크게 이겼다는 통보가 날아들었다.

임금이 혀를 차고 말했다.

"내 이제신이 그럴 줄은 이미 짐작하고 있었다. 그런데 여러 사람들이 중구난방으로 떠들어 대는 바람에 할 수 없이 그를 불러오라고 했다. 이제 그가 공을 세웠으니 잡아오는 것은 온당한 일이 못 되지 않느냐."

"전하의 말씀은 옳사오나 도사都事가 이미 떠났으니 중도에서 멈추어 돌아오게 할 수도 없습니다. 잡아온 후, 전하께서 잘 타일러 주옵소서."

비변사備邊司의 답이었다.

이제신이 압송되어 왔을 때 임금은,

"성을 함몰당한 먼저의 죄는 그 후의 공으로 속죄가 되었으니, 사형을 감하고 법대로 처리하라."

고 일렀다. 그러나 이제신을 미워하는 동인들이 차지하고 있는 사간원은 강경했다.

"성을 함몰당하여 나라를 욕되게 한 죄는 주장主將에게 있사온데 제신이 어찌 형을 면할 수가 있습니까. 사형을 면하라는 명령을 거두시기 바랍니다."

그러나 임금은 '이제신은 임기응변의 공을 다했다'며 듣지 않았다.

하지만 동인들의 책동이 끈질겨 이제신은 강계江界로 귀양 가서 그해의 10월 인산麟山의 배소配所에서 죽었다. 청렴한 장군의 억울하기 한량없는 최후라고 하겠다.

윤 2월의 일이다. 이이가 조강朝講 때 임금에게 진언했다.

"신이 생각하는 바를 진계陳啓하고자 하옵는데 경연에서 글을 강설한 후에 이를 아뢰면 전좌殿座하시는 시간이 늦게 되옵니다. 따라서 한가한 시간에 입대入對하게 하여 주시길 바라나이다."

임금은 좋다고 허락했다.

그러자 사간 권극지權克智와 장령掌令 황섬黃暹이 반대하고 나섰다.

"이이가 전달할 일이 있으면 마땅히 경연에서 아뢰어도 될 것이거늘 무시로 입대한다 함은 옳지 못합니다. 반드시 후폐後弊가 있을 것이옵니다."

이 말이 임금을 불쾌하게 했다.

"너희들은 임금과 신하의 사이를 막으려고 하는구나. 너희들의 심술을 알 만하다. 오늘날 이런 사람이 있을 줄은 정말 몰랐다."

며 노기怒氣를 그냥 나타냈다.

그리고 후일 이이에게 이르길,

"내가 우연히 경이 연전에 올린 상소를 보고 있는데 또 경의 상소가 올라왔기에 비교해 보았소. 하나같이 간곡하고 용렬한 임금을 위한 경의 의로운 충정을 행간行間에서 읽을 수가 있었소. 실로 가상하오. 나랏일은 마땅히 어진 대신에게 맡길 것이오. 서얼庶孼들에게 허통許通하는 일은 사변事變 때의 경의 의견에 쫓아 곧 시행할 것을 명하였지만, 말하는 자들의 논란이 심하니 다시 비변사에 물어 시행하려 하오."

허통이란 것은 서얼들에게도 벼슬을 시킬 뿐 아니라 청직淸職에도 등용한다는 뜻이다.

여름이 되었다. 호인胡人들이 종성鐘城을 포위했다는 급보가 날아왔다. 도성 5부 각방各坊의 향도香徒로 하여금 활을 쏠 수 있는 사람들을 뽑아내게 하였다. 향도란 상여꾼을 말한다.

이렇게 해서 사수射手들은 모을 수 있었지만 전마戰馬를 변통할 수 없었다. 병조판서 이이는 을묘년에 병사들이 말을 약탈하는 사건이 일어났음을 회상하고 다시 그런 일이 나지 않을까 염려하여 다음과 같은 방법을 안출했다.

즉, 뽑힌 사수 가운데 늙고 약한 사람들로 하여금 말을 헌납하게 하여 징발을 면해 주려는 것이다. 그랬더니 말을 헌납하는 자가 많이 모여들었다. 그래서 일이 급하기도 하여 한편 말을 나누어 주어 사수들을 전지에 보내며 임금께 아뢰는 수속을 취했다. 그렇게 되니 나가는 자는 말을 얻어 기뻐하고 머무르는 자는 전쟁에 가길 면했다고 기뻐했다. 그러나 동인들은 이이가 권력을 함부로 행사한다고 지목했다. 후일 동인들은 이 일을 들어 이이를 공격했다.

향도 가운데서 사수를 뽑아내는 일은 적잖게 물의를 일으켰다. 병조 및 5부의 관속, 유사有事들이 기회를 타서 이利를 보려는 폐단이 생겨났다. 면포 5~6필을 바치면 징발을 면하는 관례가 생기고 유력의 알선으로 역시 징발을 면하게 되니 자연 협잡과 농간이 성행했다.

이이를 모함하려고 벼르던 동인들이 가만있지 않았다. 항간의 그런 사정을 들어 침소봉대針小棒大하며 떠들어 재꼈다. 이이는 이 일에 책임을 통감하고 사표를 제출했다. 그러나 임금의 말이 있었다.

"경의 심사는 벌써부터 내가 알고 있는 터요. 사람의 지껄임을 개의할 것 없소. 이 어려운 시기에 나와 같이 일을 합시다."

그런데 이 무렵 임금이 국경지대의 군사軍事를 의논하려고 병조의 당상관들을 소집한 일이 있었다. 이이는 내병조內兵曹에까진 갔으나, 갑자기 현기증이 심해 입궐하지 못하고 돌아와 다시 사표를 냈다. 물실호기라고 생각한 양사兩司는 파직할 것을 상소했다.

"이이가 소명召命을 받고 대궐에 들어가서 내병조에만 들르고, 지척에 있는 정원政院에 가서 임금의 전교를 받지 않았으니 이는 임금을 업신여기는 거만한 행동입니다."

그러나 임금은 이이에게 분부를 내렸다.

164

"요요 천 년간에 군신이 서로 만났으되 공로를 이루지 못했는데 겨우 경의 공로가 있었을 뿐이다. 그러니 누가 뭐라고 하건 개의치 말고 출사하라."

임금이 삼정승을 불렀다.

"이이가 출사할 일이 만무하고 병무가 우선 바쁘니 우선 그의 관직을 바꿔 주어 이이의 마음을 편하게 해주는 것이 어떨까."

영의정 박순이 대답했다.

"이이가 어찌 끝내 출사하지 않겠습니까만, 우선은 바꿔 주는 것이 좋겠습니다."

좌의정 김귀영은,

"병무가 한창 급하니 바꿔야 합니다."

라고 했고, 우의정 정지연鄭芝衍은

"이이가 끝내 출사하지 않으면 바꿀 수밖에 없습니다. 그러나 이후의 일은 전하께서 평심平心 처리하소서. 신이 조심하는 바는 다만 조정을 위하여서만이 아니고, 이이의 어진 이름을 보전케 하는 데 있사옵니다."

라고 했는데 임금의 기색이 변했다.

"우상의 말은 어찌 그처럼 오활한가. 이이는 이미 나라를 그르친 소인小人의 지경에 빠져 있지 않는가. 그런 탓으로 관직에서 물러난 사람에게 어찌 어질고 착한 이름이 있겠는가. 내 우상의 마음을 짐작할 수 없구료. 내 비록 어두운 임금이지만 소인과 더불어 일하고 싶진 않다. 아아, 이이는 시골집으로 돌아가서 높이 백운 속에 누워 있을 것이니 누가 붙들 수 있겠는가."

이어 병조판서로 심수경沈守慶을 임명하였다. 그래도 사헌부에서 이이를 단죄하라는 차자가 올라왔다. 임금은 분노를 참고 대답했다.

"이이는 이미 갔다. 그래도 불쾌한가. 지난 일은 의논할 것이 없다."

대내 대외로 국사가 어지러운데 사람 하나를 두고 이처럼 야단법석이니 임금은 신경질이 나 있었다. 유일한 위안은 김 귀인金貴人과의 사랑이었다.

어포를 안주하고 냉주를 마시어 얼근히 취한 몸으로 김 귀인을 안고 누워 주렴 사이로 스며드는 양풍을 즐기며

"인생의 수유須臾가 이처럼 아쉬운 것이거늘 백관들은 매미들처럼 시끄럽기만 하니 내 국사를 잊으렷다."

하고 영탄하기도 하였다.

이이에 대한 비난은 끝 간 데를 몰랐다.

정희적鄭熙績이 경연에서 다음과 같이 발설했다.

"이이는 일찍이 중이 되었다. 그래 그때 과거를 못 보게 되어 있었는데 심의겸이 주선하여 그는 과거를 볼 수 있게 되었다. 말하자면 그의 입신立身은 심의겸의 덕이다. 그런 까닭으로 이이는 심의겸과 그 편당을 싸고돈다."

실로 어처구니가 없는 말이었다. 이이는 16세 때 어머니 신사임당申師任堂을 여의고 3년 동안 시묘侍墓살이를 했다. 그 시묘살이가 끝남과 동시에 3월 금강산으로 들어가 불교 공부를 했다. 어머니를 여읜 충격으로 그는 불도에 구원을 청해 보았다. 그리고 1년 남짓 금강산에 있다가 강릉의 외가로 돌아갔는데 바로 그 사실을 정희적이 트집 잡았다.

166

임금은 노기를 띠고 말했다.

"흠, 그렇다. 이이는 나라를 그르친 소인이고, 나는 경망한 임금에 지나지 못한다. 그렇다고 치고 너희들은 그따위 일로 다투어서 니탕개를 잡을 수 있는가."

임금은 좌상左相 김귀영金貴榮에게 물었다.

"경은 이이를 소인으로 아는가?"

이에 대한 김귀영의 답은 이랬다.

"사람을 알기란 진실로 어려운 것입니다. 이이의 심술을 적실하게 알 순 없습니다만 경솔하게 소인으로 지목하는 것도 불가하며 그렇다고 해서 군자라고 칭찬할 수도 없습니다. 성혼은 말의 근원을 캐어 죄를 주라고 하였으나 그러하다간 언제 권간權奸들의 화를 입을지 모릅니다."

그리고 김귀영은 또 박순을 공격했다.

"영상께선 이이를 말할 때 꼭 숙헌이라고 하는데, 숙헌은 이이의 자字인즉 영상으로서 전하 앞에서 그렇게 부르는 것은 망발입니다."

임금은 씁쓸한 표정을 지었다.

"사람의 이름을 자字로 불렀대서 뭣이 나쁜가."

이래저래 임금은 귀영이 못마땅했다.

대사간 송응개宋應漑는 임금이 싫어하는 줄을 알면서도 이이를 탄핵하는 상소를 올렸다. 이 상소엔 '너 안 죽으면 내가 죽는다'는 절박감과 '백 번 찍어 넘어지지 않는 나무 보았나' 하는 집념이 엿보인다. 그런 까닭에 못할 소리가 없었다.

그럴 무렵 태학생太學生 유공진柳拱辰 등 462명이 이이를 지지하는 상소를 냈다. 그 내용인즉 '이이를 모함하려는 움직임은 극히 불순한 것

이니 전하의 명찰明察로써 시비를 가려야 할 것'이란 탄원이었다,

임금은 그 상소를 보고 칭찬하는 말을 아끼지 않았다.

"이 상소를 보니 충성스럽고 곧고 격렬하다. 너희들의 의기가 이와 같으니 내가 어찌 국사를 근심할 까닭이 있느냐."

그러자 동인들은 그들의 상소는 일부 분자의 강압으로 된 상소인데 어떻게 임금께서 칭찬할 수 있느냐고 승정원에서 불평했다. 임금은 대노하여 승지들을 내쫓고 김우옹金宇顒 등 새 승지를 임명했다.

이 무렵 이이, 성혼成渾을 변명하는 상소를 낸 유공진柳拱辰 등이 송응개가 조카 한연韓戭의 훼방으로 과거科擧를 못 보게 되었다는 정보가 들어왔다. 임금은 그 진상을 따져 관련자들을 엄벌하곤 드디어 참는 것도 한계가 있다고 마음을 굳혀 선정전宣政殿에 2품 이상을 불러 모아 놓고 전교한 바 있었다. 이것은 폭탄선언이나 다를 바 없었다.

임금이 먼저 물었다.

"조정이 편안하지 못한 것은 오로지 심의겸, 김효원 때문이다. 이 사람들을 멀리 귀양 보내고자 하는데 어떤가?"

이에 대해 좌우의 신하들이 의견을 올렸다.

"당초 당파가 나눠진 것은 그 두 사람 때문이었습니다만 지금 그들은 모두 외직에 나가 있어 조정 일에 간섭하지 않으니 죄를 줄 것이 없습니다."

임금의 말이 다시 있었다.

"박근원, 송응개, 허봉이 간사하다는 것을 내가 잘 안다. 멀리 귀양 보내는 것이 어떠한가?"

"그들이 지나친 말과 행동을 하긴 했으나 그것으로서 그들에게 죄를 주어선 안 됩니다."

좌우가 극구 변명하는 것이었는데 정철이 나서서 주장했다.

"이 사람들의 죄를 밝혀 그 시비를 가려야만 합니다."

임금은 많은 신하들의 말을 듣지 않고 정철의 의견을 좇았다. 그리하여 송응개는 회령으로, 박근원은 강계로, 허봉은 종성으로 귀양 가게 되었다. 그런데 종성에선 그때 한창 전쟁이 벌어지고 있었으므로 허봉의 유배지를 갑산으로 바꾸었다.

모함을 위한 상소, 참언으로만 된 상소, 아첨을 목적으로 한 상소, 분에 못 이겨 한 상소, 진실로 의義를 위한 상소, 그야말로 상소, 상소, 상소, 상소에 둘러싸여 선조는 숨을 쉴 여가조차 없었다.

그런데도 선조는 그 모든 상소에 일단 눈을 쏘았다. 그리고 안광眼光은 지배紙背를 뚫었다.

선조는 무슨 반대가 있더라도 이이를 다시 등용하려 했는데 마침 판서에 결원이 생겼다. 선조는 이이를 이조판서에 임명했다.

그러자 안자유安自裕가 의견을 아뢰었다.

"판서는 반드시 대신이 천거하여야 하는데 아무도 이이를 천거하지 않으니 곤란합니다."

임금은 단호했다.

"쓸 만한 사람을 내가 쓰는데 무슨 말이 많으냐."

그러자 또 사간원에서 말썽을 일으켰다. 장군을 쏘려면 먼저 말을 쏜다는 격으로 정철을 씹기 시작했다.

"조정의 혼란한 책임이 정철에게 있다."

는 것으로 정철을 두둔하는 이이가 다시 등장하면 더욱 혼란이 일 것이란 언외言外의 뜻을 풍긴 것이었다.

임금은 이 경우에도 단호했다.

"정철의 맑고 충성됨과 그 절의는 참으로 조정의 반열에선 하나의 독수리요, 전상殿上의 맹호猛虎이다. 만일 정철에게 죄를 준다면 이는 주운朱雲을 목 베어야 한다는 뜻으로 된다."

그리곤 무슨 말을 해도 임금은 듣지 않았다.

이 모든 일들은 계미년 9월까지에 있었던 일인데 10월 초 이이가 파주에서 올라와 이조판서와 대제학을 사직했다. 그 자리에서 이이가 임금께 아뢴 말이었다.

"지금 서西를 옳다고 하는 자가 모두 군자가 아니며, 동東을 옳다고 하는 자가 반드시 모두 소인이 아닙니다. 근래 연소한 이들이 조정 권세를 잡은 지 30여 년입니다. 물物이 극도에 가면 물극필반物極必反인 즉 지금은 마땅히 위에서 권력을 총람할 때입니다. 성혼이 올라오면 서로 도울 수 있겠으나 이 사람을 어찌 올라오게 하겠습니까. 지금 인재가 드문데 문사文士 중에 쓸 만한 자로는 정여립鄭汝立이 있습니다."

정여립의 이름이 나오자 임금은 조건을 달았다.

"그 이름만을 취해 어떻게 정여립을 쓸 수 있겠는가. 시험해 본 연후가 아니면 안 될 것이라."

임금은 이이의 의견을 들어 성혼成渾을 이조참판에, 김우옹을 이조참의에, 안자유를 대사헌에 임명하는 동시에 이이의 사직을 만류했다.

이이, 성혼이 들어옴으로써 박순을 끼어 조정의 체제는 겨우 정상을 회복한 느낌으로 되었다.

박순이 영의정이고, 이이는 이조판서이고, 성혼이 이조참판이고, 정철이 예조판서에 있었으니, 일단 강한 팀을 형성했으나 여전히 정국은 불안했다. 동인들이 호시탐탐 그들의 허虛를 노렸기 때문이다.

게다가 그들끼리의 의논이 또한 맞지 않았다. 삼정승이 절대권을 잡고 대간이나 시종은 삼정승의 결재를 받은 연후에 정무를 시행하자는 이이의 건의는 무슨 까닭인지 임금의 윤허를 얻지 못했다.

중이 법당에서 소를 잡아먹어도 의논만 맞으면 그만이라고 하는데 이렇게 서로 허심許心하는 사이에 의논이 맞지 않으니 일이 순조로울 까닭도 없고 따라서 마음이 맞을 까닭도 없었다.

이이는 이해 2월 '시무 6조'를 올리고 정사에 일대 변혁을 감행할 양으로 임금의 권고를 받고 조정에 다시 들어온 것이었는데 사사건건 뜻대로 되지 않자 사표를 내고 석담石潭으로 돌아갔다. 그러자 임금은 그의 사표를 수리하지 않아 10월 서울로 올라와 다시 사퇴를 청했다. 이때 이이는 이미 지병持病으로 몸이 편하지 않았다. 그래도 임금은 그의 사퇴를 허락하지 않았다.

그리고 해가 바뀌니 갑신년甲申年, 1584년, 선조 17년 정월 16일, 이이는 한성 대사동大寺洞에서 영면하고 말았다. 향년 49세였다.

한편 성균관에선 이이의 부고가 전해진 날 대부분이 소식素食을 했는데 그 가운덴 고기를 먹는 자도 있었다. 이이의 반대당인 홍혼의 조카인 홍유경洪有慶은 숙부와의 관련엔 아랑곳없이 통문通文을 하여 쌀을 모아선 제찬을 준비했는데 동인의 자제들은 이에 참여하지 않았다고 되어 있다. 한데 그때 이이의 집엔 양식이 없었다. 하물며 염습殮襲

할 것이 없어 남의 옷을 빌려 썼다고 한다.

이이에겐 경림景臨, 경정景鼎이란 두 서자가 있었다. 이이가 죽었을 때 경림은 10세이고 경정은 5세였다. 이이가 특히 서출庶出들의 지위 향상을 서두른 것은 이들 서자 때문이었는지도 모른다. 여기서 참고로 부언하면 이이는 정실 노 씨盧氏와의 사이에 자식이 없었다.

8인의 협객

계미년이 저물어 가는 어느 날의 일이다. 그러니까 이이가 죽기 한 달 쯤 전이다. 얘기가 약간 거슬러 오른다.

그날 함박눈이 내리고 있었다. 정철과 홍성민이 대사동大寺洞 골목을 걸어가고 있었다. 함박눈 속을 서슴없이 걷고 있는 걸 보면 그들은 그 길에 매우 익숙해 있음을 알 수가 있다. 그들은 와병 중에 있는 이이를 찾아가는 길이었다.

정철과 홍성민은 막역한 사이다. 그런 만큼 이이와도 친하다. 이이와 성혼이 단짝인 것처럼 정철과 홍성민이 단짝인데 이 네 사람은 당대의 사재四才로 그 명성이 자자했다.

백인걸이 한 말이 있다.

"세상이 세상 같으면 정正과 홍洪으로 이理 성成할 것이거늘!"

즉, 정상한 세상이었다면 정철과 홍성민의 뒷받침으로 이이가 그 뜻을 성취할 수 있었을 것이란 뜻이다.

"그러나저러나 숙헌의 병이 빨리 나아야 할 텐데."

홍성민은 탄식했다.

"신생申生은 원래 장수하지 않는가? 그러고 보니 자네도 병신생丙申生이지?"

정철이 물었다. 홍성민은 이에 대답하지 않았다. 알고 묻는 것에는 일일이 대답할 필요가 없었다.

이이와 홍성민은 동갑同甲이었다. 동갑으로 같이 준재俊才의 이름을 얻어 같이 조정의 요직에 있으면서, 그 위에 뜻을 같이하니 이른바 삼동지우三同之友가 된다. 삼동지우란 동갑同甲, 동료同僚, 동지同志란 뜻이다. 그런 뜻으로서 이이는 홍성민을 애지중지하는 터였다.

정철과 홍성민이 마루 위에서 눈을 털고 병실에 들어서자 이이는 반신을 일으켜 팔걸이를 뒤로 하여 기대앉으며 두 친구를 반겼다.

"홍 공, 정 공과 상반相伴하느라고 수고했구먼."

이이가 홍성민에게 얼굴을 돌렸다.

"눈이 내리기에 숙헌을 찾아보자고 한 것은 나요."

하고 성민은 이이의 손을 잡으며 물었다.

"조금 차도가 있는 것 같은가?"

"차도가 있는 것도 아닌데 귀공들이 내도하니 마음이 가벼워지는군."

이렇게 말하고 이이는

"정 공은 견설見雪이면 상주想酒하는 분인데."

하곤 사동에게 주안상을 내오라고 일렀다.

"자넨 술도 못할 텐데."

홍성민이 조심스러운 얼굴을 지었다.

"두 대감이 술 마시는 걸 보는 것도 경물景物이 아니겠는가."

174

이윽고 주안상이 나왔다. 백주白酒에 김치 접시 하나. 반상盤上의 풍경은 이처럼 초라했다.

"한사寒士의 집에 가효佳肴가 있을까만 이건 너무하군."

이이가 가볍게 혀를 찼다.

"무슨 소릴 하시는가. 숙헌, 눈이 내리고 있지 않소. 그 이상 좋은 안주가 어디에 있겠소."

정철이 술병을 들어 잔을 채우곤 성민에게 권했다. 정철은 홍성민, 이이보다 다섯 살 연하이다.

백주白酒란, 즉 막걸리이다. 가난한 이이의 집에 좋은 술을 준비해 놓았을 까닭이 없고 근처의 주막에서 구해 온 것이 틀림이 없었는데 백주, 곧 박주薄酒라 술맛이기에 앞서 물맛이었다.

"술맛이 어떤가."

하고 이이가 물었다.

"감히 술맛까지 구하겠소. 정情의 맛이면 그만이다."

정철이 호탕하게 웃었다.

눈은 멎지 않고 해는 저물었다. 결국 그날 밤 정철과 홍성민은 이이의 병실에서 같이 지내게 되었다. 자시子時 가까울 무렵 정철이 잠에 빠져 코를 골기 시작했다.

"시가詩可, 잠들었나?"

시가란 홍성민의 자이다.

어둠 속에서 이이의 말이 있었다.

"잠이 오질 않는구먼."

홍성민의 대답이었다.

"우리 나이 벌써 48세. 이해를 넘기면 49세인데, 신생申生에겐 49세가 최악의 액년厄年이라네."

"숙헌도 그런 걸 믿는가?"

"몸이 병중에 있으면 망발된 생각을 하게도 되는 거여."

"사람에겐 액년 아닌 해가 없고, 복년福年 아닌 해가 없다네. 마음이야 마음. 화복禍福은 재심在心이 아닌가."

"그럴 테지, 그럴 테지만."

하고 이이는 망설이더니 한숨을 쉬었다.

"나는 최근 이런 것을 생각하고 있어. 내 인생은 실패가 아닌가 하고 말야."

"숙헌의 인생이 어째서 실패일 수 있는가. 학學은 일세에 휘황하고 벼슬은 인신人臣을 극하는 촌보 앞에까지 가 있는데."

"시가, 내 말을 듣게. 내가 옳다고 생각해서 한 말이 곡해曲解를 낳으니 이것이 화단禍端이란 말일세. 만일 내가 오래 살 수만 있다면 그 모든 곡해를 풀기라도 하겠지만 이대로 죽는다면 만사휴의萬事休矣가 아니겠는가."

"숙헌, 무슨 그런 말씀을 하는가."

"아니네, 시가. 내 말을 똑똑히 들어 두게. 금상今上은 총명하다. 영리하다. 그러나 왕자王者의 그릇은 못 되는 것 같다. 왕은 신하의 현명賢明을 시기하면 못 쓰는 거네. 한 칸 높은 데 앉아 신하의 각재각능各材各能을 총람하여 의연해야 할 것이거늘 상감은 신하와 겨루어 스스로의 우월을 재능才能에서도 나타내야만 직성이 풀리는 그런 성미인 것 같아. 신하 가운데 자기의 재능보다 우월한 사람을 보아 넘기지 못하는 거라."

"그렇진 않을 걸세. 자네에게 하는 태도로 보아선 결코 그렇게 말할 순 없어."

"시가, 그렇게 보이게 하는 바로 그것에 상감의 총명이 있는 것이지만 동시에 거기에 또 말 못할 그 무엇이 있어. 상감이 나를 칭찬하는 것은 자기의 우월을 만인에게 보여주기 위해서였지, 진심으로 신하를 사랑해서 하는 말이 아냐."

"그렇지 않다니까, 숙헌."

"들어 보게. 왕은 대신이나 중신을 칭찬할 필요가 없네. 그들의 제청이나 건의를 들어주는 것으로써 칭찬의 보람을 나타낼 수 있으니까. 그런데 우리의 상감은 빈말로 칭찬하는 덴 인색하지 않지만, 제청과 건의의 윤허엔 인색하거든. 자기가 칭찬해 놓고 자기가 칭찬한 신하의 말을 듣지 않는다면 이것이 어떻게 되는 건가. 무소불능無所不能의 권능을 가지고 옳다고 생각하는 바를 행하지 않는다는 것은 권상요목勸上搖木이 아닌가. 그래서 나는 왕자王者의 그릇을 생각해 보게 된 거요."

이이의 말이 조용조용 계속되었다.

"… 신하의 명성이 오르면 자기의 명예에 그늘이 질지 모른다는 생각, 이것은 일국의 왕으로선 있을 수 없는 일이지만 혹여 그렇게도 될 수 있기도 해. 그것을 내가 미처 몰랐던 것이 실수였어. 지금의 상감에게 신임을 얻자면 반우반현反愚反賢이 최상인데 어찌 군자가 그런 술수를 쓸 수 있는가."

홍성민은 속으로 이제야 그걸 알았나 하는 심정이었지만 입 밖으로 내진 않았다. 홍성민의 생각으로선 그런 점에서 탓할 것은 임금이 아니고 이이 자신이다. 이이의 성의, 정열, 현명은 누구도 부인할 수 없으나 언제나 자기를 내세우지 않곤 배겨 내지 못하는 그 버릇이 옥에 티였다. 그런 점에서 이이는 아득히 이황李滉을 추종하지 못한다. 이황은 언제나 임금에게 드릴 계사啓辭의 한계를 알았다. 옳은 일인데도 실행할 수 없는 덴 그만한 이유가 있다고 보고, 그 이유를 먼저 살펴 그것을 배제할 만하면 그 뜻을 아뢰고 당분간 또는 영구히 배제하지 못할 것이라고 판단이 서면 일체 아뢰지 않았다. 뿐만 아니라 이황은 자기의 우월을 내세우려고 하지 않았다. 즉, '내가 나서지 않고 누가 나서라', '나 아니곤 안 된다'는 태도가 전혀 없었다.

그런데 이이에겐 그것이 있었다. 사사건건 스스로를 내세워야 직성이 풀리는 그런 태도였다. 때문에 상소上疏의 문안이 구구절절해도 읽는 사람은 그 내용보다 언외言外의 뜻을 살피려고 했다. 즉, '이 상소는 이이가 잘난 척하기 위해 쓴 것이다' 하는 기분이 되는 것이다.

이이의 장단점을 골고루 아는 홍성민은 이이의 그러한 버릇이 그가 어릴 때부터 가난하게 자라 항상 외로운 처지에 있었기 때문이라고 짐작하고 이해를 아끼지 않았다. 홍성민은 임금이 이이의 이러한 점을 잘 알고 있었으므로 가끔 서운한 행동을 취하기도 하는 것이지 결코 그의 재능을 시기하는 것은 아니라고 알고 있었다. 그래서 홍성민은 말했다.

"숙헌, 누구보다도 자네를 잘 아는 사람은 상감이다. 자넨 기왕 자네가 가던 길을 그대로 가면 되는 거다. 상감의 시기가 두려워 뜻을 굽힐 숙헌이 아니지 않는가."

"시가의 말이 옳아. 그런데 자네에게 해둘 말이 있네."

"무슨 말인가?"

홍성민이 이이의 다음 말을 기다렸다.

"귀문貴門의 사람인 듯한데 혹시 홍계남이란 젊은이를 아는가?"

"홍계남? 계남? 모르겠는데."

"아직 젊은 사람이야. 안성 사람이지."

"안성엔 우리 일문이 있기는 하지. 그러나 우리완 파가 다르다네."

"그의 아버지가 자수라고 했지. 내가 옥당에 있을 때 그를 부수찬副
修撰으로 천거하려 했더니 거절하더만. 조정 내의 분규가 목불인견目不
忍見하다는 거야. 뿐만 아니라 이 상태대로 가면 관도官途에 오르길 영
영 단념하겠다는 말도 있었어. 더 이상 권할 수가 없었어. 남양 홍 씨
의 뼈대가 있는 걸 알았지."

"남향 홍 씨의 뼈대를 이제야 알았나?"

"뼈기지 말게. 더 이상 뼈기면 내게서 좋지 못할 얘기가 나올걸."

"헌데 그 홍계남이란 사람을 내게 물은 까닭이 뭔가."

"그 사람은 참으로 아쉬워. 며칠 전에도 나를 찾아왔었지."

이이는 한숨을 크게 쉬었다.

"어떤 데가, 무엇이 아쉬운지 말해 보게나."

이이는 차근차근 추억을 더듬었다. 눈 오는 날 대관령을 넘어 강릉
의 외갓집으로 자기를 찾아온 여섯 살의 소년. 그와 동행한 김달손으
로부터 들은 강희일의 애화. 그의 딸 옥녀의 험난한 생로生路. 계남의
탄생에 비롯된 몇 토막의 얘기 ….

"내가 병판兵判으로 있을 때 계남이 찾아왔어. 북방으로 가는 병사 속

에 끼이게 해 달라고. 나는 나이를 탓하고 거절했지. 사람에겐 때가 있을 거라고, 열여덟에 할 일이 있고, 스무 살에 할 일이 있다는 것과, 병사로서 싸워야 할 사람과 장수將帥로서 싸워야 할 사람이 있다는 얘기도 했지. 홍계남은 장수가 될 그릇이야. 그래 힘써 무과武科 준비를 하라고 일렀던 거야. 그런데 그 집안이 이상하더구먼. 비록 서출의 아이라도 문서만 반듯하면 무과에 응시할 수 있는데 그 집에선 그런 문서조차 만들 수 없다는 거였어. 짐작건대 내주장內主張이라 남자들의 의견이 통하지 않는 모양이더군. 내가 자수에게 편지를 쓰지 않았겠나. 문과면 또 모르되 무과의 경우는 응시할 수 있도록 요식要式만 갖추어 시험 때 발군拔群의 성적으로 뽑히면 병조에서 충분히 참작하겠다고. 그런데 홍자수가 김달손과 같이 찾아와서 하는 말은 법法을 어기고까지 무과에 응시시키기는 싫다는 얘기였어. 말의 표면은 그랬으나 그의 정실正室이 완강하게 반대하는 것이 이면의 사정인 것 같았어. 가제家齊라야만 치국治國이라고 생각한 모양이지 … ."

"그게 안타깝다는 얘긴가."

"그뿐만이 아니지. 세상의 도리가 안타까워. 내가 허통許通을 끝내 주장했을 때의 마음 한구석엔 홍계남이 있었지. 그와 같은 인재를 썩힌다는 것은 도리가 아니라고 생각한 거지. 세상에 계남과 같은 경우가 많을 것이 아닌가."

허통에 관해선 이이와 약간 생각을 달리 하던 터라 홍성민이 잠자코 있었다. 이이의 말이 계속되었다.

"허통을 주장한 내 마음을 시가는 알고 있겠지?"

"숙헌의 뜻을 왜 내가 모르겠나. 시기의 조만早晩에 관해선 내 나름대로 생각이 있네만."

"그런데 시가… . 내 진정을 모르고 내가 허통을 주장한 것은 경림과 경정 때문이라고 하는 소리가 돌았다지 않는가."

경림과 경정은 이이의 서자이다.

"말을 꾸미기 좋아하는 동인 놈들의 조작이겠지. 놈들은 없는 사실도 지어내는데 오죽하겠나. 그러나 그런 데 마을을 쓸 필요는 없네."

"아니야, 시가. 그 말이 굴러다니다가 눈사람처럼 커 버릴 경우도 있는 거여. 경림은 지금 열 살이고, 경정은 다섯 살이 아닌가. 그 어린놈들을 두고 그런 마음을 썼겠나. 창피해서 말문이 막힐 지경이네."

"그 일이 걱정이 돼서 하는 얘긴가."

홍성민은 이이가 그처럼 심약해졌는가 싶어 가련한 생각이 들었다.

"아닐세. 그런 일이야 불쾌하다뿐이지 자네에게 의논할 건덕지나 되는가. 내가 시가에게 부탁하고 싶은 것은 홍계남이다. 한번 자넬 찾게 하겠다만 시가는 일목에 그의 사람됨을 알 수 있을 걸세. 참으로 아까워. 다행히 자네의 일문이기도 하니 각별히 마음을 써 주게. 장차 장재將材가 될 사람이다. 그러나 내버려 두면 심산의 고목枯木처럼 되고 말 걸세."

"말을 듣고 있으니 자네가 곧 어디로 갈 것 같구면."

"인명은 재천在天이 아닌가. 어쩌면 난 이대로 일어날 수 없을지 모르네."

이이는 기침을 시작했다. 고통스러운 기침이 한동안 계속되었다.

'저 기침이 좋지 못하구나.'

홍성민은 이이의 기침이 가라앉기를 기다려 말했다.

"그런 불길한 소린 하지도 말게. 한창 연부역강할 나이에 그게 무슨 소린고. 편안히 잠이나 자게."

"난들 왜 오래 살기를 원하지 않겠나. 그러나 만의 하나라는 것도 있는 거여. 이 기회에 홍계남을 자네에게 부탁해 놓고 싶어."

"그 부탁이야 쉬운 일 아닌가. 파는 다를지 모르나 내 일문인걸. 내가 한번 만나 보도록 하지. 자네가 있건 없건 내 성의를 다하리다."

"고마우이."

그리고 한참을 있더니 이이는 간절한 말투가 되었다.

"웬만하면 홍계남의 외조부가 되는 강희일의 신원伸寃도 해주고 싶었는데 그 일을 시작했다간 벌집을 쑤셔 놓는 꼴이 될 것 같아서 잠자코 있었지. 때가 오면 시가가 그 일도 거들어 주어야 하겠어."

"그 일은 그럴 형편이 되었을 때 다시 의논함세. 모든 것 걱정 말고 눈을 붙이도록 하게."

홍성민이 타이르듯 말했다.

그날 밤으로부터 보름 후에 이이는 불귀의 손님이 되지만 홍성민은 두고두고 그날 밤의 일을 잊지 못했다. 이이가 살아 있을 때는 동인들의 공격이 이이에 집중되는 바람에 홍성민과 정철은 그 화살을 피한 지점에 있었는데 이이가 죽고 나자 모든 동인들의 공격이 정철, 홍성민에게 집중된 탓도 있었지만, 그 어디까지나 의연하고 단호하던 이이가 약하고 안타까운 면모를 죽음을 앞둔 얼마 전에 나타내 보인 그 정경情景이 깊이 마음속에 새겨졌기 때문이다.

이이의 장례가 끝나길 기다려 홍성민은 안성으로 사람을 보냈다. 그의 편지 사연은 이렇다.

　　족인族人의 이름은 숙헌叔獻 이이李珥로부터 들었소. 그의 임종에 족인
　　에게 대한 간곡한 말이 있었는지라 꼭 한 번 만나 보기를 원하오. 나는
　　남양 홍 씨 시조 태사공太師公의 21세손이며 남양공파南陽公派요. 안
　　성에도 일족이 있었다고 알고 있는데, 혹시 우리의 일족이 아닐까 하고
　　족인이라고 썼는데 망발妄發이거든 해량하시오. 비록 일족이 아니더
　　라도 서로의 우의를 돈독하게 하고 싶소. 다행히 일족이면 족의族誼를
　　두터이 하고 앞날에 서로 기약하는 바 있었으면 하오. 이 편지를 보는
　　대로 나를 찾아 주면 더할 나위 없이 반갑겠소. 외우畏友 숙헌의 뜻을
　　받들어 이렇게 적는 바이니 양찰 있길 바라오 ….

　이 편지는 안성에 사는 홍 씨들을 놀라게 했다. 그들은 문정공파文正
公派에 속했지만 같은 남양 홍 씨임엔 틀림없었다. 바야흐로 현 관직으
로 당세에 이름을 떨치는 홍성민으로부터 받는 편지가 영광스럽지 않
을 까닭이 없었다. 더욱이 그 편지가 일개 하잘것없는 서출인 홍계남
에게 왔다는 사실이 놀람이었다.

　그런데 공교롭게도 홍계남이 집에 없었다. 이이의 장례식에 참례하
겠다고 고종사촌 이덕남과 더불어 집을 나가곤 석 달째 돌아오지 않았
다. 계남의 아버지 홍자수는 정중히 그 사연과 함께 계남이 귀가하면
기필 성민의 뜻에 부응케 하겠노라고 답장을 써서 서울에서 온 사람에
게 부쳤다.

　홍계남은 그 무렵 서울에 있었다. 이이의 장례에 참례한 사람 가운
덴 서출의 청년들이 많았는데 그들 몇 사람과 어울리게 되었다. 영남

에서 온 하석河錫, 권유權諭, 황해도의 임장해林彰海, 임영해林英海, 충청도의 신응태辛應泰, 양주의 이문길李文吉 그리고 홍계남과 이덕남, 이렇게 해서 8명이었는데 서울로 돌아오는 도중 양주 이문길의 집에서 서로 맹약盟約했다.

이덕남을 빼곤 모두 서출이었다. 그런데도 이덕남이 그 맹약에 참가한 것은 외사촌형 홍계남을 누구보다도 존경한다는 뜻을 표명하고 앞으로 일생을 통해 그들과 이해利害를 같이하겠다고 서약했기 때문이었다. 그들은 그 모임의 이름을 율곡 8협栗谷八俠이라고 했다. 율곡문하栗谷門下 여덟 협객俠客이라는 뜻이었다.

이른바 그들 율곡 8협은 그 길로 서울로 들어와 각기의 친척과 친지를 찾아 돌아다니며 동가식서가숙東家食西家宿하는 나날을 보냈다.

그 가운데서 가장 과격한 청년이 하석河錫이었다.

"서출庶出은 천출天出이다. 우리 스스로 부끄러워할 아무것도 없다. 그러니 우리들 업신여기는 놈들에 대한 보복이 있어야 하겠다."

하석은 간혹 팔을 걷어붙이기도 했다. 그런데 그는 자기 집안에서 적출과 조금도 다름없는 대접을 받는 터였다. 명분만 서출이지 학당에서나, 제사祭祀에서나, 하인들의 존대로나 적서를 가리지 않는 것이 하 씨河氏 일문一門의 가풍家風이었다.

하석이 서출로서 충격받은 것은 혼담婚談 때였다. 등 너머 배 진사의 딸은 미모와 재능으로 그 근처에 명망이 있는 규수였다. 하석은 은근히 그 재원才媛을 흠모했다. 하석은 자기의 뜻대로 혼인이 이루어질 것을 믿어 의심치 않았는데 아무도 그 일을 서둘지 않을 뿐 아니라 그런 말조차 내지 못하게 했다. 화가 난 하석은 어머니에게 원망과 불평을 섞어 말했다.

"배 진사 댁 규수 말을 왜 피합니까?"

그때 어머니의 말이 단호했다.

"사람은 분수를 알아야 하느니라."

분수를 알아야 한다는 것은 네가 서자임을 알아야 한다는 뜻이었다. 영리한 하석은 두말하지 않았다. 그날로부터 하석은 경서經書읽기를 포기하고 시문詩文과 사류史類를 읽기에 전념했다. 그리고는 '우리가 틀린 것이 아니라, 세상이 틀린 것이다'라는 오만한 생각을 기르게 되었다.

권유權愈도 하석과 비슷한 처지에 있었으나 그는 어려서부터 서출로서의 자각이 있어 하석처럼 충격을 받은 일은 없었다. 그러나 그도 역시 과격한 성격의 소유자였다.

황해도의 임장해와 임영해는 사촌 간이었다. 적서의 구별이 심한 집안에서 태어난 그 두 사람은 피차 서자인 관계로 사촌지간 이상의 의誼로서 맺어져 있었다. 그러나 그들은 같은 처지인 신응태와 이문길 등과 한가지로 과격하지는 않았다.

일반적으로 영남에선 적서의 구별이 그다지 가혹하지 않았고, 충청도, 경기도, 황해도가 그 차별이 극심했는데 그러한 사회풍습에 대한 반발이 과격한 것은 영남이고, 충청도, 경기도, 황해도 출신의 태도는 그렇지가 않았다는 점은 주목할 만하다. 그러나 청년들의 심리는 과격한 측에서 선동하기 시작하면 대강 그리로 기울어지는 것이 상례다. 가장 온순한 홍계남마저도 하석과 권유의 열기를 띤 반발에 감염되어 '이놈의 세상을 뒤엎어 버리는 게 상책 아닌가' 하는 생각을 하게끔 되었다.

언변은 하석이 제일이고, 재담才談은 신응태가 제일이고, 재력財力
은 이문길이 제일이고, 무술武術 또는 완력腕力에서는 홍계남이 제일
이었다. 임장해, 임영해의 완력도 십인력十人力이었으며, 이에 이덕남
의 무술武術과 완력을 보태면 율곡 8협은 막강한 폭력暴力으로 화할 수
도 있을 것이다. '의義를 협俠으로써 관철한다'는 것이 그들의 지표指標
가 되었다.

홍계남과 이덕남을 빼곤 모두들 서울에 집이 있었다. 하석의 숙부
겸재謙齋의 집은 회현동, 권유의 집은 동숭방東崇坊, 임장해, 임영해의
거처는 전에 그들의 사음舍音이었던 사람의 집인데 오간수 다리 근처
에 있었고, 이문길, 신응태의 집은 서소문 밖 염천동에 있었다. 홍계
남과 이덕남은 이들의 집을 전전하며 날을 보냈는데 그들은 한결같이
홍계남과 이덕남을 환영했다.

울굴한 마음일 뿐 할 일이 있는 것도 아니었다. 강개慷慨의 뜻이 술
을 마시는 버릇으로 되고, 술을 마시면 안하무인의 행동으로 되어 다
동, 광교 근처의 기방에선 두려운 손님으로 대접하게 되었다. 언변과
완력을 겸비한 이 무리들을 대적할 만한 부류가 없었기 때문이다. 포
교들도 8협八俠이란 이름을 들으면 피하기부터 먼저 했다.

그런데 어느 날 이이가 죽은 지 석 달쯤 지났을까. 김우옹金宇顒이
이이를 핀잔하는 상소를 올렸다는 소문을 신응태가 들었다. 신응태의
숙부가 홍문관 교리로 있었는데 그를 통해 입수한 정보였다.

김우옹은 동인에 가까운 자로서, 그러나 끝내 이이의 지우를 받던
자이다. 그 소문은 8협들을 홍분케 했다. 그들은 이이를 비방하는 놈
들이 있으면 용서하지 않겠다는 맹약을 이미 했다. 그들은 김우옹을

응징하기로 결심했다.

"당장 방을 광화문 네거리에 붙여 놓고 그 간사함을 만천하에 공표하자."

"그 정도 통양痛痒을 느낄 놈이 아니니 목뼈를 비틀어 놓자."

이때 권유가 말했다.

"노골적으로 보복하면 선생에게 누가 미칠지 모른다. 그러니 아는 듯 모르는 듯 놈을 응징하는 수단을 써서 그놈만은 짐작할 수 있도록 하자. 그래 놓고, 그놈이 만일 선생님의 이름을 들먹여 자기가 당한 일을 발설하면 그때 가서 우리는 그를 사문하자. 어떤 연고로 율곡 선생을 들먹였는가 하고. 당신이 그런 짐작을 하는 것을 보니 당신의 소행에 짚이는 데가 있구나, 명색이 선비 된 자로서 그럴 수가 있는가 하고 욕을 보이는 거다."

모두들 그의 의견에 동의했다. 임영해, 임장해 종형제가 김우옹이 퇴궐하는 도중 삼선교에서 기다리다가 교꾼 넷을 쥐어박아 꼼짝도 못하게 해 놓곤 김우옹을 가마에 담은 채 삼선교 밑으로 던져 버렸다.

그들은 한마디만을 남겼다.

"오늘의 일은 너희가 잘 알 것이다."

"주둥아리나 붓끝을 함부로 놀리지 말라."

김우옹이 정신을 차려 겨우 가마로부터 기어 나왔을 때는 이미 임영해와 임장해의 모습은 그곳에 없었다. 한데 김우옹은 그 봉변에 관해선 누구에게도 말하지 않았다. 뿐만 아니라 그 후론 이이에 대한 말을 삼가게 되었다.

정철이 이이를 헐뜯는 상소를 올렸기 때문에 임금의 역린逆鱗을 건드려 처벌을 받았던 송응개, 박근원, 허봉의 귀양살이를 풀어주라는 상소를 썼다는 소식이 있었다. 이문길의 집에서 8협이 모였다.

"정철이 그런 상소를 썼다니 도저히 믿을 수가 없다. 그런데도 그게 사실인 걸 어떻게 하나. 청죽과 같이 곧다고 생각한 그 어른이 그렇게 변심했다니 좌시할 수가 없다. 어떻게 해야 하겠는가?"

하석이 이렇게 말을 꺼내자 권유가 제안했다.

"상소의 내용을 확인한 다음 계함 선생의 집을 불살라 버리자."

홍계남이 나섰다.

"그건 안 돼. 정철 선생과 이이 선생은 누구보다도 친한 사이였어. 내가 잘 알아. 그런 분이 이이 선생에게 해로운 짓을 할 까닭이 없어. 반드시 곡절이 있을 거다. 그 곡절을 내가 성혼成渾 선생에게 물어보겠다. 그 연후에 계함 선생의 집에 불을 지르든 말든 결정하자."

모두들 계남의 말에 동의했다.

홍계남은 이문길, 이덕남과 함께 정릉 산골에 있는 성혼의 집을 찾았다. 그들의 말을 끝까지 들은 성혼은,

"대사간이란 자리를 생각해야 한다. 그런 자리에 있으면 마땅히 엄관嚴寬을 고루 행하는 진언을 해야만 한다. 그리고 3인에 대해 관대한 처분을 하자는 것은 이이 선생의 뜻이기도 하다. 계함은 이번의 상소로써 3가지를 한꺼번에 하려고 했다. 하나는 명분으로 조정의 화합을 주장한 것이고, 또 하나는 우정으로 이이의 뜻을 이은 것이고, 다른 하나는 … ."

하고 말을 끊었다.

"다른 하나는 뭡니까?"

"그건, 내 입으로는 말할 수가 없네."

성혼이 그 일에 관해선 입을 다물어 버렸다.

"자네들은 정철이 결코 변심한 것이 아니란 사실만 알았으면 그만 아닌가."

성혼은 그 이상 말하려 하지 않았다.

"그렇다면, 다음 한 가지만은 말해 주십시오. 지금 조정의 동정은 이이 선생님께 불리하게 돌아가고 있지 않습니까?"

"선생이 살아 계실 적에도 말이 적잖았는데 돌아가신 이 마당에서 어찌 짐작할 수 있겠는가."

성혼이 크게 한숨을 쉬었다.

"임금의 뜻은 어떠하옵니까?"

"나로선 뭐라고 할 수 없구나."

"추증追贈의 건의를 박순 영의정이 하셨을 때 임금은 이미 좌찬성의 벼슬까지 올려주었으니 다시 거론할 필요가 없다고 했다는데 그게 사실입니까?"

홍계남이 물은 말이었다. 성혼이 묵묵부답이더니 돌연 물었다.

"자네들은 어쩔 작정인가?"

"이이 선생님을 헐뜯는 자들을 모조리 두들겨 없앨까 합니다."

홍계남이 힘 있게 말했다. 성혼의 얼굴은 표정을 잃고 있었다.

까닭도 없이 당상관 또는 당하관들 벼슬아치들이 시정市井의 유협자遊俠者들로부터 변을 당한다는 풍문이 장안에 퍼졌다.

혹자는 관을 벗겨 짓밟힘을 당하고, 혹자는 도포를 갈래갈래 찢겼다고 하고, 혹자는 삼선교에서, 혹자는 수표교에서, 혹자는 광교에서 떠밀려 물에 빠지기도 하고 상처를 입었다고 했다. 혹자는 자기 집 대문 앞에서 뺨을 얻어맞았다고도 했다.

그런데 그 까닭을 알 수 없다는 것이다. 그러나 까닭이 있었다.

율곡 8협들은 곳곳의 기방이나 술집에 출몰하여 이이를 두고 욕설하는 자를 발견하기만 하면 그자를 뒤밟아 점을 쳐 두었다가 그 이튿날 행패를 가했다. 때문에 변을 당한 자들은 그 까닭을 알 수 없었다. 그날 또는 그 자리에서 당하기라도 했더라면 짐작이라도 할 터인데 그렇질 않으니 공연히 행패를 당한 것으로만 알았다.

세도가 있는 당상관들은 힘깨나 쓰는 장사를 동반했지만 그래도 아무런 보람이 없었다. 어딘지 모르게 날아오는 돌팔매와 몽둥이를 피할 재간이 없었고, '너희들 미관말직은 상대도 안 할 테니 피해 있으라'는 협객의 호통이 있으면 포교나 병사들은 거미 떼처럼 없어져 버렸다.

이런 난동분자들의 행패가 조정의 화제가 안 될 까닭이 없었다. 어느 날 임금이 임석한 경연의 자리에서 이 얘기가 나왔다. 한참 동안 듣고 있더니 임금이 물었다.

"누구누구가 당했는지 말해 보라."

형조판서가 대강의 이름을 들었다. 그 가운덴 동인도 있었고 서인도 있었다. 그러나 임금은 행패를 당한 서인 모두가 최근 동인과 통하게 된 사람들이란 사실까진 알지 못했다.

"그렇다면 조정에 있는 파당과는 관련이 없지 않은가. 그렇다면 조정에서 의논할 일이 아니지 않은가. 고래로 협객이란 것은 있는 법. 협객을 아쉬워할망정 그 기를 꺾을 순 없다. 협객은 청렬한 물과 같은 것이다. 내 들으니 수신修身이 잘된 사람은 행패를 당한 자는 없구나. 아무튼 경들의 조신에 관심을 쓰시오. 자중자애하면 그만일 것을 괜히 일을 벌여 억협부관抑俠扶官한다는 말을 듣지 않게 하시오."

요컨대 그들을 탄압하기 위해 병사와 포교들을 동원하지 말라는 임금의 분부였다.

조정에 지인知人을 가진 8협의 귀에 이 말은 그날로 전해졌다.

"역시 임금은 임금으로서의 뭣이 있군."

8협은 기고만장했다. 권유의 별장에서 큰 잔치가 열리기도 했다.

그러나 선조라는 임금은 그처럼 만만한 사람이 아니었다. 심복을 시켜 몰래 8협의 정체를 살피도록 일렀다. 그 직을 맡은 사람이 이영李英이었다.

역시 수양이 모자란 탓일 것이다. 임금의 그런 말이 있은 연후 그들의 행동이 갑자기 교격해졌다. 뒤에 영의정이 될 노수신盧守愼이 향리에서 올라와 임금과 알현한 자리에서 삼흉三兇의 특사를 건의하고,

"이이는 과연 간물奸物인가 거물인가?"

하는 임금의 하문에,

"간물이라고 할 수는 없으나 거물이라고도 할 수 없습니다. 다만 그 학문은 볼 만합니다."

하는 말을 했다고 해서 8협은 발끈했다.

이대로 두었다간 이이의 사적은 진흙에 뒹구는 꼴이 되겠다고 생각한 8협은 전에 김우옹에게 했던 것처럼 가마채 다리 위에서 개천으로 던져 버릴 계획을 세웠다.

그 일을 맡을 중심인물로서 홍계남이 지목되었다. 홍계남은 많은 사람이 함께 움직일 필요가 없다고 하여 이문길만을 데리고 나섰다. 긴 초여름의 해는 저물 줄 모르고 서산에 걸려 있었다.

그날 노수신이 자하문 밖에 소풍을 나갔다가 저녁나절에야 돌아온다는 정보를 입수하고 사직골 다리 위에서 홍계남이 서성거렸는데 어둠이 깔리기 전에 노수신이 돌아온다면 행동하기가 약간 곤란할 것이었다. 그래도 해낼 참이었다.

존경하여 마지않는 이이 선생을 두고 '간물이라고 할 수 없으나 거물은 아니다'라고 하다니, 이가 갈릴 지경이었다. 올바른 대답을 하려면 '간물이라니 그런 말을 하기조차 어림없사이다. 이이는 바로 성인이옵니다'라고 했어야만 홍계남의 마음이 후련했을 것이다. 그런 까닭에 홍계남은 노수신이야말로 간물이라고 생각했다. 이이 선생이 살아 있었더라면 어찌 그따위 말을 할 수 있겠는가. 이문길도 동감이었다.

두 사람은 해가 저물기 전에도 노수신의 행차가 나타나기만 하면 종자從者들을 때려뉘고 가마를 들어 던질 양으로 세부 계획을 의논하고 다리 한편에 있는 집 그늘에 앉아 있었는데 그들 앞으로 선비 하나가 가까이 왔다. 그가 이영이었다.

어느 모로 보나 귀공자로 생긴 이영의 인상이었으므로 홍계남과 이문길이 일어섰다. 그러자 이영의 말이 있었다.

"형씨는 홍계남 공이죠? 형씨는 이문길 공이고."

"어떻게 우리를."

하고 홍계남과 이문길은 이영을 쳐다봤다. 이영은 웃음을 띠었다.

"율곡 8협을 몰라 볼 까닭이 있습니까."

이것 또한 놀랄 일이었다. 율곡 8협은 자기들끼리의 내약內約이고 바깥으로 발설한 일이 없었기 때문이다.

그들의 놀람엔 아랑곳없이 이영이 말을 계속했다.

"홍 공과 이 공이 여기서 누구를 기다려 어떤 일을 하려는지 난 잘 압니다. 내 진심으론 이 근처에 있다가 귀공들의 무용武勇을 구경하고 싶습니다만, 오늘의 거사는 거두시는 게 좋을까 하오. 그 이유를 구구하게 말하진 않으리다. 상대에게 입히는 해害는 적고 이편에서 입을 화는 큰데, 그것을 알고도 감행함은 만용蠻勇이오."

그리고는 이영은 어디로인지 사라져 버렸다.

이영李英은 온데간데없이 사라졌지만 수수께끼는 남았다.

아무튼 모사謀事가 사전에 탄로 난 이상 계획을 포기하지 않을 수 없었다. 설혹 포기하지 않는다 해도 노수신의 일행은 다른 길로 피해 갔을 것이 확실했다. 홍계남과 이문길은 그날 밤 모이기로 한 하석의 집을 향해 느릿느릿 걸어가고 있었다.

"도대체 그 사람이 누구일까."

"글쎄. 범상한 사람으로 보이진 않던데."

홍계남은 그 사나이의 동작이 민첩했다는 사실을 새삼스럽게 상기했다.

"벼슬아치로 보이진 않았지?"

"그런 것 같아."

홍계남이 동의한 것은 그 사나이가 쓴 갓의 끈에 옥관자가 없었기 때문이다. 그러나 깨끗한 복색이었고 어딘지 모르게 위엄이 있는 얼굴이며 몸매였다.

"그건 그렇고 그자가 어떻게 우리의 할 일을 미리 알아챘을까."

이문길이 불안한 마음을 이렇게 나타냈다. 홍계남의 말이 있었다.

"우리들에게 조심이 없었던 탓이다. 술에 취하면 아무 데서나 고언
방담高言放談하는데 그런 게 이리저리로 전파된 까닭이다. 앞으론 조
심해야 하겠어."

"그런데 그 사람의 태도로 보아 우리를 밉게 생각하는 그런 건 아니
지 않던가."

이문길은 계속 불안한 모양이었다.

"호랑이도 처음부터 덤비는 건 아니지 않은가."

홍계남은 지금 그 사람이 자기들의 적은 아닐지 모르나 언제 적으로
변신할지 모를 사람이란 생각을 가졌다. 그러나 그런 짐작을 말해 이
문길을 더욱 불안케 할 필요가 없다는 마음으로 잠자코 있었다.

하석을 비롯해서 통쾌한 무용담을 들으려고 기다리던 동지들은 홍
계남과 이문길의 애기를 듣자 모두 약간 실망한 표정이었으나 실망한
기분은 잠깐이고, 정체 모를 사나이에 대한 호기심으로 떠들썩했다.

"누굴까?"

"동인 패거리는 아닐 테지."

"암행어사인가?"

별의별 추측을 다 해보았으나 정확한 결론이 없었다.

권유가 다음과 같이 제안했다.

"확실한 것은 우리들의 거동을 지켜보는 자가 있다는 사실이다. 지
금부턴 우리 몰려다니지 말고 각자 행동을 따로따로 하자. 생각하면

우리들의 행동에 경솔한 데가 많았어. 자칫 역적모의나 하는 것처럼 몰리면 우리의 목적은 달성하지 못하고 화만 입는 꼴이 될 게 아닌가."

"권 공의 얘기도 들을 만해. 마땅히 그렇게 해야 할 거야. 하나 뭔가 뒤숭숭한 기분으로 있을 순 없잖은가. 앞으로 우리의 행동을 은밀하게 하긴 하되, 아까 홍 공과 이 공이 사직교 근처에서 만났다는 그자의 정체부터 알아보자꾸나."

하석이 눈빛을 반짝였다.

신통한 인물, 기발한 인물, 탁월한 인물들이 그 이름을 남기지 않고 사라져 간 예는 많다. 그런 사례가 우리나라의 역사, 특히 조선 때 많았을 것으로 짐작되는데, 이영도 그러한 부류에 드는 사람이었다. 아무 곳에도 소상한 기록이 없으니 장담할 순 없지만 선조에게 볼 만한 치적治績이 있었다면 이영의 덕택이라고 말하고 싶은 유혹을 느끼기조차 한다. 예를 들어 끝내 이율곡李栗谷을 버리지 못하게 권고한 것도 이영이며, 이율곡을 견제牽制하게 한 것도 이영이란 말이 있지만 모두 항담巷談에 속한다.

각설하고 이영과 선조의 만남은 선조가 하성군河城君이었을 7세 때, 이영이 5세 때이다. 충청도로 원행遠行했다가 돌아올 때 덕흥군德興君, 즉 선조의 아버지가 다섯 살 난 사내아이를 데리고 왔다. 그때 덕흥군이 아들들을 모아 놓고 말했다.

"이 아이는 우리들의 먼 친족이다. 그러나 계촌計寸할 것까진 없다. 너희들은 형제처럼 지내라."

두 살 차이이기도 해서 영英은 특히 하성군 연昖을 따랐다. 연 역시 영을 좋아했다. 그러니 자연 같이 공부하게 되었는데 영의 총명은 주위 사람들을 놀라게 했다. 그런데도 스승으로부터 강講을 받을 땐 말을 더듬어 대답하지 않았다. 스승의 매질이 있었지만 어린 영은 눈물만 흘릴 뿐 끝내 대답을 안 했다. 나중엔 스승도 단념하고 영에겐 강을 받지 않았다. 뒤에야 안 일이지만 이영은 자기의 학력이 덕흥군 3형제를 능가한다는 증거를 만들기가 싫었던 것이다.

연, 즉 선조의 학력이 유類를 누르고 출중하게 자란 덴 이영의 조력이 적잖게 작용했다. 연을 띄우고 놀 때나 자치기를 하고 놀 때 이영은 적절한 때를 골라 연이 배운 대목을 일깨우게 했다.

이영의 근본을 살펴보면 과거에 역모에 가담했던 왕족王族의 후손일지 몰랐다. 그러나 아무도 그의 근본을 따져 묻지 못하도록 한 덕흥군의 분부가 있어 자연 그런 것은 관심 밖의 일로 되었다.

어느덧 하성군과 이영은 형形과 그림자처럼 되었다. 이를테면 형영상반形影相半이라고나 할까. 이러한 관계는 하성군이 임금이 된 후에도 다를 바가 없었다. 이영과 임금은 특별한 통로를 통해 서로 만났다. 대체로 이영은 밤중에 입궐해선 새벽에 퇴궐하곤 했다. 게다가 각별한 배려가 있기도 해서 조정의 신하들은 이영의 존재를 몰랐다. 측근에 선조가 엄한 함구령을 내려놓았던 것이다.

그런 만큼 이영은 임금의 눈과 귀가 되고 때론 그 두뇌의 역할까지 했으나 임금이 묻지 않는데 말을 하는 법은 없었다. 임금도 실로 중대한 일 외에는 묻지 않았고, 함부로 일을 맡겨 그를 번거롭게 하지도 않았다. 그러니 임금이 젊은 협객들의 동태를 이영으로 하여금 살피게 한 것은 그 일을 아주 중하게 여겼기 때문이었다.

이영의 정체를 알려고 이른바 율곡 8협은 그 이튿날부터 활동을 개시했다. 그러나 그 흔적조차 찾을 수 없어 모두들 그런 생각을 포기할 수밖에 없었는데 조정으로부터 괴상한 소문이 흘러나왔다.

정여립鄭汝立이 율곡을 훼방했다는 얘기였다. 이 얘기를 들었을 때 하석이 '그럴 리 없다'고 했다.

"정여립이 선생님의 총애와 촉망을 한 몸에 받았는데, 그러한 그가 어찌 그와 같은 언동을 하겠느냐. 필시 이것은 와전된 것일 게다."

하고 모두들의 자중自重을 권했다. 아닌 게 아니라 이이, 즉 율곡은 말년에 '어떤 인재를 등용하여 국사를 맡기면 좋을까?' 한 임금의 하문에 '정여립이 쓸 만합니다'는 말을 올렸을 뿐 아니라, 정여립의 학문과 인품에 대해서 극구 찬양한 바 있었다.

"만일 정여립이 선생님을 훼방한 일이 사실이라면 어떻게 하겠소?"

권유가 말했다.

"만일 그것이 사실이라면 정여립은 마땅히 죽어야 하지만 그럴 리가 있겠소?"

"하여간 그 사실 여부를 빨리 알아보아야 할 것 아닌가."

"그 사실 여부는 내가 알아보지."

홍계남이 나섰다.

"어떻게 알아볼 텐가?"

"계함 선생을 찾아가 볼 참이다."

홍계남의 대답이었다. 계함 선생이란 정철을 말한다.

"그러나 그건 안 돼."

하석이 말렸다. 율곡 8협이 정철 또는 이이 생전에 친교가 있었던 사람을 만나면, 율곡 8협의 행동으로 하여 누를 끼칠지 모르니 그분들을 만나는 것은 삼가야겠다는 하석의 신중론이었다.

사실은 밝혀지게 마련이다.

정여립은 어느새 이발李潑에게 아첨하여 보는 사람들의 얼굴을 찌푸리게 했다. 이발은 이이의 생전에 이이와 극단적으로 대립했던 자이다. 그런데 이이의 생전에 '공자는 이미 익은 감이고, 율곡은 미숙한 감이다' 하는 말까지 하며 이이에게 깍듯이 제자로서의 예를 바쳤던 정여립이 이발과 통한다는 것은 해괴한 일이 아닐 수 없어, 임금이 어느 날 정여립에게 물었다.

"이이를 어떤 사람이라고 생각하는가?"

이 물음에 대해 정여립이 서슴없이 대답했다.

"이이는 군자임을 뽐내나 사이비군자似而非君子이며, 학덕을 자랑하나 범속을 넘을 수 없고, 얌전한 척하나 제대로 치가治家를 못한 위선자이옵니다. 그 때문에 신진의 기골 있는 자를 멀리하고, 어리석은 자들을 두둔하여 그의 울로 삼으려 했습니다."

임금은 깜짝 놀랐다. 정여립의 입에서 이 같은 말이 나올 줄 몰랐던 것이다.

"제자가 선생을 평할 수도 있겠지만 자네의 말은 지나치지 않은가?"

"사사로운 사이이면 고인의 흠을 덮어줄 줄도 아옵니다. 그러나 전하의 하문이시온데 어찌 흑黑을 백白이라고 하오리까. 소신은 오직 정사正邪와 선악善惡을 가려 신臣된 도리를 다했을 뿐입니다. 정당하게 인물을 평량한다는 것이 치도治道의 요긴인 줄 아옵니다."

그 납작납작 주워섬기는 꼴이 심히 임금의 비위를 상하게 했다. 그러나 임금의 말은 조용했다.

"인물을 정당하게 평량한다는 것이 치도의 요긴이지. 잘 알고 있구나. 그럼 내가 널 평량해 볼까?"

정여립이 황공해서 부복했다.

"여립은 오늘의 형서形恕이다."

임금의 말은 서릿발 같았다. 정여립은 상기된 얼굴을 들고 눈에 핏발을 세운 채 성난 모양으로 임금 앞에서 물러났다. 형서란 송나라 정이程頤, 즉 명도明道 선생의 제자로서 훗날 스승을 배반한 사람이다.

이 일이 있자 서익徐益이란 자의 상소가 있었다.

정여립이 이이를 높여 섬기며 일찍이 말하길, '이이는 참 성인이다' 하였으며, 또 이이에게 보낸 편지엔, '삼찬三竄은 비록 갔으나 거간巨奸이 오히려 있다'고 하였는데, 거간이란 유성룡柳成龍을 가리킨 것입니다. 그러다가 이이가 죽으니 여립이 제일 먼저 배반하였습니다. …

임금은 이 상소를 보고 크게 통탄했다.

"해괴망측하다. 정여립이 비록 기를 부리는 자란 건 알고 있지만, 어찌 사체四體를 갖춘 사람이 예조판서 유성룡을 거간巨奸이라고 지목할 수가 있겠는가. 그러나 여립이 이이에게 보낸 편지에 그런 글이 있다고 하니 서익의 말에 근거가 없는 것은 아닐 것 같다. 이렇게 인심이 각박해서야 할 말이나 하겠는가."

"정여립 같은 자를 그냥 두었다간 앞으로 어떤 일이 생길지 모르니 단호히 처단하라."

하석이 나섰다. 하석은 정여립이 그런 사람이 아니라고 끝까지 믿었던 것인데 그러한 일이 있었다는 것이 사실로 밝혀지자 울분을 참을 수 없었다.

"그 일을 두고 우리 여럿이 떠들고 소동을 피울 필요 없다. 나 혼자서 감당하겠다."

이문기와 이덕남이 같이 서둘자고 했으나 여럿이 움직이면 자연 사람들 눈을 끌게 하니 단독 행동이 좋을 것이라고 하여 그 일은 홍계남에게 맡기기로 했다. 모두들 계남의 무술과 완력을 믿었기 때문이다.

늦여름 어느 날 홍계남은 해질 무렵 정여립이 집으로 돌아오는 길목을 지키고 있었다. 여립의 집은 남산의 동편, 남소영南小營 가까운 어청교於淸橋 근처에 있었다.

해가 지고 초승달이 솟았을 때 홍계남은 어청교를 건너오는 정여립을 보았다. 한데 다리 위엔 두세 사람이 저녁 바람을 쐬고 있는 터라 거기서 일을 시작할 순 없었다. 여립이 다리를 건너 개울을 따라 올라가 인가가 뚝 끊긴 지점에 이르렀을 때 계남이 여립을 불러 세웠다.

"여보 형씨!"

여립이 힐끔 돌아보고 어스름 달빛 속으로 계남의 그림자를 확인하자 불쾌한 투로 물었다.

"날 불렀나? 아직 젊은 놈이 버릇없이."

여립은 계남을 노려봤다. 여립도 장대한 체구에 상당한 완력을 가진 터라 1 대 1로 싸워 질 것이라곤 생각하지 않았다.

"개 같은 놈이 사람의 버릇을 찾으면 뭣해."

계남이 덥석 여립의 멱살을 잡으며 호통을 쳤다. 이미 말한 바와 같이 여립도 완력엔 자신이 없는 바도 아닌데 계남에게 멱살을 잡히고 보니 양팔을 쓸 수가 없어 허우적거렸다.

'이놈은 필시 장사일 것이다'라는 생각이 들었던지 여립이 사정했다.

"멱살을 놓아라. 멱살을 놓고도 얘기할 수 있을 것 아니냐."

"얘기를 해? 내가 개 같은 놈 상대로 얘기하러 온 줄 알아? 천벌을 주려고 왔다."

여립의 멱살을 끌고 정자나무 옆으로 가서 그 머리를 나무둥치에 쿵 소리가 나게 밀어붙였다. 비명소리와 함께 여립이 그 자리에 쓰러졌다. 부서진 갓이 저만치에서 뒹굴었다. 계남이 다시 여립을 끌어 세워 정자나무 둥치에 밀어붙이려 할 때 여립이 기어드는 소리로 애원했다.

초승달의 희미한 빛 저편에 사람의 그림자가 보이는 듯했다. 그러자 그곳으로부터 말소리가 있었다.

"젊은이, 그 녀석 뺨이나 한 대 얌전히 갈겨 주고 이리로 오게."

"당신은 누구요?"

"내가 누군지는 차차 알게 될 거다. 아무튼 뺨이나 한 대 갈겨 놓고 이리로 오래두."

"안 되오. 이런 자를 하늘 아래 두어선 안 되오. 죽여 버리겠소."

홍계남이 여립을 힘껏 낚아채려는데 달빛 속의 선비가 만류했다.

"그자를 죽여선 안 돼. 그리고 죽일 것까지는 없지 않은가. 그 까닭을 곧 말할 터인즉 뺨이나 한 대 갈겨 놓고 이리로 오게."

홍계남은 여립을 끌고 가까운 곳에 있는 정자나무 기둥에 부딪쳐 놓고 왼손으로 멱살을 쥔 채 오른손으로는 여립의 뺨을 쳤다.

계남이 멱살을 놓자 여립은 '으음' 소리를 남기고 땅바닥에 쓰러졌다. 실신한 것이었다.

계남이 그 꼴을 내려다보고 뱉듯이 한마디 남겼다.

"여우 같은 녀석!"

"이리로 오게."

하는 소리가 등 뒤에 있었다.

계남이 손을 털털 털고 돌아섰다.

선비는 걷기 시작하고 있었다. 따라오라는 시늉이었다.

계남이 그와 나란히 서게 되었다. 그 순간, 그 선비가 며칠 전 사직교에서 만난 사람이란 걸 알았다.

"나는 이영이란 사람이다."

선비는 짤막하게 한마디 하곤 말없이 걸었다.

그리고는 청교淸橋를 건너 궁동宮洞(지금의 을지로 4가 부근)으로 와서 아담한 솟을대문 앞에 서서 기침을 했다. 대문이 소리 없이 열렸다.

하인으로 보이는 중로中老의 영감이 공손하게 이영을 맞아들여 사랑으로 안내했다. 사랑엔 한 칸에 촛불을 밝히고 주렴을 드리운 곳이 있었다. 이영은 그 방으로 들어서며 홍계남에게 손짓했다. 들어오라는 뜻이었다.

방 한가운데엔 흑단으로 보이는 책상이 놓여 있었고, 그 위에 청자 접시가 있어, 접시에서 가느다란 푸른 연기가 피어나고 있었다. 약간 코를 자극하는 향기가 있는 듯했는데, 그것은 모기를 쫓는 향이라고 짐작할 수 있었다. 산수가 그려진 병풍을 등지고 이영이 앉았다. 책상을 사이에 두고 이영을 마주 보는 자리에 계남이 앉았다.

"홍계남이지?"

이영은 한참 동안 계남을 응시하더니 한숨을 쉬었다. 그 한숨 소리
는 너무나 깊고 간절했다. 계남의 등을 썰렁하게 스쳤다.

"나이가 몇이냐?"

"스물한 살입니다."

그리고 또 침묵이 흘렀다. 계남은 자기를 그곳으로 데리고 온 이유
가 뭐냐고 묻고 싶었으나 입을 열 수가 없었다. 한편 초조하기도 했다.
하석과 권유 등이 자기를 기다릴 것이었기 때문이다.

침묵이 너무 오래 계속되는 것 같아서 계남이 용기를 내어 말했다.

"소인은 물러가 봐야겠습니다."

"바쁠 것 없다."

아직 서른도 채 되지 않을 것 같은데 이영의 풍채와 언동엔 꾸미지
않고도 갖추어진 위엄威嚴이 있었다.

"너희들이 하는 짓이 뭐냐? 율곡 선생을 훼방하는 자들에게 철퇴를
내릴 작정인가 본데 부질없는 일이다."

"선생님을 해치려는 놈들에게 보복하려는 것이 어째서 부질없는 일
입니까?"

"너희들의 그런 행동이 되레 고인故人에게 해독이 된다는 것을 모르
느냐?"

"지금 놈들의 주둥아리를 부숴 놓지 않으면 필시 후환이 있을 것으로
압니다."

"율곡의 행상은 이미 정해졌다. 한 치도 증增하지 못하고 한 치도 감減

하지 못한다. 누가 무슨 소릴 한들 아무 소용이 없다. 바람이 일면 강물이 파도치듯 하지만 바람이 자면 다시 조용해진다. 이를테면 그러한 바람을 상대로 젊은 혈기를 소비해 무엇에 쓰느냐 말이다."

"그 말씀 좋소이다. 지금 우리들에겐 젊은 혈기를 달리 소비할 방도가 없사옵니다. 바람 속에 휘말려 죽기를 기할 뿐이옵니다."

이영은 홍계남의 말을 납득했다. 서출, 천출의 청년들은 그 방장方壯한 혈기를 보람된 일로 발휘할 방도가 없었다.

'이렇게 잘생기고, 절기와 용맹이 있는 사나이가 그 뜻을 펼 수가 없다니 안타까운 일 아닌가.'

"그러나 홍 공. 언젠가는 장부의 뜻을 펼 날이 올 걸세. 그날을 기해 마음을 닦고 기技를 닦도록 하게. 그러기 위해선 자중이 필요하다. '은인자중!'이거다."

"고마운 말씀입니다. 그런데 한 가지 물어볼 말이 있습니다. 나리는 어떤 사람이관데 우리들의 일을 그처럼 속속들이 알고 계십니까?"

"나도 율곡 선생에게 적잖은 관심을 가진 사람이네. 그러하니 자연 자네들의 동태를 알게 된 걸세. 그런 만큼 자네들의 신상이 걱정되기도 하여 내 나름대로 마음을 쓰는 걸세."

"그런데 오늘 어청교於淸橋에 나오신 까닭은 뭐였습니까?"

"혹시 자네가 나타나지 않을까 해서 거기로 갔지."

"어떻게 제가 그곳에 갈 줄을."

"격물치지格物致知란 게 있는 걸세. 정여립이 조정에서 하찮은 소릴 했다는 얘기를 들었지. 그게 자네들 귀에 들어가지 않을 리 없고. 그렇다면 정여립을 자네들이 가만두지 않을 게 아닌가. 한데 여립의 집은 남소영 근처에 있다. 그러니까 내가 어청교 근처에서 기다린 거다."

"그러니까 나리는 여립을 도와주려고 그곳에 계셨던 겁니까?"

계남이 약간 불쾌하다는 투로 물었다.

"여립을 돕기 위해서가 아니고 자네를 돕기 위해서였다."

이영의 덤덤한 대답이었다.

"그것은 무슨 뜻입니까."

"자네를 살인자로 만들지 않기 위해서라면 알아듣겠느냐."

"여립 같은 놈을 죽여 살인자가 되어도 전 무방하다고 생각합니다."

"나는 정여립의 생명과 맞바꾸기엔 자네의 생명이 아깝다고 생각한 거다."

"그 대신 율곡 선생님의 명예를 지킨 보람은 있지 않겠습니까."

"율곡의 명예를 지키기 위해서도 여립을 죽여선 안 된다."

"말씀의 뜻을 알아들을 수가 없습니다."

이영은 한동안 입을 다물고 있더니 마지못한 듯 대답했다.

"이런 말을 하긴 싫지만 자네에게만은 말해 두어야 하겠구나. 정여립이 율곡을 훼방한 짓은 율곡을 위해 썩 잘된 짓이다. 정여립이 율곡의 반대편에 서서 율곡을 욕하는 행동이 없었더라면 한 10년 후 율곡은 혹시 부관참시剖棺斬屍를 당할지 모른다."

점점 기괴한 말이었다. 부관참시란 사후에 들춰낸 죄로 받는 극형을 말한다. 무덤을 파서 관을 열고 시신을 베는 형벌이다. 어째서 율곡 선생이 그런 치욕을 받는단 말인가.

"그 이유를 내가 말하지. 똑똑히 들어둬라. 정여립을 조정에 천거한 것은 율곡이다. 그 사실은 알지? 임금께서는 율곡의 천거를 몇 번인가 물리쳤다. 그래도 율곡은 강권하다시피 해서 정여립을 천거하는 바람에 임금께선 싫으면서도 여립에게 벼슬을 주었다."

"그래서 그게 어떻단 말입니까."

"만일 정여립에게 불충不忠이 있을 경우 어떻게 되겠는가. 여립이 율곡의 충실한 제자로 남아 있다면, 그 불충의 책임이 율곡에게 돌아가지 않겠는가. 그렇지 않아도 율곡을 헐뜯으려고 혈안이 된 동인들이 가만있겠는가? 없는 일도 꾸며서 모함하려는 놈들인데 그만한 미끼가 생겼다고 하면 기뻐 날뛸 것이 아닌가. 여립에게 내린 형을 율곡에게도 과해야 한다고 서두르지 않겠는가."

"그렇게 생각되옵니다. 생각되옵니다만 …."

"그러니까 여립을 죽여선 안 된다는 거다."

"사정이 그렇게 되는 것이라면 여립을 죽여 없애야 할 것 아닙니까."
하고 계남이 일어서려고 하자 이영이 다시 만류했다.

"자넨 영리하긴 한데 성이 급해. 내 말을 끝까지 들으라고."

계남이 자세를 고쳐 앉았다.

"여립이 지금 죽으면 율곡에게 좋을 것이 없다. 되레 해독만 남겨 놓고 마는 꼴이 된다. 그런데 지금 여립은 동인들 틈에 끼어들려고 안간힘을 다하고 있다. 그러나 그자는 벼슬에서 떨어져 나갈 것이 뻔하다. 그 후에 여립은 반드시 역모逆謀를 하게 된다. 여립이 역모했을 경우 만일 그가 율곡의 충실한 제자로서 남아 있다면 어떻게 될 것인가. 그러기에 지금은 그자가 역모를 꾸며도 율곡에게 누가 끼치질 않는다. 그런 까닭에 그자가 역모할 날까지 살려 두어야 할 거다. 스스로 죄를 뒤집어쓰고 형장刑場의 이슬이 될 때까지 말이다. 알았느냐."

"알았습니다. 그와 같은 심려深慮가 계시는 줄을 모르고 일시나마 그 릇된 마음을 가진 것을 용서해 주사이다."

계남이 깊게 머리를 숙였다.

"무릇 세상일엔 완급緩急이 있고 전후前後가 있는 법이다. 요컨대 때 가 있다 그 말이다. 정여립이 율곡을 배반한 것은 율곡을 위해 천만다 행임을 이제야 알았을 것이고, 여립을 지금 죽여선 안 된다는 사실도 이제야 알았을 것이다. 그렇다면 ….."

하고 말을 끊었다가 잠깐 숨을 돌리곤 이영이 다시 계속했다.

"너희들 8협八俠들이 하려는 짓을 당장 중지해야 한다. 율곡을 욕하 는 자들을 내버려 두어 그들이 스스로를 욕되게 하고 그로써 죄를 받도 록 방치하라. 너희들 여덟 사람들이 기를 쓰고 덤벼 봤자 아무런 보람 도 없이 세상만을 시끄럽게 해선 결국 너희들만 망칠 뿐이니라. 지금 북변北邊이 소란하고 해변은 왜놈들의 침노로 영일寧日이 없다. 이럴 즈음에 젊은 놈들이 그 혈기만을 믿고 견식 없이 방자하게 군다면 나라 를 위해서도 좋지 못하고 너희들을 위해서도 좋지 못하다. 알았느냐."

"예, 알았습니다."

"그렇다면 너의 친구들을 네가 설복할 수 있으렸다? 그렇게만 한다 면 내가 알고 있는 너희들의 허물을 내 가슴속에만 간직하고 일을 꾸미 지 않겠다. 하나 불연이면 가만두지 않을 것이다. 자넨 내가 무엇이관 데 이런 말을 하는가 싶을 게다만, 나는 무관무직無官無職으로 있으되, 내가 해야 할 일은 할 수 있는 처지에 있다. 헌데 또 말해 놓고 싶은 것 은 율곡이란 사람을 자네들은 하늘같이 여기는 것 같으나 그것은 잘못 이다. 나도 율곡을 존경하는 덴 뒤질 마음이 없으나 그의 허물도 알고 있다. 율곡 최대의 허물은 정여립 같은 인물을 간파하지 못한 데 있다. 앞에 나타나 평신저두平身低頭 하면 그 인물을 자기의 심복으로 믿어 버린 데 율곡의 잘못이 있다. …"

이영의 말은 계속되었다.

"지금 조정의 형편을 살펴보라. 율곡이 천거한 인물들 대부분이 율곡에게 등을 돌리지 않느냐. 김우옹이 그렇고, 이발이 그렇다. 사람을 볼 줄 모른다는 것은 자신의 독선獨善 때문인 것이다. 내가 제일이다, 나 아니면 일이 안 된다는 자신自信이 남을 판단하는 눈을 흐리게 한 때문이다. 내 자네 앞에 이런 말을 하는 것은 존경과 과신過信은 다르다고 말하고 싶기 때문이다. 존경이 과신으로 되어 그분이 한 일이 모두 옳다고 추종하다 보면 본의 아닌 실수를 하게도 되는 것이니라."

계남은 반박하고 싶은 마음이 끓어올랐으나 적당한 말이 생각나질 않았다. 그런데다 이영의 말이 옳을지 모른다는 생각이 한편에 돋아나고 있었다. 계남은 이영의 말에 귀를 기울일 수밖에 없었다. 생각할수록 율곡 선생이 정여립을 천거한 따위의 행동은 위험천만하기 짝이 없는 노릇이었다.

"앞으로 세상은 더욱 시끄러울 것 같다."

이영은 화제를 바꾸어 시국을 논하더니 계남의 손을 잡으며 낮은 소리로 말했다.

"홍 공, 내 부탁을 들어줘야 하겠네. 자네의 처지나 내 처지엔 비슷한 데가 있네."

이영의 말이 침통하게 물들었다.

"꼭 같진 않지만 비슷한 데가 있어. 아니 내 형편에 비교하면 자네의 처지가 조금 나을지 모른다. 나는 평생 그늘에서 살아야 할 몸이지만 자네는 때가 이르면 활개를 치고 살날이 있을 거니까 말일세."

이영은 잡았던 계남의 손을 놓고 한숨을 쉬었다. 아까와 꼭 같이 깊고 긴 한숨이었다. 계남은 극도로 긴장했다. 이런 상황에선 이영이 무슨 부탁을 해도 거절할 수 없을 것이란 마음이 들어서였다. 그리고 그 부탁은 엄청난 위험을 동반하는 것이라고 짐작되기도 했다.

"내게 누이동생이 하나 있네. 불쌍한 아이다. 누이동생을 자네에게 맡기고 싶네."

계남이 뭐라고 할 수가 없어 이영을 말끄러미 바라보고만 있었다.

"맡아 주겠나?"

"그런 일은 제게 어른이 있으니 어른들과 의논해 보아야 할 것 아니겠습니까."

엉겁결에 계남이 한 말이었다.

"이치는 그러하다. 그런데 그 결심을 자네의 일존—存으로 해 달라는 게 나의 부탁이다. 내 누이동생을 자네의 정실로 삼아 달라는 말은 아닐세. 부부의 예를 갖추어 달라는 말도 아니고. 그저 하나의 남자로서 하나의 여자와 부담 없이 사귀어 달라는 얘기일 뿐이네. 먹여 살리란 것도 아니네. 누이동생은 자기 먹을 건 가지고 있어. 이 집도 누이동생의 것이야. 자네가 할 일은 짬이 있으면 가끔 와서 그애를 돌봐 주면 되고.

자네 집이 안성에 있는데 한양에 머무는 동안엔 이 집에서 묵으면 될 게 아닌가. 내 누이동생을 불쌍하게 여겨 주는 일 외엔 어떠한 부담도 느낄 필요가 없네. 맡아 주지 않을런가?"

계남은 무슨 일이 있어도 어머니에게만은 의논을 드려야겠다고 마음을 먹고 그렇게 말했다.

"좋아, 좋은 말이다. 그럼 어머니의 승낙을 기다리기로 하고 오늘밤은 여기서 묵으며 서로 만나 보기라도 하여라. 내 잠깐 안에 들어갔다가 오겠다."

이영이 일어서서 나갔다. 홍계남이 뭐라고 말할 틈도 주지 않는 민첩한 동작이었다.

묘한 긴장감이 도는 시간이다. 바깥에서 인기척이 나더니 장지문이 열렸다. 하인 둘이 큼직한 밥상을 들고 들어왔다. 그런데 그것은 밥상이라고 하기보다 요리상이라고 하는 것이 옳을지 몰랐다.

하인이 아까 이영이 앉아 있던 자리로 옮기라고 계남에게 권했다.

"나리께선 댁으로 돌아가셨습니다. 이리로 앉으셔서 음식을 드옵시오."

계남은 어리둥절했다. 이영이 떠났다는 사실이 마음에 걸리기도 했다. 계남이 좌정하자 하인들은 바깥으로 나갔는데 그들이 나간 얼마후 예쁘게 치장한 처녀가 하녀를 앞세우고 방으로 들어섰다. 하녀는 술병을 얹은 쟁반을 들고 있었다. 하녀는 나가고 처녀가 계남의 오른편 상머리에 앉아 사붓이 절을 하곤 술병을 들었다. 계남이 잔을 내밀지 않을 수 없었다. 처녀가 술을 따랐다.

남 끝동을 단 하얀 모시저고리에 쪽빛 숙고사의 치마를 입은 처녀의 얼굴은 깜박거리는 촛불에 영롱한 옥돌처럼 맑고 아름다웠다.

'세상에 이렇게 아름다운 여자가 있었나.'

계남은 울렁거리는 가슴을 진정하고 관찰한 결과 처녀의 얼굴이 이영의 얼굴을 영판 닮았음을 확인했다.

'한데 이렇게 아름다운 처녀를 어째서 불쌍하다고 하고, 나 같은 놈에게 맡기려 하는 걸까.'

계남은 도무지 짐작할 수가 없었다.

한데 술맛이 그만이었다. 아직껏 이런 술을 마셔 본 적이 없었던 터라, 마음의 불안을 덜기도 할 겸 거푸 대배大杯를 다섯 개쯤 비웠다. 처녀는 빈 술병을 젓가락으로서 두세 번 두드렸다. 장지 바깥에 대기하던 하녀가 다른 술병을 들여 놓았다.

계남은 다시 부어 주는 대로 술을 마셨다. 그래도 정신이 말짱한 것은 계남이 워낙 술에 강한 탓도 있었지만 풀리지 않는 긴장감 때문이었을 것이다. 말 한마디 건네지 않고 술을 마시는 것이 쑥스러워 계남이 말문을 열었다.

"내가 왜 이처럼 융숭한 대접을 받아야 하는지 알 수가 없습니다. 그 까닭을 얘기해 주실 수 있겠습니까?"

처녀는 다소곳한 미소를 띤 채 말없이 고개를 숙이고 있었다.

"내 이름은 홍계남입니다. 아가씨의 이름을 알고자 하옵니다."

해도 여전히 대답이 없었다.

"남녀가 유별한데 이름을 모른다는 건 실례인 줄 아옵니다. 이렇게 같은 방에 단 둘이 있게 되었으니 통성명이라도 해야 할 것 아닙니까?"

계남이 이렇게 말했을 때 처녀는 대답 대신 젓가락을 들어 술병을 두 번 두드렸다. 장지 밖에서 말이 있었다.

"아가씨의 이름은 숙랑淑娘이라고 하옵니다. 맑을 숙, 낭자 낭으로 쓰옵니다. ”

그 말과 함께 처녀는 얼굴을 들어선 보일 듯 말 듯 고개를 끄덕였다. 순간 '벙어리?'란 생각이 계남의 뇌리를 스쳤다.

바깥에서 다시 말이 있었다.

“아가씨는 어릴 적 약을 잘못 잡수시어 말을 못하시게 되었습니다. 그러나 나면서의 벙어리와는 달리 들으실 줄은 아옵니다. ”

“불쌍한 아이다. ”

이영이 한숨을 지은 까닭을 계남은 알았다.

'벙어리가 돼 놓으니 시집 갈 수가 없는 형편이었구나. '

그러나 계남의 이 짐작은 어긋났다. 벙어리라고 해서 시집을 못 가란 법은 없다. 이숙랑李淑娘이 시집을 못가는 이유는, 결혼할 경우엔 피차의 근본根本을 밝혀야 하는데, 이숙랑은 그 근본을 밝힐 수도 없겠고, 근본을 밝혀서도 안 되는 처지에 있었다. 이영이 평생을 그늘에서만 살아야 하는 사정이 곧 숙랑의 사정이기도 했다.

말을 못하는 사람과 같이 앉아 혼자 말을 할 수도 없는 터라 계남은 계속 술을 마시고 안주를 먹었다. 밤은 깊어만 가는데 말없이 술을 마시고 있으려니 숙랑을 안타깝게 여기는 기분과는 달리 담담한 심정이 아닐 수 없었다.

한 되는 실히 들 것 같은 병 3개를 마시고서야 계남이 상을 물리라고 했다. 상은 물러갔는데 숙랑만 옆에 남았다. 계남이 갈피를 잡을 수 없었다.

'일어서서 나가야 하나, 이대로 남아 있어야 하나. '

그러고 있을 때 하녀의 말이 있었다.

"침구는 안방에 펴 놓았습니다."

"침구는 왜요?"

계남이 깜짝 놀라는 소리를 했다.

"나리 분부시옵니다."

홍계남은 아까 분명히 대답을 보류했다. 이영도 그것을 양해하고 계남의 어머니께서 승낙이 있을 때까지 기다리겠다고 하지 않았는가. 그러나 하녀와 숙랑을 상대로 그런 말을 할 순 없었다.

"내 날을 바꾸어 올 터이니 오늘은 이만 돌아가야 하겠다."

"안 되오이다, 도련님. 이 집에선 밤엔 대문을 열지 못하게 되어 있사옵니다."

"그것도 나리의 분부인가?"

"나리의 분부이기에 앞서 밤엔 나가지도 들지도 못한다는 것이 오랫동안 지켜온 법도이옵니다."

그렇다면 담장이라도 넘어서 가지, 하는 말이 나올 뻔했지만 계남이 참았다. 아닌 게 아니라 이숙랑을 두고 떠나기엔 이숙랑이 너무나 아름다웠다. 안타까웠다.

계남이 하녀와 숙랑의 뒤를 따라 사랑에서 나와선 뒤뜰로 돌아갔다. 뒤뜰엔 그윽한 꽃향기가 흐르고 있었고, 하늘엔 총총한 별들이 있었다. 안집 축담에서 계남은 안방을 바깥에서 볼 수가 있었는데 그 방문에는 주렴이 드리워져 있었고 촛불이 환하게 켜져 있었다. 계남은 측간을 들러 방으로 들어갔다.

폭신한 요 위에 멍석이 깔렸고, 그 한 모퉁이에 반쯤 펴 놓은 이불이 있었는데 그 이불에 수놓인 무궁화가 계남의 눈을 쏘았다. 황홀감이 감돌았다. 한쪽으론 보료가 있었다. 그 보료 위에 멍청히 앉아 있노라니까 이숙랑이 문갑 위의 지필묵을 내려놓고 가느다란 붓으로 다음과 같이 썼다.

苦相身爲女 卑陋難再陳 고상신위녀 비루난재진

(여자로 태어났으니 고생스런 상이 아닐 수 없사이다.
이 비루함을 다시 어떻게 말하리까.)

이것은 진무제晋武帝의 간관諫官 부현傅玄이 쓴 시의 일절이다. 홍계남이 그런 연유를 알 까닭이 없었지만 그 뜻을 알 수는 있었다. '하찮은 여자의 몸으로 사랑을 빌게 되니 비루한 마음 이를 데 없다'로 될 것이었다. 숙랑의 간절한 소원이 계남의 가슴을 찡하게 울렸다.

계남도 붓을 들었다.

今夜見佳人 容華如玉器 금야견가인 용화여옥기
此身泥土相 良宵知我悲 차신이토상 양소지아비

(오늘밤 가인을 만났는데 아름다운 얼굴은 옥으로 된 그릇과도 같다.
한데 이 몸은 진흙으로 만든 꼴이로다. 이 좋은 봄 나는 슬픔을 알았다.)

이렇게 해서 필담筆談하길 3경에 이르렀다. 숙랑의 붓끝으로부턴 '어찌하여 슬픔을 말하느냐, 난 우리의 만남에 기쁨을 느낄 뿐이다' 하는 문자가 나오기도 하고, 견우와 직녀의 신화를 들어 자기 마음을 가탁假託하기도 했다. 말로 나타내기 어려운 감정을 글로 나타낼 수 있는 경우란 것이 있다. 아니 남녀의 정을 피력하는 데 사람은 말보다 글로

214

더 대답할 수가 있다.

계남은 숙랑의 정염情炎을 느끼고 스스로의 몸에 뜨거운 피가 용솟음치는 것을 보는 듯했다. 그러나 윤倫에서 벗어난 짓은 할 수 없다는 자제自制가 강하게 작용했다. 그래서 다음과 같은 뜻의 글을 썼다.

나는 불행한 운명을 지닌 어머니를 모시고 있소. 그런 까닭에 일거수 일투족 어머니의 뜻에 어긋나는 행동은 삼가고 싶소. 내 숙랑 씨와 정을 맺는 것을 어머니가 기뻐하시질 않을 까닭이 없지만, 사전에 의논 드리는 것과 사후에 알리는 것과는 효孝와 불효不孝가 다를 줄 아오. 내 빠른 시일에 어머니의 승낙을 얻어 숙랑 씨를 찾을 것이니, 우리 그 날을 기약함이 어떻겠소이까.

이에 대한 숙랑의 답은 ―

효孝를 다하려 해도 효를 다할 수 없는 소녀의 처지로선 '효'라는 말을 하늘의 별처럼 보고 봄철의 동풍東風처럼 듣기만 하였는데 이 밤 그대에게 효의 화신化身을 보듯 함에 저절로 머리가 수그러드옵니다. 소녀가 비록 거룩한 당신으로 하여금 효도를 다하게 하는 데 도움이 되진 못할망정 어찌 그 효도를 방해할 수 있으오리까. 효는 신信의 처음이라 하였거늘, 소녀는 당신의 말을 믿을 것이오며 그날이 오길 기다릴 참이오나 사람으로서 말을 못하는 불구不具이고 보니 스스로 불쌍히 여기는 마음이 간절하오이다.

계남이 북받치는 정에 겨워 저도 모르게 한 손으로 붓을 들어 '花不

須言, 花容自言'화불수언, 화용자언이라고 했다. '꽃은 말을 필요로 하지 않는다. 꽃의 모습이 스스로 말한다'는 뜻이다.

숙랑의 얼굴에 행복한 웃음이 있었다. 그러나 그 얼굴에 이슬처럼 구르는 것이 있었다.

정담情談을 하기엔 여름밤은 너무 짧다. 동창이 부옇게 밝아 오고 있었다. 숙랑은 홍계남이 자리에 들기를 권하고, 스스로는 다른 방으로 퇴출했다.

계남이 잠을 깬 것은 진시辰時를 훨씬 넘어 있었다. 어젯밤의 일이 꿈처럼 느껴지기도 했는데 그것은 꿈이 아니고 엄연한 현실이었다. 계남이 기동하는 소리를 들었던 모양으로 창밖에 하녀의 소리가 있었다.

"세숫물을 대령했소이다."

계남이 일어서서 장지문을 열었다. 늦은 여름의 햇빛이 꽃이 만발한 뜨락에 가득 차 있었다. 어림짐작으로 측간을 찾아 생리生理를 다하곤 뜰 한구석의 축대 위에 놓인 세숫대 앞으로 갔다. 먼저 백소염白燒鹽으로 양치를 하고 손과 얼굴을 씻었다.

방으로 돌아오니 아침 밥상이 차려져 있었다. 혼자 식사를 했다. 밥상을 물리고 나자 하녀가 일습의 새 옷을 방안에 들여놓았다.

"아가씨의 분부이오이다. 옷을 갈아입으소서."

그때야 계남이 자기의 행색이 너무 초라했음을 깨달았다. 계속되는 더위 속을 거의 열흘 동안이나 같은 옷을 입고 지냈으니 그 몰골은 짐작할 만하지 않은가.

계남은 미리 방안에 준비된 대야물과 수건으로 전신을 훔치고 새 옷으로 갈아입었다. 누르스름한 갈포의 고의 저고리에 가는 무명베의 홑 버선, 갑사 대님, 두루마기는 눈이 부실 듯 하얀 모시로 되어 있었다. 여태껏 우락부락한 총각이 명문의 귀공자貴公子로 탈바꿈했다.

계남은 자기의 처지엔 어울리지 않다고 느꼈으나, 벗어 놓은 헌 옷을 다시 주워 입을 생각은 없었다.

"사랑으로 납시지요."

하녀의 말에 이끌려 숙랑의 모습이 보이지 않는 것을 의아하게 생각하며 사랑으로 나갔다.

사랑으로 나가 하녀에게 하직 인사를 전할까 하고 있는데 미닫이를 열고 숙랑이 들어왔다. 말없이 서로 보는 눈과 눈에 아침의 인사가 오갔다. 숙랑이 좌정하자 바깥으로부터 하녀의 말이 있었는데 그것은 숙랑을 대변하는 것이었다.

"어제 아가씨의 오라버니 되시는 나리에게서 도련님에 관한 얘기는 죄다 들었소이다. 한데 서울에선 정해 놓은 거처가 없다고 하온즉 앞으로는 이 집을 도련님의 거처로 하시란 아가씨의 뜻이옵니다. 하오나 당분간은 도련님의 친구들에겐 비밀로 해 두시는 것이 좋을까 하옵니다. 언젠가 아가씨와 정을 맺으신 그날, 잔치와 더불어 친구들에게 알리면 좋겠다는 것이 아가씨의 마음입니다. 도련님께서 이 집에 드나드실 땐 동문東門을 쓰시는 게 좋을까 합니다. 어느 때이건 그 문을 다섯 번 두드리면 문이 열릴 것이옵니다. 아가씨의 뜻으로선 오늘부터 이 사랑에 도련님께서 거처하셨으면 좋겠다고 하옵니다. 그러나 도련님의 뜻대로 하소서."

"고마운 일이오. 아가씨의 분부대로 하겠습니다만, 나는 수일 내로 안성의 고향엘 다녀와야 하겠소. 그때 다시 찾아뵙도록 하겠소."

홍계남이 일어서서 바깥으로 나왔다. 귀공자 홍계남이 어느덧 대로를 걷고 있었다.

회현동 하석의 집에 모여 있던 8협八俠들은 계남의 행방에 대해 걱정하던 차, 돌연 귀공자로 둔갑한 그를 맞아 어리둥절했다.

"거두절미하고 ….."

이렇게 서두하고 계남은 어청교 근처에서 있었던 일부터 시작하여 아침에 이르기까지의 일을 대략 설명했는데 숙랑과의 일은 빼놓고 말하지 않았다.

계남은 이영李英의 집에서 잔 걸로 하고 이영의 의사를 상세하게 전했다. 정여립이 역적逆賊이 될 때까지 방치해 두라는 말엔 모두들 적지 않게 놀란 것 같았으나, 전후사를 견주어 본 결과 그 이로理路가 뚜렷하다고 인정하고 하루빨리 이영의 충고에 따라 8협을 해산하는 것이 좋겠다는 데 의견을 합쳤다.

그리고 나서도 '과연 이영이 어떤 자인가?' 하는 데 대한 호기심은 남아 갖가지 얘기들이 나왔다.

"안양군安陽君의 후예가 아닐까?"

"봉안군鳳安君의 후예가 아닐까?"

하는 얘기조차 튀어나왔다.

안양군, 봉안군은 둘 다 성종成宗이 후궁의 몸에서 낳은 아들들인데 연산군에 의해 살해당했다. 그러나 그들은 어려서 죽었기 때문에 이영을 그들의 후예라고 하는 추측은 얼토당토않았다.

"아무튼 범상한 사람이 아니었다. 내가 보기엔 금왕今王과 특별한

218

관계에 있는 사람 같아. 그러지 않고서야 어디 무관無官의 몸으로 ….”

계남이 이영의 몸가짐과 그 견식의 탁월함을 설명하자, 그 가까이에 있던 하석의 청지기 노인이 다음과 같은 이야기를 꺼냈다.

“성종에겐 여섯 아들이 있지. 그 가운데 하나가 연산燕山이고, 다음이 중종, 그다음이 계성군桂城君, 안양군, 봉안군, 이성군利城君인데, 안양군과 봉안군은 연산에 의해 살해되었다. 그런데 사실은 성종에게 또 하나의 아들이 있었어. 후궁 박 씨 소생인데 퍽 영특했다는 소문이 있지. 한데 연산이 즉위하자 후궁 박 씨는 그 아들을 데리고 어디론가 도망쳤다는 거야. 아들의 생명을 위한 거지. 물론 군호君號가 있었지만 대내의 법도를 어기고 도망친 후궁의 소생이라 삭호삭적削號削籍 처분을 받았다. 연산은 그들 모자母子의 행방을 맹렬하게 추궁한 모양이지만 찾아내지 못하고 자기가 먼저 죽은 꼴이지. 듣자하니 이영이란 사람은 그때 도망친 왕자의 후예 같군. 만일 그렇다면 금왕今王과는 8촌간이 되는 셈이다.”

모두들 그럴듯하다고 생각했다. 그러나 확인할 수 있는 것도 아니고 꼭 확인해야 할 필요도 없었다. 다만 뭔가 신비로운 분위기를 가진 사람이 그들의 동향에 관심을 가지고 있다는 것과, 막상 그들에게 호의가 없는 바 아니란 사실만 알고 있으면 될 일이다.

그들은 그 이튿날 세검정에서 큰 잔치를 열어 송별연送別宴으로 하고 3년 후 다시 모임을 갖자는 약속을 나눈 뒤 헤어졌다. 그길로 홍계남의 인생에 동이 트기 시작한 것이다.

고향 안성의 집은 계남에게는 바늘방석이었다. 할아버지와 할머니가 살아 계실 땐 그래도 이곳이 내 집이란 의식이 있었는데, 그분들이 돌아가신 연후론 어느 한 군데 마음을 놓고 앉아 있을 곳이 없었다.

아직도 노비나 다름없는 처지에서 천역賤役을 맡은 어머니의 정상을 볼 때, 새삼스럽게 안 보는 것만 못하다는 슬픔이 치밀었다.

"뭐하려고 돌아왔느냐. 넌 훨훨 날고 있을 줄 알았는데."

어머니가 오래간만에 만나는 아들을 보고 한 소리에 계남은 가까스로 통곡을 참았다.

무릎을 꿇고 절을 한 뒤 고개를 든 계남에게 청주 한 씨는 새로 맞아들인 며느리, 즉 진震의 아내가 보는 가운데 호된 욕을 퍼부었다.

"어른들 제사도 모르고 떠돌아다니는 네놈이 어디 사람이냐."

할아버지, 할머니의 제사를 지내려도 계남은 축담 밑으로 내려가 흙바닥에서 절을 해야 하는 처지이다. 그래도 아버지 자수自修는 반기는 얼굴로 계남을 한참 동안 바라보고 있더니 물었다.

"너 성민聖民 일가를 만나 보았느냐?"

"만나지 않았습니다."

"사람을 시켜 성민 일가가 널 찾고 있다는 얘길 전했을 터인데 만나지 않았느냐?"

"그럴 만한 사정이 있었습니다."

율곡 8협은 그들의 행동으로 인해 무슨 누를 끼칠까 봐 홍성민, 정철, 성혼 등 율곡 생전에 친교가 있었던 어른들은 만나지 않기로 하던 터였다.

자수는 그 문제를 두고 깊이 추궁하는 일 없이 담담하게 말했다.

"며칠 쉬거든 다시 서울로 올라가라. 가서 성민 일가를 찾아봐라.

그곳에 혹시 네가 살길이 있을는지 모르겠다."

그 말을 받아 계남이 아뢰었다.

"이번 서울에 갈 때 어머니를 모시고 갔으면 합니다."

"네 어미를 네가 돌봐주겠다는 말인가?"

홍자수는 한참을 생각하더니 말했다.

"그건 안 된다. 네 어미가 고생스러운 것을 보지 못하겠다는 네 마음은 안다. 그러나 여자란 남편 곁에 있어야 한다. 누가 뭐라고 해도 네 어미는 네 어미이기에 앞서 내 아내다."

그 말에 무량한 감회가 있다는 것을 계남은 알았다.

"그러나 네 어미가 널 따라가겠다고 하면 나는 말리지 않겠다."

그날 밤 계남은 어머니에게 졸랐다. 같이 서울에 가자고, 서울에 가기만 하면 무슨 짓을 해서라도 편히 모시겠다고. 그런데 어머니의 말은 단호했다.

"네 옆에서 편히 사는 것보다 네 아버지 가까이에서 고생스럽게 사는 걸 택하겠다. 이것이 여자의 마음이란 걸 알아야 한다. 너나 빨리 떠나라. 넌 이 집을 떠나면 장부丈夫일 수 있지만, 이 집에 있으면 노복奴僕일 수밖에 없다."

빛과 어둠

여심女心이란 안타까운 것이다. 홍계남은 뼈저리게 이 사실을 알았다. 다시 고향을 떠나는 날의 새벽, 계남은 이숙랑李淑娘에 관한 얘기를 어머니 앞에 털어놓았다.

어머니는 자초지종을 조용히 듣더니 한숨을 섞으며 말했다.

"가련한 규수로구나. 잘 보살펴 주어라. 그러나 정혼定婚하진 말아라. 정혼하려면 아버지의 뜻이 있어야 할 것이다."

"죄송하옵니다, 어머니. 그럼 이 사실은 어머니께서만 알아두소서. 내 형편에 어디 장가를 들 수 있겠습니까. 그렇게 한세상 지나는 것으로 될지 모르잖습니까."

했을 때 계남은 목이 메었다.

어머니는 씻어서 다듬어 놓은 겨울옷을 보따리에 싸고, 정성껏 만든 도시락을 들려 계남을 뒷문으로 전송했다. 청주 한 씨는 일손이 모자란다며 계남을 보내지 않으려 하던 터라 섣불리 인사했다간 무슨 화를 자초할지 몰라 몰래 집을 빠져나가는 처지였다.

계남의 걸음은 빠르다. 안성에서 서울까지는 백 리 길인데 새벽에 집을 나선 계남이 서울에 도착했을 땐 아직 해가 남아 있었다.

계남은 일단 회현동 하석의 집에 들렀다. 모두들 고향으로 떠나고 하석만이 서울 집에 남아 있었다.

하석으로부터 계남은 서울을 비우고 있을 무렵 서울에서 있었던 대소사大小事 설명을 들었는데 그 가운데 이런 일이 있었다.

교하交河에 방천을 만들어 토지를 제 것으로 하려다가 황유경과 곽사원 사이에 크게 송사가 벌어졌다. 송사의 불씨는 황유경의 종인 거인居仁이 곽사원이 관청에 제출한 문서에 위조인장僞造印章이 찍혀 있었다고 발설한 데 있었다. 그런데 이제 와서 크게 문제가 된 것은 곽사원은 송한필宋翰弼의 사돈이고, 송한필은 이이李珥와 가까웠기 때문에 이이가 극력 곽사원을 돌봐주어 송사를 맡은 관원이 마음대로 처벌하지 못했다는 것이다. 결국 곽사원과 그 아들 건과 건의 장인인 송한필이 형장刑杖을 받게 되었다.

그러자 송한필에게 사감이 있던 안당安瑭의 아들 안정란이 송한필과 송익필 형제는 '우리집 종'이라고 고소하여 승소판결을 받았다. 판결을 받자 안정란은 송한필의 아버지인 송사련宋祀連의 무덤을 파서 시체에다 도끼질을 했다.

"세상에 어디 그런 법이 있는가."

홍계남이 상을 찌푸렸다. 송한필은 율곡 선생의 친구일 뿐 아니라 서출인 까닭으로 하석과 홍계남은 특히 그에게 관심이 있던 터였다.

"나는 임금이 너무했다고 생각해."

하석이 투덜댔다.

"율곡 선생을 거간 $_{居奸}$ 이라고 한 놈들 (박근원, 송응개, 허봉) 을 풀어준다고 하니 말이나 돼?"

그 일 때문에 전날 홍계남이 노수신을 해치려고 했던 것인데, 결국 그렇게 되었구나 싶으니 간이 부글부글 끓었다.

"참. 심의겸이 탄핵당한 사실 아는가? 엊그저께 임금의 영이 내렸대."

"끈덕지게도 굴더니만 동인들이 결국 이긴 셈이군."

"그래서 계함 (정철)과 졸재 $_{拙齋}$ 가 심히 불안한 모양이야."

졸재란 홍성민 $_{洪聖民}$ 을 말한다.

그때야 생각이 나서 계남이 성민의 편지를 꺼냈다.

"안성 집에 돌아가니 졸재 선생으로부터 편지가 와 있더라."

그 편지를 읽더니 하석이 놀랐다.

"이건 작년의 편지가 아닌가."

"집에 소식을 전하지 않았으니까 몰랐던 거지. 내일 한번 찾아가 볼 참이야."

"나와 같이 갈까? 성민 선생을 찾는 김에 정철 선생도 찾아보구."

"그것 좋은 생각이다."

"그럼 내일 아침밥 먹고 올게."

하고 홍계남이 일어섰다.

"어딜 가겠다는 건가. 여기서 같이 자지 그래."

"내게도 거처할 집이 생겼어."

"어딘데. 누구의 집인데?"

"이다음에 그 사연을 말하지."

224

홍계남이 하석의 집을 나섰다.

여름과 가을의 어스름에 서성거리는 계절의 황혼은 사람의 마음을 침착하게 한다. 홍계남은 궁동宮洞의 방향으로 발을 떼어 놓으며 오늘 밤 전개될 화려한 장면을 상상했다. 가슴이 떨렸다.

이숙랑의 집은 굳게 대문을 잠근 채 황혼 속에 우뚝 솟아 있었다. 계남은 동문東門에 다가서서 똑똑똑 다섯 번을 두드렸다.

'황혼고수문'黃昏鼓誰門이란 글귀가 뇌리를 스쳤다. 황혼에 나는 누구의 집 문을 두드리고 있는가. 계남은 갑자기 시인詩人이 된 듯한 기분이었다. 아직껏 있어 보지 못한 일이어서 어리둥절했다. 사랑을 하게 되면 시인이 된다는 걸 계남은 미처 몰랐던 것이다.

대문이 소리 없이 열렸다. 먼젓번에 보았던 중로中老의 사나이가 깊숙이 허리를 굽혀 절했다.

"도련님, 들어오사이다."

뜰엔 물이 뿌려져 있고 사랑방엔 환히 촛불이 밝혀져 있었다. 계남을 기다리는 뜰이었고 공기였고 방이었고 집이었고 아늑한 밤이었다.

숙랑의 모습은 보이지 않았다. 먼저 저녁 밥상이 나왔다. 시장하던 차라 맛있게 먹어 치웠다. 밥상을 물리고 맞은편 벽에 걸린 '관인대도' 寬仁大度라고 쓰인 액자를 홍계남이 새삼스러운 마음으로 보는데 마루에서 기침 소리가 있었다. 이어 장지문이 열렸다.

"홍 공, 반가우이."

이영이 방 안으로 들어왔다. 계남이 일어섰다. 그리고 이영이 좌정하길 기다려 계남이 공손하게 절했다. 이영의 말이 있었다.

"고향엘 갔다 왔는지? 두루 편안하시던가?"

"예."

"그 근처의 농사는 어떠했소?"

"풍년으로 보았습니다."

"삼남지방三南地方엔 한재와 수해 때문에 흉년이 들었다고 하더만 경기는 역시 좋은 곳이구려."

"특히 제 고향 안성엔 천재지변이 드뭅니다."

"그러니까 편안 안安자 안성安城이라고 하는가?"

이영은 구김살 없이 웃었다.

이어 이영은 율곡 8협栗谷八俠의 동태를 물었다.

"하석과 권유는 집이 서울에 있어 그대로 남았으나, 다른 동지들은 모두 귀향하였습니다."

"그것 잘했어, 잘한 일이야."

"뭣이 그토록 말씀하시도록 잘한 일이옵니까?"

"조정에서 말썽을 일으키려던 참이었어. 자네들이 그냥 서울에 모여 있었더라면 한바탕 소동이 날 뻔했다."

"누가 말썽을 일으키려고 했소이까."

"그런 걸 알아서 무엇 할 건가. 마음에 담아 둘 것 없네."

"정여립이 무슨 사달을 만들지 않겠습니까. 저에게 행패를 당했다면서 ⋯."

"그자는 자네가 누군지 모를 것이니 일을 꾸미려도 꾸밀 수가 없고, 설혹 있다고 해도 자기에게 망신스런 일인데 발설하겠나. 그러나 조심은 해야 하네."

226

"세상은 앞으로 어떻게 되겠습니까?"

"당분간 동인東人들의 세상이 될 테지. 그러나 그 세도도 오래 가지 못할 것이네."

이런 얘기 저런 얘기가 오가는 사이 홍계남이 물었다.

"내일에라도 홍성민 선생을 찾아뵈려고 하는데 탈이 없겠사옵니까?"

"홍성민 대사헌은 귀문貴門이지?"

"그렇게 들었습니다. 파派가 다를 뿐입니다."

"홍성민 대사헌은 점잖은 분이시다. 찾아뵈어 탈 될 것도 없지. 더욱이 일가간이니까. 헌데 선생을 찾아뵙고 무엇을 하려는가?"

"병조兵曹에라도 미관말직을 얻어 호구지책을 강구할까 하옵니다."

"좋은 생각이네. 호구지책이야 걱정할 필요 없지만 사내가 건전한 사람으로서 무위도식無爲徒食은 달갑지 않거든. 그러나 그런 일로 홍 대사헌을 번거롭게 할 것 없지. 홍 공이 원한다면 오위五衛의 사맹司猛쯤으론 내가 알선해 보겠네."

사맹이면 정 8품이다. 사맹이면 지금의 군대 계급으로 쳐서 준위准尉에 해당할까. 아무튼 계남에게는 뜻하지 않은 높은 벼슬이다. 물론 명문名門의 자제가 취할 자리는 아니다.

"알선해 주시면 그 고마움을 잊지 않겠사옵니다."

"고맙긴 …."

덤덤히 앉아 있던 이영이 뚜벅 물었다.

"모당母堂의 허락은 받으셨나?"

이영이 말하는 모당의 허락이란 숙랑과의 결연結緣을 말함이다.

"평생을 두고 소중하게 여기란 어머니의 분부가 있었사옵니다."

"고마운 말씀이었군. 숙랑이 들었으면 감격하겠다. 그런데….""

이영이 한참을 망설이듯 하더니 다음과 같은 말이 있었다.

"미리 알아 둬야 할 것은 숙랑을 홍 씨 가문의 사람으론 만들지 못한다는 사실이야. 숙랑은 영원히 이 집에 살아야 하고 시집을 보낼 순 없네. 그런 까닭에 홍 공의 정실로 할 순 없지. 뿐만 아니라 홍 공과 숙랑 사이에 자녀가 있을 경우 그 자녀를 홍 공이 데리고 가지 못하네."

"그렇다면 그 아이들은 무성지자無姓之子가 되는 것 아닙니까?"

"내 말을 끝까지 듣게. 홍 공과 숙랑 사이에 아이가 있을 경우 나는 임금님께 아뢰어 새로 성姓을 받을 참이야. 이를테면 일문一門을 창설하게 된다. 그 뜻을 미리 알아 둬야 하겠네."

임금께 아뢴다는 말, 새로 성을 받겠다는 말은 계남의 짐작을 넘는 것이어서 어리둥절해하는데 이영의 말이 있었다.

"처남, 동기간이 될 사이니까 하는 말이지만, 나나 숙랑의 성은 이 씨인데도 이 씨가 아니네. 이 씨가 아닐뿐더러 아무 성도 아니다. 그야말로 무성지민無姓之民이요 무적지성無籍之姓이다. 이렇게 나는 3대를 지내 온 몸인데 그 까닭은 묻지 말아 주기 바란다. 숙랑의 혀가 굳은 것도 선천先天이 아니고 후천後天이다. 자라서 자기의 근본을 묻거나 말하거나 못하게 하기 위해 약을 먹였기 때문이다. 사람으로서 이 무슨 기구한 팔자인가. 이 세상에 있어선 안 될 인간이 있기 위해선 그처럼 가혹한 시련도 있어야 했다. 그렇다고 해서 나는 저주하지도 않고 푸념하지도 않는다. 오직 내가 바라는 바는 새로운 가문家門을 세울 아이의 출현이다. 홍 공의 늠름한 기상과 숙랑의 영특한 재능이 합하면 새 가문의 창시조創始祖가 될 만한 아이를 낳으리라. 인생의 운명도 갖가지, 나는 홍 공을 만난 것을 만행이라고 생각하네."

이영은 이렇게 말한 다음 덧붙였다.

"월하빙인月下氷人이란 말이 있더니 오늘 밤 달이 아름답구나. 저 달 아래에서 가약佳約을 맺는 예禮를 행해야 한다."

만세萬世의 달을 증거로 하고 여름 꽃의 축복을 받으며 무녀巫女의 인도를 받아 홍계남과 숙랑은 부부 아닌 부부의, 부부의 이름을 띠지 않은 오직 남과 여로서의 결합을 다짐하는 조촐한 예식을 올렸다.

부부의 도를 행하면서 부부일 수 없는 이 남녀의 결합이란 어떤 것일까. 숙랑이 남의 정처正妻가 될 수 없었던 것은 말을 하지 못하는 불구不具의 몸이어서가 아니었고, 무성무적無姓無籍의 신세이기 때문이었다. 그 사정이 어떤 것인지 몰라도 무소불능無所不能한 권세를 가진 임금의 총애를 받는 몸으로서도 어떻게 할 수 없었으니 측은하기 짝이 없는 신세였다.

무녀의 간절한 기도와 더불어 계남과 숙랑의 상견례가 있고, 피차의 헌수가 있은 뒤 식은 끝났다. 이영이 정중하고도 간곡한 축복을 한 뒤,

"이 집과 나의 누이동생 숙랑은 오늘부턴 홍 공의 것이오."

이런 말을 남기고 떠났다.

그러자 중로의 하인 부부와 숙랑의 시봉을 드는 하녀, 이름을 삼월이라고 하는 아가씨가 달빛이 비치는 뜰에 엎드려 홍계남에게 절을 올렸다. 지금부터 우리의 운명은 모두 서방님께 바치옵니다 하는 뜻이 그 절에 깃들어 있었다.

3경이 거의 지났을 때 계남과 숙랑은 신방에 들었다. 원앙의 그림이

수놓인 이불이 한편에 깔려 있고, 한쪽 벽엔 장안長安 사계절을 그린 병풍이 둘렸는데 쌍으로 된 촛대에 촛불은 움직이지 않았다.

바깥에 바람은 자고 풀벌레들도 숨을 죽인 듯 고요한데 신랑과 신부의 가슴만이 격렬하게 고동하고 있었다.

계남이 겨우 '꿈만 같소이다'라고 말했다.

그러자 숙랑이 붓을 들어 흰 종이에 다음과 같이 썼다.

'結髮爲夫妻 恩愛兩不疑'결발위부처 은애양불의

성인成人이 되어 부부가 되었으니 그 은혜와 사랑을 의심하지 않는다는 뜻이었다.

계남이 감격해서 말했다.

"은혜는 하늘이 내게 주신 것이고 사랑은 땅이 주는 것이오. 우리 이 인연을 소중하게 합시다."

다시 숙랑이 붓을 들었다.

'與天地無窮'여천지무궁

천지와 더불어 무궁하리라는 다짐이었다. 계남이 숙랑의 손으로부터 붓을 받아 책상 위에 놓고 숙랑의 옷고름을 풀기 시작했다. 겉옷을 벗기고 속곳만 남았을 때 버선을 벗겼다. 숙랑의 머리가 계남의 가슴에 기울어졌다. 계남은 숙랑을 안아 뉘었다.

누가 가르친 것도 아니고 가르침을 받은 것도 아닌데 운우雲雨의 정사는 봄이 오면 꽃이 피고 여름이면 녹음이 짙게 되고 비와 더불어 노래 부르고 자연을 닮아 진행되었다.

계남은 숙랑에게 자기의 사랑을 보고, 숙랑은 계남에게 자기의 숙명을 보았다.

"내가 이 세상에 지킬 것을 비로소 얻었소."

황홀한 감동에서 깨어나며 홍계남이 한 말이다. 숙랑의 얼굴에 묻는 표정이 있었다.

"그것은 당신이오."

숙랑의 화사한 얼굴이 행복하게 빛났다. 손가락으로 계남의 등에 쓴 글은 "나두요" 하는 것이었다.

이 밤 달은 중천에 교교하게 밝았다.

인생이 무엇인가 하는 것을 알았다. 계남은 아침 밥상을 받는 자리에서 숙랑에게 말했다.

"어젯밤에도 말했거니와 나는 내 평생에 지킬 것을 얻었소. 당신 앞에 지킬 어머니가 있습니다만, 어머니에겐 아버지가 있었소. 내 어머니는 노비나 다름없이 갖은 수모를 당하는데도 아버지가 계시는 가까운 곳에 있어야 하겠다고 했소. 아버지 역시 사정이야 어떻건 내 어머니를 자기의 아내라고 했소. 그리고 보니 나는 천하의 유일자唯一者요, 의탁할 곳 없는 고독자孤獨者였소. 그런 처지에 당신을 만났소. 내가 평생을 두고 지켜야 할 사람을 만났단 말이오."

숙랑은 고개를 떨구고 옷고름으로 눈물을 씻더니 붓을 들었다.

'感之得之 無餘恨감지득지 무여한 相逢卽時 人生了상봉즉시 인생료'

그리고는 보일까 말까 웃음을 띠곤

'少女不只百年婢소녀부지백년비'

라고 썼다.

아침 밥상을 물리고 계남이,

"나는 오늘 우리의 일가인 성민 대감을 만날까 하오."

하고 일어섰다.

숙랑이 바쁘게 '유청무언'唯聽無言이라고 쓴 글을 들고 따라 일어섰다.

홍성민을 만나면 듣기만 하고 말하진 말라는 뜻이었다.

그 길로 홍계남이 하석과 함께 회현동으로 가서 그 집을 찾아갔다.

계남과 성민은 초대면이었다. 서로 같은 대수代數임을 확인하고 성민이 말했다.

"내가 자네에겐 형으로 되는구나."

성민이 율곡의 유언을 전하고, 그 때문에 편지를 썼노라고 하곤,

"자네가 좀 일찍 나를 찾아야 하는 건데."

하고 한숨을 쉬었다.

"만나 뵌 것만으로 망극하옵니다. 왜 한숨을 쉬십니까?"

"작년에만 자넬 만났더라도 내가 천거할 자리가 있었더니라. 그런데 지금은 여의치 않구나."

"제 걱정일랑 마시옵소서. 저는 벼슬이나 자리를 원치 않사옵니다."

"자네 기개는 안다. 그러나 부재기위不在基位이면 불위소능 不爲所能이니라. 네가 아까워서 하는 말이다."

"한데 형님의 소처는 어떠하옵니까?"

"나의 소처는 부운浮雲이다. 바람 따라 갈 작정이다."

"동인들의 행패가 그처럼 심하옵니까."

"동인, 서인하고 들먹이는 것만도 아니꼽다. 동인은 부동인不東人이고 부서인不西人이다. 사람들이 제대로 정신을 차리지 못하는 소치이

232

지 별달리 거론할 게 못 되느니라. "

"그러나 형님, 돼먹지 못한 놈을 말해 주사이다. 제게 힘이 있는 것이 무슨 소용 있으리까. 한이나 풀고 죽고자 하옵니다. "

홍성민은 그렇게 말하는 계남을 입을 다문 채 바라보고만 있었다.

"심의겸과 친했다는 것이 무슨 죈가?"

홍성민이 혼잣말로 중얼거렸다.

"그 때문에 또 무슨 말썽이 있는 겁니까?"

"심의겸이 귀양살이를 하게 되지 않았는가. 그것이 계기가 된 걸세. 심의겸이 죄인이 되었은즉 심의겸과 교의가 있던 사람들도 모조리 죄인이라는 거지. 그렇게 뒤집어씌우려고 야단들이다. "

"특별히 서두르는 자가 누굽니까?"

"이발이란 놈이다. 겉으론 번들번들 꾸미고서 음흉한 속셈을 드러내고 있으니, 쯧쯧. "

"그렇다면 계함(정철) 선생님의 마음도 편하시지 않겠군요. 미리 선수를 칠 순 없습니까?"

"심의겸에게 벌주는 것을 막아야 했는데 그러지 못한 게 한이다. "

"그렇다고 가만 앉아서 화를 기다리고만 있을 수 없지요. "

"될 대로 되라고 할 수밖에 없지. 놈들과 아득바득 싸울 수도 없고. 아무튼 난 상관없다. 걱정은 나라의 꼴이지. 이런 꼴로 나라가 어떻게 부지되겠는가. 북쪽이 시끄럽다는데 말이다. "

"미구에 난리가 날 거란 말이 항간에 떠돌기도 합니다. "

"그건 그렇고 자네에게 도움을 주지 못해 섭섭하구나. 숙헌叔献이 자네 걱정을 하고 간절하게 내게 부탁했는데…. "

"제 일로 마음을 쓰시진 마옵소서."

하고 계남이 이영의 이름을 들먹여 병조에 말직末職을 얻을 수 있을 것 같다는 얘기를 했다.

"이영? 이영이 누굴까?"

홍성민이 고개를 갸웃했다.

"무위무관한 선비로 보았습니다만, 대궐과 통하는 줄이 있는 듯했습니다."

"정체 불명한 사람이 임금의 측근에 있다고 들었는데, 그럼 그 사람이 이영인가? 그래 그 사람이 무슨 자리를 마련해 주겠다고 하던가?"

"사맹司猛을 시켜주겠다는 얘기였습니다."

"사맹? 사맹이면 정 8품이 아닌가."

"그렇다고 들었습니다."

"안 되네, 그건. 무과武科를 거치지 않고 그런 자리에 앉는 건 좋지 못해. 남의 시기를 받을 뿐이니 그분의 호의를 받아들인다고 해도 부사용副司勇쯤의 자리를 달라고 하게. 부사용은 종 9품이니 그만해도 이례異例의 발탁이라고 할 수 있으리니."

"예, 잘 알겠습니다."

"자네도 알겠지만 이순신李舜臣이란 무인武人이 있으니, 기골장대하고 출중한 사람이다. 그런데도 그 사람의 직계職階는 봉사奉仕이다. 종 8품의 봉사란 말일세. 나이도 자네보다 10여 세 연장이고 당당한 무과 출신인데도 지금 그 직에 불평 없이 복무하고 있다. 그런 상황인데 자네가 사맹이 될 수 있겠는가. 설혹 시켜 준다고 해도 고사固辭하는 것이 도리니라."

234

"잘 알겠습니다."

홍성민은 그 밖에도 갖가지 교훈을 주곤 계남이 물러나올 때 50냥의 돈을 쥐어 주었다.

사맹 벼슬을 굳이 사양하는 계남을 말끄러미 바라보더니, 이영이 고개를 끄덕이며 흐뭇해했다.

"내가 사람을 잘 보았구나. 분수도 모르고 날뛰는 사람이 많은 가운데 홍 공이야말로 진군자眞君子라고 할 수가 있다."

하고 사용司勇의 자리를 계남을 위해 마련해 주었다. 사용은 오위五衛에 속하는 말직이지만 정 9품이다.

국록을 먹는 신분이 된 홍계남은 기쁘기 한량이 없었다. 안성의 아버지에게 편지를 보내고, 어머니에게 갑사 한 필을 선물로 보냈다.

그런데 계남의 하루하루는 기대한 바와는 달리 그다지 유쾌하지 않았다. 기강이 해이한 것은 물론 모두들 다투어 게으름을 부리고 부정한 수입을 탐하기만 했다. 그것까지도 좋은데 애써 직무를 충실하게 하려고 하면 이단시異端視하여 사사건건 방해를 놓았다.

어느 날이다. 홍계남 사용이 자기 막하에 있는 군졸을 모아 보았더니 모인 자가 반수에 미달했다. 계남은 군졸의 근무평정勤務評定을 할 양으로 결석자의 명단을 작성하여 상사上司에 올렸더니 상사는 그 문서를 눈여겨보지도 않고 함 속에 넣어 버리곤 자물쇠를 잠갔다.

"결석자를 견책해야 할 것 아닙니까."

"부하를 아낄 줄 알아야 한다. 살아가기가 힘들어 어쩌다 소집에 응하지 않는 자를 일일이 따져 벌을 주면 너무나 가혹하다. 그 정도의 것은 눈감아 주는 게 당연하니라."

"부하를 아끼는 것도 좋고 소소한 결점엔 눈감아 주는 것도 좋지만 군졸의 의무는 지켜야 할 것 아닙니까. 의무를 지키는 가운데 아량이 필요한 것이지 의무를 포기한 자를 벌하지 않는다면 기강이 서질 않습니다. 군졸에 기강이 없으면 오합지졸과 다를 것이 무엇 있겠습니까."

계남이 얼굴을 붉혀 가며 항변했으나, 상사는 그냥 일갈했다.

"자기만 똑똑한 척, 자기만 정당한 척 말고 물러나라."

계남은 울분을 참고 돌아설 수밖에 없었으나 그날 밤 이영을 찾아 자초지종을 얘기하고 해이한 기강을 개탄했다.

이영은 조용히 듣고 나서 충고했다.

"홍 공, 서둘지 말고 모가 나지 말게. 대세를 혼자서 바꿀 순 없다. 자네 할 일이나 하고 상사와 다투지 않도록 하게. 하도 각박한 세상이 돼 놓아서 자네가 모함이나 당하지 않을까 두렵다."

그리고는 이영이 몰래 임금님에게 그 사실을 알린 모양으로 얼마 후 계남의 상사가 호된 꾸지람을 당했다.

계남의 상사 오준吳俊은 그 일 때문에 계남에게 원한을 품었다. 계남이 고자질을 일삼는 비겁한 놈이란 소문을 퍼뜨리기 시작했다. 동료들과 부하들이 계남을 보기만 하면 슬슬 피하는 눈치를 보였다. 심지어는 '출생을 속일 수가 없다'는 말까지 나돌게 되었다.

직무에 충실하려 하면 동료의 시기를 받고, 동료의 시기를 받지 않고 그들과 어울리려면 해이한 기강 속에 흥건히 젖어 들어야 하는 판이니 홍계남의 비위에 맞을 수 없었다. 그런 데다 사용도 하나의 벼슬이라고, 원래부터 있었던 사람들의 질시嫉視가 심했다.

"저건 동인의 연줄인가, 서인의 연줄인가."

하고 숙덕이는 말이 들리기도 했다.

모처럼 얻은 자리였지만 오래 지탱할 것 같지 않았다. 홍계남은 홍성민이 출중한 인물이라고 칭찬했던 이순신을 찾아보기로 하고 어느 날 훈련원으로 갔다. 병술년도 저물어 가는 겨울날 저녁나절이었다.

훈련원 앞뜰에 모닥불을 피워 놓고 군졸 4, 5명이 둘러서서 잡담을 하고 있었다. 기강이 해이한 것은 매양 마찬가지였다.

계남이 가까이 가자 군졸의 하나가 물었다. 계남의 복색을 보고 알았던 모양이다.

"보아하니 오위의 사용님이신데 무슨 일로 오셨소?"

"봉사에 이순신이란 어른이 있다고 들었소."

그 사나이는 고개를 갸우뚱했다.

"그런 봉사 없는데요."

그러자 모두들 이순신이란 이름은 듣도 보도 못했다고 했다. 계남은 무안을 당한 기분으로 노려보다가 말했다.

"한번 잘 생각해 보라."

홍성민이 터무니없는 소리를 할 까닭이 없기 때문이다.

"훈련원에 봉사가 몇이나 된다고 그래요. 심 봉사, 노 봉사 둘밖에 없는데요."

하고 한 사람이 퉁명스럽게 말했다.

"이상하군."

계남이 혼잣말을 했다.

그때 한구석에 쭈그리고 앉아 말이 없던 노군졸老軍卒이 입을 열었다.

"3년 전쯤에 그런 봉사가 있었지."

"그럼 지금 어디에 있습니까?"

"재작년 함경도로 가서 참군參軍이 되었는데 부친상父親喪을 당했다고 하던데요."

상을 당했으면 관직에 있지 않을 것이다. 그러나 재작년에 상을 당했으면 탈상 때가 되지 않았는가. 홍계남이 아쉬운 마음으로 그 자리를 물러서 나오는데 아까 그 늙은 군졸이 따라 나오며 물었다.

"그 어른의 소식을 꼭 알고 싶수? 그럼 날 따라오시오. 이순신 참군과 친하게 지낸 사람이 있는 곳을 내가 아오."

그 늙은 군졸이 계남을 데리고 간 곳은 훈련원에서 지척인 남정동籃井洞에 있는 다 쓰러져 가는 집이었다.

"이 참군의 소식을 알고자 하는 사람을 데리고 왔어."

하고 군졸이 말하자 방안에 인기척이 있고 관솔에 불이 켜졌다. 그리고 방문이 열리더니 들어오라고 했다.

나이는 쉰이 넘었을까, 희미한 불빛으로도 병자임이 완연했다.

"나는 이수상이라고 하오. 이렇게 누추한 곳에 어찌."

계남은 썰렁한 방에 꿇어앉아 통성명을 하고 자기가 찾아온 뜻을 공손하게 아뢰었다.

늙도록 군졸로 있다가 병으로 물러설 수밖에 없었다는 이수상은 이순신과는 같은 고향이라고 했다.

"세상이 잘되려면 그런 어른이 기를 펴고 살 수 있어야 하는데….."

하고 말꼬리를 흐렸다.

"무슨 까닭으로 그 어른을 찾으오?"

계남은 오위의 사용으로 있음을 전제하고, 해이된 군기 속에 살기가 역겨워 훌륭하다는 소문이 난 어른을 찾아 하교下敎를 받으려 한다는 뜻을 솔직하게 말했다.

"군졸이란 원래 그러한 것이오."

이수상은 이렇게 말하고 한참을 망설이다 다음과 같이 털어놓았다.

"이순신 어른의 얘기는 뒤에 하기로 하고 내 젊은 군관에게 한마디 하겠소이다. 상탁하부정上濁下不淨이란 말이 있지요? 상이 탁하고 썩어 있는데 아랫사람들만 깨끗해야 하오? 군졸이 무슨 신명으로 기강을 준수하겠소. 처자들은 배가 고파 항상 처량한 몰골이오. 누구를 위해 무엇을 하자는 기강이오. 당상堂上에선 매일 당파싸움으로 서로 벼슬을 차지하려고 환장하는데, 굶주린 창자를 움켜쥐고라도 군졸들만 기강을 지켜야 하오? 썩어가는 나라인데 썩어가는 나라라도 지켜야 하오? 나는 내 명이 얼마 남지 않은 것을 알고 있소. 그런 까닭에 두려울 게 없소. 지금 내 꼴을 보시오. 아내는 작년에 죽고, 아들은 재작년에 싸움터에서 죽었소. 그런데 내게 죄가 있다면 스무 살에 군적에 들어가 이날 이때까지 군졸로서 나라의 심부름을 했다는 것뿐이오. 바로 이 내 꼴이 군졸들의 거울이 되는 거요. 어제 비참하기 한량이 없었고, 오늘 비참하기 짝이 없고, 내일은 더욱더욱 비참하게 될 군졸들이 무슨 바람으로 기강을 엄히 지키겠소. 당신의 부하가 명령이 있었는데도 모이지 않았다면 그 사이 품팔이 갔거나, 앓고 누웠거나 했기 때문이오. 그런 사정을 몰라주고 명령을 안 듣는다고 벌을 내리면 어떻게 되겠소. 당신의 상사는 군졸들에게 뭔가를 얻어먹고 눈감아 준 것이 아니라 딱한 사정을 아니까 눈을 감아 줄 수밖에 없었던 것이오. 나도 우리의 군졸들이 이래선 안 된다는 것을 모르는 바 아니오만, 어떻게 할 수 없는 일 아니오. 언제 죽을지 모르는 군졸을 이렇게 대접할 수 있소? 굶주린 창자로선 충성忠誠도 못하오…."

홍계남은 멍청해졌다. 그러다가 차츰 노군졸 이수상의 말에 일리가 있다고 느꼈다. '내가 잘못 안 것이로구나' 하고 뉘우침도 솟았다.

"초면에 내 말이 너무 과했던 것 같소이다."

"아닙니다. 부끄럽습니다. 내가 세상의 물정을 모른 탓이었소."

홍계남의 말은 어디까지나 공손했다.

"하기야 젊은 사람이, 뜻하는 바 있어 군문에 들어온 사람이 해이한 군기를 보고 예사로 여긴대서야 말이 되겠소. 사정을 알아보면 그렇게도 된다는 얘기지, 젊은이를 탓하는 것이 아니오. 그들이 당신을 시기한다고 하나 그게 당연하지 않소. 배불리 먹고 얼굴에 기름기가 흐르는 청년이 남의 사정 모르고 괜히 기세를 부린다고 그들은 생각할 것 아뇨. 당신의 상사도 그렇지. 불쌍한 부하들을 덮어 주는 것을 상부에 고자질했다 싶으면 야속한 생각이 들지 않겠소?"

"나도 결코 고자질한 것은 아닙니다."

"끝이 그렇게 되어 버린 것 아니오. 누가 남의 사정을 샅샅이 안답디까. 내일부터는 그들을 동정하는 눈으로 보고, 동정하는 마음으로 말도 하시오. 그렇게 해서 정을 붙이도록 해야 합니다. 정은 없이 위령威令만 세우려고 하면 면종복배面從腹背가 십상팔구하는 것이 세상이며 인심이오. 정情과 위威가 병행해야 정병精兵이 되는데 앞서는 것은 정

이지오. 헌데 이순신 주부로 말하면 군졸과 더불어 마음으로 동고동락
同苦同樂할 줄 아는 어른이오. 장수의 그릇이지요. 세상, 아니 나라가
그 어른을 몰라보니 참으로 딱하오."

"지금 그 어른은 어디에 계십니까?"

"금년 1월에 사복시司僕寺 주부主簿로 계시다가 지금은 함경도 조산
보造山堡 만호萬戶로 계시는 것으로 아오."

"함경도는 지금 오랑캐 때문에 대단히 시끄럽다고 들었는데 …."

"전지戰地가 무인武人의 본령本領이니, 그런 거야 상관없겠지만 …."

이수상이 한숨을 쉬었다.

"병만 나지 않았더라면 나는 이 주부를 따라 함경도엘 갔을 텐데….
내 이미 늙었으나 같이 모시고 그 어른의 눈이 되고 귀가 되어 마지막
봉사를 하려던 뜻을 이룰 수 없이 누추하게 죽을 것을 생각하니 한숨이
저절로 납니다."

"빨리 쾌차하셔서 좋은 날을 보셔야죠."

"좋은 날?"

이수상은 힘없이 웃었다.

"그런데 출중하다고 소문난 그 어른의 벼슬이 왜 그처럼 낮을까요?"

계남이 가장 궁금한 대목을 물었다.

주부라면 종6품밖엔 되지 않는다. 42세에 주부라면 아무래도 억울
하고, 더더구나 변지邊地의 만호라면 보잘 것 없는 직책이다.

"그 까닭은 나도 알고 싶소. 조정 중신들의 눈이 썩은 명태 눈깔만도
못한 거지. 그 어른의 강직함이 어떻게 간신들이 우글거리는 조정에서
견디어 낼 수 있었겠소."

하고 이수상이 다음과 같이 얘기했다.

이순신이 함경도 동구비보董仇非堡에 권관權官으로 부임한 것은 32세. 권관이란 지금으로 말하면 일개 소대장의 직위이다. 그러나 이순신은 불평하지 않고 3년 동안 그 직책을 충실히 지키다가 35세 때 돌아와서 훈련원의 봉사奉事가 되었다. 봉사란 요즘으로 말하면 인사계장쯤 되는 직급이다.

그때 서익徐益이 병조정랑이었다. 정랑이면 요즘으로 말해 중앙정부의 국장급이다. 서익은 이순신보다 3살 위였지만 직급은 7등급이나 높았다. 이순신이 중위中尉에 해당한다면 서익은 대령이나 중장에 해당하는 것이다.

그 서익이 자기 아는 사람을 참군參軍으로 승진시키려고 하자, 이순신이 단연 거부했다. 인사원칙에 어긋난 정실인사情實人事였기 때문이었다. 서익은 상관으로서의 위세를 내세워 이순신의 주장을 꺾으려고 했으나 끝내 자기 마음대로 되지 않자 그때부터 이순신에게 적의敵意를 가지게 되었다. 몇 년 후 이순신이 전라도 발포의 만호로 재임 중 서익은 군기경차관軍器敬差官으로서 내려와 터무니없는 트집을 부려 허위 보고함으로써 이순신을 파직시켰다.

"그러나 곧 억울함이 판명되어 다시 직책이 붙기는 했으나 그건 3년 전에 있었던 봉사직奉事職이었소. 38세에 봉사라니 그게 웬 말이오. 사리사욕만 좇는 서익은 35세 때 벌써 병조정랑이었는데 말이오."

이수상이 이처럼 투덜대면서 이순신이 당한 억울한 일들을 다음다음으로 열거했다. 그리고는 '맑고 곧은 사람이 행세할 수 없는 더러운 세상…' 하고 개탄해 마지않았다.

"영감님의 얘기를 듣고 보니 자신이 없어지는구료."

홍계남의 실감이었다.

"보아하니 젊은이는 얼굴이 준수하고 오복이 두루 갖추어진 사람 같소. 그만한 일에 의기저상해서야 쓰겠소. 이 참군도 견디고 참으며 살았다오."

이수상은 이순신에 관해 다음과 같은 얘기를 했다.

"그 어른이 두 번째 봉사직을 맡았을 때였소. 어느 날 우연히 건천동乾川洞의 댁으로 갔었죠. 그때가 추석이던가? 이 봉사는 날 보자 대단히 반기며 쌀 한 말과 굴비 한 두름을 가지고 가라는 거였어요. 굳이 사양하니까 그걸 내가 가지고 가지 않으면 버려야 한다는 겁니다. 까닭을 물었더니 어떤 고관 댁에서 보내온 것인데, 그걸 도로 돌려보내면 괜히 청백淸白을 뽐내는 것 같고, 집에 그냥 두긴 어쩐지 불결해서 망설인다는 거였습니다. 그러니 내가 그걸 가지고 가면 봉사님께서 마음이 꺼림할 것도 없다는 간곡한 부탁이지 뭡니까. 아무튼 그 어른은 그렇게 마음을 쓰는 분이었습니다. 강직하고 자상했습죠."

홍계남은 그 얘기를 듣고 깊은 감동을 받았다. 예삿일 같으면서도 결코 예삿일로 생각할 수 없었기 때문이다. 달갑지 않은 물건을 받았을 때 그냥 그것을 도로 돌려주는 것은 용이한 일이다. 그냥 받아 놓는 것도 간단한 일이다. 그러나 이순신은 간단하게 그 일을 처리하기엔 너무나 마음이 깊었다.

홍계남은 단 한 가지 얘기만으로도 많은 것을 배웠다고 생각했다. 정과 의리를 고루 행하고 사는 인생이란 얼마나 아름다운 것인가. 정情

과 위威를 병행하면 얼마나 떳떳한가.

주위를 둘러보면 세상은 너무나 삭막하다. 세상은 너무나 험하다. 박빙여리薄氷如履하는 경각심으로 살아야 하는 이 세상에서 어떻게 정과 의리를 다할 수 있을까.

그날 밤 집으로 돌아가서 홍계남은 숙랑에게 요즘 있었던 일을 곁들여 그의 복잡한 심정을 말했다. 숙랑은 주의 깊게 말을 듣더니 종이를 펴고 다음과 같은 뜻의 글을 썼다.

'음지에서 사는 소녀에게 어찌 양지에서 일어나는 일을 두고 이렇다 저렇다 할 소견이 있겠습니까만, 여인지교與人之交에 사단事端이 일고, 그 사단으로 인하여 화禍가 생긴다는 것은 대강 짐작하겠습니다. 그러나 화를 피하기만 하고 살려면 그다지 어려운 일은 아닙니다. 귀불歸佛의 길도 있사옵고, 습선習仙의 길도 있사옵고, 세상을 염리厭離하고 산곡에서 초부樵夫의 노릇을 하는 것도, 귀전歸田하여 청경우독晴耕雨讀하는 길도 있사옵니다. 그러하오니 당신께서 기어이 화가 겁이 난다면 오빠와 의논하여 전리田里로 돌아감이 어떠하올지.'

계남이 웃으며 답했다.

"임자께서 전리의 사정을 몰라 하는 말이오. 전리에 살려면 간악한 소리小吏 때문에 편할 날이 없소이다. 게다가 가렴과 주구는 어떠하구요. 더욱이 요즘과 같이 물정이 소연한 시국엔 쌀을 내라, 베를 내라, 병정을 내라 하여 극서에 대한 응수만으로도 심신이 피곤합니다. 하물며 나와 같은 처지에 있는 사람은 당해 낼 방도가 없소이다."

숙랑이 보일까 말까 한 웃음을 띠고 다음과 같이 썼다.

'不似丈夫言'불사장부언

"미안하외다."

계남이 얼굴을 붉혔다.

숙랑이 다시 다음과 같이 썼다.

'雖夜暗風烈 可期淸明日' 수야암풍열 가기청명일

이튿날 홍계남은 사정司正 오준을 찾아가서 사과의 말을 올렸다.

"전일의 저의 소행은 하나를 알고 둘을 모르는 천박한 견식의 소치였습니다. 비로소 사정 나리의 깊은 뜻을 깨닫게 되었습니다."

오준은 홍계남을 말끄러미 바라보더니 교자에 앉으라고 했다.

"홍 사용이 한 일은 정당한 일이고, 내가 한 일은 사정私情에 치우친 일이었는데 사과를 하다니 웬 말이오."

"그 사정은 깊은 아량에서 나왔다는 것을 깨달았다는 뜻입니다."

계남의 말은 어디까지나 공손했다.

"그렇게 알아주니 다행이군. 군軍에서는 기강이 제일이오. 그걸 낸들 모르겠소. 그러나 기강은 상上에서 비롯되어야 하는데 우선 양곡의 체불이 한두 번이 아니오. 상시하솔上侍下率하는 군졸들에게 제때 양곡을 주지 못하면서 어떻게 하졸의 기강을 운운할 수 있겠소. 그래서 나는 우리 군졸들을 기강으로 다스릴 것이 아니라 정으로 친하려고 한 거요. 정으로 맺어지면 일조에 기강을 돌이킬 수 있지만, 정은 없이 기강으로만 다스리면 아주 어려울 때 그 기강은 허물어지고 마오. 그래서 나는 부하들의 잘못을 덮어 주려 했던 거요. 알았소?"

"그러한 깊은 뜻을 알았기에 사과를 드리는 겁니다."

"그럼 잘됐어. 홍 사용이 그렇게 나오니 나도 솔직하게 말하겠소. 실은 나는 홍 사용을 변방으로 베어 내려고 마음먹고 이렇게 회장廻狀을 쓰던 참이오. 물론 홍 사용의 뒤엔 큰 연줄이 있어 수월하게 내 마음대로 되진 않겠지만 그래도 나는 기어이 그렇게 할 참이었소. 홍 사용 하나 때문에 정으로 겨우 뭉쳐 놓은 부서에 틈서리가 생길 염려가 있어서 말이오. 당신이 그릇된 사람이라면 그렇게까지 하지 않아도 될 것이지만 당신이 옳은 행동을 함으로써 그런 결과가 날 것이니 심히 두려웠던 것이오. 그러나 홍 사용의 말을 이제 들으니 그럴 것까지 없다고 생각하게 되었소."

하며 문갑에서 쓰다 만 문서를 꺼내 찢었다.

"고맙습니다."

"고마울 것도 없소. 앞으론 군졸들과 인화人和를 취하도록 각별 노력하시오."

하는 오준의 준절한 말이 있었다.

정으로 맺어져 있으면 일국에 기강을 돌이킬 수 있지만, 정이 없는 기강은 어떤 경우에 처하기만 하면 창졸간에 무너진다는 그의 말은 두고두고 홍계남에게 교훈이 되었다. 후일 그가 명장名將이란 소리를 듣게 된 까닭도 그 교훈 덕택인지 모른다.

오 사정 앞에서 물러난 홍계남은 자기에게 속한 군졸들을 모아 그날 밤 회식會食을 했다. 화和와 정情으로 부하들을 통솔하자 저절로 기강이 섰다. 계남의 나날은 평온하고 유쾌하게 흘러갔다. 부하들로부터 듣는 얘기도 다채로웠다. 그중엔 나인內人들과 통하는 사람들도 있어 궁금치 않게 지밀至密에서 새어 나온 소식도 있었다.

어느 날 밤 군졸 몇 사람과 술을 마시게 되었는데 그 자리에서 군졸

246

하나가 이렇게 말을 꺼냈다.

"사용님, 지금 임금님의 아들이 몇이나 되는지 아십니까?"

"글쎄, 7, 8명 되는 것 아닌가."

"어럽쇼. 왕자만 해도 열셋이랍니다."

"열셋, 그렇게나 많은가?"

"게다가 옹주翁主가 열이라고 하니, 도합 스물셋의 자녀를 두었다, 이겁니다. 나이 아직 40 이전이니 환갑까지 산다고 치면 근 백 명 되지 않을까 합니다."

"정사는 안 보고 아이만 만들고 있는 개비여."

다른 군졸 하나가 좌중을 웃겼다.

"정사는 대신들이 할 것이니 임금은 아이만 만들어도 되겠지 뭐. 왕자호색王者好色은 고래로 있는 일이고, 대국의 황제는 후궁 3천 인을 거느린다고 하지 않는가."

하고 제법 견식을 자랑하는 군졸도 있었다.

애기가 이렇게 되면 음담패설로 흐르게 마련이다.

임금이 후궁들과 정사할 땐 내시內侍인 녹사綠事가 옆방에 앉아 그것을 기록한다는 애기, 그 까닭은 어린애를 뱄을 때 진부眞否를 대조하기 위해서란 것, 아무리 불알이 없는 내시일망정 정사하는 소리를 듣고 있으면 마음이 울렁울렁할 것이란 애기 ….

"조청주언鳥聽晝言 야청서언夜聽鼠言이라고 하느니라. 더욱이 임금님을 모독하는 언사는 좋지 못하다."

애기들이 문란하게 되자 홍계남이 준절히 제동을 걸지만 일단 불이 붙은 음담을 꺼 버리긴 쉽지 않았다. 음담이 한 단락을 지으면 으레 김

귀인金貴人이 화제에 올랐다. 당시 임금의 총애를 독차지하였기 때문이다.

"김 귀인이 그처럼 일색인가?"

"그보다 잘난 후궁도 많은데 김 귀인이 특히 총애를 받는 건 수단이 비상한 때문이야."

"예끼, 이 사람."

중구난방으로 이런 얘기가 터져 나오다가 화제는 김공량金公諒으로 옮아갔다. 별좌 김공량은 누이 김 귀인이 임금의 총애를 받는다는 사실에 편승하여 안하무인격으로 세도를 부렸다. 대신들 가운데서도 그에게 아첨하는 사람이 적지 않았다고 하면 그 세도를 대강 짐작할 만하다.

"김공량 같은 놈이 세도를 부리게 놓아두는 걸 보면 임금님도 딱해." 하는 소리까지 나왔다.

홍계남은 언젠가 종로에서 별좌의 신분으로 구종별배驅從別輩를 거느리고 가마를 타고 가는 김공량의 위풍당당한 모습을 보고 느꼈던 불쾌감을 회상했다. 이 군졸, 저 군졸의 입에서 김공량의 비행에 관한 이야기가 쏟아졌다. 그 가운데서도 특히 황도현이란 50고개를 넘은 군졸이 흥분했다.

"그놈은 자기 배때기를 채우려 북쪽으로 군량미를 노략질한 놈 아닌가. 그걸 평안감사도 알고, 병조판서도 알고, 영의정도 알고 있는 거라. 그런데도 치죄治罪하기는커녕 한마디 나무라는 말도 없으니 이놈의 세상이 망하지 않고 배기겠는가."

"김 귀인의 비위를 거스를까 봐 모두들 안절부절못하는데 누가 감히 발설이라도 하겠나. 그러나 두고 보라고. 세불백년勢不百年, 권불십년

248

權不十年이라고 하잖는가."

취기가 돌자 군졸들의 입은 자꾸만 험해져 갔다. 계남은 그들의 얘
기를 흘려들으면서도 군졸들의 존경을 받지 못하는 왕실王室의 운명이
눈에 보이는 것 같았다.

'그런 까닭에 역모사건이 빈번하게 일어나는 것이다' 하는 감회도 있
었다. 인심이 조정을 떠나 있다. 그러니 역모가 성공만 하면 인심을 모
을 수가 있다는 짐작이 틈만 있으면 역모를 하려는 충동으로 나타나는
것일 게다.

이어 화제는 동궁책립東宮冊立의 문제로 옮아갔다.

"정실에 왕자가 없고 측실에서 낳은 아들들만 십수 인이니 한바탕 피
바람이 불 것이로구먼."

황도현이 말을 이렇게 꺼내 놓자 좌석은 다시 중구난방이 되었다. 아
닌 게 아니라 군졸들이 떠들어 댈 만한 원인은 있었다. 김 귀인이 낳은
네 아들 말고도 공빈恭嬪이 낳은 임해군臨海君, 광해군光海君이 있었고,
순빈順嬪이 낳은 순화군順和君, 정빈靜嬪이 낳은 인성군仁城君과 인흥군
仁興君, 정빈貞嬪이 낳은 경창군慶昌君, 온빈溫嬪이 낳은 흥안군興安君,
경평군慶平君이 있었다. 후에 계비繼妃가 영창대군永昌大君을 낳게 되지
만 군졸들이 떠드는 그 무렵엔 아직 존재하지 않았다.

"임금은 김 귀인의 소생 가운데서 동궁을 책립코자 할 거야."

"아냐, 뭐니뭐니 해도 장유유서長幼有序니까 공빈 소생의 임해군과
광해군 사이에서 결판이 날 거라."

"공빈과 김 귀인 소생을 다 물리치고 순빈 소생의 순화군을 책립할지
도 모른다."

아무튼 피바람이 일 것은 필지의 사실이었다. 조선왕조의 생리에 참극의 씨앗이 내재內在된 것이다.

임금은 여전히 호색의 꿈길에 있었다. 벼슬아치들은 당파싸움을 하느라고 목에 핏대를 올리고 있었다. 별의별 상소가 몰려 들어오기도 했다. 그래도 한양은 태평연월太平烟月이었다.

계남의 생활에도 별다른 변함이 없었다. 직장엘 나가면 동료와 부하들과 친화했고, 집으로 돌아오면 숙랑의 사랑이 지극했다. 날마다 어머니에게 정성껏 선물을 보내어 봉친奉親하길 잊지 않았다.

그러나 정해년丁亥年 선조 20년에 접어들자 왠지 모르게 수상한 징조가 보이기 시작했다. 2월에 왜선倭船이 흥양경興陽境을 침범했는데 그 규모가 종전과는 달랐고, 피해 또한 막심했다. 한편 함경도 경흥慶興에선 호적胡敵과의 결전決戰이 있었다. 그런데 이 결전이 홍계남에게 충격을 준 것은 계남이 흠모하던 이순신이 패전했다는 죄로 하옥되었다는 소식이 들려왔기 때문이다.

그 상황은 다음과 같았다.

이순신이 조산보의 만호가 된 다음 해, 즉 정해년 8월, 녹둔도鹿屯島의 둔전관을 겸하게 되었다. 녹둔도는 두만강이 바다로 진입하는 어귀에 있는 작은 섬으로서 경흥에서 남쪽으로 60리쯤 떨어져 있었다.

이순신이 부임하고 보니 녹둔도를 지키기엔 병력이 모자랐다. 그래 이순신은 북병사北兵使 이일李鎰에게 증병增兵을 요청했다. 그러나 이일은 이순신의 요청을 번번이 묵살했다.

가을 어느 날이었다. 사송아沙送阿, 갑청아甲靑阿를 두목으로 한 오랑캐들이 대군을 이끌고 쳐들어왔다. 그날은 안개가 짙었다. 게다가 군사들은 벼 베기에 열중하고 있었고, 목책木柵 안엔 겨우 10여 명의 군사가 있었을 뿐이었다. 그런 데다 적의 기습이었기 때문에 수효장 오형吳亨과 감독관 임경번林景蕃을 비롯해서 많은 전사자가 있었다.

뒤늦게 사태를 안 이순신은 유엽전柳葉箭을 쏘아 적의 예봉을 꺾는 동시에 퇴각하는 적들을 추격하여 볼모가 된 60여 명을 탈환하는 데 성공했다. 그러나 이순신도 이 전투에서 왼편 다리에 화살을 맞았다. 전해 오는 얘기에 의하면 이순신은 자기가 화살을 맞은 것을 군사들이 알면 사기士氣에 영향을 줄까 보아 주위의 사람들이 알지 못하게 화살을 뽑아 버리고 전투를 계속했다는 것이다.

그런데 북병사 이일은 녹둔도 패전의 책임을 지워 이순신을 죽이려고 형구刑具를 갖춰 놓고 이순신을 불러들였다. 이일의 군관 선거이宣居怡는 평소 이순신과 친하게 지냈던 사이라 명령을 전하곤 술이라도 한잔 마시고 들어가라고 했다.

이순신은 그 제의를 물리치고 태연자약하게 병사 앞으로 나아갔다.

이일이 호통을 쳤다.

"무슨 연고로 패전했는지 소상하게 알려라."

이순신은 결코 패전이라고 할 수 없음을 당당하게 진술하고, 이번의 사태는 번번이 증병을 요청했는데 들어주지 않은 이일 북병사에게 책임이 있다고 항변했다. 그리고는 덧붙였다.

"문서목록이 있으니 자초지종이 밝혀질 것이오."

이순신은 이일에게 증원병을 요청한 문서가 조정에서 검토되기만 하면 녹둔도 사건의 전말이 알려지고, 책임은 이 병사에게 있음이 밝

혀질 것이라고 말했다. 이일은 이순신의 하옥을 명하고 조정에 자기에
게 유리하도록 보고를 냈다. 이에 대한 임금의 결정은 이렇다.

"순신에게 패군의 책임을 지울 순 없다. 그러나 그에게도 잘못이 없
다고는 할 수 없은즉 백의종군白衣從軍케 하라."

나이 43세에 일개 군졸의 신분으로 복무하게 된 것이다.

녹둔도에서 전사한 오형은 사정 오준의 동생이었다. 그런 까닭에 오
준은 녹둔도의 사정을 누구보다도 소상하게 알고 있어, 그 일에 관해
분개하는 마음 또한 격렬할 수밖에 없었다.

"신상필벌信賞必罰이 군을 통수統帥하는 데 요체要諦이거늘 공을 세운
장수에게 그런 대접이 어디에 있느냐."

홍계남은 세상 일이 뜻대로 될 수도 없거니와, 옳은 방향으로 나가
지도 않음을 새삼스럽게 그리고 뼈저리게 느꼈다.

어느 날 밤 계남은 마침 찾아온 이영을 보고 이러한 느낌을 털어놓았
더니 이영의 말이 있었다.

"사람이 뜻하는 대로 산이 저기 있고, 강이 이리로 흐르는 것이 아닌
것과 마찬가지로 세상이 어디 우리 마음대로 되겠는가. 고개가 있으면
넘어야 하고 비탈이 있으면 피해야 하듯, 세상 따라 살아가면 그만이
지 무엇 때문에 불평하고 불만을 말하는가. 보다는 …."

하고 그는 다음과 같은 걱정을 했다.

"일본의 사신 귤강광橘康廣이란 자가 며칠 전 들어와서 조정은 그 때
문에 벌집을 쑤셔 놓은 것 같네."

계남도 일본의 사신이 와 있다는 사실을 알았지만 그 까닭을 모르던

차라 얘기가 난 김에 물었다.

"무슨 연유로 왔다고 합니까."

"일본과 우리나라 사이에 국교國交를 트자는 국서를 갖고 왔어."

"일본의 임금은 누구입니까."

"풍신수길豊臣秀吉이라고 하는 자야."

"일본인은 어떻게 생겼습니까."

"우리보다 체구가 조금 작을 뿐 외양은 별반 다른 데가 없지. 그런데 이번 사신으로 온 놈의 행동이 심히 방자하다고 하는구먼. 심지어는 너희 나라는 망하고야 만다는 말까지 함부로 했다고 하니 ···."

"그런 놈을 그냥 두어요?"

"나는 그런 욕설 따위는 대단하게 생각지는 않지만 그런 방자한 언동을 하게끔 한 바탕의 사실이 더욱 중요하다고 생각하네. 손님으로 와서 남의 나라를 함부로 욕하는 것은 놈이 죽을 각오를 한 셈인데 나로선 두 가지의 뜻이 있다고 짐작해. 그 하나는 자기가 죽음으로써 트집을 만들어 일본이 쳐들어오게 하겠다는 것이고, 다른 하나는 그러한 자기를 베어 없앨 만한 기골 있는 사나이가 없다는 것으로 우리를 얕잡아 볼 수 있다는 증거를 만들 참이 아닌가 하네."

"이러나저러나 좋지 못한 일이 아닙니까."

"그렇지. 나는 앞으로 어쩐지 큰 난리가 날 것만 같으이. 몇 해 전에도 현소玄蘇라는 일본 중놈이 우리나라를 밟아갔는데 그 족적이 수상했거든. 그자가 지낸 곳을 살펴보니 한 군데도 빠짐없이 전진戰陣의 요소가 될 만한 곳이었어. 속에 품은 저의가 없고서야 무엇 때문에 평탄한 대로를 두고 요험要險을 두루 살폈겠는가."

"그러하오네요."

"한데 이번에 온 귤강광이란 놈의 태도도 이상해. 그 방자한 언동은 차치하고라도 이놈은 우리 군사의 내정, 우리 군사가 가진 군기軍器 등을 살피는 눈치라. 그러한 끝에 한 폭언이 너희들 나라는 망한다고 하는 것이었다니 예사로 보아 넘길 일이 아니지 않는가."

"그렇게 사태를 위태롭게 보신다면 어찌하여 요로에 아뢰어 대비책을 강구하지 않습니까."

"자네도 알지 않는가. 조금이라도 귀에 익지 않는 말을 하는 사람이 있기만 하면 평지조풍平地造風하여 인심을 선동하는 짓이라는 규탄이 빗발치듯하는 세상인데 어찌 그런 말을 할 수 있겠는가."

"임금께 상소를 해서라도."

"말 말게. 조헌趙憲이 무엇 때문에 득죄得罪했는지 아는가. 내외의 정세가 위급하니 조정의 문란함을 바로잡아야겠다는 상소가 임금의 비위를 거슬러 놓았기 때문이네."

"그럼 임금님조차도."

"그리고 고래로 임금에겐 익은 감을 익었다고 해야지 '감이 익을 것이다' 따위의 말은 못하게 되어 있네."

"그건 왜 그렇습니까."

"지금 당장 먹지 못할 감을 들먹여 먹고 싶은 마음을 충동만 해서는 안 된다 그 말이며, 바다를 건너오는 배가 언제 뱃머리를 돌릴지 모르는데 앞질러 말했다간 임금의 심기만 불안하게 한다 이 말이네. 그러니 난세의 신표은 임금의 간청이 있고서야 비로소 입을 떼야 하는 것이거늘, 자네들의 스승 율곡으로 말하면 임금이 묻기도 전에 도도천언滔滔千言하여

254

이윽고 실총失寵한 것이 아닌가. "

"알 듯하옵니다. "

"그러나저러나 환란은 미연에 막아야 하는 것이거늘, 북방에 호적의 침노가 있고 남방에 왜적의 불안이 있는데, 억지로 태평성대를 뽐내려고 하니 가탄가탄이로다. "

"그건 그렇고 굴강광이란 놈은 살려 보내선안 되는 것 아닙니까. "

홍계남이 긴장된 얼굴로 말했다.

"살려 보내지 않으면 어떻게 할 텐가. "

이영이 차갑게 물었다.

"그놈이 돌아가는 길목을 지키고 있다가 쥐도 새도 모르게 죽여 버리면 어떻겠습니까?"

"자네가 그놈을 처치하겠다는 말인가?"

이영이 어이가 없다는 듯 웃었다.

"홍 공은 아직 어려. "

"어리니까 그놈을 처치할 수 없을 거란 말씀입니까?"

"아직 어린 탓으로 견식이 부족하다는 말일세. "

"나라에 해독을 끼칠 놈을 처치하겠다는 게 견식의 부족입니까?"

계남의 말투에는 분연한 기가 서렸다.

"생각해 보라고. 조정에 복무하는 군관이 타국의 사신을 죽였다고 하면 다음 일이 어떻게 되겠는가?"

"사신의 신분으로 남의 나라를 욕하는 그런 행동에는 마땅히 응징이 있어야 할 것 아닙니까. 아까 형님도 말하지 않았소이까. 그런 자를 처치할 기골 있는 자가 없다고 보면 우리를 깔볼 것이라구요. "

"그놈이 하는 짓이 양편에 칼날을 달고 있다는 뜻으로 말한 거여. 그 술책에 말려들지 않을 방도가 중요하지. 놈을 죽이거나 하면 그야말로 놈의 술책에 빠져드는 것이 아닌가."

"그럼 어떻게 해야 합니까?"

"그걸 생각해 보자는 것 아닌가. 그러나 이 문제를 두고 자네가 관심을 쓸 바는 아니네. 먼저 예조禮曹에서 감당할 문제이니까."

이영은 이렇게 말했지만 홍계남의 피는 끓고 있었다. 어떤 수단으로라도 귤강광의 간담을 서늘하게 할 방도를 강구해야겠다고 마음을 먹었다.

"자네는 자중해야 하네. 얼마 안 있어 자네를 꼭 필요로 하는 일이 생길 걸세. 사람이란 옳은 일이라고 해서 죄다 할 수는 없는 거여. 게다가 사람이 할 수 있는 일이란 얼마 되질 않아. 장부일사丈夫一事란 말이 있으니 장부는 한 가지 큰일만 하면 족하다는 뜻이야. 이 일, 저 일 걸려들었다가 한 가지 일도 옳게 못하는 것보다는 힘을 기르고 때를 기다려 한 가지 큰일만 하면 되는 걸세."

그래도 홍계남의 마음은 진정되지 않았다. '귤강광이란 놈의 가슴을 서늘하게 해 주어야 한다. 왜놈이 우리를 얕보지 않게 하기 위해서 반드시 무슨 수를 써야 한다'는 생각이 머릿속에 빙빙 돌고 있었다.

홍계남의 태도로 미루어 이자가 반드시 일을 내고야 말 것 같다고 추측한 이영은 갖가지 사례를 들어 경거망동하지 말라는 말을 몇 번이나 되풀이했다.

"자네는 기필 명장名將이 될 상을 가졌으니 앞으로 병서兵書를 많이 읽어야 할 거라."

그러면서 《손오병법》에 대해 언급하고 그들의 인간됨과 생애를 설명하는데 홍계남은 대단한 흥미를 느꼈다.

"병법을 한마디로 요약하면 경거망동을 삼가라는 것이다."

하고 이어 당대當代의 장군들을 논평했다.

"앞으로 전란이 있으면 서열상 권율 장군이 도원수都元帥가 될 것이지만, 위령威令은 있으되 용장用將의 비법이 있는 것 같지 않고, 이일李鎰은 두뇌는 명석하지만 자칫 탁상공론이 되기가 쉽고, 신립은 용맹은 있으나 지략이 어떨지 모르겠네."

"이순신은 어떠하오리까?"

"인간이 순후하고 지략 또한 있는 것 같지만, 아직 대군을 거느린 적이 없으니 평량評量하기가 어렵고…."

"그 밖에 받들 만한 장수가 없사오이까."

"무관武官이 문신文臣에게 억눌려 살기가 수백 년이라, 무변武邊엔 인재가 드물어 통탄할 일이지."

"그렇다면 지금 전란이라도 발생하면 큰일이 아니오이까."

"그걸 생각하면 가슴이 오싹할 지경이야. 내 생각 같아선 각지의 서원에서 책만 읽을 것이 아니라 무술 연마도 해야 하지만 어디 내 뜻이 통할 수 있겠나?"

"아닌 게 아니라 병사 양성이 너무나 소홀한 것 같습니다. 지금의 병사들은 거의 모두가 오합지졸이나 다를 바가 없거든요."

"나라의 형편으로 봐선 적어도 10만쯤의 정예 군대가 있어야 하는 것이거늘."

"그런데 왜 조정은 그렇게 준비를 하지 않습니까?"

"감히 말을 낼 수가 없어서지."

"왜 그렇습니까?"

"홍 공은 나라 사정을 아는가? 작년 조정의 세입은 통틀어 30만 석이 못 되었다네. 장정 10만을 먹이려면 군량미만 해도, 한 사람이 한 해 두 섬을 먹는다면 20만 석이 있어야 할 것인데, 30만 석 세입으로서 이 군량미를 어떻게 감당하겠는가. 그리고 군량미만으로 될 것이 아니거든. 곤란은 나라가 원체 가난한 데 있는 거여. 언젠가 조정에서 10만十萬 양병 안養兵案을 말하는 사람이 있었던 모양이야. 그랬더니 임금이 대뜸 뭣으로 병정을 먹일 거냐고 반문했다지 않아. 그이는 비웃음만 사고 말을 거둬들여 버렸지."

"세입을 3배쯤으로 불리면 되지 않겠습니까?"

"이 사람 무슨 소릴 하는가. 30만 석의 세입을 확보하기 위해서도 이만저만한 고생이 아니라네. 지금의 세입을 3배나 불리려면 백성은 모두 굶어 죽어야 할 걸세."

"농사지을 만한 땅이 황무지로 남아 있는 형편 아닙니까. 그걸 개간해서 경지 면적을 넓히는 노력도 있어야 하지 않겠습니까."

"그 말은 옳으나 어찌 그렇게 될 수 있겠는가. 개간은 백성이 해야 하는데 개간만 해 놓으면 땅을 양반에게 뺏기는 세상 아닌가."

이영을 만날 때마다 아는 것도 많아지고 배우는 것도 늘어갔지만, 그만큼 걱정거리도 불어가는 셈이었다. 한데 걱정하지 않으면 안일에 흐르게 되고, 걱정하게 되면 한량이 없다.

이영과의 대화가 있은 3일 후 홍계남은 굴심屈心한 끝에 드디어 하나의 일을 결행하기로 했다.

'어떤 일이 있어도 귤강광을 그냥 돌려보내선 안 된다'고 마음을 먹은 계남은 귤강광이 투숙한 빈관賓館의 구조를 소상하게 살핀 끝에 그날 밤 귤강광이 자고 있는 방으로 서단자가 달린 화살을 쏘아 놓았다. 그것은 귀신이 탄복할 만한 솜씨였다. 가늘게 짜인 창살 틈을 뚫어 방 안쪽 벽에 감쪽같이 꽂혔으니 말이다.

귤강광이 혼비백산했을 것은 틀림이 없다. 그 서단자엔 다음과 같이 한문으로 적혀 있었다.

귤강광 보아라. 우리나라에 들어온 이후 네가 취한 방자한 언동은 네 자신이 잘 알고 있으리라. 그러나 우리 조정에서 널 심히 탓하지 않는 것은 사람 같지 않은 소인배小人輩를 상대하는 것은 군자가 취할 바 아니라고 생각했기 때문이다. 그러나 시정市井에 있는 우리들이야 어찌 그런 체면에 구애될 수 있으랴. 당장 대천강벌代天降罰할 것이로되 네가 두고 온 가족을 불쌍히 여겨 살려 두는 것이니 명심할지니라. 빨리 귀국을 서둘러라. 너의 나라에 돌아가거든 우리나라의 순후한 인심을 말하고 외람되게 사단을 벌이지 않게 삼가도록 일러라. 한성시정漢城市井의 선비가 엄히 경고한다.

이에 대해 귤강광이 어떤 반응을 보였는지는 알 수가 없다. 다만 그는 그 이튿날 발정發程을 서둘며 관계관에게 자기의 생명을 보전해 줄 것을 신신당부했다고 했다.

임금은 이 통쾌한 소문을 듣고 조용히 이영을 불렀다.

"우리나라에 그런 쾌걸快傑이 있다는 걸 알 수 있었으니 심히 반갑구

나. 그리고 그 뛰어난 궁술弓術이 마음에 든다. 과연 그 사람이 누구일까. 자네가 한번 찾아보도록 하게."

이영은 필시 홍계남이 한 짓이라고 알았지만 발설하지 않는 것이 좋으리라고 짐작했다.

"스스로 이름을 밝히고 나서지 않는 한 한강 백사장에서 금싸라기를 찾는 노릇이 아니겠습니까. 그러나 힘써 찾아보도록 하겠습니다."

퇴출하는 그 길로 이영은 계남의 집에 들렀다.

"자네 활을 구경시켜 주지 않으려나."

"왜 그러십니까?"

"자네가 언제인가 명궁名弓을 가지고 있다고 말하지 않았는가."

계남이 벽장에서 활을 꺼내 놓았다. 이영이 그 활을 들고 찬찬히 살펴보더니 뚜벅 말했다.

"요즘에 쓴 적이 있군."

"어떻게 압니까."

"활줄에 기름을 먹인 게 요즘에 한 일 아닌가. 게다가 먼지가 없군."

계남이 묵묵할 뿐이었다.

"알았네. 언젠가 사궁대회射弓大會를 가져야겠군."

이영은 그 이상 말하지 않았다.

260

정여립의 난

기축년, 즉 선조 22년 홍계남의 나이 26세가 되던 해이다.

사용으로 입신한 그가 부사맹副司猛의 직을 거쳐 사맹司猛으로 승진될 참이었다. 사맹이면 정 8품이다. 그런데 이 발의가 있었을 무렵부터 부 내에 '홍계남은 서출조차도 못되고 창녀의 몸에서 태어났다. 그런 극천極賤의 출신을 정 8품에 올릴 수 있느냐'는 소문이 돌았다.

북변北邊의 소요가 심하여 군관이 부족하게 되자 말단 군관의 등용엔 서출, 천출이 그다지 문제가 안 되었던 당시이긴 하지만 창녀의 소출이라면 문제가 또한 달랐다. 비록 정 8품이긴 하지만 임금을 받드는 청관淸官의 서열임에 틀림이 없는데 그 서열 속에 그러한 극천이 있을 수 없다는 것이 명분이었지만, 사실은 승진에 탈락한 동인의 졸개들이 고의로 퍼뜨린 수작이었다.

이 소문은 돌고 돌아 드디어 홍계남 본인의 귀에까지 들어왔다. 홍계남의 전신이 분노로 불덩이처럼 되었다. 모함의 장본인을 찾기 시작했다. 어떤 일이 있어도 그놈을 찾아내 한칼에 베고 응분의 처단을 받을 각오였다.

그는 각오한 바를 숙랑에게 다음과 같이 전했다.

"임자와 나 사이가 어언 6년 동안의 금실을 엮었소그려. 한데 나는 이 6년 동안에 인생이란 무엇인가를 다 맛본 것 같은 느낌으로 흐뭇하오. 임자의 정애는 실로 백골난망이오. 임자가 없었던들 내 인생이 어떻게 되었겠소. 허나 이러한 기쁨도 끝날 날이 온 것 같소. 임자에게 말했듯 내 어머니는 불운한 선비의 딸이었소. 그 아버지는 아무런 죄도 없이 장살杖殺을 받고 처자는 노비의 신분으로 떨어졌소. 그러나 그 몸과 마음을 지녀온 정성에선 어떠한 명류의 부인에게도 손색이 없을 거요. 그런데 요즘 내 주변에서 나의 어머니가 창녀라는 소문이 파다하오. 비록 애써 효도를 하지 못했지만 어머니를 욕되게 하는 풍문을 좌시할 수 있겠소. 나는 장본인을 찾아내 목을 쳐서 어머니를 위해 설원雪冤할 참이오. 그러니 언제 아침에 나간 채 영영 돌아오지 못할 날이 있을지 모르오. 내가 돌아오지 않는 날, 내 설원이 성취되었다고 생각하시오. 그리고 마음을 단단히 가지시고 앞으로 살아가시오. 나 구천九天의 저편에서 임자를 기다리겠소."

이숙랑의 얼굴은 백지장처럼 창백하게 되더니 와들와들 떨더니 이윽고 붓을 들었다.

'誰抑子爲母之行'수억자위모지행

'어머니를 위해서 하는 아들의 행동을 누가 막을 수 있으리오'라는 뜻이다.

계남은 그 글을 보며 말을 보냈다.

"이 일은 누구에게도 발설해선 안 되오. 특히 임자의 오빠가 알아선

262

안 되오. 아시겠소?"

줄기줄기 흐르는 눈물을 닦으려고도 않고 숙랑은 고개를 끄덕였다.

숙랑이 말하지 않았지만 이영은 계남을 둘러싼 사태를 짐작했다. 계남을 그 자리에 두는 건 위험하다고 느끼기도 했다. 원래 계남을 승진시키는 데 배후에서 움직인 사람은 이영이었다.

한편 계남은 그런 소문을 조작한 장본인을 찾기에 혈안이 되었다. 그런데 그것이 그다지 쉬운 일이 아니었다. 하졸이나 동배들 앞에 드러내 놓고 물어볼 수도 없었으며, 의심이 간다고 해서 따져 볼 수도 없었다. 심복으로 있는 공덕보를 비롯한 몇 사람의 군졸에게 통정하고 협력을 부탁하기도 했지만, 부탁받은 그들로서도 결코 신나는 일이 못 되었다.

계남이 눈에 보이게 수척한 몰골로 되어갔다. 그러한 어느 날 이영이 계남을 찾아와서 말을 걸었다.

"자네에게 부탁할 일이 있는데 들어주겠는가."

"무슨 일입니까."

"관직을 다른 부서로 옮겨야 하겠네."

"그건 당분간 어렵겠습니다."

"왜 그런가. 듣자니 사맹으로 승진하는 것은 말만 있고 실행이 되지 않는 모양 아닌가. 그것만 해도 불쾌한 일일 텐데 현직에 그냥 있어야 할 까닭이 없지 않는가."

"아닙니다. 당분간은 이 자리에 그냥 있어야겠습니다."

계남으로선 지금의 자리를 떠나면 소문을 조작한 놈을 찾아내기가 힘들게 된다는 것이다.

"꼭 그래야 할 이유가 뭔가."

이영의 질문엔 바른대로 대답할 수가 없었다.

이영으로선 상부와 짜고 계남을 다른 자리로 옮겨 버릴 수도 있었지만 되도록 계남의 동의를 얻고 싶었던 터였다. 그러던 차 이영의 머릿속에 하나의 계책이 생겼다.

"자네 정여립을 기억하고 있지?"

"물론 기억하고 있습니다."

"그자가 드디어 역모逆謀를 시작한 모양이다. 그래서 자네가 필요하네. 자네를 당장 암행어사暗行御史로 등용할 순 없지만 모든 직능과 차비, 행세하는 권능에선 암행어사와 똑같이 대접할 것이니 원하는 대로 하졸을 데리고 정여립의 동정을 살피는 일을 해주어야겠네."

계남이 얼른 대답하지 못하였다.

"정여립을 때려잡는 것이 자네의 숙원이 아니었던가. 율곡의 원수를 갚는 데도 좋은 기회야."

다른 때 같으면 좋아라고 응할 수 있는 일이었다. 그런데 지금 달가운 심정이 될 수 없었던 것은 스승의 원수는 갚을 수 있으되 어머니의 원수는 어떻게 하느냐 하는 마음에서였다.

이영은 자기의 권고를 집요하게 되풀이했다. 계남이 물었다.

"형님은 무관무직으로 있으면서 어떻게 그런 직능을 마련할 수 있습니까."

이 질문엔 이영이 솔직해지지 않을 수 없었다.

"내가 맡은 직능이 있다고 하면 오직 한 가지, 조정에 대한 역모를 살피는 데 있네. 이 일에 관해선 내게 전권全權이 있는 거나 다름이 없지. 그러니 내 소청을 들어주게나."

　당시 크고 작은 역모가 빈번했다. 모의만 하다가 끝나는 것도 있었고, 불이 붙었다가는 쉬 꺼져 버린 것도 있었고, 불발한 사이에 일망타진되는 것도 있었다. 동시에 당파의 반목反目을 해치려는 모략도 있었다. 그런 까닭에 역모를 다스리는 덴 여간 신중하지 않을 수 없었다. 서인은 서인이어서 신뢰할 수가 없었고, 동인은 동인이어서 신뢰할 수가 없었다. 의금부나 포도청엔 쌍방의 무고와 조작으로 생겨난 범죄 사실로 가득 찼다.

　선조 임금은 그런 미묘한 사정을 감안하여 역모에 대한 사찰을 이영에게 맡겼다. 쥐도 새도 모르게 사태의 진상을 캐내어 임금에게 보고하면 임금은 그 보고에 따라 조사를 하명하곤 그 조사 결과가 이영의 보고와 합치되었을 때 비로소 역모로서 다스리고, 그렇지 않을 땐 조사관에게 엄한 벌을 내렸다.

　역모의 보고가 다른 곳에서 들어왔을 땐 지체 없이 이영에게 하명하여 재조사를 시켜 그 진상을 파악하기도 했다. 그런 만큼 이영은 역모에 관한 한 인물의 등용에 전권을 가지고 있어 필요에 따라 임시로 암행어사를 임명할 수도 있었다.

　이미 역모사찰에 관해 연달練達이 된 이영은 역모의 씨앗이 어느 곳에 누구에 의해 뿌려질 것인가, 뿌려졌는가를 사전에 알고 있었다. 무고에 의한 역모를 귀신처럼 간파할 수도 있었다. 이영에 의해 역모 후보자로 낙인이 찍히면 그자의 관로는 거기서 끝장이 되었다. 그러나 이영은 월권하는 법이 없었다. 그가 마음만 먹으면 대소고하를 막론하고 조정의 관원官員을 한 손아귀에 장악할 수도 있었지만, 그는 역모와 관련되지 않는 한 좋아도 좋다고 보고하지 않았고, 좋지 않아도 좋지 않다고 보고하지 않았다.

영리한 선조는 이영의 이러한 용심用心을 특히 높이 평가하고 그에 대한 신임은 거의 절대적이었다. 그런 까닭에 홍계남에게 주저 없이 암행어사로 등용하진 못할망정 그것에 준하는 직능을 보장해 주겠다고 말할 수 있었다.

계남은 복잡한 심정이었다. 존경할 뿐 아니라 특별한 은애恩愛를 지닌 이영의 부탁은 도저히 거절할 수 없는 처지였다.

"한 달 동안만 여유를 주옵소서."

"무슨 까닭인지 모르나 이 한 달 동안에 할 일을 정여립 건을 처리하고 난 뒤로 미루면 어떤가."

"그렇다면 형님의 뜻에 따르겠습니다."

"내일부터 나가지 말고 내게서 요령을 배우라. 정여립의 동정만이 아니라 그의 생각도 캐내어야 하니 각별한 공부가 필요하다. 자네의 병조兵曹에서의 사임辭任은 내가 대신 그 뜻을 전한다. 그러나 일시 병조를 사임한다고 하나 자네의 직급은 지금의 일로 승진될 걸세."

이렇게 말한 것은 내일에라도 계남의 어머니에 관한 소문을 퍼뜨린 놈이 발각되기만 하면 계남이 즉시 칼을 뽑아 들 것이기 때문이었다.

홍계남은 부득이 정여립을 탐사할 일을 맡지 않을 수 없었다.

우리는 홍계남을 앞질러 정여립이 어떤 사람인가를 알아두어야 하겠다. 충신忠臣이라고 하면 세인들은 그가 어렸을 때부터의 행적을 더

266

듣어 착하고 아름다운 부분만을 추려 기록한다. 때론 가필윤색加筆潤色할 경우도 있다. 이에 반하여 역신逆臣이라고 하면 사정이 달라진다. 그자의 나쁜 버릇이나 행동을 샅샅이 뒤져낼 뿐 아니라 없는 것까지도 보태어 시신屍身에 매질하고 돌을 던지기가 보통이다.

그런 만큼 정여립에 관해 전해 내려오는 애기를 두곤 어느 것이 사실이고 어느 것이 왜곡歪曲인지 분간하기 어렵다. 다음에 《혼정록》混定錄의 기록을 근거로 해서 그의 행적을 적어본다.

여립의 아비 희증希曾은 대대로 전주 남문 밖에서 살아온 집안의 사나이다. 여립을 잉태했을 때 그 아비는 정중부鄭仲父의 꿈을 꾸었다. 여립이 날 때에도 역시 정중부의 꿈을 꾸었다. 정중부는 역적으로 몰려 죽은 자이다. 그런 까닭도 있어 희증은 친구들이 몰려와서 생남生男을 축하했지만 그에겐 기쁜 빛이 없었다.

여립이 열다섯 살이 되었을 때이다. 그의 아버지가 현감이 되었다. 아비를 따라간 여립은 자기 독단으로 고을 일을 전부 처단했다. 아전들은 여립의 말만 듣고 그 아비의 말은 들으려고도 안 했으니 희증은 혀만 찰 뿐이었다. 여립이 하는 짓이 이치에 어긋남이 없었던 까닭도 있었지만 한 번 여립의 비위를 거슬러 놓으면 어떤 변을 당할지 몰랐기 때문이다.

"인명人命은 재천在天이라고 누가 말하더뇨. 너희들의 명은 재아장중在我掌中이니라."

하고 떠벌리고 다니는 15세 소년을 상대로 싸움하기도 거북해서 유유낙낙 여립이 시키는 대로 했을 뿐이기도 했다.

장가는 금구金溝 땅으로 들었다. 일단 장가를 들어 놓곤 처가 재산을 자기 재산으로 쓰고 그곳에 정착하고 말았다. 과거에 올라 벼슬을 했으나 워낙 성격이 괴팍해서 동료들과 맞지 않아 낙향하고 말았다. 낙향의 가장 큰 이유는 율곡을 헐뜯다가 8협八俠, 특히 홍계남에게 멱살을 잡혀 하마터면 죽을 뻔한 바람에 겁을 먹은 데 있었다.

낙향한 후 힘써 글을 읽었다. 워낙 재주는 있었던 터라 그 이름이 전라도 일대에 퍼졌다. 사람들은 그를 죽도竹島 선생이라고 불렀다. 글을 배워도 그의 흉악하고 괴팍한 성질은 고쳐지질 않았다. 여섯 형제인데 그들과 도저히 서로 용납이 안 될 만큼 사이가 나빴다. 친척들과도 서로 원수지간처럼 되었다.

여립이 언제부터 모반謀叛의 뜻을 품게 되었는지는 소상하지 않다. 일설에 의하면 그가 율곡을 헐뜯다가 임금의 꾸지람을 듣고 전라도로 돌아온 이후일 것이라고 한다. 여립은 처음, 명종 시대에 거도巨盜 임꺽정이 활약했던 황해도 산악지대를 반란의 거점으로 할 요량이 있어 황해도 도사가 되려고 운동했지만 그 뜻은 이루어지지 않았다. 그러나 그는 황해도의 산세를 거사의 적지適地라고 보고, 안악 사람인 변숭복邊崇福, 박연령朴延齡, 해주 사람 지함두池涵斗 등과 비밀히 내왕하여 서로 결탁하는 바가 있었다.

여립은 기축년己丑年 겨울을 거사의 시기로 잡았다. 그러기에 앞서 나름대로의 준비는 있었다. 천안에 길삼봉吉三峰이란 화적火賊이 있었다. 원래 종 출신이었는데 용맹이 뛰어나고 무술의 달인達人이라서 관군이 아무리 애써 잡으려고 해도 뜻대로 되지 않았다. 길삼봉의 이름은 점점 사방에 퍼져 나갔다. 정여립은 그 길삼봉의 이름을 이용했다.

'길삼봉, 길삼용 형제는 신병을 거느리고 지리산, 계룡산을 왕래한다.'

'정팔룡鄭八龍이란 사람이 곧 임금으로 등극한다.'

'호남 전주지방에서 성인이 나타난다.'

는 등의 말을 지함두를 시켜 황해도 일대에 퍼뜨리게 했다. 길삼봉의 이름은 널리 알려져 있는데 그 길삼봉이 정팔룡을 위해 신병神兵을 거느린 것처럼 교묘하게 꾸며 댄 것이다. 정팔룡이란 정여립의 아명兒名이다.

뿐만 아니라 여립은 '목자木子(李)는 망하고 전읍奠邑(鄭)이 흥한다'는 노래를 지어 퍼뜨리는 한편, 자기의 심복인 중 의연義淵을 시켜 목판木板에 새기게 하여 지리산의 굴속에 감추어 둔 뒤에 산 구경을 갔다가 우연히 그것을 발견한 것처럼 꾸며 세인世人들의 가슴에 은근한 기대를 심었다. 계룡산을 신격화한 것은 정여립이며, 진정眞鄭이 나서 왕이 될 것이란 비결의 근거도 정여립에게 있었다.

이영이 정여립의 반의叛意를 안 것은 정여립이 그 문하생들에게

"충忠에도 청충淸忠과 탁충濁忠 두 가지가 있다. 현명한 군주를 모시는 것은 청충이고, 암우暗愚한 군주를 군주라는 이름만으로 모시는 것은 탁충이다. 마땅히 장부는 탁충하지 말고 청충에 힘써야 할 것이되, 만일 청충할 기회가 없으면 장차 청충할 길을 찾아야 하느니라."

했다는 말을 전주인 이지호李芝鎬로부터 들었을 때이다. 이지호는 종실의 한 사람으로서 이영과 같이 역시 무관無官으로 있었는데 호주호학好酒好學한 한량이었다.

이영은 이 말을 듣자 이지호에게 시켰다.

"여립이 그런 말을 하더란 소릴 이발에게 해 보게. 뭐라고 하는가."

이지호와 이발은 서로 아는 사이였다. 그래 자리를 만들어 이지호가 넌지시 여립의 얘기를 꺼내 이발에게 물었더니 답이 돌아왔다.

"그 말이 무어 나쁜가. 정여립의 말은 지당허이."

뿐만 아니라 이발은 이지호가 있는 자리에서 교생校生 변동호, 반우수 등에게 이런 말까지 했다는 것이다.

"정수찬은 걸출한 대인물이다. 자네들이 가 보면 알 것이다. 근자에 정수찬을 헐뜯으려는 놈들이 있는 모양인데, 그것은 서인들의 모략이며, 주로 율곡의 제자들이 지어낸 모함이다. 내게 여립과 절교하라고 권하는 자들이 있는데 실로 가소로운 일이다. 하기야 소인들이 어찌 대인을 알아볼 수 있겠는가."

이영은 이 말을 듣고 마음속에 기하는 바가 있었다. 홍계남에게 탁사의 일을 맡긴 것도 이 무렵의 일이다.

홍계남이 전주를 향해 떠날 때 이영이 충분한 자금과 아울러 마패馬牌를 주며 다음과 같이 일렀다.

"자네에겐 암행어사로서의 편의는 제공하되 권능이 없다는 것만 알아라. 이 마패는 자네의 생명이 위급했을 때만 쓰고 관의 추궁이 있을 때만 보여라. 그리고 여립의 죄상을 탐사하는 이외의 짓은 일절 개의치 말아라. 단, 인지도人之道에 어긋나는 일일 경우엔 묵과해선 안 된다. 그러나 그것도 여립의 거처와 멀어 자네의 신분이 탄로 나지 않을 경우에만 국한한다."

그리고 몇 가지 주의가 있었다.

계남이 용인用人 세 사람을 거느리고 전라도로 떠난 것은 2월.

가는 도중 계룡산엘 들렀다. 가까스로 정여립의 글이 붙어 있다는 산사를 찾았는데 그 벽의 글은 누구인가 흙칠을 해서 뭉개져 있었다.

그런데 그날 밤 산중의 어느 암자의 방을 빌려 자는데 밤중에 기도 올리는 소리가 있었다. 계남이 가만히 일어나 기도하는 방 근처에 가서 귀를 기울였다.

"천지조화 신령님께 합장하여 비나이다. 진군眞君으로 하오시와 천하태평 이루소서. 진군이라 하오심은 전읍삼녀 섰소이다."

홍계남이 수원으로 데리고 간 사람들은 모두 그가 병부에 있을 때의 배하였다. 그리고 각기 특기가 있었다. 문정봉文定鳳은 힘이 장사이고, 배석환裵石煥은 걸음이 빨랐고, 이태수李泰守는 말을 잘하며 붙임성이 있었다.

전주에 도착하여 남문 밖 주막에 거처를 일시 정하고 정여립의 집을 살피는데, 여립은 친구들과 원행중遠行中이라고 했다. 어디로 갔느냐고 물어도 대답을 얻기가 힘들어 그 문제는 붙임성 있는 이태수에게 맡겨 놓고, 계남은 경치 구경을 다니는 한량처럼 거리를 배회하며 정여립을 아는 사람들을 찾았다. 그런데 모두 여립의 얘기만 나오면 입을 다물어 버렸다.

하룻밤은 진녀라고 하는 노기가 경영하는 술집엘 갔다. 계남의 거조가 점잖고 술에 취해도 난잡한 데가 없는 것이 마음에 들었던지 진녀는 계남의 주석에 와서 갖가지로 비위를 맞추려고 했다.

"선비께선 무슨 일로 전주까지 오셨나이까."

"정 선생의 학덕을 사모하여 5백 리 길을 한양에서 찾아왔는데 안 계신다고 하기에 가도 오도 못할 지경이 되었소."

"꼭 글을 배우시고 싶으면 정 모처럼 이름은 나지 않았으되 학식은 못지않은 인물이 전주에 있습니다."

하고 이두남李斗南이란 이름을 가르쳐 주었다.

계남이 그 이튿날 이두남을 찾았더니 이두남이 계남의 애기를 듣고 선뜻 말했다.

"정여립에게 사사師事코자 하는 사람이 나를 무엇 때문에 찾아왔는가. 그러나 이리 올라와 보라."

그리고는 계남의 관상을 자세히 살피고 다음과 같은 말이 있었다.

"젊은이의 사람됨이 하도 마음에 들어서 하는 소리요만, 여립과 특별한 관계라도 있으시오?"

"없습니다."

"그렇다면 여립과 가까이할 생각을 마시오."

"왜 그렇습니까?"

"그 까닭은 애기할 수 없소."

계남은 절대로 여립과 가까이할 생각은 없으되, 전주를 지나다가 보니 한 번쯤 만나 보았으면 하는 마음이 내켰다고 말하고, 될 수만 있다면 정여립이 어떤 사람인가를 알고자 한다고 했다.

그러자 이두남이 물었다.

"당신은 남양 홍 씨면 홍성민 대감을 아시오?"

"소생의 족형이옵니다."

"간혹 만나시오?"

"만납니다. 이번 길을 떠날 때도 뵈었습니다."

"그러하면 율곡 선생과도 면식이 있으시겠구려. 그런데도 정여립을 만나고자 하오?"

"그런 까닭에 만나고자 하는 겁니다."

"여립의 율곡 선생에게 대한 행패를 아신다, 이 말씀이군요. 그러시다면…."

하고 이두남은 하인을 부르더니 누군가를 불러오라고 일렀다.

나타난 선비는 이정란李廷鸞이었다. 40 안팎으로 보이는 준수한 선비였는데 이두남의 얘기를 듣자 가만히 계남을 관찰한 후에 이런 말을 했다.

"나는 정여립과는 선대부터 교분交分이 있는 사이입니다. 그리고 바로 이웃에 살았소. 그러나 나는 그 사람과 통하지 않고 살고 있는 형편이오. 그 까닭은 말씀드릴 수 없습니다만 만일 당신께서 무슨 특별한 인연이 있는 것이 아니라면 그 사람과 접하지 않는 게 좋을 것이오."

"여립의 인품이 좋지 못하다는 것은 스승 율곡 선생에게 대한 그자의 소행을 보고도 대강 짐작이 되는 바입니다만, 여러 어른들이 그자를 배척하는 이유를 좀더 소상하게 알았으면 합니다."

하고 계남이 말했으나 그들은 여전히 이유를 밝히려 하지 않았다.

고부古阜에 사는 한경韓璟은 원래 정여립의 문하생이었다. 한경이 어느 날 여립의 사택私宅으로 간 일이 있었다. 그때 한경은 여립이 학문을 가르치는 덴 뜻이 없고 잡류들을 상대로 수선을 떠는 것을 보았다. 한경은 여립에게 하직 인사도 하지 않고 돌아와 식음을 전폐하고 들어앉아 버렸다. 그의 아우 척惕이 걱정하자 한경은

"아무래도 머잖아 큰 사변이 날 것 같다."

고 탄식했다는 것이다.

이 얘기를 듣고 계남이 뚜벅 말했다.

"여러분의 말을 듣건대 여립이 역모할 뜻이 있다는 얘기가 아닙니까?"

좌중이 긴장했다. 이두남과 이정란은 서로의 얼굴을 보고 있더니 두남이 먼저 말했다.

"나는 그런 말을 하지 않았소."

이어 이정란도 황급하게 말했다.

"역모란 말을 우리가 들먹이지 않았다는 것만은 명심해야 할 거요."

계남은 그들의 심경을 모르는 바 아니라서 웃음을 머금고,

"또 무슨 말씀이 있으시거든 진녀의 집으로 하회를 주사이다. 오늘은 여러 가지 좋은 말씀 들었습니다."

하는 인사를 남기고 두남의 집에서 나왔다.

계남이 그들의 심정을 알았다는 것은, 만일 그들이 정여립의 역모를 알고도 관에 고하지 않았다면 큰 죄를 받게 되는 것이며, 역모하지 않는 것을 역모한다고 고하면 또한 무고誣告의 죄를 얻게 되는 것이어서 가볍게 역모란 말을 입 밖에 낼 수 없다는 사정을 알 수 있었다.

계남이 숙소로 돌아가니 이태수가 싱글벙글하고 있었다. 그의 말에 의하면 여립의 집종에게 술 두 사발을 사 주었더니 여립이 가 있는 곳을 가르쳐 주더라고 했다.

"내장산의 뒷골짜기라고 합니다."

그 말을 들은 계남은 이태수는 그냥 남아서 여립의 집 사정을 살피라

고 해 두고 문정봉과 배석환을 데리고 내장산 뒷골짜기를 향해 떠났다. 정여립은 내장산 뒷골짜기에서 궁술대회弓術大會를 한다고 빙자하고 각 처에서 사수射手들을 모아 놓고 잔치를 벌이고 있었다. 계남 일행이 도착했을 때는 이십야二十夜의 달이 중천에 있었는데 그때까지도 잔치는 계속되고 있었다.

계남은 먼빛으로 그 광경을 지켜보며 혹시 여립이 자기를 알아볼까 의구疑懼하는 마음이 일었지만 5, 6년의 세월이 이미 흘렀고, 자기의 얼굴이 구레나룻에 덮여 있는 것을 깨닫고 대담하게 잔치 자리로 들어섰다.

"나는 경기도 안성의 홍요라는 사람인데 지나다가 궁술대회가 있다는 소문을 듣고 늦게사 당도하였소."

계남의 말이 있자

"반갑소이다. 홍 형."

하고 일어선 사람이 정여립이었다. 여립은 상석에 자리를 비워 계남 일행을 앉히곤 대배大杯에 술을 가득 따라 권했다.

"험한 산길을 걸어 월명이 있었다고나 하나 밤에 찾아주셨다니 반가운 일이오. 붕우자원방래朋友自遠訪來가 아니라 장사자원방래이니 못지않게 기쁘구려."

"감사합니다."

계남이 대배를 비워 여립에게 돌렸다. 그놈의 멱살을 잡았던 기왕의 일이 생각나기도 해서 우스웠지만 가까스로 참고 여립을 둘러싼 사람들의 면면面面을 둘러보았다.

"연작燕雀이 어찌 대붕大鵬의 뜻을 알랴."

하고 호기를 부린 자는 지함두.

"무주산하無主山河가 득주인得主人이면 무의창생無依蒼生이 득환희得
歡喜라."

고 뽐내어 보인 것은 변숭복.

"혈맹동지회血盟同志會 강개지유고慷慨志猶高."

라고 읊은 것은 박연령.

계남이 듣기론 말마다 가시가 있고 소리마다 뼈가 있었다.

그러다가 끝에 가선 모두들 소리를 합쳤다.

"성군聖君에 충忠, 사직社稷에 성誠, 충성!"

마지막 충성은 아우성이 되었다.

교묘한 사술이었다. 자기들 내부 의식인데도 지나가는 사람들의 귀
엔 임금에 대한 충성을 다짐하는 것처럼 들릴 것이니 말이다.

연회가 파하자 계남 일행에게 산막 하나를 빌려주었다. 피로와 취기
가 겹쳐 계남과 문정봉, 배석환은 깊은 우물에 들이 가라앉듯 잠에 빠
져 들었다.

그 이튿날 아침 계남이 잠을 깨 괴나리봇짐에서 활을 꺼내 시울을 죄
었다. 일본인 귤강광의 숙소에 경고의 화살을 쏴 넣은 그 활이다.

"오늘 한번 겨뤄 보시렵니까."

활을 다루고 있는 계남의 옆으로 와서 문정봉이 말했다.

"사수로서 어젯밤 후대를 받았는데 가만있을 수가 있는가."

탄탄히 죄어진 시울에 화살을 갖다 대어 겨누어 보곤 다시 시울을 풀
며 회심의 미소를 지었다. 궁술엔 자신이 있었다.

더벅머리 총각이 나타났다.

"선생님께서 아침진지를 자시러 오시랍니다."

계남이 수원을 데리고 여립이 기다리고 있는 막사로 갔다.

"해장을 하셔야죠."

하고 산채국 사발과 함께 대배에 술을 따랐다. 그러면서도

"승부에 사달이 있을 것 같으면 드시지 않아도 좋소이다."

하는 말을 보탰다.

"아침 술 3, 4배가 승부에 유관하다면 그런 궁술은 하나마나지요."

하고 계남이 거리낌 없이 대배를 단숨에 비웠다.

"실로 장부의 호기요."

여립이 다시 계남의 잔에 술을 가득 채웠다. 그것도 계남이 사양하지 않았다. 그리고 한마디 했다.

"어젯밤 보고 들은 바, 임금님께 대한 충성이 지극하심을 알았소이다. 그러한 충성엔 도저히 소생과 같은 졸부로선 아득히 미치지 못할까 합니다. 어떻게 목불인견目不忍見한 꼴을 보고서도 이불인문耳不忍聞한 양을 들으면서도 변치 않는 마음, 실로 지성지인至誠之人으로 보았소이다."

여립의 얼굴에 애매한 웃음이 있었다.

"여공가론與公可論으로 알았소. 사궁射弓이 끝난 뒤에 또 만납시다."

아침밥을 해장을 겸하여 먹고 나니 해는 이미 중천에 가까웠다.

"그럼 우리 시작해 봅시다."

하고 정여립이 자리에서 일어섰다.

여립의 심복 지함두에 말에 의하면 팔도의 궁수弓手들이 다 모였다

고 했다. 아닌 게 아니라 과장은 아니리라. 그러나 40명 이상을 헤아리는 궁수의 대부분이 황해도 사람이라고 보았다. 말투가 그곳의 말투였다.

계남은 참가하지 않고 지켜보고만 있는데 지함두가 은근,

"손님도 한번 쏘아 보시지 그래요."

하고 충동을 했다. 그 말투엔 괜히 기술도 없으면서 재기만 하는 것이 아니냐 뜻이 있는 것 같았다. 계남이 참가하지 않았던 것은 잡배들에게 섞여 기량을 뽐내는 짓이 왠지 탐탁지 않았기 때문이다.

"좋소. 나는 여기 모인 사람들과 기량을 겨루긴 싫고. 그러나 융숭한 대접을 받았으니 인사는 치러야죠. 그러니 나는 저 표적 말고 달리 표적을 정해야겠소."

3, 4백 보 눈 아래에 바위 하나가 있었고, 그 바위 옆에 소나무가 외톨로 서 있었다.

"저 소나무 맨 위에 달린 솔방울을 떨어뜨리지 않고 맞혀 보겠소."

계남이 화살을 줄에 실어 별로 겨누는 것 같지도 않게 쏘았다. 일순후, 소나무 꼭지 근처에 화살이 매달려 햇빛에 반사하고 있는 것을 볼 수 있었다. 사람 하나가 달려가 화살이 꽂혀 있는 솔방울을 따왔다.

"천양관슬穿楊貫蝨은 문자로만 있는 줄 알았더니 과연 그런 신기神技가 있는 거로군."

정여립이 감탄했다.

계남은 아까 삼백보사三百步射에 유일하게 성공한 최금용崔金用을 주목하고 있었다.

정여립도 역시 마찬가지인 심정으로 그를 지켜보고 있었다.

278

최금용은 나이는 20 안팎, 그 동작은 굳세고 날쌔었다. 비유하면 젊은 표범 같다고나 할까. 거기 유연柔軟을 보태면 가히 천하제일의 명인名 사이 될 소질이 있었다.

계남은 계속 최금용을 주시하며, '저 사람을 정여립 옆에 두어선 안 되겠다'고 생각했다.

그날의 승자勝者는 당연히 최금용이었다. 그날 밤의 잔치는 더욱 성대했다. 그 자리에서 지함두가 이런 소릴 했다.

"물이 썩어 있으면 물고기가 살지 못한다. 공기가 썩어 있으면 맹수도 살지 못한다. 오늘 이 자리에 모이신 영웅 절사들을 보니 이런 감회가 드는군요."

박연령의 말이 있었다.

"썩은 물을 퍼내고 맑은 물로 바꿔야 할 것이며, 썩은 공기는 청풍으로 쫓아야 할 것이고, 썩은 땅은 불로 태워 새 땅을 만들어야 할 것이 아닌가."

변숭복도 가만있지 않았다.

"천지지간에 유인이 소귀所貴하거늘 뜻이 있으면 어찌 통하지 아니하리오. 청수淸水, 청기淸氣, 청토淸土, 삼청三淸으로 우리 동지가 됩시다."

'와아' 하고 일각에서 환성이 일었다. '지당 지당', '가재 가재' 하는 소리가 자리를 꽉 채웠다.

이윽고 정여립의 말이 있었다.

"동지同志는 소결연所結緣이요, 결연은 천지소섭天地所攝, 지지소리

地之所理인즉 이를 소중히 여기면 은총이 있고 이를 소홀히 여기면 금수와 같소. 내 인연을 소중히 하므로 영웅과 절사를 이곳에 모을 수 있었으니 앞으로도 기쁨이 있으면 서로 나누고, 슬픔이 있으면 같이 슬퍼할 것이오. 궁한 일이 있으면 나를 찾고, 힘을 빌릴 일이 있으면 나를 찾으시오. 여러분이 나를 부르면 불원천리 백두산 위까지라도 달려갈 것이니 여러분 또한 나의 부름엔 지체하지 마시오. 충과 의를 위해선 일신을 돌보지 않는 것이 사람 된 자의 도리일 것이오. 안일만을 탐하여 짐승으로 죽느니보다, 장부 군자로서 포부를 펴다가 죽는 것이 좋을 줄 아오. 그러나 충忠도 또한 청충淸忠이어야 하니 감불위언敢不爲言이라도 알아들으실 줄 아오."

여립의 말이 끝났을 때엔 더욱 좌중이 끓었다.

이로써 홍계남은 정여립의 역모가 확실하다는 심증을 굳혔다. 청수, 청기, 청토라느니, 청충, 탁충이라느니 하는 말이 모두 역모에 통하는 의미를 지녔다고 확신할 수 있었을뿐더러 갖은 수단을 다해 무술인과 장사를 모으는 목적도 역모가 아니라면 필요할 것 같지 않았기 때문이다.

"그건 그렇고 그 많은 은이나 돈은 어디서 어떻게 나온 것일까. 정여립이 부자라는 소리는 듣지 못했는데."

홍계남이 이렇게 의혹을 말하자 문정봉도 자기도 그 사실을 미심스럽게 생각했다.

"역모의 심증은 잡은 것인즉 그 일을 한번 살펴봅시다."

배석환도 같은 의견이었다.

전주의 숙소로 돌아가자 계남이 소상하게 자기가 들은 바, 본 바와 아울러 짐작하는 바를 적어 이튿날 아침 배석환을 한양의 이영에게 보냈다.

전주에 남아 있던 이태수가 보고했다.

"밤낮 없이 중들과 잡배들이 정여립의 집에 드나드는데, 그리고 그들은 집안의 여자들과 내외도 없이 담소, 장난도 하기도 하는데 명색이 양반의 집이라면서 체통이 말이 아닙니다."

"옳거니. 사람의 마음을 사려면 양반의 체통쯤은 문제도 안 된다는 얘기다. 여립의 성격으로 보면 누구보다도 양반의 체통을 내세워 주위를 귀찮게 할 놈이다."

계남은 정여립의 역모를 확신한 스스로의 판단이 어긋남이 없다는 자신을 가졌다.

떠난 지 사흘 후에 배석환이 돌아왔다. 왕복 6백 리가 넘는 길을 걸은 것이다. 하루에 2백 리를 걸었다는 셈이다.

"장하우이, 배 공."

계남이 노고를 치하했다. 그런데 배석환에게 피로의 기색이라곤 없었다. 잠깐 산책하고 왔다는 그런 기분이다.

"약간 덥기는 합데요만."

하고 우물가에서 세수를 하며 싱긋 웃었다. 음력 5월이다. 덥지 않을 까닭이 없다.

"오늘밤은 셋이서 기생방에나 가 놀라."

계남이 용돈을 후하게 주고, 이영의 편지를 폈다.

홍 공의 주도면밀한 탐사에 먼저 경의를 표한다. 사고팔고 할 것 없이 곧 주상께 아뢸 작정이다. 홍 공은 계속 보이지 않게 여립의 측근을 돌며 그 동태를 철저하게 살피게. 조정에선 이미 여립에 관한 풍문이 들어와 있는데도 모두들 쉬쉬하며 함구하는 꼴이라네. 일이 결정되면 토포사討捕使를 즉시 파견할 것인즉, 홍 공은 그들에게 손가락도 대지 않게 조심하라. 홍 공이 전면에 섰다고 하면 율곡栗谷과 홍 공과의 관계를 들어 무슨 말을 어떻게 꾸며 주상主上의 명明을 흐리게 할지 모르기 때문에 특히 말해 두는 것이다.

만일 노자에 부족하거든 전주 감영으로 찾아가라. 전라감사에게 내 매부妹夫가 유람 차 그곳에 가 있는데 혹시 군색을 당해 찾아가면 넉넉하게 노자를 주면 후에 서울에서 갚겠노라고 서찰을 보내 놓았으니 안심하고 찾아가도 된다. 그러나 자네의 소임은 밝히지 않았노라 ….

편지를 읽고 계남이 흡족한 마음으로 웃었다. 이영의 신중함과 따뜻한 정이 흐뭇했다.

계남은 오래지 않아 여립의 자금 출처를 알았다. 여립은 전주, 금구, 태인 등 여러 고을의 부자, 무사들과 공천公賤, 사천私賤 가릴 것 없이 계契를 조직하고 계 이름을 대동계大同契라고 했다. 이 계엔 또한 전주 근처의 관원들도 참가하고 있었다. 그런 만큼 그 계금으로 돌고 있는 액수가 엄청나게 컸고 그 일부가 비황備荒의 명목으로 여립의 관리하에 있었다.

여립의 자원은 또 있었다. 점술占術과 주술呪術에 정통했다면서 여립은 직접 자기가 출동하지 않고 앉아서 중들과 무당들을 통해 적잖은 돈을 긁어모으고 있었다. 무남無男의 부자 집안에 아들을 낳게 하여 수백 석을 기증받고, 장차의 길복吉福을 마련해 준다는 약속으로 금은 보화를 기증받고, 계로한에서 진정이 난다는, 진정은 바로 '전읍삼녀 섰도다'奠邑三女흐, 즉 정여립이란 풍문을 은근히 퍼뜨려 이 세상에 불평과 불만이 가득 쌓인 부류들이 적잖은 봉납奉納하도록 꾀를 부리고 있었다.

"정여립이란 자야말로 혹세무민惑世誣民의 도다."

계남이 이렇게 단정했다.

어느 날 밤엔 문정봉이 여립의 별장이 있는 금구에서 배회하다가 어떤 중을 사로잡았다. 강도를 가장한 소행이었다. 그런데 놀라지 않을 수 없었던 것은 중이 짊어진 보따리 속에서 천 냥이 나타났다. 은 천 냥을 봉한 상자의 겉엔 '삼청황제봉납'三淸皇帝奉納이라고 쓰여 있었다. 문정봉이 이 은 덩어리가 어디서 나왔느냐고 졸랐지만 중은 끝내 말하지 않았다.

계남이 전주와 금구 간을 왕래하며 정여립의 동태를 살피고 있을 즈음 한양에선 임금과 이영 사이에 다음과 같은 내용이 오갔을 것은 확실한데, 유감스럽게도 전거典據를 제시할 순 없다.

"일전의 밀소密疏는 내가 잘 읽었다."

"황공하오이다."

"그런데 그 흔한 상소 가운데 그 일에 관해 상소하는 자는 왜 없을까."

"상소가 있어도 중간에서 흐지부지해 버리는가 봅니다."

"뭐라구? 그럼 놈들도 역모에 가담하고 있다는 얘기가 아닌가."

"여립의 일이 탄로 나면 그들의 당에 화가 있을지 몰라 전전긍긍하는 것이겠습니다. ”

“그렇더라도 역적의 모의를 방관한다는 것은 언어도단이 아닌가. ”

“그렇습니다. 그러나 그들은 정여립의 역모가 대사에 이르지는 않을 것이라고 치고 있는지는 모르겠사옵니다. ”

“대소를 막론하고 역모는 역모 아닌가. 이놈들을 어떻게 해야 하는가. ”

“성상께선 가만두고만 보옵시오. 사태의 경위는 신이 소상하게 알고 있으온즉 적당한 시기가 도래하면 신속 정확하게 처리하도록 하겠습니다. ”

“이런 일의 처리는 빠를수록 좋지 않은가. ”

“아니옵니다. 지금 이 일을 거론하면 백방 사태를 왜곡하여 그런 일이 없다고 만들어 버리고 발설한 자를 모함한 자로서 몰아칠 염려마저 없지 않습니다. 놈들은 못할 짓이 없는 자들입니다. 혹을 백이라고 하는 것쯤은 말馬을 사슴鹿이라고 하는 것보다도 여반장如反掌일 것입니다. 그러니 잠깐 두고 보옵소서. 여립의 역모는 저희들 손에 잡혀 있고, 여차하면 여립의 멱살을 쳐들 만전의 책이 서 있사오니 걱정할 것 없습니다. 신의 관심사는 조정에 있는 중신들의 거조擧措에 있습니다. 이 기회에 숙청을 감행해야 되지 않겠습니까. ”

“종친의 원려는 실로 탄복할 만허이. ”

“그렇지도 못하옵니다. 신임에 부응하지 못하와 황공하오이다. ”

“아닐세. 종친께서 내 눈이 되고 귀가 되어 주지 않았던들 나는 이 깊은 궁궐 속에 앉아 눈 뜬 장님, 귀 뚫린 귀머거리, 말할 줄 아는 벙어리가 될 뻔했어. 계속 애써 주시구려. ”

"황공하오이다. 한데 거듭 말씀 드리거니와 정여립의 일에 신이 무어라 여쭙기까진 함구무언 하옵소서."

"알았소."

"수삼 일 후에 조그마한 책략을 부려 보겠습니다. 여립의 역모를 누구에게 시켜 고변할까 하옵니다. 그때 주상께옵서는 모든 대신을 불러 의견을 물어 주사이다."

"그렇다면 누굴 시킬 필요가 없다. 내가 비밀리 정여립의 고변사를 들었다고 하고 대신들의 의견을 물어보는 것으로 하도록 하지."

"좋소이다. 그렇게 하소서."

"그 후에 어떻게 하지?"

"대신들이 무슨 소릴 하셔도 그 말에 승복하시는 척 꾸미소서. 함구하신 채로 말입니다."

책략의 아침, 7월의 무더운 날이 시작하려는 참이었다. 임금이 편전에 나서 대신들을 불러 모았다.

임금의 말이 있었다.

"근자 풍문에, 어디에서 누군가가 역모를 하는 낌새가 있다고 하는데 경들은 아는 바가 없는가?"

대신들은 모두 잠잠하였다. 서로들의 얼굴만 보고 있을 뿐이었다.

"전라도 정여립의 동정이 수상하다고 하는데 경들은 어떻게 생각하는가?"

"정여립이 어찌 역적이 될 수 있겠사옵니까."

정언신이 하늘을 쳐다보고 웃었다.

"필시 그런 풍설은 이이의 제자가 퍼뜨린 것일 겁니다."

백유양의 말에 이어, 이발이 아뢰었다.

"그따위 허무맹랑한 풍설을 퍼뜨리는 자를 가만두어선 안 될 것입니다."

"역모 역적은 3대를 주살해야 할 엄한 죄이거늘 분명한 증거 없인 경경하게 다룰 문제가 아니므로 지금부터 예의 탐사해서 후환이 없도록 하여야겠습니다."

하는 데 모두들 의견을 모았다.

그런데 '예의 탐사해서'란 대목은 누가 그런 풍설을 퍼뜨렸는가를 탐사하자는 것이고, 후환이 없도록 하라는 것은 그런 풍설을 퍼뜨리는 자를 없애 버리라는 의견이었다.

임금은 그 이상 말하지 않고, 그날 밤 이영을 불렀다.

"종친의 말을 믿으니까 하는 소리다만 오늘 대신들의 태도는 너무나 태연해. 그런 일이 있는데도 그처럼 태연할 수 있다면 그들은 사람의 탈을 쓴 구렁이들이 아닌가. 그러니 그렇게 생각할 순 없거든. 10년 이상이나 나의 우익羽翼으로 있던 자를 내 어찌 의심할 수 있겠나. 들으니 여립의 배신에 분개한 이이의 제자들이 퍼뜨린 풍문일 것이라고도 하니 그럴싸하지 않은가."

"그러니까 뚜렷한 증거가 나타날 때까지 발설하지 말아야 한다고 아뢴 것입니다. 어린아이도 판단할 수 있는 증거를 잡기 전엔 일체 함구하여야 할 것입니다. 그러나 신은 이미 확증을 잡고 있으니 계속 탐사를 게을리하지 않을 작정입니다. 내가 보낸 홍계남은 실로 믿을 만한 사람이올시다."

286

"아무튼 종친께서도 신중히 하시오."

하는 간곡한 말이 있었던 것을 보면 임금의 마음이 긴가민가하는 듯했다. 하기야 그럴 만도 하다. 일개 지방의 선비가 그 벼슬이 겨우 홍문관 수찬修撰에 오른 일이 있었던 것뿐인 자가 어찌 제정신을 가지고 금성철벽과도 같은 왕권에 도전할 생각을 가졌겠는가 말이다. 다만 마음에 걸리는 것은 이영의 단언斷言이었다.

이영은 벼슬을 탐하는 자도 아니며 재보를 탐하는 자도 아니며, 선조가 등극한 이래 오직 선조의 눈이 되고 귀가 되어 충성으로 일관한 사람이었다. 그가 한 말엔 아직껏 추호의 거짓도 없었다.

임금과 이영 사이엔 결정적인 증거가 나타나기까진 발설하지 않겠다는 묵계가 성립되었다.

홍계남은 중의 배낭에 있던 은 천 냥과 '전읍삼녀서도다' 하는 부첩과 아울러 '성제폐하봉납'聖帝陛下奉納 등의 문서를 챙겨 이영에게 보내는 한편, 진행 중인 정여립의 역모를 계속 감시하고 있었다.

그런데 이영이 그러한 움직일 수 없는 증거를 쥐고도 신중을 기하지 않을 수 없었던 것은 그러한 증거가 홍계남의 손에 의해 발굴되었다고 하면 그물처럼 짜인 조정의 정여립파들이 단번에 율곡의 제자가 꾸민 수작이라고 덮어씌울 것이 분명했기 때문이다. 그 무렵 국청의 위관委官 (조사관)을 비롯하여 삼사三司의 요직은 전부 동인의 손에 있었다.

이런 판국인데 황해도에 사단事端이 발생했다. 비밀이 누설된 기미가 있다고 알아차린 여립은 거사擧事의 시일을 동짓달쯤으로 잡고 계획을 서둘렀는데 그 계획의 일환으로 구월산九月山의 중들에게 연락이 있었다. 구월산의 중들은 이미 여립과 통하고 있었고 거사의 신호만을 기다리던 터였는데 9월의 어느 날 여립으로부터 '일련탁생一蓮托生 결로위옥結路爲玉'이란 문서가 날아들었다.

일련탁생이란 같이 생사를 도모하자는 약속을 상기시킨 것이고, 결로위옥은 이슬을 맞아 구슬로 만들자는, 회천지대업回天之大業을 성취하자는 암호였다.

이와 함께 구체적인 행동계획이 암호로 적혀 왔다. 그 가운덴 동지춘개冬至春開란 말이 있었다. 겨울이 이르면 봄이 연다는 뜻으로 되기도 하거니와 동짓달에 거사하자는 통고이기도 했다. 구월산 승려들은 승복을 입고 염불을 왼다 뿐이지 승병僧兵이라고 할 만한 단결과 기량을 갖추고 있었다.

그러나 구월산 중들 가운데도 여립과의 결탁을 좋지 못하다고 보는 자들이 있었다. 그 가운데 하나가 중 의암義嚴이었다. 의암이 이런 사정을 재령군수載寧郡守 박충간朴忠侃에게 고했다.

박충간은 사실의 진위眞僞를 분간할 수 없었을뿐더러 이런 일을 가볍게 보고하거나 발설했다간 무슨 화를 당할지 모르겠다는 걱정으로 흐지부지 세월만 천연하고 있었다.

이 무렵에 안악군수安岳郡守 이축李軸이 안악의 교생 조구趙球라는 자가 정여립의 문하생이라고 자칭하고 많은 도당을 모아 술을 마시며 호언장담한다는 정보를 듣고 수상히 여겨 조구를 잡아들여 문초했다. 조구는 도저히 숨길 수 없다고 생각하고 정여립의 역모에 관해 자기가 아는 대로를 진술했다. 이축은 박충간에게 편지를 보냈다. 충간이 안악으로 왔다. 두 사람이 의논한 결과 신천군수 한응인韓應寅은 중앙에서도 알려진 명사이니 조정에서도 그 사람 말이면 믿지 않겠느냐는 데 의논을 합쳤다. 그들은 정여립을 둘러싼 조정의 공기를 대강 알았기 때문에 이처럼 신중을 기한 것이다.

박충간과 이축은 조구를 신천으로 보냈다. 한응인은 조구의 진술을 자세히 듣고 따져, 드디어 고변서를 조구와의 연명으로 황해감사 한준韓準에게 제출했다. 한 감사는 그 고변서를 근거로 하여 비밀 장계를 임금께 올렸다.

이윽고 정여립의 옥사는 벌어지고야 말았다.

황해감사 한준의 장계는 조정을 공포에 떨게 했다고 《연려실기술》은 적고 있다. 다음에 《연려실기술》을 골자로 하여 그 부분을 적어 본다.

임금이 대신들을 불러 모았다. 그리고는 그 자리에서 물었다.

"도대체 경들은 정여립을 어떤 사람으로 아는가."

영의정 유전柳墺은

"신은 그와 별로 가까이한 적이 없습니다."

라고 했고, 좌의정 이산해李山海도

"그 위인을 잘 알지 못합니다."

라고 했고, 우의정 정언신鄭彦信은

"신은 오직 그가 글 읽는 사람으로만 알았고 그 밖엔 아는 것이 없습니다."

라고 했다.

그러자 임금은 황해감사가 올린 장계를 던지며 호통을 쳤다.

"글 읽는 사람의 소이가 이 모양인가."

그리고는 승지더러 일렀다.

"그 장계를 소리 높여 읽고 그 사람들의 귀를 뚫어 주라."

장계엔 여립의 죄상이 열거되어 있었다. 모두들 목을 움츠리고 숨을 죽였다.

"어떻게 할 텐가?"

임금의 하문이 있었다.

"금부도사와 선전관을 보내어 여립을 체포하도록 해야겠습니다."

이산해가 아뢰었다.

"토포사討捕使를 보내어 비상사태에 대비해야 할 줄 압니다."

한 것은 영의정 유전이었다.

"빨리 거행하도록 하시오."

임금은 자리를 차고 일어섰다.

한편 정여립 쪽은 여립의 심복 변숭복이 조구趙球의 고변이 있었다는 것을 알고 안악安岳에서 금구金溝로 3일 만에 달려가서 여립에게 이 사실을 알렸다. 여립은 그날 밤으로 도망쳤다.

그때 홍계남과 그 일행은 정여립을 감시하고 있었지만 여립을 체포하라는 명령을 직접 받지 않았을 뿐만 아니라 이미 이영으로부터 여립의 체포엔 상관하지 말라는 지시를 받았기에 그 행방만을 확인해 두는 데 그쳤다.

그런 까닭에 금부도사 유담柳湛이 전주에 도착했을 땐 정여립은 피신한 연후였다.

10월 8일. 황해도 죄인들을 잡아와서 전정殿庭에서 국문했다. 영의정 유전, 좌의정 이산해, 우의정 정언신, 판의금부사判義禁府事 김귀영金貴榮이 번갈아 국문했다. 그로써 정여립의 죄상은 더 뚜렷해졌다.

9일. 양사兩司는 정여립의 생질인 이진길李震吉을 사관史官의 자리에서 추방해야 한다고 건의했다. 임금의 재가가 있었다.

11일. 판돈영判敦寧 정철이 고양高陽으로부터 들어와, 임금에게 배알한 후, 비밀리에 '빨리 역적을 체포하고 경성을 계엄하라'고 차자箚子를 올렸다. 임금은 '경의 충절을 더욱더 알 수 있다. 의논해서 처리하겠다'고 대답했다.

추풍과 더불어 한성의 정계는 어지럽게 흔들렸다.

역모의 발각은 지금으로 치면 불발不發된 쿠데타를 방불케 하는 사건이다. 라디오와 텔레비전은 물론 신문도 없던 시절이지만, 그때도 무족언천리행無足言千里行은 있었다. 발 없는 말이 천 리를 가는 것이다.

한성의 이목耳目이 이 사건에 집중한 것도 당연하다. 동인들은 전전긍긍하고 서인들은 내 세상을 만난 것처럼 의기양양했다.

10월 14일. 독포어사督捕御史로서 정윤우丁允祐, 이대해李大海, 정숙남鄭叔南 등이 삼남三南을 향해 떠났다. 이 무렵 홍계남은 이영으로부터 '사태를 지켜만 볼 뿐 일언반구 개입해선 안 된다. 이이李珥의 제자가 이 일에 개입했다고 하면 엄청난 후환이 있을지 모르는 까닭이다'라는 쪽지를 받고 있었다.

15일. 황해도의 죄인 이기李箕는 정여립과 공모했다고 자복自服한 뒤 능지처참을 당했다.

17일. 안악수군安岳水軍 황언륜黃彦綸, 방의신方義臣 등도 자복하여 사형을 받았다.

선전관宣傳官 이용준李用濬, 내관內官 김양보金良輔가 전주에 도착한 것도 이 무렵이다. 그러나 이미 말한 대로 여립은 도망치고 없었다. 여립은 그때 아들 옥남, 변숭복, 박연령의 아들 춘룡春龍 등을 데리고 진안鎭安 죽도竹島에 숨어 있었다.

진안현감 민인백閔仁伯이 관군을 거느리고 죽도를 포위했다. 바위 사이에 숨어 있는 여립의 일당에게 고했다.

"순순히 왕명에 따라 포승을 받아라. 비록 역모는 했으나 국법의 귀중함을 아는 것이 인신人臣의 도리가 아니겠는가."

부하들에겐 재차 일렀다.

"저자들을 생포하여야 하니 함부로 가까이에 가지 말라."

10월 18일의 달이 교교하게 중천에 걸렸다. 여립은 바위틈에서 몸을 일으켜 세워 크게 외쳤다.

"하늘이 나를 버린 것이로다. 이것은 역발산力拔山기개세氣蓋世의 항우의 절후였거늘, 나의 절후이기도 한 것이니라."

정여립은 칼을 들어 먼저 가장 심복이었던 변숭복의 목을 쳤다. 이어 아들 옥남과 심복 박연령의 아들 춘룡을 쳤다.

이윽고 여립은 칼날을 위로 해서 칼자루를 땅에 꽂았다. 그리고는 다시 한 번 "하늘이 나를 버렸다"고 외치고, 스스로 칼날에 엎디어 목을 찔러 황소울음 같은 소리를 내며 절명했다.

역신의 죽음일망정 장렬한 것이었다. 그 처참하고도 장렬한 죽음을 1589년 10월 18일의 달이 지켜보고 있었다.

홍계남은 먼 빛으로 그 광경을 지켜보며 스승 율곡을 회상했다. 원수는 하늘이 갚았다는 심정이었다.

10월 27일. 전주에서 운반되어 온 정여립과 변숭복의 시체를 저자

292

에서 찢어 죽였다. 백관들이 그 광경을 지켜보는 가운데 홍계남도 끼어 있었다.

홍계남은 전날, 정여립 옥사에 공이 있다고 하여 임금으로부터 은銀 1천 냥의 상금을 비밀리에 받았다. 동시에 보직補職을 정하진 않았으나 벼슬이 사정司正으로 올랐다. 오위五衛의 사정이면 훈련원의 참군參軍에 해당하고 정7품이다.

계남은 여립의 시신이 찢기는 것을 보며 그 참상과 은 천 냥이 결부됐다는 사실을 생각하며 인생무상人生無常을 느꼈다. 한때 맹렬히 미워해서 자기 손으로 죽이려고 한 여립이었지만 이미 죽음으로써 하늘의 보복을 받았는데 새삼스럽게 시신을 찢는 형벌을 보는 건 계남으로선 유쾌한 일이 아니었다.

계남이 저자에서 돌아오는 도중 계속 침울했던 것은 여립의 옥사로 인해, 어머니를 창娼으로 욕한 자를 찾아내어 보복, 설욕하는 기회를 놓쳤다는 데 있었다. 이미 그 풍설은 꺼져 없어졌는데 계남이 자기 입으론 그 치사스런 사실을 발설하기 꺼림칙했다.

홍계남이 꺼림할 만도 했다는 것은 그런 풍설이 있고도 사실을 밝혀 욕설하지 못한 탓으로 그 풍설이 그냥 굳어져 《조선실록》에, 홍계남의 어머니는 창娼이었다고 지금까지 남아 있게 된 것은 이 때문이다.

계남은 그 이튿날 상금 1천 냥 가운데 5백 냥을 갖고 안성으로 돌아가, 전지와 집을 마련하여 어머니를 모셨다. 주변에서 뭐라고 하건 계남은 당당한 정7품 벼슬인 사정이었다.

그때 계남은 가난한 양반 박 씨의 딸을 취해 장가를 들어 어머니를 모실 며느리로 삼았다. 큰어머니 청주 한 씨도 이 무렵엔 극성을 부리지 않았다. 계남은 안성 어머니 옆에서 그해의 겨울을 지냈는데 아마 이 시기가 그의 생애에서 가장 행복했던 시절이었다.

그동안에도 정여립의 옥사는 진행되고 있었다. 여립의 생질 이진길은 끝내 불복했지만, 그가 여립에게 보낸 편지 가운데 '지금 임금의 혼암昏暗은 날로 심하다'는 등의 말이 발견되었다. 임금은 그걸 보고 이진길을 "역적으로 처단하라"는 명을 내렸다.

조사가 진행되는 도중 역적들의 문서 가운데 여립이 하늘에 제사 드리는 제문이 일곱 장이나 나왔다. 그 내용은 임금의 죄악을 탄핵하고 욕한 것으로서 이를 데 없는 흉문凶文이었다. 국청鞫廳에서도 차마 입 밖으로 내어 들먹이지 못하고 '차마 입 밖에 낼 수 없는 말'이라고만 아뢰었더니 임금의 진노가 극심하여 엄명을 내렸다.

"평소에 여립을 칭찬하는 말을 한 자, 여립과 친하게 지낸 자, 여립과 교통이 있던 자, 조금이라도 여립을 가까이 한 자가 있으면 철저하게 찾아내어 놈들을 이 잡듯 하라."

일대 피비린내 나는 회오리가 일 판이었다. 동인東人들의 공격을 받고 최근 5, 6년 동안 벼슬길에서 멀어져 있던 서인西人들의 광분狂奔은 장관이었다. 동인들은 추풍에 낙엽이었다.

이 무렵 선조가 내린 교서敎書에 다음과 같은 것이 있다.

… 내가 덕이 모자라고 어두운 자질을 타고난 처지로 왕업王業을 지켜 온 지 20년, 항상 험한 고빗길을 걷는 양 조심하여 만백성을 교화시

294

키려고 애썼는데 역적의 괴수가 벼슬한 자들 가운데서 나왔으니 이 어찌 기막힌 일이 아니겠느냐. 역적 정여립은 어미를 잡아먹는 올빼미보다 더 악하고 독사보다도 독한 놈일 뿐 아니라, 그 글재주를 미끼로 하여 참서讖書를 만들어 백성들을 현혹했다. 닭이 알을 품어 병아리를 까듯 해 준 은혜를 잊고 감히 반역을 꾀하였으니 진실로 용납할 수가 없구나.

이것은 대제학 이양원李陽元이 지은 것으로 알려져 있지만 선조의 본심을 그대로 반영했다는 사실을 의심할 수가 없다.

임금의 뜻이 이러했으니 그 옥사의 진행이 어떠했겠는가는 충분히 짐작할 수가 있다. 그런 까닭에 각지 각층에서 소疏의 형식을 빌려 홍수처럼 밀고密告가 쏟아져 들어왔다.

밀고 가운덴 물론 과장된 것도 있었고, 날조된 사실도 있었다. 그러나 그러한 속에 이름이 적히기만 하면 체포되어 형장의 이슬이 되거나, 심한 고문 끝에 죽기도 하였으니 정여립과 다소의 면식이 있는 사람이면 전전긍긍할 수밖에 없었다.

그런데 아까의 그 교서를 쓴 이양원李陽元이 정여립을 황해도사黃海都事로 기용시키기 위해 천거한 장본인이라고 해서 문제가 복잡하게 되기도 했다. 말하자면 어느 놈이 어느 놈인지 모르는 가운데 밀고가 난무한 것이다.

도대체 당시의 이른바 소疏란 것이 어떠한 것이었던가를 후학으로선 알아둘 필요가 있지 않을까 한다. 당시 정치사정의 여실한 반영이기 때문이다. 갖가지의 상소, 거기다 추국을 받은 자들의 입에서 나온 자백 등으로 하여 조정의 요직에 있는 자들이라고 해서 추궁을 면할 도리는 없었다.

우의정 정언신은 사태가 위난함을 느끼고 스스로 위관委官 자리에서 물러났다. 그런데 얼마 지나지 않아 정언신이 정여립에게 보낸 서찰이 임금의 수중에 들어갔다. 그렇게 된 까닭은 정언신이 선전관 이용준에게, 정여립의 가택을 수색할 때에 자기들 형제가 보낸 서찰은 모조리 없애 버리라고 단단히 부탁하였는데 이용준의 부주의로 몇 통의 편지가 그냥 남아 있었기 때문이다.

공교롭게도 그 편지 가운덴 은근히 임금을 비꼬고 세상을 개탄하는 말이 섞여 있었던 터라 임금은 분노했다.

"적변이 일어난 날부터 우상 정언신이 하는 짓이 매우 마땅하지 않았으나 말을 하지 않고 있었다. 추국이 너무 소란한 것을 의심하던 터이며 양천회의 소로서 대강의 짐작도 했다. 그런데 우상 정언신은 여립과 서찰을 통한 일이 없다고 했는데 내게 눈이 없다고 생각하는가."
하고 봉한 편지를 승정원에 내려 보내며 개탄했다.

"대체 이것은 모두 어떤 사람의 서찰인가. 그리고 그 속엔 시원치 않은 세상일을 말하자니 가소롭다고 했는데 이러고도 여립과 친하지도 않고, 서찰을 통한 일이 없다고 하는 거짓말을 꾸며 대는가. 몸이 대신으로 있으면서 임금을 속이려고 하니 분하기 한량이 없구나."

이어 11월 7일, 양사가 임금에게 아뢰었다.

"이조참판 정언지와 김우옹, 백유양 등은 역적과 친족으로, 혹은 인척관계로 모두 서로 두터운 교분으로 여러 차례 서신을 통한 사실이 있을 뿐 아니라, 천일天日이 내려다보는 아래서 역적과 통신한 일이 없다고 거짓말로 임금을 속임으로써 자신의 죄를 감추려고 하니 원컨대 즉시 놈들을 몰아내소서."

11월 12일. 드디어 정언신, 정언지, 홍종록, 정창연, 이발, 이길, 백유양 등을 친국했다. 이것은 정여립의 조카 정집鄭緝의 공초供草에서 나온 말을 근거로 한 것이다.

"정언신 등이 역모에 같이 참여하여 장차 대응하려 했다."

이윽고 정언신은 중도부처中途付處의 처분, 즉 일정한 곳을 정해 딴곳으론 가지 못하게 하는 형벌을 받고, 정언지는 강계江界로, 홍종록은 귀성龜城으로, 이발은 종성鐘城으로, 이길은 부령富寧으로 귀양 가게 되었다. 그 가운데 이발과 이길은 다음다음으로 죄상이 드러나 다시 국청으로 소환되어 결국 곤장 아래서 죽고 말았다.

이 기축옥사에 대해 동인들이 적은 이른바 《동인기축록》東人己丑錄에는 이발에 관한 기사를 애석하게 적고 있다. 이것은 물론 동인들이 이발을 변명하기 위해 지은 것이라고 할 수 있는데 아무튼 이발은 비극적인 인물임에 틀림없었다.

이 무렵 하석河錫이 안성으로 홍계남을 찾아왔다. 하석은 영남 출신으로 일찍이 율곡 8협栗谷八俠을 뽐내며 계남과 같이 어울렸던 쾌남아이다.

"홍 공이 보고 싶어 불원천리 왔소이다."

계남은 하석을 반갑게 맞이했다. 그런데 하석의 얼굴엔 옛날의 호방하고 활달한 기색이 없고 침울하기만 했다.

"하 공, 우리가 만나 이렇게 기쁜데 심기가 좋지 않은 것 같소. 어이 된 일이오?"

"슬픈 산천과 슬픈 민심을 건너와서 그러하오. 이번 올라올 땐 전라도로 해서 왔는데 전라도는 참으로 목불인견目不忍見이었소. 여립이 반역했다고 해서 난도질당하고 있었소. 여립의 친척이라면 계촌計寸을 못할 먼 친척까지 찾아내어 곤장을 때려죽이고, 그 처족妻族 또한 그러하고, 여립을 아는 사람이라고 하면 붙들어다 고문하는 판이니. 글쎄 그게 무슨 꼴이오. 누가 그의 역심逆心을 알았겠소. 그의 역심을 알고 동조한 자들을 이미 붙들어 죽였는데, 길가다가 만나 인사를 극진히 하더라, 문안 편지가 정중하더라 하는 등의 일을 캐내고, 또는 만들어서까지 가혹하게 추궁하니 어느 나라의 법이 이럴 수 있소."

"하 공, 그런 걸 생각하면 어떻게 하겠소. 우리 술이나 마십시다."

계남이 이제 막 들어온 술상을 당겨 놓고 대배大杯에 술을 따랐다.

"홍 공, 도무지 살맛이 나지 않소."

"언젠 우리가 살맛을 찾아가며 살았소, 어디."

계남은 상심한 친구를 위로하느라고 부러 웃음소리를 냈다. 대배를 연거푸 마시고도 하석의 마음은 개운하지 않은 듯 이런 말도 했다.

"전라도라면 인심이 순후하길 수일이요, 인정이 곱기로 무비지지無比之地였소. 전주全州와 나주羅州가 있어서 전라도라고 부르는 것이 아니라 오로지 비단 같은 인정이라고 해서 전라도란 이름에 애착하오. 내 비록 영남인이긴 하나 사위는 전라도에서 보고 며느리 또한 전라도에서 보려고 소원하던 터요. 전라도의 민심과 인정을 알려면 과객過客들에게 물어보면 알 터이지만 과객에 대한 대접은 참으로 융숭하였소. 그런데 금번 전라도를 지나오는데 사대부가士大夫家의 대문은 굳게 닫혀 있었소.

낯선 사람을 재웠다가 무슨 후환이 있을지 모르니 당연하지 않겠소. 마음을 열 수가 없는데 어찌 대문을 열겠소이까. 나는 설움에 북받쳐 눈물까지 흘렸소. 먹고 잘 곳을 찾으려면 주막과 기방妓房이 있으니 걱정될 것 없지만, 가는 곳마다 선비를 만나 청담淸談하며 오는 여정旅程이 그렇게 기쁠 수가 없는 것이거늘, 그렇게 되지 못하니 서러웠다는 얘기요."

"과히 전라도의 사정을 짐작할 만하구료."

계남도 하석과 한숨을 합쳤다.

"나는 앞날을 걱정하오. 조정이 전라도의 민심을 얻지 못하면 인재의 등용은 기하기 어려울 것이고, 백성의 화락을 이룰 수 없을 것이오. 조정의 높은 벼슬에 있는 자 마땅히 이 일을 생각해야 하는 것이어늘 과연 그런 선견지명과 치자治者의 지혜를 구할 수 있으리까."

계남은 하석의 식견과 원려遠慮에 새삼스럽게 감복했다. 사실이지 전라도의 민심을 수습하지 못하곤 선정善政을 기할 순 없을 것이었다. 하석의 말은 계속되었다.

"이곳 안성 사람으로서 금번의 옥사에 연루한 사람은 없소?"

"왜 없겠소만, 그 때문에 고을이 시끄러울 정도는 아니오. 한데 졸재拙齋가 조헌을 두둔했다는 죄로 귀양살이를 갔소이다."

졸재란 홍성민의 호이고, 조헌은 공주인으로서 강직하기 짝이 없는 선비이며 자기가 옳다고 생각하는 일이면 직언을 서슴지 않는 사람이다. 그런 까닭으로 임금으로부터 심한 미움을 사고 있었다.

하석은 음성을 낮추어 이런 말을 했다.

"정여립이 율곡 선생에게 한 짓을 보면 분명히 나쁜 놈인데 어찌하여 그런 자가 그토록 인망을 얻었을까. 그 까닭이 궁금하지 않소?"

"나도 가끔 그런 걸 생각하오."

계남의 솔직한 대답이었다.

"벼슬로 치면 홍문관 수찬밖에 못하고 임금의 비위를 거슬러 낙향한 그자가 어떻게 조정의 중신들의 신망을 얻고, 또는 지방 수령들로부터 1~2백 석의 기진寄進까지 받아선 수천 명을 거느리고 반란을 일으킬 만한 세망勢望을 모았다는 사실은 진실로 생각해 볼 만한 일이 아닌가. 정여립의 옥사는 끝나도 그가 음모한 반란의 의미는 끝나지 않을 것으로 나는 믿는 바이오."

"다신 그런 일이 없도록 나라를 튼튼히 해야 된다는 걸 나는 알 뿐이오."

계남은 조용하게 말했다.

이국땅에서 달을 보고

우리는 느끼지도, 깨닫지도, 상상조차도 하지 못하는 곳에서 우리의 불행을 준비하는 부류들이 있다는 사실을 인식할 때 비로소 사람은 운명을 생각하고 비극悲劇을 생각하게 된다. 우리의 역사는 빈번히 이러한 악운 속에 시달렸다. 그런데도 정신을 차리지 못했고, 앞으로도 그럴 것이 아닌가 하는데 우리의 두려움이 있다.

한번 상상해 보자. 정여립의 반역사건으로 죽이고 죽고, 모함하고 모함당하고, 매일 국청에서 고문하는 소리가 요란하고, 눈앞의 사건, 당장의 보복만을 서둘러 영일寧日이 없을 때, 일본은 이 나라를 잡아삼키기 위해 총포를 준비하고, 칼을 갈고, 배를 만드는 등 준비를 했던 것이다.

그 중심인물이 바로 풍신수길豊臣秀吉. 우리는 이 인물을 알아 둬야 할 필요가 있다.

풍신수길의 출생은 아직도 수수께끼로 되어 있다. 첫째는 사생아설私生兒說이고, 둘째는 귀족의 낙윤설落胤說, 셋째는 축아미筑阿彌의 아

301

들이란 설, 넷째는 키노시타 유에몬木下彌右衛門의 아들이란 설이다. 어느 하나 확실한 근거는 없지만 오늘의 일본에선 넷째 설을 채택하는 모양이다. 하여간 그의 출생은 빈천한 것이었다.

그러한 수길이, 군웅할거群雄割據하여 백여 년 펼쳐진 난마亂麻와도 같은 전국시대를 수습하여 일본의 천하를 통일했다. 이를테면 일본으로 봐선 일세의 대영웅이었다.

수길이 일본을 통일할 무렵 조선朝鮮을 침략할 의사가 있었다는 것은 문헌이 증명한다. 1586년 3월 16일, 대판성大阪城을 낙성하고 예수교의 전도사 가스펠 퀘류를 접견한 자리에서 수길은 다음과 같은 말을 했다.

"나는 미천한 몸으로 이제 최고의 지위에 이르렀다. 그러니 내 이름의 권위를 후세에 남기는 일 말곤 바랄 것이 없다. 정복할 영토는 없다. 금은金銀은 많다. 이 이상 재산을 불릴 생각이란 전혀 없다. 나는 지금부터 중국과 조선으로 쳐들어갈 생각밖엔 없다. 그런 까닭에 2천 척의 군선軍船을 만들 요량으로 이미 목재 벌채의 영을 내렸다. 당신들 선교사들에게 부탁하고 싶은 건 서양 대선大船 2척을 우리가 사게 해 달라는 용건이다. 배의 대금은 물론이거니와 기타 필요품에 대해 요구하는 대로 지불할 작정이다. 동시에 아주 익숙한 항해사도 천거해 주기 바란다."

임진왜란이 터지기 6년 전에 풍신수길은 이렇게 구체적으로 자기의 의도를 밝혔다.

수길의 일본 통일은 무력武力만으로 된 것은 아니다. 한편 전쟁, 한편 위협, 한편 유화宥和 등의 술수로써 이루어졌다.

수길은 모든 분야에서 남의 의표意表를 찌르는 인간이다. 정치적 야심이 대단했거니와 그의 호색好色 또한 이상할 정도였다는 것은 선교사 루이스 프로이스가 1593년에 본국 포르투갈에 보낸 다음의 보고서에 나타나 있다.

관백關白, 즉 수길은 파렴치할 정도로 호색한好色漢이다. 그는 동물적인 육욕에 탐닉하여 그의 궁전 내에 2백 명 이상의 여자를 거느리고 있다. 이 염치없는 폭군은 나이가 60이 넘었는데도 수도와 지방의 선민들 딸들, 조금 예쁘다 싶으면 보이는 대로 데리고 와서 육욕을 만족시킨다. 궁으로 데려온다고는 하나 그 여자들을 전부 머물게 해두는 것은 아니다. 하루이틀 맛을 보고 적당히 돌려보내는데 그 가운데 마음에 드는 여자가 있으면 오래 머물러 있게 했다. …

일본의 기록을 보아도 수길의 첩은 많다. 가장 총애한 여자가 요도기미淀君. 이 여자가 수길의 아들을 낳았다. 그런데 그 많은 여자를 거느리고 있으면서도 정실正室을 지극히 섬겼다. 외지外地에 나가 있을 때 편지를 쓸 때는 꼭 그 본처에게 썼다. 첩들에게 대한 문안도 정실을 통해서 했다. 갖가지 괴벽怪癖으로 생활이 난맥한 것 같으면서도 나름대로의 중심은 잡았다.

수길이 대륙을 침략할 생각을 벌써부터 가졌다는 것은 이미 얘기했거니와 그런 야심이 어디에서부터 생겨났는가는 모를 일이다. 그러나 추측건대 부하들의 과잉충성이 그렇게 만든 것이 아닌가 한다.

1587년 6월, 수길은 구주九州에 있었다. 사츠마薩摩의 시마즈 히사島津義久를 항복시키고, 히고肥後의 사시키佐敷에 진을 치고 있었을 무렵이다. 예정대로면 구주를 평정한 연후 곧 군사軍士를 돌려 관동關東

과 동북東北을 쳐야 할 것이었다. 그런데 수길의 뇌리에 비친 것이 있었다.

'내가 지금 하는 전쟁은 상전이 시킨 대로 하는 것이 아닌가.'

수길의 상전은 직전신장織田信長이다. 수길은 그 상전이 죽은 후 천하를 물려받고, 그 상전이 생전에 구상한 대로 행동하고 있었다. 물론 상전의 후계자로서 자기를 정립하려면 대소의 전투를 곁들여 피나는 노력이 있기도 했지만, 돌연 반성해 보니 자기는 상전의 허수아비였다. 수길은 돌연 '나는 나의 길을 걸어야겠다'고 생각했다. 옛날의 수길은 아니다. 상전의 벼슬은 우대신右大臣이었는데 수길은 어느덧, 관백태정대신關白太正大臣이었다. 빈천한 농부의 아들로 태어나 관백이 된 풍신수길쯤의 불세출의 대영웅이 타인이 세운 계획과 노선만을 따르고 있대서야 말이 되겠는가.

'그렇다. 하늘은 그 따위의 꼴이 되게 하기 위해 풍신수길을 이 세상에 보낸 것이 아닐 것이다!'

동시에 어떤 의욕이 번쩍 고개를 쳐들었다.

"그렇다. 소서행장小西行長을 불러라. 행장을 불러 대마도對馬島의 종의조宗義調를 데리고 오도록 하라."

수길은 한번 마음을 먹으면 자기의 세계를 한꺼번에 우주로 확대시키는 천재형의 사나이다.

"대마도의 종의조를 불러오겠습니다만, 너무 나무라지 마십시오."

사실 종의조는 그때까진 수길을 잘 몰랐다. 그는 하카다博多와 사카이堺의 상인들과 손을 잡고 조선무역에 종사하는 무장武將이라고 하기보다 정상政商이었다. 그는 자기 입으로 조선왕과는 친밀한 사이라고 자랑했다. 그런 만큼 종의조가 신례臣禮를 취해 종군從軍하겠다고 했을 땐 수길이 무척 기뻐했다.

그 종의조가 소서행장을 따라 사시키의 진영을 찾아왔다.

"대마도수對馬島守, 내가 수길이다. 얼굴을 들라. 자넨 사츠마의 도진島津이 어째서 아직도 그 목을 부지하고 있는가, 그 이유를 아는가."

물론 종의조의 대답을 들으려는 것은 아니다. 자기의 착상着想을 쏟아놓기 위해서다.

"도진이란 놈은 나를 여기까지 오게 한 가증스런 놈이다. 그래서 내가 놈의 거성居城, 가고시마鹿兒島와 5, 6리 되는 곳에 말을 세우고, 놈의 목을 베려고 하자 놈은 대가리를 움켜쥐고 절로 도망쳐 버렸다. 핫하하 … 그리고 나와선 항복하는데 그땐 중대가리가 되어 있었어. 중대가리를 하고 살려 달라고 비는 꼴이 불쌍하더라. 그래 앞으론 실수 없도록 하라고 타이르고 놓아주었다. 내 처사를 잘 알겠지?"

"예, 진정코 꽃도 열매도 있는 처사라고 생각하여 감동하였습니다."
하고 종의조가 조아렸다.

"그런가, 그럼 좋다. 내가 자네에게 물어보고 싶은 게 있는데 자넨 고려왕高麗王(수길은 조선왕을 꼭 이렇게 불렀다) 과 친하다는데 사실인가?"

"친하다는 말은 좀 뭣합니다만, 몇 번인가 조선에 가서 만난 적은 있습니다."

"그런가. 그렇다면 자넨 곧 고려왕에게 사자使者를 보내라. 구주 일원九州一圓을 손에 넣은 수길이 사츠마의 영주 도진의 목을 치려다가, 목이 날아가는 직전에 중이 되어 사죄하기에, 그의 딸 구수龜壽를 인질로 잡고 용서해 주었다고 소상히 설명하고, 하루빨리 일본 조정日本朝廷

에 출사出仕하도록 일러라."

"그, 그… 고려왕에게 말입니까?"

종의조는 아연했다.

"뭣 놀라는가. 구주에서 판을 치던 도진島津 일족을 감쪽같이 항복시
킨 수길이 고려왕쯤을 정벌할 수 없을 거라고 생각하는가?"

"아니옵니다. 결코 그런 게 아니옵니다."

"그렇다면 빨리 사자를 보내라. 그렇지, 빠른 배가 좋겠군. 빠른 배
를 태워 보내라. 만일 내 요구에 응하지 않으면 내년 초엔 정벌군을 보
낸다고 일러라."

"내년 초에 고려왕을…."

종의조의 입이 다물어지지 않았다.

수길이 버럭 고함을 질렀다.

"자넨 설마 내 실력을 의심하는 건 아니겠지. 구주九州를 공략하기
위해 나는 24국에 군령軍令을 내렸다. 게다가 이번엔 구주 일원一圓이
붙었다. 나는 이미 카스야糟谷에게 명령하여 하카다博多에 축성築城하
는 중이다. 언제건 출전할 수 있다 이 말이다. 이런 사정까지 고려왕에
게 알려 줘 순순히 출사出仕하기만 하면 쳐들어가지 않겠다고 해라."

종의조宗義調는 뭐라고 대답할 수가 없었다. 조선은 일본이 아닌데
수길은 조선을 일본의 구주나 사국四國쯤으로 생각하고 있다.

'이 사람에겐 일본과 타국의 구별이 없구나' 하고 생각하니 종의조는
등골이 오싹했다.

"알았지? 빨리 배를 마련해!"

"예, 그 일 같으면…."

306

"알았으면 좋다. 고려를 족치는 것쯤은 두 달이면 될 것 아닌가."

이러한 경위로 종의조의 부하 귤강광橘康廣이 조선으로 왔던 것인데, 조선은 '수로水路가 미매迷昧하여 통신사를 보낼 수 없다'고 함으로써 귤강광이 허탕을 친 셈이어서 수길은 그의 목을 쳐 죽였던 것이다.

"태합太閤 전하殿下의 위광威光이면 조선이나 명나라가 신종臣從하지 않을 까닭이 없습니다."

"만일 불응하면 정벌군征伐軍을 보내십시오. 한 달, 넉넉잡고 두 달 안으로 해치울 수 있을 것입니다."

"그런 연후엔 수도首都를 북경北京에 두어 그야말로 천하를 호령하면 그 얼마나 장관이겠습니까."

과잉 충성하는 부하들이 이런 아첨을 함으로써 수길의 과대망상증을 더욱 부풀게 했다.

그러나 이런 가운데서도 그것이 무모無謀한 짓인 줄을 알고 은근히 말리려고 한 극소수의 사람들이 있었다. 천이휴千利休가 바로 그들 중의 하나이다. 그는 수길의 다도茶道 스승이며 70세 노령이었다.

수길이 조선에 출병할 것을 서두른다고 들은 이휴는 사카이堺의 거소에서 백 리 길을 걸어 경도京都로 나왔다. 그 당시 수길은 경도에 취락제聚落第란 호화로운 집을 지어 거처했다.

수길을 만난 자리에서 이휴가 말했다.

"조선에 출병한다느니, 명국明國을 정벌한다느니 하고 서둘 것이 아닙니다. 전하."

"무슨 소린가, 이휴!"

"조선은 바다 건너 천 리 저편에 있는 나라, 명明은 그보다 먼 만 리 저편의 나라에 있습니다."

"천 리, 만 리가 어떻단 말이냐."

"그 먼 곳에 병사를 보내 이겨 보았자 득이 될 것이 별로 없을 줄 압니다. 그런데 확실한 승산을 세울 수도 없습니다."

"뭐라구?"

수길의 감정은 폭발 직전이었다. 그래도 이휴는 굽히질 않았다.

"많은 군사가 이역의 땅에서 죽을 것 아닙니까. 그러고도 얻는 것이 없다면 크게 후회할 일이 아니옵니까."

"누가 어째서 후회한단 말인가."

"보다도 국내를 잘 다스리옵소서. 이제 겨우 천하가 통일되었으니 병사兵士를 거두고 백성들에게 안심을 주셔야 할 것이옵니다."

"백성들에게 안심을 주기엔 일본이 너무 좁다. 나는 백성들에게 넓은 땅을 주어 활달하게 살게 하고 싶다."

"그러나 그건 불가능한 일입니다."

이 말에 수길의 분노는 드디어 폭발했다.

"돼먹지 못한 놈이 나에게 경륜經綸을 가르치려고 하는가. 언제 너에게 정치에 주둥아리를 놀리라고 했던가. 나가라, 당장 나가."

하고 이휴를 사카이로 쫓아 버렸다.

그래도 이휴는 굴하지 않고 직간直諫하는 편지를 썼다.

… 무력武力으로 해외에 진출하려는 것은 백해무익百害無益한 노릇입니다. 선린우호善隣友好의 정책으로 나아가면 조선왕도 불원 우리의

정책에 동조하게 되어 이윽고 대명국大明國과의 무역에 길을 틔워 줄 것인즉, 이 판국에선 무력을 생각할 것이 아니라, 다도茶道의 정신으로 장차의 미과美果를 기대하도록 하심이 현명할 것이옵니다.

하고 지성至誠을 피력했다.

이것은 상전인 신장信長을 넘어서서 세계에 일본인의 전인미도前人未到의 기개氣槪를 보여 줄 양으로 야심만만한 수길로선 용서할 수 없는 노릇이었다.

"당장 가서 이휴란 놈에게 절복切腹을 명하라."

그리하여 수길에게 무이無二의 충신이라고 할 수 있었던 천이휴는 70세의 주름 잡힌 배를 갈라 죽었다. 이것이 곧 수길에게는 망조亡兆였지만 망할 인간이 망조를 알 수 없다.

거듭되는 수길의 독촉을 받고 종의조가 그의 양자 종의지宗義智를 보낸 것은 선조 21년, 즉 1588년 12월.

그 일행은 하카다博多 성주사聖住寺의 주지 현소玄蘇와 종의조의 가신인 유천조신柳川調信 그리고 소서행장의 사신 도정종실島井宗室이었다. 이들은 오랫동안 부산釜山 객관客館에 머무르면서 조정이 통신사를 파견할 것을 요청하고, 통신사와 같이 돌아가겠다고 버텼다.

수길의 요구는 조선 국왕의 일본 조정에의 출사出仕였지만, 일본의 사신들은 감히 그런 말을 입 밖에 낼 수가 없어 통신사의 파견을 요청한 것이다.

조정에선 의론이 백출하여 결론을 내지 못했다. 그런 데다 조정朝政의 득실을 극론한 조헌趙憲의 상소가 있어 그것이 불가하나고 하여 그를 길주吉州로 귀양 보냈다. 그러던 차 인사이동이 있었다. 영의정 노수신과 좌의정 정유길이 물러나고, 영의정에 유전, 좌의정에 이산해, 우의정에 정언신, 이조판서에 유성룡柳成龍이 앉았다. 이러한 판국인지라 종의지 일행은 아무런 답을 얻지 못하고 돌아갔다.

그들이 다시 나타난 것은 1589년 6월이었다. 이때의 인원 구성은 정사正使가 현소이고, 부사가 종의지로 되어 있었다. 그렇게 한 이유는 종의지를 조정에선 대마도주의 사신으로만 보기 때문에 현소를 일본국사日本國使로 위장시킬 필요가 있어서다.

그해 8월 1일. 강연講筵에서 일본 문제가 의제에 올랐다. 임금이 변협邊協에게 먼저 의견을 물었다.

"왜인들이 이번 그들의 소청을 거절하면 우리나라와의 수교를 끊을 것 같으냐?"

"대마도는 우리로부터 후리厚利를 얻는데 그럴 수 있겠습니까."

그러자 임금이 일렀다.

"통신사를 보낼 수 없다고 본다. 그 대신 그 사신들은 후하게 대접해 보내라. 선물도 푸짐하게 준비하라."

이에 전적典籍 허성許筬이 아뢰었다.

"통신사 보내길 거절하면 병화兵火로 대하게 될지 모르는 일이옵니다. 그러니 차제에 통신사를 보내시는 것이 좋지 않을까 합니다. 수길은 원래 미천한 출신에서 일어난 사람이옵니다. 이제 통신을 구하는 것은 우리의 힘을 빌려서 국민들의 인심을 진정하려는 것이지 결코 타의가 없을 줄 아옵니다."

이어 8월 4일, 선조는 도승지 조인후趙仁後를 불러 다음과 같은 전교를 대신들과 비변사備邊司, 예조禮曹에 내리게 했다.

서로 통신通信하자는 일본의 청을 우리는 해로海路가 험하다는 핑계로 매번 거절했다. 그런데 이번엔 대마도주의 아들 종의지로 하여금 해로의 안내를 시키겠다고 청하여 왔다. 이것은 우리의 핑계를 무색하게 하려는 것이다. 고래로 우리와 일본은 일왕일래一往一來하여 교제했는데 근간 중절되었다. 그러나 일본엔 신왕新王이 섰다고 했고, 그 계기로 서로 내왕하자고 청해 온 것이니 달리 그 의도를 의심할 것이 못 된다. 더욱이 풍파의 난難으로 이유를 삼는다면 어색한 일이 아닐 수 없다. 풍파의 난은 오늘에 시작된 일이 아니지 않는가. 이런 구실을 거듭하다간 창피와 원망을 사게 되어 화호和好가 끊어짐으로써 우리의 영토를 침범할 이유를 만들게 된다면 이 일을 어떻게 당할 것인가. 그런데 여기에 하나의 계략計略이 있다. 을묘년乙卯年(1555년)에 왜구가 쳐들어온 일이 있지 않았던가. 그때 손죽도의 변장邊將 이대원李大元 등을 죽이고 우리의 백성들을 납치해 갔다. 이 사실을 그들에게 알리고 그때 그 일을 저지른 적의 괴수 4, 5명과 그들과 공모한 반적叛賊 사화동沙火同, 이들을 붙여 둔 오도五島, 평호平戶의 양도주兩島主, 그리고 끌려간 우리 사람들을 모조리 돌려보내 그들이 진실로 화친하고자 하는 뜻을 보이면, 풍도가 심하고 여로가 험난한 것을 무릅쓰고라도 사신使臣을 보내겠다고 하면 문사文辭도 좋고 명분도 분명해서 좋지 않겠느냐.

8월 11일, 이 전교에 의하여 예조에서 회의가 열렸다. 그 회의엔 2품직 이상의 조신들이 모였다. 그 회의에선 의론이 백출했다. 어느 사람들은 명나라에 보고한 후, 그 허락을 받고 통신사를 보내자고 하고 그런 것까지 명나라에 고할 필요가 어디에 있느냐고 하는 사람도 있어 쉽게 의견의 일치를 볼 수 없었다. 그런데 수찬 허성許筬의 말을 좇아 전교대로 시행해 보자고 일단 결론을 내렸다. 전교대로 시행해 보자는 것은, 반역자 사화동과 왜구의 괴수를 박송縛送하라고 먼저 요구해 보자는 것이다.

8월 28일, 인정전에서의 일본 사신들과 접견한 자리에서 선조의 뜻을 받들어 사화동 등의 박송을 요구했다. 이에 일본국사日本國使 현소가 대답했다.

"입구일사入寇一事는 아는 바 아니옵니다만, 귀국의 반민叛民이 오도五島의 왜倭를 끌어들여 변도邊島를 겁략했다면, 마땅히 박송할 것인즉, 이는 결코 불가능한 일이 아닙니다."

몇 년 전 귤강광이 처단된 것을 본 현소 일행은 어떤 수단으로든 헛걸음할 수 없는 처지여서, 이렇게 쉽게 말했지만 내심은 편하지 않았다. 기갈이 센 수길이 뭐라고 할지 몰랐기 때문이다. 그러나 생각보다는 일이 수월하게 진행되었다.

일본 기록에 보면 이 사항에 관해서 소서행장이 다음과 같이 수길에게 말했다고 되어 있다.

"원래 고려인(조선인)은 겁이 많습니다. 그런 까닭에 우리의 해적들을 겁내고 있습니다. 만일 이 해적들을 꽁꽁 묶어 보내면 그들은 안심하고 우리들에게 명나라로 가는 길을 터 줄 뿐 아니라, 우리에게 심복할 것입니다. 그러니 해적 몇 놈하고, 해적의 앞잡이 노릇 한 놈들과 고려인을 보내 버리도록 하시는 게 어떻습니까. 쓸모없는 몇 놈과 고려인 전부의 마음을 바꾸는 겁니다."

아무튼 수길은 조선의 요구를 들어주기로 했다.

선조 23년, 1590년 2월 28일 일본의 사신은 해적의 괴수와 진도의 반민 사화동, 그리고 납치됐던 조선인 160명을 데리고 왔다. 그때 종의지는 인정전에서 헌부獻俘의 예禮를 행했다.

선조는 종의지의 노고를 치하한 다음 반민叛民 사화동을 힐문했다. 그 내용은 문서엔 없으나 항담巷談으로 남아 있다.

"나 사화동은 천애의 고아로 어느 나라 백성인지 알지 못한다. 그런 까닭에 나는 도둑이었으면 도둑이었지 반민은 아니다."

라고 고함을 질렀다고도 하고,

"내가 겪은 수모, 내가 당한 곤욕의 갖가지는 입이 백 개가 있어도 다 말을 못한다. 너희들은 내게 무엇을 주었다고 이렇게 책하느냐. 빨리 목을 베어라."

하고 외쳤다는 얘기가 있다.

왕은 영을 내려 사화동을 성외로 데리고 가서 목을 베게 했다. 같이 박송해 온 왜구의 괴수들도 이렇게 했다.

선조는 종의지에게 내구마內廐馬 한 필을 하사했다. 내구마란 사복시司僕寺에서 기른 말이다. 그리고 사신들 모두에게 연회를 베풀었다.

이로써 조정에선 일본에 통신사를 보낼 결정을 정식으로 내렸다.

그 무렵의 조정은 다음과 같은 인물들로 구성되었다.

영의정 유전, 좌의정 이산해, 우의정 정철, 이조판서 유성룡, 예조판서 권극례, 병조판서 권증.

유성룡의 《징비록》은 이때의 상황을 다음과 같이 기록하고 있다.

나는 대제학大提學으로서 국서를 초하려고 진언했다. 익일의 조강朝講
에 지사知事 변협邊協 등의 진언도 있었다. 사자使者를 파견하여 회신
하고 동시에 그들 국내의 동정을 살펴보는 것도 나쁠 것이 없다는 내용
이었다. 이렇게 조의朝議는 처음으로 결정되어 그 인선에 관해선 적재
적소를 선택하라는 명령이 내렸다.

결국, 통신상사通信上使에 첨지僉知 황윤길黃允吉, 부사副使는 사성
司成 김성일金誠一, 서장관書狀官으로선 전적典籍 허성許筬이 임명되었
다. 11월 18일의 결정이었다.

그러나 통신사가 거동하려면 적어도 수십 명의 수행원이 있어야만
했다. 그 인선이 한창일 무렵 홍계남은 안성에 있었는데 이영으로부터
연락을 받고 서울로 온 것은 2월 초순께였다.

이영은 계남에게 다음과 같은 말을 했다.

"이번 통신사 일행에 홍 공을 끼우려고 내가 마음먹은 것은 홍 공의 투
철한 안력眼力에 기대하는 바도 있지만, 이 기회에 홍 공이 출중한 공
로를 세우길 바라기 때문이오. 공이 커지면 출생의 근원을 따지는 일
은 없어질 것이오. 내 일전 홍 공의 모당母堂을 모독하는 말이 있다는
풍문을 듣고 나도 분개했소. 흉측한 말은 들어도 안 들은 척하는 것이
상책이오. 인지위덕忍之爲德엔 가릴 것이 없소. 홍 공이 서울을 싫어
하고 전리田里에 가 있는 심정은 어머니가 안타까워서 그런 줄 잘 알고
있소. 한데 어머니를 빛나게 하려면 홍 공이 나라를 위해 공을 세워야

314

하오. 일시에 격한 마음으로 분풀이할 것이 아니라 적덕누공積德累功하여서 빛을 발하여 어머니의 은혜에 보답하시오."

"고맙소이다."

계남은 충심으로 이영에게 감사했다.

"일본이라면 수로천리水路千里의 위험한 길이지만, 바다에 익숙한 일본인들의 향도를 받고 가는 것이니 과히 염려할 건 없소."

이영은 최근 정여립 사건의 전말을 애기하곤 껄껄 웃었다.

"홍 공, 내가 일찍이 애기한 바 있지 않던가. 여립에게 대한 율곡의 원수는 다른 사람이 갚아 줄 거라고."

홍계남은 그 언젠가 하석이 제기한 의혹을 이영에게 말해 보았다. 일개 수찬에 불과한 정여립이 어떻게 그런 세망勢望을 모았을까, 하고.

이영의 대답은 간단했다.

"유유상종類類相從이란 말이 있느니. 끼리끼리 비슷한 놈들이 모이는 거지. 충신의 편이 1천 명이면 역적의 편도 1천 명이라고 하잖던가. 간사한 꾀를 쓰면 그만한 세망勢望쯤은 누구도 모을 수 있을 걸세. 정여립이 거사하여 만일 성사라도 했더라면 그런 놀람도 가져 볼 만하지만 결국 실패하지 않았는가. 실패한 일을 들먹여 인물을 논할 필요는 없는 거요. 실패할 작정이면 나도 천하를 도모할 수 있겠소."

계남이 이영의 말을 듣고 보니 그럴싸하다고 생각했다. 안 된 일을 가지고 사람을 평가할 순 없는 일이다.

이영과 계남은 처남과 매부의 관계로 돌아가 오래간만에 간담肝膽이 서로 비치는 애기를 나누고 긴 밤을 즐겼다. 수로 천 리 저편에 있는 일본에 가게 되었다는 것이 어쩌면 꿈만 같았다.

2월 하순, 통신사 수행원隨員들의 인선이 결정되었다. 그 가운덴 선전관宣傳官 황진黃進, 판관判官 성천지成天祉, 서기 차천락車天輅 등이 끼어 있었다. 홍계남은 군관軍官으로서 황진을 보좌하는 동시에 하졸下卒들을 지휘하는 역할을 맡았다.

이영은 계남에게 세시歲時와 풍물風物에 관한 시詩 백 수를 골라 모은 책 한 권을 주며,

"왜인들 가운덴 시를 좋아하는 사람들이 있다고 들었네. 가는 도중 이 가운데 있는 시 백 수를 외워 놓으면 융통무애하게 왜인들의 청請을 피해 성시위장成詩爲章할 수 있을 것이라."

고 했다. 그리고 덧붙였다.

"일본은 산자수명山紫水明, 그 풍경이 수일하다고 들었네. 가서 그 풍경을 감상하고, 문무文武에 걸쳐 장부의 기상을 펴 보이도록 하게."

3월 4일. 황윤길, 김성일, 허성이 임금께 배알하여 이별을 고했다.

선조 23년(1590년) 3월 6일.

통신사 일행은 예조에서 절월節鉞을 받고 숭례문崇禮門을 나섰다. 일행 중엔 일본의 사신들도 끼어 있었다.

이날 양재역良才驛에서 자고, 그 이튿날은 용인龍仁에서 묵었다. 8일 일행이 죽산竹山에서 묵는 동안 홍계남은 안성으로 가서 부모에게 하직인사를 드리고, 10일 충주에서 일행과 합류했다.

11일엔 안보역安保驛, 12일엔 조령鳥嶺을 넘었다. 화창한 봄날에 전개된 산수의 풍경은 이제 이국으로 떠나는 나그네의 감회에 서려 가슴

을 치는 그 무엇이 있었다.

  문경에서 자고 13일엔 유곡역幽谷驛, 14일엔 개령開寧, 15일엔 성주
星州. 여기서 10여 일을 쉰 다음, 25일 밀양密陽에 이르렀다. 27일 양
산에 도착, 양산군수의 영접을 받고 며칠을 쉰 후, 4월 초 부산에 도착
했다.

  경상좌도 수군절제사水軍節制使는 일행을 위해 거창한 연석을 베풀
었다. 정·부 통신사는 검은 동전을 단 조관朝官의 예복으로 좌사수와
대좌하고, 선전관, 군관, 서기도 서열에 따라 좌정하여 진수성찬이 가
득한 요리상을 받았다.

  그날 밤 홍계남은 성 밖의 강 씨 집에서 자는데 밤중에 밀양에서 왔
다는 기생이 수청을 들러 왔다. 경주·밀양·동래 3읍의 기생들을 총
동원한 것은 연석宴席에서 가무歌舞를 펼치기 위해서지만 원행遠行할
사신들의 객고客苦를 풀어 주기 위한 것이기도 했다.

  하졸 별배는 제외하고 이른바 관官 자가 붙은 사람에겐 말단에 이르
기까지 기생이 고루 배정되는 것이라서 홍계남도 뜻밖인 일로 생각하
진 않았으나 심상이 유쾌하지는 않았다.

  "동래부사 영감의 분부 받자와 대령하였습니다."

  "일이 없대두 그러네. 빨리 돌아가게."

  계남이 거칠게 말했다.

  그러나 마루 위의 기생은 움직이려 하지 않았다. 계남은 펴 놓은 침
구 위에 벌렁 드러누웠다.

  "먼 길을 걸어오자니 지쳤다. 아가씨도 돌아가 쉬시구려."

  "쇤네는 마루에서 밤을 새우겠사오니 관심 마시고 유하사이다."

마루에서 밤을 새우겠다는 기생을 가만둘 수 없어 계남은 다시 자리에서 일어나 문을 열었다.

"이리로 들어오게. 방을 두고 마루에서 밤을 새울 수가 있겠나."

기생이 방으로 들어와 방 한구석에 다소곳이 앉았다. 나이는 스물한둘가량이나 되었을까. 미색이라고 할 순 없었으나 이목구비는 단정한 편인데 얼굴엔 수색愁色이 짙었다.

"소녀의 이름은 수월이라고 하옵니다."

하고 일순 계남을 쳐다보곤 눈을 아래로 깔았다.

계남은 적당히 자리에 비집고 자라고 할까 했지만, 왠지 안쓰러운 생각이 들었다.

"우리가 이렇게 만난 연분도 대단한 건데 내가 푸대접해서 미안하군. 수월은 동래부의 관기인가?"

"예."

"어떻게 기적妓籍에 들게 되었나."

"전 나면서부터 기적에 들어 있었사옵니다."

"그럼 어미도 기생이었군. 아버진?"

"권가權家 성姓을 가졌다고 들었을 뿐 아버지를 본 적도, 아버지에 관해 아는 바도 없습니다."

그 말을 듣자 계남의 가슴이 뭉클했다.

'이 어이한 팔자인고…' 하는 느낌이었다.

계남은 자리를 비워 주며 누워 눈을 붙이라고 하고, 불을 끄곤 벽을 향해 몸을 누이었다.

옷 벗는 소리와 더불어 자리에 누운 수월이 나직이 속삭였다.

"나리, 절 소박하실 작정이십니까?"

계남이 부드럽게 타일렀다.

"우리의 연분은 한 지붕 밑, 한 방에서 하룻밤을 같이 지내는 것으로
만 해 두세. 자네가 아비를 모른다고 들으니 내 마음이 언짢구나. 어쩌
다 오늘 밤 우리가 상관하여 아들을 얻게 되면 기껏 관노官奴가 될 것이
고, 딸을 얻으면 관기官妓가 될 뿐인데, 부질없이 하룻밤 풋사랑으로
그런 화근을 만들어서야 되겠는가. 편히 쉬도록 하세."

그러자 수월이 흐느끼기 시작했다.

"장차 종이 되고, 기생이 될망정 아들이나 딸 하나는 갖고 싶소이다.
사위를 둘러보아도 무의무탁한 신세란 참으로 적막하옵니다. 동래부사
영감의 분부가 앞으로 배가 떠날 때까지의 순일旬日 동안은 서울에서 온
나리들을 모시라기에 저는 이 기회에 아들이나 딸을 얻어 볼까 마음을
먹었소이다. 그래서 나리의 번이 된 향녀란 기생에게 닷돈 금반지를 주
고 제가 나리를 모시게 된 것이옵니다. 그런데 나리께선 절 미워하시니
눈물을 흘리지 않을 수 있겠사옵니까."

"미워하는 것이 아니래두."

"관노도 사람이고 관기도 사람입니다. 관노도 아들 노릇할 줄 알며,
관기도 딸 노릇할 줄 아옵니다. 제게 은혜를 베풀어 주사이다."

"자네에겐 그렇게 하면 은혜가 될지 모르지만, 그럴 경우 내 마음이
편하겠는가. 만일 내 아들, 내 딸이 종노릇을 하고, 기생노릇을 하고
산다면 어찌 내가 해를 보고 살 수 있겠는가. 나는 그러진 못하겠네."

수월은 한동안을 울다가 깊게 한숨을 내쉬었다.

"서둘지 말게나 수월이. 내가 배를 타고 떠나려면 앞으로 순일이 남

왔다. 그동안 자넨 나를 보살피게 되었으니 두고두고 전후사를 생각해 보자꾸나."

계남이 이같이 말할 때는 다음과 같은 요량이 있었다. 며칠 더 수월을 겪어 보고 사람됨이 방불하면 동래부사를 찾아가 만일 이번의 인연으로 수월이 아이를 갖게 된다면 속량을 시켜 달라고 부탁할 참이었다.

나라를 위해 멀리 이역으로 가는 군관의 소청쯤을 들어주지 않을 동래부사가 아닐 것이니 계남의 작정은 터무니없는 것은 아니었다.

그날 밤은 아무 일 없이 지내고 다음 날 밤 계남은 수월을 안았다. 하루 낮을 겪어 본 결과 수월의 사람됨을 알았던 것이다. 수월은 한 달가량의 여행 동안 밀린 계남의 빨랫감을 말쑥이 빨고, 기울 것은 기우고 다듬을 것은 다듬었는데 그 솜씨와 요령이 여염집 다부진 아낙네보다도 다부지고 민첩했다. 뿐만 아니라 몸매에서 풍기는 느낌이 화류花柳의 출신답지 않게 청신하기도 했다.

이렇게 해서 홍계남의 부산에서의 일일시호일日日是好日이 시작되었다. 그동안 계남은 산성을 찾아 궁사弓射의 연습을 게을리 안 했고, 이영이 준 시詩 100선百選을 암송하는 일도 게을리 않았다.

4월 29일 이날은 예조에서 선택한 출항의 날이다. 하늘은 맑고 해풍은 부드러웠다. 문자 그대로 길일이었다. 진시辰時를 기하여 통신사 일행은 좌수사左水使 이하 지방 관원들의 환송을 받고 승선, 이윽고 해람解纜하여 고적鼓笛소리도 우람하게 출항했다. 일본 사신들의 배까지를 합쳐 대선 십수 척이 각기 단장을 하고 창파를 헤쳐 나가는 모양은 실로 장관이었다. 부산포 일대는 구경 나온 사람으로 하얗게 덮였다.

사신들은 각기 따로따로 배를 탔다. 배는 이른바 용양전함龍驤戰艦, 바깥으로 붉은 나장羅帳을 이루고, 안엔 판옥 12칸을 만들었는데 포주庖廚를 비롯하여 품장廩藏, 침소寢所가 골고루 갖추어져 있다. 판옥의 상층에 설헌設軒하여 기둥엔 부조浮彫된 채화彩畵가 있고, 흑갈색의 장막으로 둘러쳐 있어 7, 8명이 앉을 수 있게 되어 있다. 막을 걷어올리면 해양의 조망이 한눈에 들어온다. 막 뒤편에 높이 15장丈의 목간木竿 두 개가 있어 이에 돛 달았다.

목간의 끝엔 표기標旗가 펄럭인다. 동서東西의 남두檻頭엔 검창劍槍을 세우고 남하檻下 양측에 구멍을 파선 좌우 12정挺의 노櫓를 달았다. 배의 선두엔 기둥을 세워 북을 걸고 그것으로서 군령軍令을 알린다.

사신이 탄 본선 외에 종선縱船이 있어 양식과 예물을 실었다. 그 선체는 크기만 다를 뿐 큰 배와 다를 바 없다. 안내하는 일본 배는 모두 붉은 난간에 검은 장막을 둘러 정묘하기 짝이 없고, 각각 종선을 가졌는데 그 완급緩急이 본선과 한 치도 어긋나지 않았다.

홍계남은 부사 김성일의 배에 타고 있었다. 김성일은 차천락과 바다를 논하고 시를 읊으며 그 기개가 사뭇 당당했다. 계남은 멀어져 가는 고국의 산천을 바라보며 무량한 감회에 젖었다.

해상에 해가 저물 무렵 돌연 전방에 산용山容이 나타났다. 역관譯官이 그것을 가리키며 대마도 좌수포佐須浦라고 했다. 배는 산과 산 사이로 들어갔다. 각선은 4, 5개의 장대 위에 등을 달았다. 이윽고 포구에 도착. 영접 나온 왜인들의 배는 수십 척이다.

모두들 무어라고 지껄이는데 계남이 한마디도 알아들을 수 없어 어

마지두 했다. 계남은 일행과 함께 지정된 객사客舍에 들어 주식酒食 향응을 받았다. 그런데 음식이 전혀 구미에 맞질 않았다.

좌수포는 일명 사사포沙沙浦라고 한다. 대마도 서북단西北端에 있는데 산봉우리가 사방에서 에워싸 있어 바다가 둥근 호수처럼 되어 있다. 포구를 사이에 두고 민가 30여 호, 거기 갈대를 쌓아 올려 그 정상을 높게 했는데 엎어 놓은 쟁반의 형상이다.

사내는 모두 전발翦髮인 데다 관을 쓰지 않고, 옷은 넓은 소매로 된 내리받이 식이고, 바지를 입지 않았다. 여자는 낭자를 두 장에 틀고 넓은 띠를 매고 있었다. 모두들 익숙한 솜씨로 배를 다루었다. 물자가 부족한 모양으로 식사는 형편이 없었다. 파, 미나리 청채, 두부, 선어가 있을 뿐이다.

이튿날 좌수포를 출발, 20리쯤에서 악포鰐浦를 지났다. 거석巨石이 해중에 줄을 지어 서 있는 것이 고래의 이빨, 호랑이 아가리 같았다. 그 돌에 부딪치는 파도는 격랑을 이룬다. 만일 그 속에 말려들기만 하면 배는 일순에 전복하고 파괴된다는데 악포란 이름도 그 때문에 지어진 것이라고 한다.

각선은 돛을 내리고 돌을 멀리 피하며 조심조심 저어 갔다. 그날 밤은 풍포豊浦에서 정박하기로 했다. 풍포는 풍산豊山 아래에 있다. 좌수포에 비하면 섬세한 맛은 덜하지만 상쾌한 맛은 훨씬 더 있다.

해가 질 무렵 사신들은 배를 내려 바위 위에 멍석을 깔고 앉았다. 악공樂工들에게 주악奏樂을 명하고 관동冠童들에게 비단옷을 입혀 춤을 추게 했다. 왜인들이 둘러서서 구경했다. 홍계남은 그 자리를 잠시 떠나 근처를 산책했다. 민가는 10여 호에 전답은 불과 몇 정보, 담배가 심겨졌고 누렇게 보리가 익어 있었다.

이튿날 새벽에 기동, 노를 저어 출발했다. 30리쯤 가니 서박포西泊浦가 나왔다. 이날은 서박포의 서복사西福寺에서 자기로 했다.

하루를 그곳에서 쉬고 다시 출발하여 저녁에 금포琴浦에 도착, 해상에서 잤다. 그 이튿날은 선두항船頭港.

선두항을 출발한 것은 5월 5일.

노행櫓行하길 반나절. 같이 타고 있던 왜인이 동쪽으로 보이는 웅장한 산을 가리키며 말했다.

"저것이 대마도의 부중府中으로, 도주島主가 계시는 곳이죠."

산의 모습이 수려했다. 왜인의 말을 역관이 통역했다.

"저기 보이는 곳이 도주의 별저別邸이며 신사神祠라 합니다."

그런데 그 백벽白壁이 인상적이었다.

"저건 해운사海雲寺라고 한답니다."

하고 역관이 일각을 가리키는데 사원寺院과 민가가 울창한 숲 속에 음현陰現하는 것이 한 폭의 그림을 닮아 있었다.

"경치가 아름답군요."

홍계남 옆에 와 서면서 차천락이 한 말이었다. 계남도 동감이었다.

"불사약不死藥이 있을 것이라고 서복徐福이 믿었다지만 경치 하나는 그저 그만입니다."

도주島主가 사자使者를 보내와서 상륙을 청했다. 정부사신 이하 의관속대衣冠束帶를 정제하여 국서國書를 용정龍亭에 받들고 고악鼓樂을 잡혀 거동을 시작했다. 절월節鉞, 나각螺角, 화포를 가진 자들은 좌우대左右隊로 나뉘어 행진하고, 군관, 서기, 역관 및 종자從者들도 열을 지어 나아갔다. 해변에서 객관客館까진 백여 보.

광장에서 왼편으로 꺾어 재를 올랐다. 돌층계를 올라 문 안으로 들어서니 신축한 정각亭閣이 있었다. 중당中堂에 국서를 안치했다. 서쪽으로 3칸의 침사寢舍가 있었는데 그것이 정부正副통신사, 서장관의 거처였다. 동쪽으론 당상군관堂上軍官, 당상역관의 거처가 마련되어 있었다. 길을 사이에 두고 건물 하나가 있었는데 그 건물의 좌편이 군관·역관의 방이고, 중간이 제술관, 서기의 방이고 오른편이 의원·화공의 방이었다. 그리고 방에 비치된 물건은 지위의 서열차序列差에 따라 약간씩의 차등이 있었다.

식사는 석차席次에 따라 좌정해서 한다. 각각 황칠黃漆의 소반으로 대접하는데 그 소반 위엔 검은 칠기 서너 개가 놓여 있다. 밥, 국물, 채소, 생선 등을 조금씩 담았는데 다 먹고 나면 다시 가지고 왔다. 소반을 운반하는 사람은 14, 15세의 동자이다. 머리를 두상에 틀어 매어 기름을 반들반들 바르고 있었다. 백저白苧의 옷이었는데, 옷엔 화초, 송죽, 비조飛鳥, 나비 등의 무늬가 그려 있었다. 칼을 차고 정좌했다. 얼굴은 분을 바른 것처럼 희다.

이렇게 해서 통신사 일행은 대마도에서 한 달을 머무는데 유성룡의 《징비록》에 다음과 같은 기록이 있다.

일행이 대마도에 머물고 있을 무렵, 평의지平義智가 사신을 초대하여 어느 산사에서 잔치를 베푼 일이 있다. 사신들은 이미 좌정하고 있는데 의지가 가마를 탄 채 문 안으로 들어와서 계단 바로 아래서 내렸다.

324

김성일이 그것을 보고 노했다. '대마도는 우리나라의 번신藩臣이다. 사신이 왕명을 받들고 이곳에 와 있는데 이처럼 모욕하는가. 나는 이 연석에 앉아 있을 수 없다'며 자리를 차고 나와 버렸다. 허성 등도 따라 나왔다. 의지는 그 잘못의 책임이 가마를 멘 하인들에게 있다고 하여 하인들을 죽여 그 목을 보이며 사죄했다. 그런 일이 있은 후 왜인들은 김성일을 외경하여 접대도 한결 정중하게 되었고, 김성일을 먼빛으로 보기만 해도 말을 내려 공손하게 대했다.

정사正使 황윤길黃允吉의 거조는 담담하기 짝이 없었는데 부사 김성 일은 명분과 예법에 까다로워 일본인과의 충돌이 빈번했다. 그럴 때마 다 홍계남은 군관軍官으로서 신경을 쓰지 않을 수 없었다.

계남은 대마도에 머무르는 동안에는 면밀히 관찰하고 열심히 공부했 다. 그러나 언제이건 시간이 남아돌았다. 계남은 소졸 하나를 데리고 이곳저곳을 두루 살피는데 좁은 땅이라 볼 것을 다 보고 나니까 지리한 나날이 계속되었다.

6월 초, 일행은 대마도를 출발해 그곳에서 480리쯤 떨어진 일기壹技 로 향했다. 일기의 풍본포風本浦에서 도주의 영접을 받았다. 이곳은 대마도와는 달리 토지가 비옥하여 농산물이 풍부하다고 한다. 그런 때 문인지 향응의 음식이 대마도의 경우보다 3배나 푸짐하다.

풍본포에서 순일旬日을 지내고 남도藍島로 갔다. 남도는 축전주筑前州 에 속한다고 했다. 청산靑山이 반월半月처럼 둘러싸인 가운데 바다는 아 름답게 유착이고, 언덕에는 전답이 있고 그 사이의 숲에 민가가 산재해 있는데 그 경색은 실로 신선경神仙境이라고 할 만하다. 홍계남은 풍랑에 지친 몸과 마음으로도 황홀한 기쁨을 느꼈다.

　제공된 숙소도 화려했다. 음식 대접도 풍족했다. 통신사 일행에게 제공되는 닭만도 수백 마리, 달걀이 수천 개였다고 하면 나머지는 말하지 않아도 상상할 만하다.

　일행들 모두 남도의 풍량을 칭찬하지 않는 사람이 없었다. 아닌 게 아니라 광대한 바다를 한편으로, 수려한 산용을 또 한편으로, 들길을 산책할 때 민가의 산울타리에 만발한 꽃을 보고 닭 우는 소리와 함께 죽리화음竹籬花陰에서 바둑을 두는 광경을 보면 실로 선경仙境을 거니는 기분이었다.

　6월 중순 일행은 비로소 하카다博多란 곳에 도착했다.

　그 옛날 고려 말 포은圃隱 정몽주가 이곳에 와서 당시 일본의 구주탐제九州探題 금천료준今川了俊과 협상하여 부려俘虜가 된 동포 7백여 명을 데리고 간 적이 있다. 조선에 들어선 신숙주申叔舟가 이곳에 왔었다. 신숙주는 이곳을 패가대霸家臺라고 음역했다.

　하카다에 상륙한 홍계남은 대륙에 온 듯한 감흥을 얻었다. 그 선착장의 웅대함은 부산포釜山浦와 비교가 안 될 정도였다. 수백 척의 대선이 운집해 있고 부두에 오가는 사람들도 활기를 띠고 있었다. 거리는 지붕을 상접하여 고층 가옥이 즐비했고, 그 사이로 상투를 뒤로 젖히고 검은 옷을 입은 무사들이 대소 두 개의 칼을 차고 활보하면 서민들은 황공히 길을 비켜서고 하는 양이 이상하기만 했다.

　통사 한 사람이 계남에게 가리켰다.

　"저걸 무사武士라고 하오. 일본은 사농공상士農工商으로 계급이 나뉘는데, 사士라고 하면 무사武士를 가리킬 뿐이오. 말하자면 무사가 절대권을 쥐고 문신文臣을 겸하고 있소. 무武를 모르는 문사文士란 행세할 수가 없는 곳이오. 그런 뜻에서 우리나라완 전혀 반대로 되어 있소."

"그래서 항상 저렇게 칼을 차고 다니는 거요?"

"무사는 칼을 차고 다니지 않으면 안 되오. 우리나라의 의관 속대로써 정장하는 것과 같은 이치이죠."

"칼을 쓰나요?"

"쓰고 말구요. 왜인들은 단기短氣라서 사소한 구론 끝에 칼을 빼어 죽이고 죽고 한답니다. 뿐만 아닙니다. 서민들이 비위에 거슬리는 언동을 하기만 하면 함부로 베어 없애기도 합니다."

"그래도 법法이 아무 소리도 안 합니까?"

"서민이 무사를 모욕했거나 무시한 증거가 있다고 하면 그만이죠."

"서민은 죽어지내야 하는 세상이구먼."

"그렇소. 서민은 죽어지내야죠. 우리 일행도 조심해야 할 겁니다. 함부로 나다니지 말아야죠. 언제 칼을 들고 덤빌지 모르니까요."

이윽고 고취鼓吹의 대열이 앞장을 섰고 그다음에 군관의 일대, 그리고 이어 정부통신사, 서장관, 그다음 또 군관의 일대, 기타 잡관, 잡졸, 마지막으로 또 군관의 일대, 이런 순서로 행렬이 진행되었다.

하카다의 거리는 축제 모양으로 되었다. 많은 사람들이 구경하러 구름처럼 모여들었다. 그도 그럴 것이 반년 만에 처음 있는 통신사의 방문이었던 것이다. 홍계남은 마지막 군관의 대열을 이끌고 늠름한 모습으로 걸어갔다. 찌는 듯한 여름의 더위였지만, 간간이 바닷바람이 불어 행렬엔 절호의 날씨였다.

7월 11일, 예정대로 통신사 일행은 하카다를 출항, 이틀 후의 저녁나절 적문관赤門關에 도착했다. 해가 서산으로 기울어 그 빛이 비스듬히 비끼자 산광수색山光水色은 기관奇觀을 이루었다.

4일 후 도착한 곳은 미다지리三田尻였다. 물이 얕아 배를 육지에 붙일 수가 없어 포浦의 중류에 닻을 내리고 밤을 새우기로 했다.

적문관에서 이곳까지의 경색은 산, 산, 산의 연속. 그 산 아래는 백사청송白沙青松. 화중畫中에 그림이 있고, 그림 속에 시詩가 있는 경관의 묘함이여, 계남은 줄곧 시심이 동하는 것을 억제할 수 없었다.

7월 15일 새벽. 밀물을 타고 출범. 서풍이 강하게 불었다. 대마도의 배, 장주長州의 제선 등이 일제히 돛대를 올렸다. 범帆, 노櫓, 정旌, 기旗가 바다를 덮길 수십 리였다. 일본인 통사가 계남에게 웃으며 말했다.

"이만한 선세船勢 같으면 명나라를 칠 수도 있지 않겠소?"

계남이 그 말에 발끈했다.

"당신들은 항상 남의 나라를 칠 생각만 하우?"

"배의 행렬이 하도 장관이라서 한마디 해본 것뿐인데요 뭐."

통사는 목을 움츠렸다.

산기슭에 마을이 계속 나타났다. 향덕포向德浦, 덕산德山, 가사도笠戶를 지났다.

저편에서 소주小舟 하나가 나타났다. 작은 흑기黑旗에 지명을 하얗게 수놓고 있었다. 물과 채어菜魚를 진공하겠다는 것이다.

"누구의 진물進物인가?"

하고 통사가 물었다.

"태수太守의 명으로 사신의 통과를 기다렸소이다. 종자從者의 노를 다할까 합니다."

328

그날 밤, 통신사 일행은 상관上關에서 묵게 되었다. 이곳은 주방주周防州에 속하는 땅이다.

객관은 주방주 태수의 다옥茶屋이라고 했다. 가구나 조도와 기구는 적문관赤門關의 그것에 미치지 못하고 주변의 민가도 많지 않았다. 다만 푸르른 연봉連峰, 고송古松과 귤이 점철된 풍광이 수발했다.

항구의 좌편에 전함이 있고 그 방비태세는 하관下關과 마찬가지로 엄중하다. 상관, 하관을 이은 340리 그 사이의 바다와 산의 형국은 강수江水가 산협山峽을 두르는 형세와 같았다. 그리고 서북양계西北兩界의 산이 중첩했다. 그들은 이곳에 요새와 중관重關을 두어 엄한 경계를 하고 있다. 군데군데 등대가 있고 봉사峰篩가 있어 상망相望하여 신호한다. 주민들은 수전에 익숙한 듯싶었다. 배를 조종하길 어린애의 장난감같이 했다. 바다를 보길 육지와 같이 한다.

'아아. 하늘은 일본에 기막힌 경관景觀을 주고, 풍요한 부를 주었구려. 이에 비해 우리나라는….'

계남은 가슴속에서 신음했다. 눈물이 흐를 지경이었다.

7월 16일.

상관에서 동으로 배는 쏜살같이 항진했다. 순풍이었다. 왜인 통사가 계남의 옆에 서서 일일이 지명을 가르쳤다.

"이 내해內海를 세도나이카이瀨戶內海라고 하는데 그 경색이 하도 아름다워 일본 다른 곳에 사는 일본인들은 이곳을 한번 구경하기만 하면 죽어도 여한이 없다고 합니다."

"우리나라에도 한려내해閑麗內海가 있소. 그 경색도 이에 조금도 손색이 없소."

얼마지 않아 가마가리鎌씨라고 하는 포구에 근접했다. 이때 달이 동쪽에서 솟았다. 이른바 칠월기망七月旣望이었다.

계남이 왜인 통사를 보고 설명했다.

"15일 만월을 망望이라고 하고, 16일 저 달을 기망旣望이라고 하오."

어머니의 모습, 처자의 모습이 눈앞에 완연하고 고국의 풍물이 가슴을 죄도록 그리워졌기 때문이다.

"무인武人으로서 이처럼 시정詩情을 가졌으니 공公이야말로 출중한 장부요. 공이 만일 일본에 태어났더라면 그야말로 출장입상出將入相할 큰 그릇이 되었을 텐데."

왜인 통사의 이름은 히라토 쇼오스케平戶庄助라고 했다. 그는 원래 평민이어서 성이 없었는데 히라토 섬의 출신이라고 해서, 통사로서의 직책 수행에 지장이 없도록 히라토라는 성을 주었다고 한다.

그는 조선의 사신 가운데선 홍계남을 제일로 꼽았다. 지위는 비록 당하군관이었지만 풍채와 용신이 남달리 뛰어났을 뿐 아니라, 그 총명함이 또한 출중했던 까닭이다. 그런데 그의 관찰에 의하면 홍계남은 그 지위에 맞지 않는 대접을 받고 있었다. 그 까닭이 뭔가 하고 살펴보았더니 홍계남의 출생이 서출庶出이라는 데 있었다. 그는 조선에선 서출이면 아무리 훌륭해도 당상관堂上官이 될 수 없다는 것을 알았다.

히라토는 계남과 가까이할수록 그에게 친근감을 느꼈고, 조선에서의 그의 처지에 동정을 금할 수가 없었다. 그래서 은근히 홍계남을 일본에 붙들어 둘 수 없을까 하는 궁리를 하게 되었다. 그러던 차, 하카다에 체재 중 홍계남을 알게 된 가나이金井 사범이 계남의 인품과 기량에 매혹되어 소서행장의 막료인 한 사람에게 말했다.

"홍계남 같은 인물을 일본이 가질 수 있다면 일국의 성城으로써 바꾸어도 아깝지 않다."

그런데다 계남이 서출이라서 조선에선 출세의 기회가 막혀 있다고 듣자, 어떻게 하건 계남의 환심을 사도록 일련의 계책이 꾸며졌다.

통사 하라토가 적극적으로 홍계남에게 접근하는 것도 그 계책 가운데의 일환이었다. 홍계남이 이런 계책을 알 까닭이 없었다. 통사의 호의를 단순한 호의로만 받아들이고 고맙게 여기고 있었다.

가마가리鎌刈에서 순풍을 얻어 출발, 도모노우라에 도착한 것은 7월 18일. 이곳은 비후주備後州에 속한다.

일본의 관례로 연도의 태수太守는 사신들을 대접하게 돼 있다고 해서 이곳에서도 하루를 묵기로 했다. 객사客舍는 복선사福禪寺. 절은 해안을 낀 산 아래에 있었다. 건물의 규모가 웅장하고 장식은 화려했다. 선착장에서 객사에 이르는 길은 10리 가까이 되었는데, 노면에 자리를 깔아 티끌 하나가 없었다. 5보마다에 장대를 꽂아 대등大燈을 걸어 밤인데도 낮처럼 밝았다. 기와지붕의 집들이 즐비한데 비단옷을 입은 구경꾼들이 길가에 넘쳤다. 장사치, 유람객, 창녀들이 붐벼 보기만으로도 풍요로웠다.

그 이튿날은 히메지姬路에 이르렀다. 히메지에서 볼 만한 것은 성城이었다. 백악白堊의 고루를 높이 싸고 성의 둘레는 수십 리라고 했으니 장관이었다. 촌리村里를 관찰하니 그 풍성하기가 이때까지 본 어느 지방보다도 월등했다. 이곳의 객사도 훌륭했고 대접 또한 융숭을 극했다. 그러나 계남의 마음은 밝지 않았다. 사향思鄕이 간절했기 때문이다.

드디어 나니와浪華에 도착, 7월 20일이었다.

나니와는 일명을 대판大阪이라고도 하고 풍신수길의 근거지이다. 북으로 산성주山城主에 접하고, 서로는 번마주幡摩州에 접하고, 동남에 대해大海를 끼었다. 거리의 모양은 화미華美를 극했다. 다리의 수가 2백여, 사찰이 3백여, 공후公侯의 화려한 저택이 수천, 서민들의 주가住家는 수만. 전란이 백 년 동안 계속되었다는데 어떻게 거리가 이처럼 윤택할 수가 있을까 하는 의문은 당연하다.

또한 계남이 놀란 것은 어느 거리의 일각一角에 갔더니 유지헌柳枝軒, 옥수당玉樹堂 등의 옥호를 가진 서점들이 있었는데 중국 책도 있고 조선의 《제현문집》諸賢文集의 복간본復刊本이 있었다는 사실이다.

의방醫房엔 화중산和中散, 통성산通聖散 등 약품이 있었다. 길에 금패金牌를 세워 놓고 통행인 상대로 팔았다.

히라토의 안내를 받고 대판의 거리를 하루 종일 구경하고 돌아온 홍계남은 도깨비에 홀린 것 같은 기분이 되어 입맛을 잃었다. 하늘 아래 이런 나라가 있다는 것이 신기하기 짝이 없었다.

통신사의 무모한 갈등

이윽고 7월 22일 통신사 일행은 일본의 국도國都인 경도京都에 도착했다. 경도에 들어가기에 앞서 입성 절차를 두고 김성일金誠一이 까다롭게 따졌으나, 허성許筬의 무마로 이럭저럭 대과 없이 숙소에 들었다. 통신사 일행의 숙소는 상경구上京區 무라사키노紫野에 있는 대덕사大德寺였다.

하루를 쉬고 그 이튿날 정사 황윤길, 부사 김성일은 국서 전달의 건을 의논하고, 같이 간 평의지平義智에게 빨리 국서 전달을 주선하라고 일렀다. 그런데 평의지의 대답은 이랬다.

"지금 관백關白 전하께선 오다와라小田原의 북조씨北條氏를 정복하고 겸하여 동북東北을 경략할 양으로 관동 지방에 가 있어 당분간 국서의 전달은 무망하다."

김성일이 벼락처럼 고함을 질렀다.

"일국의 사신이 해로 수천 리를 거쳐 이곳까지 왔는데 우리들이 도착할 날을 짐작했을 텐데도 관백이 경도를 비운 것은 무슨 까닭이냐?"

"북조씨 정벌이 시급한 탓입니다."

"언제쯤 돌아올 예정이라고 하던가?"

그러나 평의지의 대답은 신통하지 않았다.

"이건 분명히 우리를 깔보는 수작이다. 우리를 깔본다는 것은 우리 나라를 업신여기는 수작이다. 우리가 만일 이런 처사를 받았음에도 잠 자코 있으면 우리의 상감을 욕되게 한다. 가만있을 수 없다."

김성일이 흥분했다. 황윤길은 말이 없었고 허성이 한마디 했다.

"가만있을 수 없으면 어떻게 하시겠다는 겁니까?"

"기일을 명확히 하라고 하고 그 기일 안에 관백이 돌아오지 않으면 고국으로 발정할 수밖엔 없겠죠."

"기일을 밝힐 수 있는 사람은 관백밖엔 없습니다."

평의지의 말이었다.

"대강의 요량도 할 수 없단 말이우?"

"전쟁하러 나간 사람의 사정을 본인 이외의 누가 짐작할 수 있겠습 니까?"

"그렇다면 한두 달이 지나도록 속수무책으로 기다려야 하오?"

"도리가 없지 않습니까."

평의지가 덤덤히 말했다.

"당신마저 우리를 모욕하오?"

김성일의 흥분은 좀처럼 사라지지 않았다.

"천만의 말씀입니다. 나도 사정이 이렇게 된 것을 딱하다고 생각합 니다. 관백 전하의 기분은 아무도 걷잡을 수가 없습니다."

"그러니까 어떻게 하라는 거요?"

"기다릴 수밖엔 없죠."

"정사, 당장 돌아갑시다. 이러다간 상감을 욕되게 할 뿐이오."

그러자 황윤길의 말이 있었다.

"나라의 명을 받아 국서를 전달하러 와서 그 명을 이루지 못하고 돌아간대서야 어디 말이 되겠소."

김성일의 분격은 진정되지 않았으나, 정사가 이렇게 나오는 데야 할 수가 없었다. 그는 입을 다물었다.

대덕사大德寺의 경내는 꽤 넓어 정·부사 이하 일행 모두 백 수십 명이 대소의 집으로 나뉘어 같이 지낼 수 있었는데, 당초부터 문제가 시끄러웠다. 정·부사 간에, 또 부사와 서장관 사이에 사사건건 의견 대립이 생겨난 것이다. 김성일 부사는 국서國書를 전달하기 전엔 직위 고하를 막론하고 외출은 안 된다고 고집하고, 황윤길 정사는 방자한 행동만 없도록 하여 규율을 세워 시중市中에 파한소요破閑逍遙케 함도 가하다고 했다. 성일은 반발했다.

"나라의 사신은 사신으로서의 도리를 다할 것을 항상 염두에 두고 행동해야 하는 것이거늘, 아직 국서도 전달하지 못한 주제에 파한소요부터 먼저 하라고 하는 건 얼토당토않은 일입니다."

"수길이 귀경할 날을 기약할 수 없다고 하는데, 부사의 말대로라면 두 달이고 석 달이고 이 절 안에 갇혀 있으란 말이 아닌가. 모두들 사신으로서의 체모는 지킬 줄 아는 사람들이니 활달하게 처신하는 것이 좋을 줄 아오."

황윤길은 여럿과 숙의한 끝에, 하졸잡배下卒雜輩의 행동은 엄하게 규제하되 관위官位를 가진 사람들의 행동은 직책에 구애됨이 없는 한

자유롭게 하도록 하는 데 합의를 보았다. 그러나 김성일이 승복한 것은 아니다. 정사의 말이었으니 하는 수 없이 묵종했을 뿐이다.

김성일과 허성 간엔 묘한 확집確執이 생겨나는 듯했다. 그것은 김성일이 대마도에서 평의지平義智가 교자를 타고 좌석 가까이 온 것을 못마땅하다고 자리를 박차고 돌아온 일이 있는데, 그때 김성일은 조선인 통사 진세운陳世雲을 매질했다. 이 소식이 일본 측으로 들어가 평의지는 그들이 실례한 원인이 가마를 멘 교부轎夫들에게 있다고 해서 교부를 죽이고 사과의 뜻을 표했다.

허성은 이 일을 두고 김성일의 태도를 옳지 못하다고 비난했다.

"적당하게 했으면 될 것을 괜히 트집을 부려 통사에게 매질한 것도 옳지 못하거니와 그로 인해 왜인이긴 하나 불쌍한 목숨을 버렸으니 어찌 군자君子가 할 노릇인가."

이에 대해 김성일은 나라의 체모, 사신의 도리를 명분으로 내세워 논박했다. 의義가 정情보다 중하다는 것이다. 예법禮法에 어긋나는 어떤 짓도 할 수 없으며 해서도 안 된다는 강경한 태도였다.

그런데 황윤길은 달랐다.

"오랑캐와 상대로 하는데 무슨 정해진 예법이 있는가. 적당하게 하면 그만이지."

'우유부단하고 무사안일만을 원하는 미련한 자 ….'

김성일은 속으로 황윤길을 이렇게 욕했을 것이 틀림없다.

이런저런 관계로 해서 통신사의 숙소로 된 대덕사의 공기는 사뭇 탁하기만 했다.

김성일은 사신으로서의 체모를 빈틈없이 지키고자 하는 엄격주의자였다면, 황윤길은 피차 무리가 없는 절차를 통해 국서를 교환하면 그만이란, 좋게 말하면 활달주의, 나쁘게 말하면 '방관주의자'라고 할 수 있었다. 그 사이에서 서장관 허성이 조정 역할을 했다. 허성은 예조로부터 받은 의주儀註, 즉 외교지침에 크게 어긋나지 않는 한 온당하게 일을 처리하자는 것을 주안으로 삼았다. 그러니 의주에 없는 경우엔 일본인의 비위를 맞추어 주는 한이 있더라도 무사하게 일을 처리했으면 하는 희망을 가졌다.

황윤길과 김성일은 지척에 있으면서도 공식적인 석상이 아니면 서로 얼굴을 맞대지도 않았다. 황윤길의 눈엔 김성일이 형식적인 일에만 집착하여 후일 환국했을 때 나는 이러이러 했노라 하고 뻐길 재료만을 장만하는 사람으로 보였고, 김성일의 눈엔 황윤길이 나라의 체모, 임금의 위신은 생각지도 않고, 오로지 자기가 편한 것만을 바라는 염치없는 사람으로 보였을 것이니 그 분위기의 따분함은 짐작할 만하다.

허성 또한 김성일의 고집엔 지쳤다. 의주에 없는 것을 중국의 춘추법春秋法까지를 들어 주장하는 김성일의 박식은 놀랄 만했고, 그 언변이 또한 이로정연 청산유수 같은 데야 맞서지 못할 형편이었다. 그런데 성일이 시키는 대로 하려면 사사건건 일본과 맞서게 되어 교섭은 결렬될 것으로 그렇게 할 수도 없고, 안 하면 또한 성일의 성화가 가만있지 않아 골치가 아팠다.

허성이 어느 날 차천로에게 말했다.

"차 공, 우리의 난물은 수길이가 아니고, 산山일세. 그것도 아주 높은 봉우리."

차천로는 빙그레 웃었다. 알아들었다는 시늉이다. 김성일의 호가 학봉鶴峯이었다.

교토京都. 일명 평안경平安京이라고도 한다.

수도를 약 5백 년 전 나라奈良의 평성경平城京에서 이곳으로 옮겨 왔다. 당시 당唐나라의 장안長安을 본떠 거리를 바둑판처럼 설계하여 지었다. 경도京都를 경락京洛이라고도 하는데 5백 년쯤 도읍이 되다가 보니 별의별 로맨스가 꽃처럼 피어 있었다.

일인들의 표현을 빌리면 경도는 가서적歌書的으로 풍아風雅하거니와, 군서적軍書的으로도 로맨틱했다. 우선 이 서울을 무대로 하여 자란 로망에는 히카리 겐지光源氏라는 플레이보이의 로맨스 행적인 《겐지 이야기》源氏物語와 평 씨平氏의 성쇠盛衰를 적은 이야기인 《헤이케 이야기》平家物語가 있다.

일본의 경도京都는 반년 동안의 전란이 계속되었는데도 이미 체질로서 풍아風雅를 갖추고 있었다. 그 경도의 주작대로朱雀大路를, 행립行笠에 행건에 옥색 도포를 입은 경장輕裝으로 홍계남이 활보하고 있었다. 때는 잔서의 그늘에서 양풍이 이는 8월 초순. 시각은 신시申時(7시) 석양이 뉘엿뉘엿 아라시야마嵐山 마루에 있었다.

계남은 지금 요시오카吉岡 도장으로 향하는 중이었다. 계남이 그 도장에 출입한 지는 불과 5일째. 낮엔 원래 제자들로 붐비기 때문에 저녁시간을 택하여 일본의 검술을 익히고, 한편 자기의 배운 검법을 전수傳授해 주기로 했다.

어느덧 총명한 계남은 일본어를 거의 알아들을 수가 있었고, 꼭 필요할 때 자기의 의사를 일본어로 표현할 줄도 알았다.

계남은 일본 무술의 진수를 아는 것이 자기가 일본에 온 사명 가운데의 가장 큰 것이라 깨달았다. 날이 갈수록 계남은 일본의 검술이 보통이 아님을 알았다. 입신지기入神之技라 할 만한 검술이라는 것도 알았다. 당하군관의 신분, 30세가 되기 전의 나이여서 굳이 체면을 생각할 필요가 없기에 홍계남은 일본인의 말 그대로 기명취리棄名就利하기로 작정했다. 적을 알고 나를 알면 백전百戰해도 패하지 않는다는 것은 손자의 병법이다. 계남이 일본 무술의 극의極意를 알고자 한 것은 적의 진수眞髓를 알기 위한 것이었다.

홍계남을 유혹하고자 하는 책모가 언제부터 시작했는지 알 도리가 없다. 다만 왜인통사倭人通事 히라토가 최초의 발안자였다는 것은 확실하다. 히라토는 그러한 일을 소서행장의 부장部將 다니 유키치谷由吉에게 말했고, 다니의 동의를 얻었다.

이러한 책모가 구체화된 것은 하카다의 가나이金井의 의견 때문이었는데 더 확정적으로 된 동기가 가미오카 다이젠과의 시합이었다. 그 시합이 있은 지 2, 3일 후 가미죠오上條에 있는 수장秀長의 집에 요시오카吉岡와 다니 유키치가 모였다. 수장은 수길의 친동생이다. 그 자리엔 소로리 신자에몬曾呂利新左衛門도 있었는데 이 사람은 수길의 심복이며, 수길이 가장 의지하는 브레인이기도 했다.

"도대체 홍계남이란 조선인이 어떤 사람이기에 모두들 그처럼 욕심을 내는가."

수장秀長이 물었다.

요시오카의 상세한 설명이 있었다. 그 인품과 문무겸전한 기량이 탄복할 만하다고 했다.

"만일 그 사람을 붙들어 둘 수만 있다면 정병精兵 수만에 해당하는 보람을 얻을 것이라."

"정병 수만은 좀 과장이 아닐까?"

수장의 말에 요시오카는 정색을 했다.

"천하의 검객 가미오카를 일순간에 항복시킨 사람이며, 동시에 그 지략은 능히 삼군三軍을 통솔하여 움직일 만하다고 보았습니다. 만일 그만한 지장智將이 적중에 있다고 해 보십시오. 10만의 병력으로도 난공불락難攻不落일 것입니다. 그런데 어찌 수만의 정병에 해당하는 보람이 있을 것이란 말이 과장이겠습니까."

"그럼 그렇다고 치고 그만한 사람을 어떻게 이곳에 붙들어 둘 수 있을 것인지 그게 궁금하군."

소로리가 말을 끼었다. 다니 유키치가 말할 차례였다.

"가히 인걸人傑이라고 할 만한 그 사람을 조선인들은 대수롭게 보는 것 같지가 않습니다. 사람이란, 아니 걸출한 사람일수록 자기를 알아주지 못하는 환경에 대해서 반발을 느낍니다. 그런데 조선인들이 홍계남에게 대한 태도는 알아주지 않는다는 정도를 넘어 고의로 천대하는 경향마저 있습니다."

"그것 묘한 일이군. 조선은 고래로 예의를 존중하는 나라이며, 과거科擧를 행하여 인재를 등용한다고 들었는데 어째서 그런 인사를 천대하는가요."

소로리의 질문은 당연했다. 다니가 대답했다.

"들은 바에 의하면, 그 예법이 지나친 탓이라고 합니다. 즉, 홍계남의 어머니는 첩이라고 합니다. 조선에선 첩이 낳은 자식은 서출이라 하여 천대한다는데 아무리 훌륭해도 서출은 출세를 못한다고 합니다. 홍계남이 출중해서 지금 군관으로 뽑혀 왔지만, 그 부하들조차 그를 업신여기는 기미가 있습니다. 사람을 그토록 몰라보니 한심하지요. 그는 그런 천시를 견디고 있습니다."

"그러나 그에게 지조志操가 있을 테니 어찌?"

"그에겐 물론 충군애국의 정신이 있습니다. 그러나 사람의 감정은 매양 마찬가질 겁니다. 오늘날 우리 일본에도 충군애국의 정신이 있지만, 만일 그 주군主君으로부터 또는 상사, 동배로부터 천시당하고 괄시받을 때 지조를 계속 지닐 사람이 있겠습니까. 오늘날 우리 주변에 낭인浪人이 우글거리는 상황이 바로 그것을 증명하지 않습니까."

"우리가 그렇다고 해서 조선인도 그러리라곤 짐작할 수 없지 않소."

"욕심은 납니다만, 그리고 그만한 인재를 포섭했다면 태합 전하께서 여간 좋아하시지 않을 테고."

"일단 결정한다면 방법이야 있겠죠. 첫째 미인계美人計, 기막힌 미녀를 안겨 흠뻑 정이 들도록 해 놓으면…."

"그런 사람이 빠질 만한 미인이라면 형님이 가만두지 않을 걸?"

수장이 웃었다. 수길은 다시없는 호색이어서 미녀라고 하면 휘하 장군의 부인이라도 사양하지 않을 정도였다.

"그거야 별 문제 없지요. 태합 전하를 한번 거치고 그 총애를 잃은 여자 가운데의 제일 미녀를 뽑으면…."

"미인계 갖고 안 될 경우엔 금은보화를 안겨 보지요 뭐. 금은보화에 마음이 움직이지 않을 사람은 없을 테니까.”

“그런데 이곳에 붙들어 두는 데 절차가 까다롭지 않을까? 사신들이 자기들 일행 가운데의 한 사람을 까닭 없이 두고 떠나겠는가.”

“본인이 원하기만 한다면 그건 문제가 없습니다. 칭병稱病을 하게 하는 거죠. 병이 났다고 하면 어떤 의원醫員의 집을 택하여 객사에서 그리로 옮기는 겁니다. 중병으로 움직일 수 없다고 하면 사신인들 어떻게 하겠습니까. 도중에 죽어도 좋으니 데리고 가겠다고는 못할 것 아닙니까. 병이 나으면 즉시 돌려보내겠다고 약속할 수도 있으니까요.”

자기의 주변에 그런 책모가 태동하고 있다는 것을 홍계남이 알 까닭이 없었다. 서툴게 수작하다간 어떤 일이 생길지 모른다는 두려움으로 일본인들은 만사를 조심조심 진행했다.

8월 한가위, 통신사들은 악사들로 하여금 주악奏樂케 하고 망향의 마음을 달랬는데 그 이튿날 엉뚱한 일이 생겼다. 종의지가 사신들에게 와서 악사를 빌려달라고 했다. 황윤길과 허성은 경도에 체류하는 동안 여러 가지 폐를 끼치고 있으니 악사를 빌려주어도 무관하다고 생각했는데 김성일이 딱 잘라 거절했다.

“아직 국서도 전달하지 못한 처지에 악사들을 내돌릴 순 없소. 우리들은 놀러 온 것이 아니고 국왕의 심부름으로 와 있는 것이오.”

종의지는 무안을 당하고 돌아갔다.

종의지가 돌아간 뒤 정사 황윤길이 김성일을 불러 말했다.

“이래도 되고 저래도 되는 일에 그처럼 사사건건 충돌하여 일을 벌이면 가장 중요한 일에 지장이 있을지 모르오. 그러니 앞으론 너무 거칠게 언동하지 않는 것이 좋겠소."

"이래도 되고 저래도 되다니 그게 어째서 그렇소? 국서 전달 이전엔 우린 아무런 자랑도 있어선 안 될 것으로 아오. 사사건건 따끔하게 해야만 그들도 우리를 얕보지 못할 것이오. 상사께옵서는 어떻게 그처럼 답답하옵니까."

하는 김성일의 말이었는데, 이 '답답하옵니까' 한 말이 불씨가 되었다. 황윤길의 얼굴이 벌겋게 노했다.

"답답하다니 누가 답답하단 말이오. 그까짓 악사들을 빌려주는 것을 무슨 대단한 일인 양 거절하는 일이 답답하오. 더구나 의주儀註에 없는 일을 가지고 왜 그러시유."

"의주, 의주 하지만 그 의주는 이 나라의 사정을 모르고 만든 의주 아니오이까. 이 나라의 사정을 알았으면 의주에 없는 것이라도 그 원칙에 따라 해야 할 것이 아니오이까. 의주에 없다고 무슨 일이라도 할 수 있다고 생각하는 것은 잘못일 줄 압니다."

"그럼 내가 잘못했단 말인가?"

황윤길은 극도로 흥분했다.

"악사를 빌려주고, 안 빌려주고가 대단한 것이 아니라, 그만한 일에도 의견이 맞지 않는 바로 그 꼴이 창피스럽소."

이 응수를 옆에서 듣고 있던 황진은 훌쩍 바깥으로 나와 버렸다.

마루 끝에 걸터앉아 있던 홍계남의 가슴속에도 분노가 끓어올랐다. 자기가 본 바, 듣는 바, 일본 사람의 거조擧措는 상하의 체통이 완연하고 화합 또한 기막힐 정도였다. 그런데 만 리 타관에 와서 그 꼴이 뭐란 말인가. 일인 통사 얼굴을 바로 쳐다보지 못할 지경이었다.

통사 히라토는 계남의 심정을 알아차렸는지 사뿐히 옆에 와서 섰다.

"부끄러워."

계남이 중얼거리듯 말했다.

"부끄러울 것 없어요. 부끄러워할 사람이 있다면 우리 일본인이오. 신사들이 수행한 악사들을 빌려달라는 자가 뻔뻔스럽지 않소. 타국에서 명절을 보내는 손님들에게 악사들을 보내 주어야 할 처지에 말이오."

히라토의 말을 듣고 보니 그럴싸했다. 그렇다고 기분이 석연하게 된 건 아니다.

"어젯밤 대문자산大文字山의 불무늬化紋를 보셨죠?"

대문자산의 불무늬란 산 한쪽 꽉 차게 등을 만卍 자字 형型으로 단 것을 말한다. 그것은 장관이었다. 불교를 숭상하는 나라답게 일본의 추석은 불교식으로 성대하고 화려했다.

"오늘의 달은 팔월기망八月旣望의 달이 되겠죠."

히라토의 이 말에 계남은 빙그레 웃었다. 지난 7월 자기가 가르쳐 준 '기망'이란 말이 히라토의 입에서 나왔기 때문이다.

"어떻습니까. 홍 공, 오늘 나하고 기원祇園에나 가봅시다."

기원이란 기도하는 것의 이름일 텐데 경도의 기원은 예기藝妓와 무기舞妓가 있는 곳이다. 계남이 망설이자 히라토가 설명했다.

"기생놀이를 하러 가자는 건 아닙니다. 그들이 떼 지어 춤추는 구경을 하자는 겁니다. 기원의 추석 춤은 1년 가운데 유명한 행사죠."

"가 봅시다. 혹시 얘깃거리가 될 테니."

계남이 히라토를 따라 기원으로 갔다. 가는 도중 놀란 것은 경도京都란 곳이 말할 수 없이 화미華美하다는 사실이었다. 금은金銀과 금수錦繡

와 기라綺羅로써 장식된 일본의 추석과 기껏 황포黃布나 저포苧布의 옷이 특징일 뿐인 고국의 추석이 비교되어 서글펐다.

기원에 도착했을 무렵, 16일의 달이 동산 위에 솟았다. 그러나 그 달빛은 만등萬燈을 헤아리는 등불에 그을려 무색한 느낌이었다.

월광과 등화 아래 펼쳐진 무희들의 춤! 긴 소매가 나비처럼 생동하고 머리에 꽂은 화잠花簪의 금빛이 황홀한 무늬를 놓는데 북소리와 삼미선三味線 소리가 그윽하기만 했다.

계남이 넋을 잃고 보고 섰는데 살금 팔을 건드리는 촉감이 있었다. 소복을 닮은 일본 의상을 곱게 입고 오이씨 모양의 얼굴을 한 아름다운 여자의 흑요석黑曜石을 닮은 눈동자가 자기를 쳐다보는 것이 아닌가.

계남이 가슴을 떨었다. 여자의 말이 있었다.

"같이 가자는 겁니다."

하는 히라토의 통역이 있었다.

홍계남이 안내되어 간 곳은 강변의 2층집이었다. 사위에 투명한 사포紗布로 된 모기장을 둘렀다. 검은 테에 붉은 바탕을 한 식선食膳 위엔 구운 은어가 가지런히 놓여 있고, 그 언저리에 채물菜物이 보기 좋게 배합되어 있었다.

모기장을 통해서도 만월을 볼 수 있었고, 만월이 비치는 강줄기를 감상할 수 있었다.

"제 이름은 오코이鯉라고 합니다. 각별한 사랑을 받고 싶습니다."

이렇게 말하고 미녀는 잔에 술을 따르곤 무릎을 꿇어앉은 자세로 눈을 아래로 깔고 있었다. 일어서면 작약芍藥, 앉아 있으면 모란丹藥이란 정취였다.

계남은 여자를 오랫동안 바라보고 있을 수가 없어 시선을 히라토에게 돌리며 물었다.

"저 강 이름이 뭡니까."

"가모가와賀茂川라고 합니다."

"가모가와에 비친 명월, 나쁘지 않군요."

"귀국의 경도에 강이 있습니까."

"있습니다. 한강漢江이라고 하오. 아마 이 가모가와보단 3배나 넓을 것이오. 수심도 깊지요. 지금쯤 그 한강에도 저 달의 모습이 비치고 있을 것이외다."

계남의 말이 향수에 서려 있었다.

그러자 히라토가 잔을 건네며 말했다.

"절색의 미녀를 두고 향수를 말하다니, 홍 공, 그처럼 무정한 사람이 되어선 아니 되오. 오코이에게도 말씀이 있어야지."

"청아한 미녀를 만나게 되니 반갑기 그지없소. 그러나 ….."

"반갑고 기쁘면 그만이지, 그러나가 무슨 소용 있소."

하더니 히라토가 오코이 쪽을 보고 말했다.

"아까도 말했지만 홍 공은 가히 삼국제일三國第一의 위장부偉丈夫이오. 삼국이라고 말해도 우리 일본에서의 삼국이 아니라, 명·조선·일본 삼국에서 제일이란 말이오. 그러니 이 위장부를 위해 노래나 한 가락 부르시오."

오코이는 사전에 단단히 지시를 받았던 까닭인지 미리 준비해 놓은 장금長琴을 끌어당겨 튕기며 노래를 불렀다. 그녀의 노래엔 가슴을 치는 정감情感이 있었다. 그러나 계남은 무슨 까닭으로 황혼만을 들먹여 노래 부르는가를 알 수가 없었다. 그래 그 뜻을 물었더니 오코이의 대답이 있었다.

"이것은 경도의 사계절의 황혼을 부른 노래입니다. 황혼이 되면 사람이 그리워지지 않소이까. 그러하오니 사계절 황혼의 경관에 붙인 상사곡相思曲이지요."

"상사의 노래는 어느 나라에서도 있는가 보죠?"

홍계남은 고향에 두고 온 처첩에게 마음을 보냈다.

이렁저렁 이야기로 밤이 깊었다. 계남이 기분 좋게 술에 취했다.

오코이는 풍신수길의 정적政敵 시바타 가쓰이에柴田勝家의 첩실妾室에서 난 딸이었다. 시바타가 수길과의 결전에서 패배하자, 그의 남계男系는 모조리 살육당하고 처첩과 여계女系들은, 수길 휘하 제후들의 첩 또는 노비가 되었는데 오코이는 어렸기 때문에 유모의 비호하에 있다가 15세 되던 해에 기원祇園의 무기舞妓가 되었다는 것이다.

"때가 때이면 오코이는 백만 석 영주의 공주님으로 영화 속에 살 사람인데."

히라토는 이렇게 오코이에 관한 설명을 맺었다.

계남은 선뜻 어머니의 비운을 생각했다. 종류는 다르다고 하겠으나 운명은 비슷하다는 느낌이었다.

'어떻게 해서 자기의 잘못도 아닌 것으로, 자기의 과실도 아닌 것으로 약한 여자가 비운悲運을 감당해야 하는가!'

계남은 뭔가 오코이에게 위로의 말을 남기고 싶었다.

"내 얕은 지식에 이런 말이 있소이다. 신구神龜는 꿈속에 조화造化의

신을 만나기도 하지만 어부漁父의 그물에 걸리기도 한답니다."

장자莊子의 이 말은 어머니를 생각할 때면 으레 상기想起하는 것이어서 계남이 말해 보았다. 조화의 신과 꿈속에서 상종하는 신거북마저도 하찮은 어부의 그물에 걸릴진대 하물며 약한 인간이랴! 사람은 실로 자기의 운명을 어떻게 할 수 없는 존재라는 뜻이다.

오코이는 감동한 눈빛으로 황홀한 듯 홍계남을 쳐다봤다.

여심女心에 고금이 없는 것일까. 연정戀情엔 원래 국경이 없다. 홍계남은 오코이의 노래를 마저 듣고, 그 너무나 애처로운 모습을 마음에 새겨 넣기라도 하듯 한동안 응시하다가 일어섰다.

"왜 일어나십니까?"

히라토가 놀라며 계남의 손을 잡았다.

"밤에 숙사를 비우면 모두들 걱정할 것이외다."

"그 문제 같으면 소인이 적절히 처리하겠소이다. 홍 공께서는 모처럼의 청야淸夜를 이 가모가와에서 지나시면 어떻겠소."

"그건 안 됩니다. 내겐 이때까지의 환대만 해도 고맙기 짝이 없었소. 내 낭자의 미성美聲과 미자美姿를 잊지 않으리라. 비록 나라가 다르고 인종이 다를망정 어찌 인정에 변함이 있으리까."

계남이 그들의 간절한 만류를 뿌리치고 바깥으로 나왔다. 마음의 탓인지 배웅하는 오코이의 어깨가 가냘프게 떨리고 있었다.

그 집에서 멀어진 다음, 뒤쫓아 온 히라토에게 준절하게 일렀다.

"절세의 여자를 만나게 해 준 귀하의 호의는 감사하나, 나는 지중한 소임을 맡아 이곳에 와 있는 사신使臣의 신분이오. 앞으론 이런 일이 없으면 좋겠소."

"사신의 소임도 막중하겠지만 미녀와 더불어 정을 나눠 보는 것도 인생으로선 다시없는 흥취가 아니겠소이까."

그리고 히라토가 이은 말이 괴상했다.

"따지고 보면 인간에겐 정애情愛가 제일이오. 충정忠情은 제 2의 문제가 아니리까."

"히라토 씨, 나는 일본 사람이 충정을 다하기 위해선 생명을 홍모鴻毛처럼 가볍게 여긴다고 들었소. 그런데 귀하가 방금 하는 말을 들으니 어처구니가 없소. 당신 나라 사람들에겐 충정을 권하고 내겐 그런 말밖엔 못하겠소?"

"아니옵니다. 충정을 다하기 위해 생명조차 아끼지 않는다는 말은 명분名分을 그렇게 내세우는 데 불과합니다. 우리 일본인의 동태를 예의 살펴보십시오. 만사에 이利가 앞서 있습니다. 제후들이 무슨 까닭으로 수길에게 복종하는가를 아십니까? 그렇게 하는 것이 이롭기 때문입니다. 주군主君의 여자와 밀통하여 도망하는 사람이 얼마나 많은지 아십니까. 똑똑한 척하는 무리들이 입으론 무슨 소릴 지껄여도 그 내심엔 미녀와 재산, 그리고 권세를 탐하는 욕심이 가득 찼습니다. 이 이치를 모르는 자는 바보지요. 천치지요."

계남은 열을 올리고 지껄이는 히라토의 옆얼굴을 달빛 아래로 보며 속으로 중얼거렸다.

'일본의 이른바 전국시대는 충정에서 비롯된 것이 아니고, 정실에 비롯한 것이라고 알고 있다. 그러나 우리는 다르다. 나는 다르다….'

"홍 공의 고집도 대단하십니다."

"내가 무슨 고집을 피웠단 말이오."

"애원하는 미녀의 청을 뿌리치고 이렇게 걷고 있는 양이 고집이 아니고 뭡니까."

히라토의 말에 빈정대는 투가 있었다.

"몇 번을 말해야 알겠소. 나는 사신으로서의 책무를 띠고 온 사람이오. 유산 겸 소풍하러 온 것이 아니외다."

한동안 히라토는 잠잠했다.

"아무래도 수길秀吉 공公의 귀영은 늦어질까 하오. 그러니 그동안만이라도 여사에서 합숙할 것이 아니라 홍 공만이라도 사관私館을 얻어 한가하게 독서나 하고 무술이나 익히면 어떻겠소이까."

아닌 게 아니라 정·부사正副使 간間에 매일처럼 언쟁言爭하는 꼴을 보며 하는 일 없이 음울하게 지내는 것보다 가능만 하다면 혼자 있고 싶은 충동이 없는 바는 아니었다.

"히라토 씨는 내 처지를 어떻게 알고 계시오. 층층시하의 일개 군관에 불과하오. 그런 방자가 어떻게 허용될 것이라고 그런 말씀을 하시오. 나는 이 밤의 소요도 마음 아파하는 바이오."

히라토는 그 이상 자극했다간 좋지 못한 결과가 있을 것 같아 입을 다물었다.

객사客舍에 돌아가니 동쪽 건물에서 시끄러운 소리가 있었다. 그곳은 서장관 허성의 거처였다. 무슨 일인가 하고 가 보았더니 술상이 엎어진 가운데 허성과 황진이 목청을 돋우어 언쟁을 벌이고 있었다.

황진은 군졸들이 너무나 무료하니 내일쯤 교외로 나가 조련調鍊을 하겠으므로 그 뜻을 일본에 전하라고 한 데 대해 허성이

"감히 그런 망동妄動을 어떻게 생각이나 할 수 있느냐."

고 반박한데 싸움의 발단이 있었던 것이다. 황진은 '망동'이란 말에 격분한 모양이었다.

"군관이 군졸을 조련하려는 것이 어째서 망동인가?"

"이곳을 한성 서대문 밖쯤으로 생각하는가."

그러자 차천로가 흥분을 가누지 못하고 외쳤다.

"이게 무슨 망신입니까."

8월 16일의 달이 교교히 밝은데 홍계남은 그 달이 부끄러웠다.

이런 일도 있었다. 어느 날 오후 김성일이 홍계남을 불렀다.

"홍 공의 무예가 대단하다고 들었는데 어디서 익힌 무예인가."

"별반 자랑할 것도 없는 무예입니다."

"무술을 수련하는 것을 본 적도 없는데, 그렇다면 홍 공의 무예는 생이득지生而得之한 것인가."

"무술 수련을 사람 앞에서 할 수 있습니까."

계남의 이 말은 무를 천시하는 양반에게 대한 빈정거림이기도 했다.

"다른 사람은 모르겠습니다만, 소생은 심심산곡, 아니면 달조차 없는 야심에 무술을 익혔습니다."

"선생님은 누구인고."

"성은 김 씨, 이름은 달達 자 손孫 자라고 하옵는 어른입니다."

"그 사람에게서 어떤 것을 배웠는고."

"습習이 쌓여 술術이 된다는 것과 술이 익어 도道가 된다는 것을 배웠습니다."

"적습위술積習爲術, 숙술위도熟術爲道란 말이 있지."

"말에 보람이 있는 것이 아니라, 적積과 숙熟이라고 하는 행行에 보람이 있습니다."

"그 행行만으로 무술, 또는 무도가 될까?"

"궁술의 선생님은 엄 도道 자 익益 자 이십니다."

"그 사람은 어디 사람인가?"

"영월에 사시다가 돌아가셨습니다."

"그 밖의 스승은?"

"율곡 선생님입니다."

"율곡? 그 사람이 무술을 가르쳤단 말인가?"

"문무 할 것 없이 제게 인생과 학문을 가르친 어른이온데, 율곡 선생님의 측근에 허웅許雄이란 어른과 신유辛洧라고 하는 무술인武術人이 있었습니다. 그분들로부터 어御와 검劍을 배웠습니다."

"율곡의 측근에 허와 신이란 사람이 있다고 들은 적이 없는데."

"그 어른들은 명리名利를 피하고 산간에 살았으므로 아무도 그 존재를 몰랐을 것입니다. 율곡 선생님께서 저희들 몇을 무武의 길로 나가야 할 것으로 보고 세상을 피해 사는 그 어른들에게 소생을 맡겼습니다. 인적 없는 산골에서 십수 년을 살며 야음을 이용하여 각고刻苦한 결과 왜인이 모인 자리에서 실수하지 않았을 정도의 기량을 익힌 것입니다."

"그 허웅이란 자와 신유라는 자는 아직 생존해 있는가."

"이미 미수米壽를 넘겼사옵니다만 소백산 중에 아직 건전하시다고 들었습니다."

일본에서 돌아와

수길이 동북 지방을 평정하고 돌아왔다는 소식이 들렸다. 이어 11월 7일 사신들이 수길을 만나게 되었다. 장소는 취락제聚落第. 취락제의 굉장한 규모와 그 화미華美는 이미 설명한 바 있다.

그 회견에 앞서 김성일金誠—과 일본 측 사이에 맹렬한 언쟁이 있었다. 일본 측은 사신들에게 수길을 향해 청하배廳下拜를 해야 한다고 주장하고, 성일은 그것이 불가하다고 거절했다. 일본은 수길이 천하지권天下之權을 장악한 실권자이니만큼 외국의 사신들은 마땅히 국왕國王에 준하는 예의를 다해야 할 것이라고 우겼는데 김성일은 맞섰다.

"관백關白이 비록 천하의 실권을 장악하고 있다고 하나 그 신분은 일본 국왕에 대한 신하에 불과하다. 우리는 우리의 임금을 대신한 사신들이다. 어찌 남의 나라의 신하 앞에 청하배를 할 수 있겠는가."

우리들 사신 가운데도 옛날 중국의 전례典例를 인용하기도 하여 수길을 국왕에 준하는 사람, 즉 사실상의 왕으로서 대우해도 무방하지 않겠느냐는 의견을 말하는 사람이 있었지만 김성일은 막무가내로 자기의 의견을 고집했다.

결국 수길과의 의견절차는 김성일이 바라는 대로 되어 11월 7일의 회견은 실현을 보게 되었다.

사신일행은 가각茄角의 악樂을 선두로 하여 교자轎子를 타고 취락제 안으로 들어가 곧바로 당상堂上으로 인도되었다. 그리고 수길과 대등의 예의를 교환했다. 이어 국서國書와 방물목록方物目錄을 수교하는 의식이 있었다. 국서의 내용은 다음과 같다.

조선 국왕은 서書를 일본 국왕에게 바치니라. 봄철의 기후가 좋고 만물의 동정이 아름다울 무렵 멀리 대왕大王께선 60여 주를 통일했다고 들었도다. 그래서 빨리 친목으로 인호隣好를 두텁게 하려 했으나 길이 하도 멀어 생각만 하고 그 뜻을 이루지 못했다가 이제 귀국의 사신과 함께 황윤길, 김성일, 허성 등 삼사三使를 보내어 하사賀辭케 하는바 이로부터 인호가 더욱 두터워지길 바라는 바이오. 이에 많지 않은 토의土宜(토산물)를 보내니 소류笑留하길 바라오.

이른바 토산물 가운덴 말馬, 면포綿布, 마포麻布를 비롯해 표피豹皮, 호피虎皮, 백미白米 2백 석, 청밀십호清蜜十壺 등의 목록이 보인다.

사모紗帽를 쓰고 검은 도포를 입은 원숭이 얼굴의 수길은 사신들을 오종찬五種饌으로 접대하고, 조선 국왕에겐 안마鞍馬, 갑주甲冑, 기완器玩 등을 선사하고, 3사신에게 은폐銀幣를 선사했다.

그런데 수길이 도중에서 일어나 사라지더니 조금 있다 평복平服으로 갈아입곤 어린아이를 안고 나와 방안 이곳저곳을 돌아다녔다. 그 아이가 전년에 출생한 쓰루마쓰鶴松였다는 것을 사신들이 안 것은 조금 뒤

354

의 일이다.

수길은 어린애를 안고 난간에 기댄 채 조선 악공樂工들의 주악을 들었다. 그러는 동안 어린애가 오줌을 누었는데 수길은 웃으며 아이를 시자侍者에게 건넸다. 방약무인傍若無人의 행동이었다.

취락제에서 수길과의 접견이 있은 지 나흘 후 사신 일행은 경도京都를 퇴거하여 사카이堺로 옮기게 되었다. 우리 국서에 대한 회답을 촉구하자 사카이에서 기다리라는 수길의 전갈이 있었던 것이다.

객지라고는 하나 다섯 달 동안을 체류하고 보니 경도에는 약간의 애착이 있었다. 홍계남은 얼굴을 익힌 사람들을 순방하며 작별 인사를 했다.

사카이에 도착한 일행은 수길의 국서를 기다릴 뿐이었는데 보름 만에야 그것이 도착했다. 그런데 그 국서가 불온하다 하여 김성일이 노발대발했다.

"이런 국서를 가지곤 우리는 돌아갈 수 없다."

일본 측에서는 수길의 뜻을 거슬려가며 달리 답서를 쓸 수 없다고 했다. 치열한 논란 끝에 일부의 자구字句를 수정하도록 합의를 보았는데 수정하라고 우리가 제의한 것은 '각하', '입조', '방물' 여섯 자였다. 일본 측은 각하를 전하殿下로, 방물方物을 폐물幣物로 고치는 덴 동의했으나 '입조'란 문자만은 끝끝내 고치지 않으려 했다.

아무튼 이 답서로 미루어 풍신수길의 침략 의도는 명약관화明若觀火해졌는데 사신들 사이에 의견이 엇갈렸다. 실로 통탄할 일이다.

돌아오는 길, 대마도에서 며칠을 묵고 그곳을 떠나 고국으로 향하게 된 전날 밤, 부사 김성일이 수행원들 일동을 한자리에 모았다. 그 자리에서 성일이,

　"금번의 일들이 모두가 잘된 것은 아니나 대과 없이 소임을 다할 수 있었던 것은 여러분의 진력한 덕택이라고 보오. 내일이면 이곳을 떠나 고국으로 돌아가는데 이에 앞서 여러분에게 부탁할 일이 있소. 여러분들이 돌아가면 필시 많은 사람들이 이것저것 물어볼 것이오. 그때 풍물을 묻거든 이곳이나 그곳이나 별반 다를 바가 없다고 답하고, 정세나 민생에 관해 묻거든, 몸이 비록 그 땅에 있었다고 하나 왜인과 접촉하지 않았기 때문에 잘 모른다고 잘라 대답하시오. 그렇지 않으면 갑甲은 갑론甲論하고 을乙은 을론乙論하고 병丙 또한 병론丙論할 것인즉 결과적으로 우리 일행이 흡사 잡조雜鳥의 무리들처럼 될 것이니 각별 조심하기 바라오."

하는 말에 이어 정사 황윤길도 부탁했다.

　"우리 모두의 체신을 위해서 각자 신중을 기해야 한다."

　서장관書狀官 허성으로부터 구체적인 사례事例를 들먹인 훈계가 있었다. 요컨대 언어의 통일, 행동의 통일을 하자는 데 뜻이 있었다.

　모임이 파하고 난 뒤, 투석投石의 명수名手 고정남高正南이 홍계남에게 귀엣말을 했다.

　"우리들 걱정일랑 말고, 어른들 자신들의 걱정이나 하시라지."

하고 어젯밤 정·부사 간에 밤늦게까지 언쟁이 있었다고 했다.

　"무슨 언쟁이었소?"

　"황 정사는 일본을 경계하여 국방에 전력을 다하도록 임금님께 아뢰

고자 했는데, 김 부사는 임금님뿐 아니라 민심을 혼란시킬 그런 말을
해서야 되겠느냐고 맞서 언쟁이 그치질 않았소."

계남이 말을 바꾸었다.

"그런 판단은 가볍게 입 밖에 낼 성질의 것이 아니라고 생각하오. 더
욱이 정·부사 간의 의견이 갈려 있는 이 마당에선 그렇소. 고공도 말
을 조심하시오."

"조심하고 뭣하고 간에 홍 군관님이니까 말하는 것이지만 나는 아무
래도 일본이 쳐들어올 것만 같습니다. 사카이에서 들은 얘긴데 수길은
수천 만금을 들여 포도아(포르투갈)란 서양나라에서 대선大船을 샀다고
합니다. 우리를 칠 저의 없이 무엇 때문에 그 많은 재물을 써서 그런 큰
배를 사들이겠습니까. 그리고 들은 바에 의하면 국서國書에도 대명大明
을 칠 의도를 밝히고 있다면서요."

긴 여정旅程을 끝내고 통신사 일행이 부산포釜山浦에 귀착한 것은 선
조 24년(1591년) 1월 28일이다.

그런데 부산포에서 뜻하지 않은 일이 대기하고 있었다. 경상감사 김
수金睟의 명을 받은 포졸이 서장관 허성과 그의 보좌관인 전판관前判官
성천지成天祉를 배에서 내리자마자 체포하여 끌고 갔다.

그 광경을 눈앞에서 본 홍계남은 아찔한 기분이었다. 그들의 죄상이
어떤 것이었든 수륙 수천 리를 왕래한 노고를 겪은 사신을 저렇게 취급
할 수가 있을까 하는 측은한 마음이 들기도 했다. 하루이틀쯤 객고客苦
를 풀게 한 연후에 추궁해도 무방하지 않겠는가. 따라온 왜인들에 대
한 체면도 있고, 부하들에 대한 위신도 있을 테니 말이다.

이렇게 정이 마른 각박한 세상을 어떻게 살아야 하느냐 싶으니 허성과 성천지의 일이 남의 일 같지 않았다. 홍계남은 급격하게 피로를 느꼈다. 무슨 까닭이냐고 물어볼 기력도 없었다.

객관으로 돌아가 홍계남은 심복 조인식을 시켜 사유를 알아보라고 했더니 결국 정여립鄭汝立 사건과의 관련이라고 했다. 정여립 사건이 발생한 지 햇수론 3년 전의 일이다. 그 일이 아직도 꼬리를 물고 있다 싶으니 계남의 가슴이 아팠다.

"허성과 성천지가 정여립의 집에 야장공冶匠工을 보내어 무기를 만들게 했다는 겁니다."

조인식의 보고는 이러했는데 홍계남으로선 믿어지지 않았다. 허성은 온유한 인품과 학식이 높은 선비로서 매사에 신중한 성격이었다. 통신사에 임명되었을 때의 벼슬은 전적典籍. 어찌 그런 사람이 정여립의 집에 야장공을 보내기까지 해서 무기를 만들게 했을까.

누군가의 무고誣告일 것이 틀림없는데 나라를 대표해서 외국에까지 갔다 방금 돌아온 사람을 그렇게 함부로 취급할 수 있는가.

허성과 성천지는 이윽고 동래부東萊府에 수금囚禁되었는데 그 사실이 계남의 발을 무겁게 했다.

'죄가 있다고 하더라도 사신으로서의 복명復命이 있은 연후에 추궁한들 늦지 않을 것이 아닌가.'

그런데 홍계남은 고향 안성에 잠시 들러 서울에 돌아갔을 때 허성이 석방되었다는 소식을 들어 반가웠다.

허성은 허엽許曄의 아들이다. 이 일이 있고 곧 정언正言 헌납獻納 이조좌랑吏曹佐郎 응교應敎 사인舍人을 거쳐, 이조참의吏曹參議 부제학副提學

을 역임하고 예조禮曹, 병조兵曹, 이조吏曹의 판서判書에 이르렀다. 동생 봉篈, 균筠, 누이동생 난설헌蘭雪軒과 더불어 당대에 그 문명이 자자한 문장가였으며 성리학의 대학자, 서도書道의 대가였다. 특히 그의 동생 균은 《홍길동전》洪吉童傳의 작자로서 이름이 높다.

내가 허균의 홍길동전의 모델로서 혹시 홍계남의 생애가 일부 이용된 것이 아닌가 하고 생각한 것은 허성의 사건에 깊이 동정한 일을 계기로 허균과의 교의가 있었지 않았나 싶어서였다.

그해의 2월 13일 조정에선 정변이 있었다. 세자책립 문제로 정철이 파직되었다. 영의정에 이산해, 좌의정에 유성룡, 우의정에 이양원李陽元이 앉았다.

통신사가 서울에 돌아온 것은 3월. 이윽고 창피스런 꼴이 현출되고 말았다. 역사는 다음과 같이 기록한다.

복명하는 자리에서 정사 황윤길은 다음과 같이 말했다.

"풍신수길의 안광은 날카롭고 담지膽智 또한 있는 것 같았습니다. 그리고 주변의 정황을 살피건대 반드시 우리들을 침략해 올 것이 틀림없을 것이라고 짐작합니다."

부사 김성일은 다음과 같이 반박했다.

"풍신수길의 침략은 없을 것으로 압니다. 그의 눈은 쥐눈과 같으며 인품 또한 볼품이 없습니다. 한갓 용렬한 인물에 지나지 않으니 그 대언장어大言壯語에 현혹당할 필요가 없습니다."

동인東人들은 김성일의 말이 옳다고 하고, 서인西人들은 황윤길의 말을 옳다고 해서 조정의 의론은 분분했다. 사태를 냉정하게 판단하기에 앞서 당파근성黨派根性이 작용한 것이다. 그런데 서장관 허성은 동인에 속해 있는 처지이면서도 황윤길의 의견을 지지했다.

"정사의 판단이 옳다고 생각한다."

김성일은 선위사宣慰使 소서행장과 대마도주 종의지에게 대담한 서신 두 장을 꺼냈다. 그 내용은, 어떤 이유로도 명明나라를 칠 수 없다는 뜻을 극언極言한 것이었고, 그 문사文辭의 응변이 통쾌했다.

"이쯤이면 왜인들도 알아볼 만하겠다."

임금은 김성일을 칭찬하고 그를 당상관으로 승진시켰다. 8도에 명하여, 진행 중인 방어준비를 일체 중단케 했다. 쳐들어오지도 않을 일본을 경계해서 민생民生을 괴롭힐 필요가 없다는 이유에서였다.

김성일은 일본이 대거 침략하리라곤 믿지 않았다. 그가 총명한 탓으로 저지른 과오라고 할 수 있었다. 김성일은 일본의 병란이 근 백 년 동안 계속되었는데 수길이 겨우 천하를 평정했다고 하나, 수길이 정사政事와 민심民心에 대한 배려가 있는 사람이라면 결코 그렇게 무모한 짓을 할 수 없을 것이라고 판단했다.

무장 황진黃進은 김성일의 의견이 조정의 움직임으로 결정됐을 때 흥분했다. 여러 정신들 앞에서 옷소매를 걷어붙이며 외쳤다.

"황윤길, 허성 같은 유약한 사람들도 적정賊情을 옳게 판단했는데, 황차 김성일 같은 명민지사明敏之士가 사태의 진의를 모르다니 될 말이기라도 한가. 이건 분명히 사악한 심술의 탓이다. 수길의 답서 가운덴 상국上國을 범하겠다는 부도한 말이 있었다. 그 말에 한마디 항의하지도 못하고 받아온 것을 문책당할까 봐 꾸민 교묘한 수단이다. 이런 자

360

를 가만둘 수 없다."

그리고 황진은 김성일을 처단해야 한다는 상소를 올리려고까지 했으나 주위의 만류가 간절하여 그만두었다.

이 무렵 이영이 홍계남에게 물었다.

"황黃 사使와 김金 사使의 말이 각각 다른데, 홍 공의 뜻은 어떤가?"

"황 사의 의견대로라고 생각합니다. 그러나 김 사의 뜻도 짐작할 만합니다."

홍계남의 대답은 이렇게 어색했다.

"옳으면 옳고 그르면 그르다고 할 일이지, 그 답이 뭔가."

"본 대로 들은 대로라면 풍신수길이 병화를 일으킬 것은 명약관화한 일입니다. 그러니까 황사의 의견이 옳은 거지요. 한데 일본의 실정은 전쟁할 형편이 아닙니다. 백년이 지난 후에 이제 겨우 평화를 얻었다고 하나 상류의 화미華美에 비해 하층민의 생활은 도탄이라고 해도 과언이 아닙니다. 그러한즉 정상적인 마음으로선 병사兵事를 일으키지 않을 것입니다. 황 사는 사실을 사실 그대로 보고 일본의 침범을 예측하는 것이고, 김 사는 일본의 속사정을 살피고 침범이 없을 것이라고 단정한 것입니다. 양인 모두 점을 친 셈인데 길고 짧은 것은 그때 가봐야 아는 일이겠지요."

"그래 홍 공은 어떻게 했으면 좋겠는가. 자네가 정사正使를 한다고 치고 말이다."

"방비와 준비를 서둘러야 합니다. 민생의 부담을 덜어 주기 위해서는 좋지만 그 때문에 민생을 사경死境으로 몰아넣는 경우가 있어선 불가한 것이 아니오이까. 일이 있을 것으로 믿고 준비했다가 일이 없으면 지나친 낭비가 있었다는 것으로 끝나지만, 일이 없을 것으로 알고 방비를 소홀하게 했다가 일을 닥치게 되면 그야말로 큰 화를 입을 것이 아니옵니까.”

“일본이 과연 우리나라에 쳐들어올 만한 힘이 있는 것 같이 보이던가.”

“항구마다에서 배를 모으고 있는 것을 보았습니다. 듣건대 서양의 어느 나라에서 대선大船을 사들였다고도 합니다. 게다가 총포술이 상당히 발전한 것 같았습니다. 각종 물산도 풍부하더군요. 승패는 도외시하고 일단은 거사할 만한 실력이 있다고 보았습니다.”

“홍 공의 말대로라면 큰일이 났군.”

이영은 깊은 생각에 잠겼다. 그러고 나서 혼잣말처럼 중얼거렸다.

“상감은 전쟁이 없는 것으로 치고 있어. 그런데 전쟁이 있을 것이라고 겁을 줄 수도 없고. 김성일 같은 총명한 사신이 한 말을 일본에 가보지도 않은 사람으로서 극구 부정할 수도 없는 일이고 ….”

일본 침략의 문제는 어떻게 되었건 수길의 답서에 있는 ‘병兵을 거느리고 대명大明으로 쳐들어갈 것이다’라는 대목은 간과할 수 없었다.

이 문제가 대두되었을 때 처음 명나라에 주문사를 보내야 한다고 주장한 사람은 대사헌 윤두수였고, 이에 동조한 사람은 병조판서 황정욱이었다.

“군신과 부자지간엔 무슨 일인들 통해서 안 될 일이 있겠습니까. 필수직진必須直陣하면 후에 책망이 없을 것입니다. 그 밖엔 계책할 것이 없습니다.”

윤두수는 경의經義까지 인용하여 당당히 주장했는데 영상 이산해가 반대했고 유성룡도 처음엔 영상의 의견이 옳다고 했다. 그런데 주문奏聞과 비주문非奏聞 간의 논쟁은 또한 동인과 서인의 대립이기도 했다. 이러한 대립으로 논란이 거듭되면서 유성룡은 비주문파에서 주문파로 돌았다.

조정에선 앞서 보낸 김응남에 이어 다음과 같이 진주사陳奏使를 보낸 것은 10월 24일의 일이다. 명나라 조정에선 각지에서 정보가 들어왔는데도 유독 조선에서만은 아무 말이 없어 궁금하게 여기던 차 김응남이 자문을 갖고 들어가고 이어 진주사가 왔기 때문에 적이 반가워했다.

안절부절못하던 조정은 김응남 일행이 명나라의 오해를 풀고 칙서까지 받아 돌아오니 경축일색으로 되었다. 11월 2일, 선조는 사신일행을 모화관慕華館에까지 나가 영접하고 백관에게 가자加資를 베푼 후, 잡범 사죄이하死罪以下에게 특사의 은전을 주었다. 또 주문설을 주장하였던 대사헌 윤두수는 정철과 공모했다고 하여 10월 연안으로 유배되었는데, 주문의 효과가 컸던 것을 감안하여 선조는 전리방환田里放還으로 감형해 주었다.

그리고 선조는 수길의 답서에 대해 강경한 편지를 써서 보냈다.

요컨대 명나라는 우리의 상국이니 절대로 침범할 수 없으니 일본도 마음 고쳐먹고 그런 생각을 버리라는 내용이었다. 명조로부터 칙서 한 장 받아들고 이처럼 들뜬 국서를 썼다는 것은 어처구니가 없는 일이지만 수길에게 따끔한 일침을 준 것은 그런 대로 의미가 있었다.

수길은 이런 편지를 받고 마음을 돌리기는커녕 점점 그 침략의 의사를 굳게 하고 종의지가 다시 조선으로 와서 변장邊將에게 다음과 같은 말을 이르고 조정에 전하라고 했다.

"일본관백日本關白 풍신수길이 대명국을 치고자 하오니 귀국이 소란 될 것은 필지의 사실이오. 만일 귀국이 먼저 명나라에 보고하여 명나라가 화和를 일본에 구해 온다면 환난을 면할 수 있을 것이오. 그렇지 못하면 큰 화가 닥칠 것이오. 그래서 내가 여기까지 와서 간곡히 전하는 바이니 선처하시오."

사세가 이렇게 되었는데도 조정은 정신을 차리지 못했다. 당쟁은 날로 격렬해질 뿐이다. 조정의 동인들이 합세해서 정철을 비롯한 서인들을 근절하려고 양사兩司의 합계合啓가 있은 것은 이 무렵의 일이다. 이런 상황이었으니 일본의 밀정은 수길에게 보고했다.

"이 나라를 치는 것은 어린애의 팔을 비트는 격으로 수월할 것이외다."

일가를 몰살하려고 원수가 칼을 갈고 있는데 그 집에선 골육상잔의 싸움을 벌이고 있다면 이는 실로 어처구니없는 일이다. 당시의 조정이 꼭 그런 꼴이었다. 일본군은 군비를 갖추고 바야흐로 한반도를 덮치려하는 그 순간에도 당쟁黨爭은 치열했다.

앞서 말한 대로 양사兩司의 동인들은 좌의정이었던 송강松江 정철鄭澈의 동지였다는 이유만으로 수십 명의 인물들을 파직시킬 것을 청하니 선조는 이를 재가했다. 요즘의 표현을 빌면 쿠데타에 의한 일대 숙청으로 된다.

그런데 정철의 죄상罪相이 뭐냐고 하면 이것 역시 어처구니가 없다. 당시 선조에겐 정궁正宮에선 혈육이 없었고 비빈들 몸에서 낳은 아들이 13명, 딸이 10명 있었다. 그런 까닭에 나라의 근본을 든든히 하기 위해선 빨리 세자를 책봉하여 후사 문제를 에워싼 소동의 근본을 미리 없애야 했다. 유성룡과 의논한 결과 정철이 경연에서 이 문제를 제기했다.

"정궁에 아들이 없으니 왕자 가운데 제일 나이 많은 분으로 세자에 책봉함이 온당하다."

나이 순서대로 세자에 책봉한다면 그 대상은 당연히 임해군이 된다. 임해군은 어려서 어머니를 여읜 왕자였다.

정철의 이러한 제의는 인빈仁嬪 김 씨金氏의 비위를 거슬렀다. 선조의 총애를 한 몸에 지닌 인빈은 그 무렵 신성군信城君이란 아들을 낳아 세자가 되게 할 소망을 가지고 있었다. 이럴 때의 정철의 제안인지라, 인빈은 오빠인 김공량이 영의정 이산해와 친한 점을 이용하여 정철을 배척할 계략을 꾸몄다. 인빈은 선조에게 읍소했다.

"정철이 우리 모자를 죽이려고 합니다."

선조는 이미 이산해로부터 그런 뜻의 말을 듣고 있었던 터라 대노하여 정철을 좌의정의 직에서 추방하고 드디어 강계江界로 유배했다.

요컨대 정철의 죄란 이런 것이었는데 동인들은 물실호기勿失好機라 하여 대대적인 쿠데타를 감행한 것이다. 정여립 사건으로 퇴세頹勢에 몰린 동인들이 세자책봉 문제를 계기로 다시 득세하여, 서인들을 몰락케 했다.

이 무렵 이영이 홍계남을 위해 어영御營에 자리를 마련해 주겠다고 했으나 사양하고, 일본에 동행한 황진이 막료幕僚로서 초청했으나 역시 사양했다. 그 이유인즉 다음과 같았다.

"아버지의 연세가 이미 높으매 장차 효도할 겨를이 없을까 걱정되옵니다. 그래 고향으로 돌아가 혼정신성에 전일할까 하옵니다."

계남이 고향에 돌아가 살기를 결심한 것은 임진년 정월, 이때 계남의 나이는 29세. 아버지 홍자수의 나이는 55세. 마땅히 효도를 위해 봉친奉親해야 할 사정이긴 했다. 그러나 이영이 타일렀다.

"입신양명도 또한 봉친이니라. 듣건대 정실에 수삼 명 형제가 있다고 하는데 봉친은 그들에게 맡겨도 될 일이 아닌가. 자네는 서출이어서 고향에 있으면 갖가지 수모를 당할 텐데 왜 그렇게 서두르는가?"

"효도에 적서가 있사오리까. 수모는 어머니 대부터 받아 오던 일이니 새삼스럽게 괘념할 것이 못 됩니다. 어머니를 모시기 위해서도 전 고향으로 돌아가야겠습니다."

계남의 각오가 굳은 것을 본 이영은 다만 다음과 같이 덧붙였다.

"안성과 한양은 홍 공의 걸음으로선 하룻길이 아닌가. 종종 한양에 와서 내 누이를 돌봐 주도록 하게."

이영의 누이란 곧 숙랑淑娘을 말한다. 계남은 숙랑의 보살핌 속에서 행복한 나날을 보냈다. 뿐만 아니라 많은 것을 배웠다. 숙랑은 벙어리이긴 하지만 학문이 깊었다. 만일 벙어리가 아니었다면 허난설헌許蘭雪軒과 쌍벽을 이룰 여류문인이 되었으리라. 특히 시문에 탁월했다.

그런 까닭만이 아니라 계남의 숙랑에게 대한 애착은 깊었다. 그래서 다음과 같은 답이 되었다.

"여부가 있겠사옵니까, 형님. 열흘에 한 번은 다니러 올 것이고, 매야몽중每夜夢中엔 이곳에 있겠나이다."

이영은 그 대답에 흐뭇해했다.

"그러나 형님. 제 생각으론 일본이 아무래도 가만있지 않을 것 같습니다. 왠지 불길한 예감이 들기만 합니다. 일본이 덤벼든다면 나라는 어떻게 되겠사옵니까. 문신은 묘당에서 싸우고 무인은 병兵을 잊고 있습니다."

"그렇다고 해서 무력한 우리가 어떻게 하겠는가. 운명에 맡길 일이지."

"형님께서는 상감과 마음을 터놓고 이야기 할 수 있지 않겠습니까."

"그건 홍 공이 모르는 말이네. 충언忠言은 상대방이 필요로 할 때, 비로소 보람이 있는 것이고, 국책國策에 관한 일은 자리에 있는 사람만 할 수 있는 일이다. 그렇지 않을 때 충언이나 헌책은 외람한 말로 되어 생명을 부지하기 어렵다. 황진이 왜 말을 못하고 자네 또한 소신을 펼수 없는 까닭이 여기에 있지 않느냐. 난세亂世를 산다는 것은 실로 힘겨운 일이다. 게다가 임금은 이미 태평에 젖어 색色과 주락酒樂 이외에는 돌보질 않는구나. 옛날의 그 사람이 아니야. 통탄할 일이다."

이영의 말은 이처럼 무거웠으나 곧 주효를 불렀다.

"오늘 밤 우리 숙랑을 끼워 기쁘게 지내자꾸나."

평생을 음지陰地에서 지내는데도 이영의 성격과 기골엔 구김이 없었다.

1591년, 즉 통신사가 돌아온 그해의 정월, 풍신수길은 명나라에 원정할 목적을 굳히고 요지에 다음과 같은 명령을 내려놓고 있었다.

① 관동지방關東地方으로부터 남해도南海道를 거쳐 구주九州에 이르는 해변지방, 북으로는 아키다秋田, 사카다酒田로부터 중국지방中國地方, 즉 히로시마廣島, 야마구치山口 돗토리鳥取에 이르는 지방에서 각각 10만 석石당 대선大船 2척을 건조할 것.

② 선원은 어촌 100호당 10명씩 차출하여 대선에 승무케 할 것이며 나머지 선원은 대판大阪에서 대기할 것.

③ 직할령直轄領에서는 10만 석당 대선 3척, 종선 5척을 만들 것.

④ 조선비는 먼저 소요분의 반을 지급하고, 나머지는 완공 후 지불할 것.

⑤ 급여給與는 다음과 같이 선두船頭 능력에 따라 정한다. 선원, 매인당 2배액, 그밖에 처자의 가족 수당을 지급한다. 진중하졸陣中下卒, 가족 수당을 지급한다.

이와 같이 준비하여 명년 봄까지 지시한 포구浦口에 도착하도록 하고 보고하라.

뒤이어 3월 15일엔 군역에 대한 지시가 있었다.

사국四國과 구주지방에서는 봉록 1만 석당 6백 명, 중국과 기주지방紀州地方에선 1만 석당 5백 명, 근기지방近畿地方에선 1만 석당 4백 명, 오오미近江, 오와리尾張, 이세伊勢, 미농美濃 등 4개국에선 1만 석당 330명, 기타지방 3백 명, 250명, 또는 2백 명씩을 차출할 것이며 차출 기일은 후일 정한다.

그런데 이 명령서엔 숙진宿陣의 혼란을 피하도록 각별 조심하라는 단서까지 붙어 있다.

수길의 포부가 크다고 할 수도 있고 허황하다고도 할 수 있겠으나 아무튼 그의 대명원정大明遠征의 뜻은 확고한 것이었다.

8월 23일(선조 23년), 수길은 행영본부行營本部를 구주의 나고야名護屋로 내정하고 그 지형의 정찰을 소서행장에게 명하고, 그 보고에 따라 그곳에 축성築城할 것을 결정하고 제후들에게 공사를 분담시키기로 했다.

한편 수길은 대마도의 종의지에게 군량미 1만 석, 백은白銀 1천 장, 병기와 화약을 주어 침략군의 선봉이 되도록 명령했다.

이 명령에 따라 종의지는 조선 사정과 조선어에 능통한 사람 140여 명을 뽑아 각♁ 대隊의 향도로 배치한 다음 대마도 연안에 암초가 많은 사정을 감안하여 해로 안내자를 준비하기도 했다.

이처럼 일본의 준비는 빈틈이 없었다. 그리고 그 정보의 일부가 조선에 전해지지 않은 바도 아니었다. 뿐만 아니라 바로 그해 6월 대마도의 종의지가 수길의 의도를 말하고 간곡히 경고한 바도 있었다.

그랬는데도 조정은 이를 등한히 하고 다만 경상도 일대의 성지城地수축修築에 착수했을 뿐이다. 게다가 군율은 극도로 문란했다. 진군鎭軍들은 진장鎭將이 마음에 들지 않으면 예사로 결진結鎭하여 항의했다. 결진이란 일종의 동맹파업 같은 것이다.

경상감사 김수金睟가 도임하여 부산진성과 동래성을 수축하려고 하자 '태평연월에 왜 백성을 괴롭히느냐'는 백성들의 원성이 일어났다. 종래 무비武備를 굳게 하려고만 하면 백성들의 항의가 있었고, 항의가 있으면 조정 내에 이에 호응하는 자가 있어 당초의 명령을 거둬들이는 예가 빈번했다. 이번의 사건도 그런 선례를 좇은 것이었다.

지방관이 이런 항의를 무시할 수 없었던 것은 그들의 행정에 부정이 있었기 때문이었다. 말하자면 그들의 부정이 폭로될까 보아 조정의 시책을 강행하는 것보다 백성들의 말을 들어주는 편이 수월했다. 그리고는 자기와 결탁된 내관內官들에게 작용해서 민폐 운운을 구실로 정책을 중단케 하곤 했다. 한마디로 말해 당시 일본의 침략에 대비하는 아무런 준비도 없었다. 이것이 또한 일본의 침략을 유발케 한 최대의 원인이 되었다.

나고야의 행영에서 수길이 그의 막료들에게 물었다.

"조선의 최근 동정은 어떤가?"

"근래 조선에서 돌아온 선원의 말에 의하면 부산포의 성을 수리한다고 한때 사람들이 떠들썩한 것 같더니 그만두었다고 합니다. 문신과 무신 사이에 의논이 맞지 않은 듯하옵니다."

"그밖에 해안에 무슨 방비 같은 건 없는가?"

"눈을 닦고 보아도 그런 흔적은 없다고 봅니다."

"우리가 이처럼 준비하고 있는 사실을 그들은 아는가 모르는가."

"아마 모를 것이옵니다."

"그것은 왜? 대마도나 여기에 드나드는 조선 사람이 꽤 많다고 들었는데. 그중엔 밀통하는 놈도 있을 것 아닌가."

"그건 걱정 없습니다. 우리 편의 사정을 알렸다간 거짓말을 꾸며 인심을 소란케 한다는 죄로 곤장을 맞게 마련이니, 설혹 우리 편의 사정을 알았다고 해도 함부로 입을 열지 못하는 모양입니다."

"묘한 나라도 다 있군."

"그러기에 조선의 정복은 어린애의 팔을 비트는 거나 다름없다고 하잖습니까."

풍신수길은 조선의 평정은 아무런 문제가 없을 것으로 치고 대명大明에 들어갈 꿈만 꾸게 되었다.

"북경北京에 들어갈 때 입을 옷으론 무엇이 좋을까."

"그때 쓸 관은 무엇이 좋을까."

"천자天子와 같이 입성하는 것이 좋을까."

이런 말이 있은 다음엔 대명국大明國을 분단하여 공로자에게 상여를 줄 계획을 세웠다. 그 계획 또한 세밀했다.

풍신수길의 대명침공大明侵攻이 한갓 공상이 아니고 구체적인 계획이었다는 것은 이미 말한 그대로다.

1591년 선조 24년 관백직을 아들 히데쓰구에게 물려주고 전쟁준비에 전념한다. 수길은 대명정벌군大明征伐軍을 일으키는 기일로서 1592년 (선조 25년) 3월 1일을 잡았다. 이 계획에 따라 동년 1월 5일 수륙침략군 水陸侵略軍의 편성을 완료했다.

육군은 1번대에서 16번대까지로 하고 이에 수군水軍은 따로 책정했다. 그리고 별동대別動隊로서 번외 1, 2대와 본영本營 친위대親衛隊를 두었다. 이렇게 해서 병력은 도합 28만 여가 되었다.

선봉부대는 제 1번대 소서행장小西行長, 제 2번대 가등청정加藤淸正, 제 3번대 흑전장정黑田長政, 제 4번대 모리길성毛利吉成으로 편성되었는데, 각 대가 그들의 거성居城에서 나고야로 집결하는 날짜를 세밀하게 지시했다.

1월 8일 가등, 흑전, 모리 등에게 수길로부터의 다음과 같은 지시가 있었다.

"소서행장에게 조선에 사신使臣으로 가도록 명했으니 그 회답이 있을 때까진 일기壹岐와 대마도에 머물러 기다려라. 별명別命이 있을 때까진 일병一兵도 조선에 보내지 말라."

그런데 수길은 곧 명령을 다음과 같이 바꾸었다.

"앞서 종의지와 소서행장의 상신이 있어 사신을 조선으로 보내려 하였으나 시일만 낭비할 것이라고 생각하니 구주, 사국, 중국의 병력은 즉시 조선 땅으로 건너가게 한다. 또 관동, 동북의 군사가 서하西下하는 바람에 길이 막혔으므로 나의 출발을 연기하고 덕천德川과 전전前田을 먼저 나고야로 보낸다."

이어 일반방략一般方略의 하달이 있었다. 이 명령과 동시에 수길은 4만 명을 한꺼번에 보낼 수 있는 선박을 대마도와 일기壹岐에 배치하도록 했다. 수길이 최종적으로 진격명령을 내린 것은 3월 23일이다. 그런데 이 모든 사실을 조선은 까마득히 모르고 있었다.

정월에 안성으로 돌아온 홍계남은 마침 농한기여서 인근 마을의 장정들을 불러 모아 군사훈련을 시켰다. 이 훈련은 뚜렷한 목적과 일정한 방침이 있었던 것이 아니었다.

"춥다고 해서 겨울 동안 방구석에 앉아 씨알머리 없는 얘기나 하고 있을 것이 아니라, 건장한 체구를 놀려 단련하는 한편 다소의 무기武技라도 익혀 두는 것이 재미도 있고 유익할 것이다."
하는 정도로서 시작한 것이다.

계남은 먼저 투석술投石術부터 가르쳤다. 길이 한 발쯤 되는 죽간竹竿 끝에 짚으로 엮어 작은 표주박 모양의 것을 달아 거기에 조약돌을 담아선 목표물을 향해 던지는 기술이다.

다음은 높이뛰기를 가르쳤다. 높이뛰기는 담장을 짚고 뛰는 방법, 장대를 이용해서 뛰는 방법 등 갖가지였다. 계남은 특히 높이뛰기엔 남의 추수를 불허하는 기량을 가져 향리 사람들이 모두 감탄했다.

대를 휘어서 만든 활을 이용하여 궁술의 초보를 가르치기도 하고, 몽둥이를 깎아 봉술棒術을 가르치기도 했다.

나아가서는 팔진도八陳圖에 따라 집단전투의 흉내를 내기도 했다. 그런데 계남이 가장 유감스럽게 여긴 것은 검술과 창술을 가르칠 수 없다는 사실이었다. 당시 칼과 창을 민간인이 연습하는 것은 불온하다 하여 금지했다.

계남으로부터 무술과 무기를 배운다는 것은 계남의 기량을 구경할 수 있는 것이기도 해서 인근의 아이들이 많이 모여들었는데, 계남의 이러한 노력을 냉대冷待한 것은 그의 일가친척이었다. 계남의 훈련을 받게 되면 자동적으로 '이래라', '저래라' 하는 구령口令과 명령命令을 들어야 하는데 서출인 계남으로부터 그런 말을 듣는 것이 부당하다고 해서 꺼려했다.

그래도 정처正妻 소산의 아우 제霽와 전電과 뇌雷는 계남을 따라 무예 훈련에 끼고 했는데, 어느 날 그들의 모친인 청주 한 씨는 '천생賤生의 구령에 따라 이리 가고 저리 가고 할 것이 뭐냐'고 심히 꾸짖어 계남과의 합석을 금하는 동시 계남에겐 따끔한 침을 놓았다.

"네가 왜방倭邦까지 가서 무슨 짓을 했는진 알 바가 아니다. 그러나 집안에선 네 분수를 지켜야 할 것이니라."

"어머니, 어디서 낳았건 형님은 형님이 아닙니까. 그 덕행과 기량이 우리의 형으로 모시기가 영광스럽지 않습니까."

아우인 제는 간원했으나, 청주 한 씨는 듣지 않고 호통이었다.

"그래도 예禮가 있느니라. 사람이 잘나고 못나고에 여부가 있는 것이 아니다. 예에 어긋난 출생이면 천생이다. 천생을 어떻게 천생이 아

니게 대접할 수 있느냐. 집안의 흥쇠는 가통을 잘 지키는가 안 지키는
가에 있다. 난들 계남을 잘 대접할 생각이 없는 건 아니다. 근래 머리
가 너무 커서 너희들을 누르려는 눈치가 보이는구나."

허실虛實의 시간

낮은 말로 하는 소리면 또 모른다. 그런데 청주 한 씨의 소리는 카랑카랑하여 온 집안에 고루 울릴 만큼 높다. 홍계남은 생모 강 씨를 모시고 다른 집에 살지만, 그날은 아버지 자수自修의 생일을 하루 앞둔 날이어서 대소가가 한집에 몰려 있었다.

계남이 죽산竹山 박 씨朴氏를 아내로 맞아들인 후론 청주 한 씨도 계남을 대하는 품이 여간 신중하지 않았는데 오늘따라 성질을 부린 것은 자기가 낳은 아들들이 계남과 비교하여 변변치 못한 데 불만이 있었던 데다, 공교롭게도 그날 자기의 아들이 계남의 구령에 따라 '이리 가라'고 하면 이리로, '저리 가라'로 하면 저리로 달려가는 것을 보았을 때, 천출의 자식이 정실의 자식을 종놈 취급하는 것 같은 인상을 받아 드디어 노기가 폭발하고 만 것이다.

계남의 생모 강 씨는 며느리 앞에서 당하는 꼴이 창피해서 견딜 수가 없었다. 자기가 당하는 굴욕은 어떤 것이라도 참아 왔지만 이 같은 굴욕을 며느리에겐 맛보이고 싶진 않아

"며늘아, 넌 집으로 돌아가서 집이나 지켜라."

하고 며느리를 돌려보냈다. 이것을 고자질한 사람이 있었다.

청주 한 씨는 펄펄 뛰었다. '그년을 불러오라', '이년을 가만 안 둔다'는 등 고함을 지르곤 이윽고 계남을 면박했다.

"저놈 때문에 이 홍 씨 집안은 망할 것이다."

모든 말을 다 참을 순 있어도 자기 때문에 집안이 망할 것이란 말은 참기가 어려웠다. 갖은 고통을 다 겪었는데도 연만한 부모에게 효도를 하기 위해 호사스러웠다고도 할 수 있는 한양 생활을 청산하고 낙향한 것이 아닌가. 그러나 당장 불평을 털어놓을 수도 없었던 것은 내일이 바로 아버지의 생신이었기 때문이다.

'생신 앞날 밤에 시끄러워서야 어디 아버지의 마음이 편할까' 하고 계남은 목구멍에까지 찬 눈물을 애써 삼켰다.

혼자 뒤뜰로 나와 신월에 비친 앙상한 배나무를 보고 섰으려니 그 옛날 동무들을 데리고 와서 배를 따 먹다가 큰어머니인 한 씨로부터 호되게 매를 맞은 기억이 되살아났다. 그 기억과 더불어 계남은 배나무 가지를 어루만져 보았다. 마른 가지인데도 느껴질 듯 말 듯한 생명의 맥박이 있었다. 다소곳이 물이 오르고 있는 동정이었다. 바야흐로 봄의 시작을 알리는 소식이기도 했다.

'얼마 안 가 꽃이 피겠지. 얼마 안 가 열매를 맺겠지. 아아, 의로운 이목梨木이여 너는 알겠지, 이 나무 밑에서 매 맞고 울던 어린 나를!'

계남은 소리 없이 눈물지었다.

바깥에 나가면 일당천一當千, 일당만一當萬 할 장부가 이 집에 들어오기만 하면 천생 천골의 보잘것없는 꼬락서니가 되고 만다.

"고향불시고향호故鄕不是故鄕乎, 명왈불이고난향名曰不異苦難鄕."

저절로 입 밖으로 나온 영탄이었다. 이때 사뿐히 다가서는 그림자가 있었다. 어머니 강 씨였다. 아들을 바라보는 강 씨의 눈에도 눈물이 있었다.

"계남아, 넌 이곳을 떠나야 하겠다."

계남은 고개를 떨구고만 있었다. 어머니의 말은 떨리고 있었다.

"효도라는 것은 부모의 마음을 편하게 하는 노릇으로 안다. 그런데 네가 이곳에 있으니 내 마음이 조금도 편치 않구나. 아버지의 심정도 그러하실 거다."

"제가 이곳을 떠나면 어머니도 저를 따라가시겠습니까?"

"생각해 보자."

그 언젠가는 계남이 어머니를 딴 곳으로 모시려 했을 때 어머니는 완강하게 반대했다. '네 아버지 곁을 떠날 수가 없다'는 것이 그때의 이유였다. 그런데 지금은 '생각해 보자'고 했다. 계남은 그동안의 어머니의 신고辛苦가 어떠했는가를 짐작할 수 있었다.

"어머니, 이곳을 같이 떠납시다. 아버지도 용서해 주실 것으로 압니다."

보일 듯 말 듯 어머니는 고개를 끄덕였다.

사흘이 지난 후 계남은 주위에 사람이 없는 틈을 타서 아버지와 마주 앉았다. 아버지 자수는 계남이 좌정하자마자 말했다.

"네 마음은 잘 알겠다."

어떻게 아느냐고 물을 필요도 없었다.

"네 대모大母를 용서해라. 그리고 넌 이곳을 떠나도 좋다. 네가 여기에 있다간 측간에 불이 나도 네 탓, 망아지가 병에 걸려도 네 탓으로 될 것이 분명하다. 애비로선 할 말이 아니지만 어쩔 도리가 없구나."

자수는 아들 계남의 마음을 환히 꿰뚫어 보았다.

계남이 무어라 말할 수 없어 앉아 있는데 자수의 얘기가 있었다.

"한고조漢高祖가 아직 야野에 있을 때 그의 형수로부터 얼마나 천대를 받았는지 이루 형언할 수 없었다. 그런데 오늘날 그 사실을 읽어 보면 천대받은 사람보다 천대한 사람이 불쌍하다. 천대는 일시적인 것이고, 견디고 참는 마음은 사람을 크게 하느니라. 하지만 내가 널 떠나라고 하는 것은 네가 참지 못할까 봐서가 아니고, 네가 여기에 머물고 있기 때문에 생겨날 갖가지 화禍 때문이다. 그러나저러나 알고 싶다. 네가 고향을 뜰 작정을 한 것은 무엇 때문인가. 네 대모의 학대는 내가 알고 있는 터이다만 그 밖에 또 이유라도 있느냐?"

"저 때문에 홍 씨 집안이 망해서야 되겠습니까."

"역시 그 말이 네 가슴에 걸린 것이로구나. 나도 그 말을 들었을 때 가슴이 아팠다. 그러나 참는다는 것은 참지 못할 것을 견디는 노릇을 말한다. 네가 고향을 떠나는 것은 좋지만 가슴에 맺힌 그 찌꺼기는 말끔히 없애고 떠나야 할 것이니라."

"말씀 잘 알겠습니다. 그런데 아버지, 제가 떠날 때 어머니를 모시고 가도 되겠습니까?"

계남으로선 겨우 꺼낸 말이었다.

자수는 돌연 심각한 표정으로 되며 입맛을 다셨다.

무거운 침묵이 흘렀다. 자수自修는 무슨 말이라도 해서 아들 계남의 마음을 위로하고 싶은 뜻이 없진 않았지만 가슴속에 간직한 정情을 입

밖에 내면 쑥스러워지는 그런 경우란 것이 있는 것이다.

　그러나 계남은 어머니를 모시고 딴 곳으로 옮겨 살아야겠다는 마음
만은 변할 수가 없었다. 그러기 위해선 일단 한양으로 나가 보아야 했
다. 계남의 한양길은 대개 이천利川 광주廣州를 거치는 것인데, 이번
엔 과천果川의 친구를 찾을 양으로 서편 길을 택했다.

　평택에서 수원으로 이어지는 길과 과천으로 가는 길의 갈림길에 이
르렀을 때였다. 군관軍官 차림의 사람들을 태운 3마리의 역마가 쏜살
같이 서울을 향해 달려가는데 그 가운데 하나가 계남의 옆을 지나가며
소리쳤다.

　"난리요, 난리요. 왜놈들이 쳐들어왔소."

　계남은 벼락을 맞은 듯 일시 정신을 잃었다. 눈앞이 캄캄했다.

　'아아, 좀더 소상하게 물어볼걸' 하는 의식과 더불어 정신을 차렸을
땐 그들의 말발굽이 일으킨 먼지의 흔적만이 저편 산굽이에 서려 있
었다. 계남은 오던 길로 다시 되돌아가기 시작했다. 난리가 났다는데
거처를 옮기고 어쩌고 할 정황이 아니었다.

　달리듯 하여 큰집의 사랑문으로 들어서자 대청에서 서성거리고 있
던 자수가 계남의 당황한 모습에 걱정스런 눈초리를 쏘았다.

　"서울로 간다더니 어찌된 일인고."

　"왜병이 쳐들어왔다고 하옵니다."

　계남이 가까스로 이렇게 말하고 숨을 돌리자, 자수가 물었다.

　"왜병이 쳐들어왔다고? 그걸 넌 어떻게 알았느냐."

계남은 삼거리에서 있었던 일을 전했다.

"며칠 전부터 봉화가 보이더라고 전하는 사람이 있더니만, 그게 그변을 알리는 것이었구나."

자수는 계남더러 방으로 들어오라고 일렀다.

"일본의 사정은 네가 대강 말한 터이지만 놈들이 쳐들어왔다고 하니 소상하게 알아야겠다. 솔직하게 말해 봐라. 놈들의 세를 우리 군사가 꺾을 수 있겠느냐."

"우리 군사의 힘으로 어려울까 하옵니다. 놈들은 미리미리 준비하여 쳐들어왔는데 우리 군사에겐 전혀 준비가 없지 않습니까."

"그렇다면 나라의 꼴이 어찌 되겠다는 것이냐."

"군사로선 당적當敵하지 못할 것입니다만 백성 모두가 힘을 합하면 능히 놈들을 무찌를 수 있을 것으로 압니다."

"어떻게 그런 생각을 하느냐."

"적군 50만이 쳐들어온다고 해도 우리 백성의 수는 5백만이 되질 않습니까. 5백만이 한 덩어리가 되어 50만을 무찌르지 못할 까닭이 있습니까. 요는 단결입니다. 충성입니다."

"놈들은 조총鳥銃을 가지고 있다고 하잖았느냐."

"조총 하나를 열 사람의 팔매로써 당하지 못할 바가 아닙니다."

"그렇구나."

하며 자수가 일어섰다.

"아버지, 어디로 가시려고 그러십니까."

"등 너머 김달손에게 가 보아야겠다. 달손 공과 의논해서 전비戰備를 만들어야 하겠다. 안성安城은 우리가 지켜야 하지 않겠는가. 넌 곧 서울로 올라가라. 네가 할 일이 있을 것이다."

"아닙니다, 아버지. 아버지가 싸우실 의향이면 저도 여기에 남아 아버지를 돕겠습니다."

"너는 군관이 아니냐. 군관이 할 일은 달리 있을 것이니라. 빨리 서울로 가거라. 그곳에 가서 정세를 본 연후에 돌아와도 늦지 않다."

아버지의 명령은 귀중하다. 계남은 해가 이미 서산에 기운 것을 보고 다시 서울을 향해 떠났다.

마음을 먹으면 계남의 걸음은 나는 듯했다. 백 리 길을 몇 시간에 걸어 문한門限 직전에 동대문을 통과할 수 있었다.

이미 난리의 소식이 전해진 탓일 것이다. 성안이 술렁대고 있다. 계남은 달음질을 쳐서 이영李英의 대문을 두드렸다.

"자네가 올 줄 알았어."

이영은 계남을 맞아들이곤 장탄식을 했다.

"천하의 대란大亂을 어떻게 수습해야 옳을지 …. 만일 자네가 나라의 군략軍略을 도맡아 지휘한다고 하면 어떤 계략으로 대적할 것인가?"

계남은 서울을 향해 올라오는 도중 생각했던 바를 피력했다.

"첫째, 왜군이 진로進路로 택할 것이라고 예상되는 지방의 수령들에게 명령하여 백성들이 양곡을 챙겨 심산深山으로 피하게 하고, 장정만을 남기되 그 장정들을 군에 합류시켜 싸우게 합니다. 둘째, 수성전守城戰을 포기하고 험난한 요지요소에 군사를 매복埋伏하여 기습작전을 합니다."

계남은 영남에서 서울로 오는 도중에 있는 요소를 열거하여 매복의 장소로 하겠다고 했다.

"수성전을 하면 싸움에 익숙한 놈들의 기세를 꺾기란 지극히 곤란합니다. 철저한 매복전, 기습전으로 할 수밖에 없습니다. 매복 지점 백 개를 잡고 하나의 매복지에서 적세 백분의 일을 꺾을 수 있다면 백 개소를 적군이 지날 땐 무일병無一兵이 될 것이 아닙니까. 그러기 위해선 백성 전부가 호응해야 합니다. 각지에 정탐꾼이 잠복하고 있다가 놈들의 진로를 재빨리 알리면 그 연락에 따라 신속하게 행동합니다. 우리의 동태는 그들이 모르고 그들의 동태는 우리가 환히 알 수 있을 것인즉 백전백승은 명백합니다. 다만, 전투기술이 미숙해서 고전苦戰할 경우는 있겠지요. 그러나 훌륭한 지휘자를 얻어 진퇴를 신속하게 하면 충분히 대적할 수가 있습니다. "

이어 계남은 전국의 지도를 눈앞에 그리듯 하며 매복전, 기습전 등 유격전술을 피력하는 데 이영은 감탄했다.

"자네가 전군을 장악하여 용병用兵을 전담할 수만 있다면…. "
하는 말이 저절로 나왔다.

하지만 그건 도저히 불가능한 일이었다. 위계질서의 면에서 불가능할 뿐 아니라 계남의 전술이 그냥 채택될 수도 없다.

"백의 요지要地에서 각각 상대방의 병력 백분의 일을 감한다면 백전을 겪는 동안 적은 무일병으로 된다는 전략은 훌륭하다. 병서兵書에 기록할 만한 전술이군. "

이영은 새삼스럽게 홍계남을 우러러보는 마음으로 되었다.

풍전등화 風前燈火

기록에 의하면 왜군 7백 척이 부산 앞바다에 나타난 것은 1592년 4월 13일 오후 5시.

그때의 일본 선봉장은 풍신수길이 이미 정해 놓은 1번 대장 소서행장小西行長이다. 그 요장僚將으로선 종의지宗義智 이하 4명, 병력은 도합 1만 8천 7백여 명이었다.

이에 대응할 부산의 방어태세는 부산진첨사釜山鎭僉使 정발鄭撥, 다대포진첨사 윤흥신尹興信, 동래부사 송상현宋象賢, 양산군수 조영각趙英珏 등으로 그 배하의 군사는 5천 명에 미달하는 상황이었다.

그런데 경상 우수사 원균元均이 조정에 올린 제 1보는 '금 4월 13일, 신시申時에 90척으로 보이는 왜선이 추이도를 지나 부산포로 향하고 있다'는 것이었고, 제 2보엔 90척을 150척으로 수정하고 있다.

경상감사 김수金睟의 보고는 '왜선 4백여 척이 부산포 건너편에서 정박 중이다'라고 했고, 경상 우병사 김성일은 '적선은 불과 4백이며 한 배에 수십 명을 태운 데 지나지 않으니 모두 합하여 만 명에도 차지 못한다'고 했다.

그러나 그 선봉대의 병력이 문제가 아니다. 2번대, 3번대의 병력이 속속 밀려들 것이니 말이다. 아무튼 목전에 닥친 적의 병력조차 파악하지 못했다는 데 문제가 있다.

4월 14일 아침, 일본군의 공격이 시작되었다. 수장 정발鄭撥은 태연자약하게 진두에 서서 지휘하다가 적탄을 맞고 쓰러졌다. 정발과 그 휘하 장졸들의 분투는 청사에 남을 만했지만 그 결과는 참담했다. 일본 측 기록에 의하면 전투는 2시간 만에 끝났고, 참수斬首된 수는 1,200급이라고 했다. 이것이 사실이라면 전투가 아니고 일방적인 도살屠殺이었다.

이렇게 볼 때, 수성전守城戰은 우리에게 불리하다는 홍계남의 말에 수긍이 간다. 전투훈련이 잘된 적군과 맞서는 수성전이나 진지전陣地戰은 가당치도 않다. 우리가 익숙한 지형지물을 이용하여 게릴라전을 할 수밖에 없다. 정예의 적군에 대해선 적진아퇴敵進我退, 적퇴아진敵退我進하여 기회가 있으면 기습하는 전법이 아니고서는 달리 도리가 없는데 당시의 관군은 무망하게도 수성전, 진지전을 고집하여 언제나 일패도지一敗塗地를 거듭했다.

14일에 부산진을 공략한 일본군은 15일 새벽 동래성을 향해 진발했다. 동래부사 송상현은 문신이었지만 장재將才를 겸전한 사람으로서 군사에 대한 식견과 지휘능력은 출중했다. 그러나 그도 수성전의 원칙을 고집하고 전투의 승패를 가늠하기에 앞서 장부의 지조를 관철하는 데 중점을 두었다.

2만의 적병을 불과 수천의 군사로써 감당할 수 없었다. 이윽고 송상현의 전몰과 더불어 동래성은 적의 수중으로 들어갔다. 동래성을 공략하는 일본군에 다이라 노리마스平調益란 부장部將이 있었다. 그는 전년 조선에 왔을 때 부사 송상현의 환대를 받은 바 있었고 송상현의 인품에 존경하는 뜻을 가지고 있었으므로 그는 송상현의 위급을 구하고 싶었다. 송상현 곁으로 달려가서 소매를 끌고 도망치라고 했지만 송상현은 끝내 듣지 않았다.

적은 숨 쉴 사이도 없이 16일 양산을 정찰하고 17일 소서행장의 부장이 그곳을 점령했다. 그리고 18일 선봉은 작원관鵲院關 (삼랑진)에 도착하여 밀양성을 공략할 준비를 서둘렀다.

경상감사 김수는 진주성에서 이 소식을 듣고 군현의 수령들에게 밀양성으로 원병을 보내라는 영을 내렸다. 그런데 초계군수 이유겸 같은 사람은 군사를 해산시키고 어디론가 도망쳐 버렸고, 울산군수 이언성은 동래전투에서 포로가 되었다가 이틀 후에 탈주했다. 이 밖에 많은 수사水使들과 첨사僉使들이 수진守鎭을 포기하고 도망쳐 버렸으니 밀양성은 그야말로 고립된 성이 되었다. 그러나 밀양부사 박진朴晉은 사력을 다해 싸우고 군사들을 모으려고 애썼으나 응하는 자가 없다.

4월 19일엔 2번대, 3번대가 부산포에 상륙했다. 2번대는 가등청정加藤淸正이 이끄는 군대이고 3번대는 흑전장정黑田長政의 군대이다.

가등은 병을 이끌고 양산에서 동쪽으로 쳐들어가 언양을 점령하고 경주로 진격했다. 흑전은 김해 쪽으로 방향을 돌렸다. 이처럼 그들은 상륙하기에 앞서 각기의 진격로를 미리 작정하고 있었다. 이미 소상하게 조선의 지리를 파악했다. 그들의 작전계획이 얼마나 치밀했던가는 그들이 작전계획에서 조선 8도를 색별色別로 나누었다는 사실로도 알 수 있다.

경상도 - 백국白國, 전라도 - 적국赤國, 충청, 경기도 - 청국靑國, 함경도 - 흑국黑國, 황해도 - 녹국綠國으로 색별을 정해 그들은 공문서, 즉 명령이나 보고에 이 색별을 사용한 것이다. 예컨대 '적국에선 어떠어떻게 하라', '백국에선 대기하라'는 등이다.

조정에서 이 변보를 처음 들은 것은 4월 17일이었다.

조정은 이일李鎰을 순변사巡邊使로 임명하여 중로中路로 내려가게 하고, 성응길成應吉을 좌방어사에 임명하여 좌도左道로, 조경趙儆을 우방어사에 임명하여 우도右道로, 유극량劉克良을 조방장助防將에 임명하여 죽령竹嶺을 지키게 하고, 변기邊璣를 조방장으로 임명하여 조령鳥嶺을 지키게 하며, 경주 부윤 윤인함이 무능하다고 하여 전 강계부사 변응성邊應星을 경주 부윤에 임명했다.

바로 그 이튿날 부산 함락의 소식이 들어왔다. 이어 속속 패보만이 들이닥쳤다.

순변사巡邊使 이일이 정병 3백 명을 모아 출발하려고 병국의 선병안選兵案, 즉 군인명부를 펴 보았는데 모두 백도白徒들 뿐이었다. 훈련이 되지 않은 병사들이었다는 뜻이다. 그래도 도리가 없다고 소집하여 검열해 보았더니 대부분이 서리胥吏와 유생들로서, 유생들은 과거를 본다는 이유로, 서리는 현직에 있다는 이유로 병역면제를 신청하는 상황이었다. 잘라 말하면 한 놈도 쓸 만한 놈이 없었다.

그런 까닭에 이일의 출발이 3일이나 늦어졌다. 각지의 패보는 잇따라 올라왔다. 정세는 급박했다. 하는 수 없이 이일은 단독으로 출발하고 별장別將 유옥兪沃이 모병하여 뒤따라가기로 했다.

좌의정 유성룡이 임금에게 상주上奏했다.

"병조판서 홍여순洪汝諄으로선 이 난국을 감당하지 못합니다. 뿐만 아니라 군사들의 원한을 사고 있습니다. 빨리 갈아야 할 것입니다."

홍계남은 병조에 출두하여 배치를 받을 요량이었는데 이영이 한사코 말렸다.

"자네는 한양에 머물러 있다가 상감을 지키는 일을 맡아야 할지 모른다. 지금 총망중에 나갔다간 방책도 계략도 없는 자들의 농간에 놀아날지도 모르지. 자숙하고 때를 기다리는 것이 좋겠다."

그런데 이일李鎰이 순변사로 임명을 받았는데도 군사가 모이지 않아 떠나지 못하고 있다는 소식을 듣고 계남이 자원自願하려고 하자, 이영은 정색을 하고 나무랐다.

"내가 자네의 충국忠國을 그릇되게 하기 위해 말리는 것은 아니다. 전쟁은 오늘로 끝날 것이 아니고 앞으로 몇 해를 끌지 모른다. 지금 당장 서둘러 죽을 것이 없지 않느냐. 죽길 겁내는 것은 무인의 그릇이 아니겠지만 헛되게 보람 없이 죽는 것은 마땅히 겁내야 하는 게 무인의 도리로 안다. 내가 자네를 말리는 것은 충국을 하되 더욱 보람 있게 하기 위해서다. 자네만한 인재란 이 나라에선 희귀하지 않은가. 동량지재棟樑之材를 장작으로 쓸 순 없다."

진정 이영은 계남의 생명을 아끼는 뜻으로서만 만류하는 것은 아니었다. 앞으로 임금이 몽진蒙塵이라도 할 경우 그를 임금의 측근에 붙여 그 막중한 임무를 충실하게 다하게 하는 동시, 억울하게 생애를 끝내게 될지도 모르는 아까운 인재에게 응분한 예우를 받을 수 있도록 해주고 싶었던 것이다.

동량지재를 장작으로 쓸 순 없다는 말은 계남의 자존심을 만족시키는 말만이 아니고 천부의 능력을 인식케 하는 교훈이기도 했다.

계남은 복잡한 감정을 억지로 진정시키며 전쟁의 경과에 신경을 쏟았다. 그러던 차 상주에서 이일李鎰이 패배했다는 소문이 들어왔다. 그는 10년 전쯤에 경원부사로 있을 때 호인胡人 니탕개尼湯介의 난을 평정한 공으로 함경북병사가 된 사람으로 그 무용이 널리 알려져 그가 순변사로 남하한다는 소식에 한양 사람들은 적잖은 기대를 걸었다.

병정을 모을 수가 없어 몇몇 종사관만을 데리고 내려간 사정 등을 감안하면 기대하는 편이 무리지만 그가 워낙 명성이 높았던 장수이고 보니, 지푸라기에게라도 매달리겠다는 물에 빠진 자들의 심정인 처지로선 억지로라도 기대를 걸어본 것이다.

한양의 인심은 술렁대기 시작했다. 묘당廟堂에선 피란해야 한다는 문제가 의제에 올랐다

도대체 이일은 어떻게 패배했는가. 문헌, 특히 유성룡의 《징비록》이 기록한 사실은 사람들을 아연하게 한다.

이일이 상주尙州에 도착한 것은 4월 23일. 상주는 텅텅 비어 있었다. 상주목사는 순변사를 영접한다는 핑계를 대고 어디론가 숨어 버렸고 군관들도 역시 도망치고 없었는데 판관判官 권길權吉만이 남아 있었다.

이일은 크게 분노하여 권길을 끌어내어 목을 베려고 했다. 비겁한

놈들은 도망치고 없는데 그 비겁한 놈들에 대한 화풀이로 용감하고 충직한 사람의 목을 베려고 하는 심사가 무엇일까. 권길은 애원했다. 자기가 나가서 군사를 찾아 데리고 오겠노라고 했다. 권길은 사방을 뒤져 이튿날 아침에 그럭저럭 수백 명의 농민들을 데리고 오긴 했다. 군대 편성을 했지만 하나같이 전투경험이 없는 사람들이었다.

적은 이미 24일 선산善山까지 쳐들어와 있었다. 개령현開寧縣의 백성이 달려와서 사태가 급함을 알렸다.

"왜군이 선산까지 왔습니다."

이일은 단번에 호통을 쳤다.

"이놈 넌 인심을 혼란케 하려고 꾸민 말이지. 당장 이놈의 목을 베라."

혼비백산한 백성은 빌었다.

"저는 거짓말을 한 것이 아닙니다. 내일 아침까지 기다려 보고 그때 왜적이 오지 않으면 벌을 받겠습니다."

적은 그날 밤 상주 남방 20리 밖의 장천長川에 와 있었다. 그런데도 이일은 정탐꾼 하나 내보내지 않았다. 이튿날 적의 그림자는 주위에 없었다. 이일은 개령현의 백성을 목을 베었다. 딴으론 유언비어는 이렇게 다스린다는 것을 민중 앞에 시범한 셈이었다.

아침 식사 후 이일은 신편新編한 군사들을 훈련한답시고 상주 북쪽에 있는 강변으로 데리고 가서 산을 등지고 진陣을 쳤다. 민군民軍과 서울에서 데리고 온 사람을 합쳐 8~9백 명이었다. 진중엔 대장기大將旗를 세웠다. 이일은 갑옷을 입고 말을 타고 대장기 아래에 섰다.

이때 숲 속에 수 명의 사람이 배회하는 것이 보였다. 이쪽저쪽을 살피다 사라지는 꼴이 수상하기만 했다. 병사들은 그것이 적의 척후斥候가 아닐까 하고 의심했지만 입 밖에 내진 않았다. 바로 그날 아침 개령현의 백성이 목 베어 죽는 것을 보고 겁을 먹었기 때문이다.

조금 후 성중 수개 처에서 연기가 오르는 것이 보였다. 그때에야 비로소 이일은 군관을 시켜 정탐케 했다. 군관은 말고삐를 두 사람의 역졸에게 잡히고 천천히 걸어갔다. 미리 다리 밑에 매복해 있던 적병은 군관이 다리를 지날 무렵 조총鳥銃을 쏘아 죽이고 목을 베어 들고 사라졌다. 먼 데서 그것을 보던 우리 군사들은 대경실색했다.

난데없이 적이 대거 습격했다. 10여 정의 조총이 일제히 불을 뿜었다. 총을 맞은 자는 그 자리에서 쓰러졌다. 이일은 영을 내려 활을 쏘게 했지만 수십 보 근처에서 화살이 떨어져 적병을 맞히지는 못했다.

적은 좌우로 산개散開하여 기치를 들곤 우리 군사의 후면으로 돌아 포위망을 좁혀 가며 공격해 왔다. 이일은 사태가 급한 것을 알고 말머리를 돌려 북쪽으로 도망쳤다. 우리 군사는 극도로 혼란하여 저마다 자기만이 살려고 서둘렀지만 탈출한 자는 거의 없었다. 종사관 이하 말을 탈 수 없었던 자는 모두 살해되었다.

적은 이일을 추격했다. 이일은 말을 버리고 옷을 벗고 머리를 풀어 흩뜨리고 알몸으로 도주했다. 한 나라의 대장군이 이처럼 창피할 수 있었을까. 혹자는 유성룡이 이일을 미워하는 나머지 이렇게 썼을 것이라고 말하기도 하는데 혹시 그럴는지도 모른다.

이일은 문경으로 갔다가 방향을 조령鳥嶺으로 돌렸다. 이곳에서 버티어 볼 작정이었다. 그러다 신립申砬이 도순변사都巡邊使로 충주에 와 있다고 듣고 그리로 달려갔다.

유성룡의 《징비록》엔 다음과 같은 기록이 있다.

> … 나는 임금에게 신립을 천거했다. 임금은 신립을 도순변사에 임명
> 했다. 신립은 스스로 궁성의 문 밖에 서서 무사를 초모招募했지만 종
> 군하려는 자가 없었다. 이때 나는 중추부中樞府에서 출군 준비를 하고
> 있었다. 신립이 와서 뜰 안에 종군을 희망하는 자들이 빽빽이 서 있는
> 것을 보자 안색이 변하여 격노했다. … 나는 신립이 무사들이 자기를
> 따르지 않는 것에 성낸다는 것을 알았기에 웃으며 말했다. '누가 하건
> 나랏일이 아니오. 내가 모집한 군사들을 데리고 가시오. 나는 또 모집
> 을 하겠소' 하고 명부를 넘겨주었다. 병정들은 그를 따라갔는데 모두
> 불만인 것 같았다. 김여물金汝岉도 따라나섰지만 좋은 기분은 아닌 모
> 양이었다. …

신립이 도순변사가 되었다고 들었을 때 홍계남이 이영에게

"어쩌자고 신립 장군을 그런 요직에…."

하고 얼굴을 찌푸렸다.

"왜?"

이영이 되물었다.

"신립 장군은 무모한 장군입니다. 게다가 졸卒의 마음을 알질 못해
요. 병사가 장수에게 심복하는 데가 없으면 전쟁은 무모한 것으로 됩
니다."

"그래도 신립 장군은 공적이 많은 명장으로 소문나지 않았는가."

"이일 장군은 소문난 명장이 아니던가요? 상주가 패했으면 필연코
조령에서의 싸움이 될 것인데 치밀한 전략이 있어야 합니다. 나는 신

립 장군에게 그런 전략이 있을까 믿을 수가 없는데요. 일단 조령에서 판가름을 해야 할 겁니다. 거기서 지구전략持久戰略을 써야죠. 조령에서 버티면 적은 반드시 딴 곳에 활로를 찾으려고 할 것입니다. 그 활로로 예상되는 곳에 복병을 매복하는 겁니다. …"

홍계남은 울울한 가운데 주야로 머릿속에 그려온 자기의 전략을 피력했다. 그리곤 조방장助防將의 계급으로 신립군에게 편입되었으면 한다는 희망을 말했다.

"자네가 말했듯이 신 장군은 고집에 세다고 하잖았는가. 그 고집 센 장군이 자네의 전략을 호락호락 들어주겠는가. 자칫 잘못하면 통수권의 문란이니, 명령불복종이니 하는 명목으로 생명을 잃기가 고작일 것이니 잠자코 있게. 지금 조정에선 몽진의 의논이 한창이다."

"적이 아직 조령의 저편에 있는데 무슨 야단입니까."

"아니다. 임금은 잔뜩 불안한 모양이다. 자네의 말을 꺼낼까 했지만 몽진한 그날, 그 시각까지 덮어 두기로 했다. 괜히 엉뚱한 곳으로 차출되기라도 하면 큰일이다 싶어서."

그러나 계남은 이영의 말을 듣고만 있어서는 안 된다고 생각했다.

임금을 직접 모시는 것도 중요하지만 적과 직접 싸워 그들의 예봉을 꺾는 것이 더 중요한 일이라고 느꼈다. 그는 신립의 군에 참가하지 못한 것이 한스러웠다. 조령의 지형지물을 잘 아는 계남은, 응당 우리가 조령을 고수할 것으로 알고 대책을 짰을 적의 허점을 찔러 성공을 거둘 자신이 있었다. 이럴 경우엔 이렇게, 저럴 경우엔 저렇게 하는 임기응변하고 신속 유연한 전법이 다음다음으로 뇌리를 스쳤다.

하지만 그건 공상이었다. 총대장도 아닌, 하급의 군관으로서 그저 해보는 공상에 불과했다.

"신립 장군의 진퇴를 보고 곧 임금의 행차가 있을 것 같으니 그리 알고 있게."

하는 말을 남겨 놓고 이영은 떠났다.

이 무렵에 신립은 충주에 진입하고 있었다. 그가 거느린 군사는 약 8천 명, 대개가 충청도 군현의 병사들이었다. 그는 먼저 단월역丹月驛으로 나아가 주력부대를 주둔시켰다. 그러기에 앞서 신립은 단월역에서 이일을 만났을 때 상주 패전의 책임을 묻고 참斬하여 본보기로 삼을까 했는데 곧 그 마음을 바꿔 싸울 기회를 주기로 했다.

신립申砬의 충주 전투는 전사가戰史家들에게나, 전쟁에 다소나마 관심이 있는 사람에겐 풀 수 없는 수수께끼로 남아 있다.

충주에 도착하자마자 신립은 종사관 김여물과 몇몇 막료를 데리고 조령으로 달려가서 그 지형과 지물을 소상하게 살폈다. 이때 김여물이 자기의 구상을 신립에게 알렸다.

"적은 대병력인데 우리는 소병력입니다. 정면으로 충돌해서는 거의 승산이 없습니다. 그러나 이 부근의 험준한 지형을 이용하여 기습하는 전법을 써야 할까 합니다. 협곡 이곳저곳에 복병伏兵하고 고지엔 정예를 두었다가, 적이 협곡 안으로 들어오면 좌우 사방에서 공격하는 것이 유리할까 합니다. 만일 여기서 적을 당할 도리가 없다고 생각하면 전선을 한양으로까지 후퇴시켜 대병력을 준비하여 승패를 결정하는 것도 좋을 듯합니다."

충주 목사 이종장李宗張도 자기 의견을 말했다.

"승승장구하는 적을 산지散地에서 막으려는 것은 무모합니다. 험지에서 공격하는 것이 상책일까 합니다. 조령의 험한 곳에 기치를 많이 세우고 연화煙火를 올리면 적이 동요할 것인즉 그 틈을 타서 기병騎兵이 공격하면 제승制勝이 가능합니다."

그런데 신립은 그들의 의견에 동조하지 않았다.

"공들의 의견도 그럴싸하지만 그건 안 되오. 적은 보병이고, 우리는 기병이오. 산간에서 기병이 어찌 공수攻守에서 자유로울 수 있겠소. 적을 넓은 들로 유인해서 철기鐵騎로 이를 구축하는 것이 제승의 방법이오. 또한 적은 이미 조령 아래까지 와 있다고 하니 영嶺 위에 진지를 확보하기가 어렵게 되었고 복병하기에도 때가 늦은 느낌이오. 뿐만 아니라 우리 군사들은 훈련이 모자라고 서로의 의사가 소통되지 않으며 따라서 단합도 잘 되지 않은지라, 보통의 용병술用兵術로선 소기의 성과를 거두기란 힘드오. 차라리 사지死地에 몰아넣어 이판사판으로 그들의 투지를 높일 수밖엔 달리 도리가 없겠소."

종사관이나 이종장은 신립의 말이 이치에 맞지 않았지만 어쩔 도리가 없었다.

단월역으로 돌아온 신립은 상주에서 패퇴한 이일을 만났다.

"마땅히 패인을 살펴 목을 벨 것이지만 전공前功이 가석可惜해서 다시 한 번 기회를 주니 분력奮力하기 바라오."

신립이 이일에게 이렇게 이르고 이일의 구상을 물었다.

"금번의 적은 경오 을묘 때의 왜적과는 다르고 호병胡兵들처럼 만만한 적이 아니오니, 이곳에서 결판을 낸다는 것은 무모한 짓입니다. 물러서서 지키는 것이 좋을까 합니다."

신립은 크게 노하며 이일에게 선봉장을 명하고 곧 장계를 올려 이일의 종군자효從軍自效를 아뢨다. 신립이 충주성으로 들어간 것은 26일의 저녁나절이다.

27일, 신립은 척후장斥候將 김효원金孝元과 안민安敏으로부터 보고를 받았다. 왜적이 조령을 넘었다는 것이었다. 이 보고를 받고 신립은 성 밖으로 뛰쳐나갔다. 그리고 밤중에 돌아와선, 낭설을 띄워 군의 사기를 떨어뜨렸다고 하여 이튿날 아침 그들을 목 베어 죽였다.

신립은 충주성 서북방 5리 밖의 탄금대彈琴臺에서 배수지진背水之陣을 치기로 했다. 신립은 서쪽과 북쪽을 흐르는 남한강과 달천을 배후로 하고 동쪽과 남쪽을 수전水田과 습지를 앞에 하고 진陣을 친 것이다. 이때의 신립의 병력은 약 9천 명.

이 전법은 옛날 한신韓信이 쓴 적 있는 이소격중以少擊衆의 묘진妙陣이라고 하나, 어떤 기적을 바라는 자포자기의 포진布陣이다. 상식으로선 도무지 납득할 수 없는 전법이다. 상대가 정병이고 이편이 미훈련병일 경우, 이편이 지형과 지물을 교묘히 이용하면 열에 하나의 승산을 있을 수 있겠으나, 평지에서 정공법을 쓸 경우 만에 하나의 승기勝機도 잡을 수 없을 것이기 때문이다.

적은 28일 정오부터 공격을 준비하기 시작했다. 뒤에 알려진 바에 의하면 적의 진영은 다음과 같은 구성이었다.

중앙대장 소서행장小西行長 7천 명, 우익대장 송포진신松浦鎭信 3천 명, 좌익대장 종의지宗義智 5천 명, 예비대장 유마청신有馬晴信·대촌희전大村喜前 3천 7백 명 등이었다.

적의 좌익부대는 달천達川 우안右岸을 따라 진격하고, 나머지는 충주가도로 해서 탄금대에 접근해 왔다. 이를테면 부챗살을 거꾸로 한 것 같은 포위태세였다.

적의 태세가 공격으로 옮아가려는 순간 신립은 제1진 1천기에게 출격명령을 내렸다. 피아彼我가 혼전을 이룬 가운데 제2진 1천기에게 명령을 내렸다. 이렇게 다음다음으로 출격명령을 내려 적의 예봉을 꺾으려 했으나 다소의 손해를 입혔을 뿐으로 우리 측의 손해만이 심대했다.

이윽고 신립은 종사관 김여물과 더불어 마지막 돌격을 감행하고, 충주목사 이종장, 조방장 변기도 마지막까지 버텼으나 아무런 성과도 없었다. 시체는 강변에 쌓이고 바람에 피비린내가 섞였다.

신립 이하 모든 장수가 다 죽은 가운데 이일만은 어떻게 혈로血路를 열어 산중으로 피신했다가 왜병 하나의 목을 베어 꽁무니에 차고 북쪽으로 도망쳤다.

일설에 의하면 탄금대의 전투는 일각一刻에도 견디지 못하고 끝났다고 하는데 고래로 이러한 전투란 없었다.

유성룡의 《징비록》은 다음과 같이 기록하고 있다.

신립은 어찌할 바를 모르고 말에 채찍질하여 적진을 뚫으려고 했으나 재차의 시도도 여의치 않자 뒤돌아와 강물에 몸을 던져 죽었다. 이에 따라 부하들도 강에 몸을 던졌다. 시체가 강을 덮었다. 김여물도 나중에 죽었다. 이일은 동쪽의 산을 타고 탈주했다. …

이일의 패보에 이은 신립의 패보는 그날 안으로 한양에 전달되었다. 이로부터 한양은 수습할 수 없는 혼란에 빠져들었다.

풍전등화風前燈火란 말은 당시의 한양을 두고 하는 말이다. 위는 임금으로부터 아래론 천부賤夫 노비에 이르기까지 사색死色이 되어 그저 분주히 서둘기만 했다.

어제까지만 해도 임금을 모시고 한양을 사수死守해야 한다는 파와 임금이 한양을 떠나야 한다는 파로 조정이 시끄러웠는데, 충주 패전의 소식은 이러한 토론에 종지부를 찍었다.

29일 밤 묘의廟議는 일결했다. '임금은 서울을 떠나 평양으로 가서 명나라에 원병을 청하도록 해야 한다'로 된 것이다. 이 소식을 갖고 이영이 홍계남에게 달려왔다. 그리고 같이 궁중으로 가자고 했다. 그러나 이땐 홍계남이 깊이 생각한 바가 있었다.

"어가를 모시는 것도 소중한 일이겠습니다만, 남아서 부모를 지키고 나아가 일선에서 왜적을 무찌르는 것도 이에 못지않게 중요한 일입니다."

신립이 충주에서 패배했은즉 왜적이 언제 안성安城으로 들이닥칠지 모르니 자기는 안성으로 가야겠다고 굳은 결심을 피력했다.

이영은 다시 계남의 번의를 청하지 않았다. 그 까닭은 은근히 계남의 지위에 관해서 병조와 의논했지만 병조는 계남의 출생을 구실로 계남에게 높은 직책을 주지 않으려 한 데 있었다.

"자네 소신대로 하게."

이영은 짤막하게 말하고 계남의 손을 잡았다.

"숙랑을 어떻게 해야 하리까."

계남의 당면한 걱정이었다.

"누이는 내가 맡아 우리 가족과 함께 양주의 산속으로 피할 테니 걱정 말게."

이영이 담담히 뒷일을 맡았다. 그러나 '우리 다시 만날 날이 있을까' 했을 때의 이영의 음성은 침울했다.

"다시 만날 날이 있어야 하지 않겠소이까."

숙랑을 응시하는 계남의 눈에 빛나는 것이 있었다. 눈물이 이슬처럼 맺혔다. 어쩌면 영 이별이 될지 모르는 운명을 앞에 하고, 이영과 홍계남은 숙랑을 끼어 조촐한 송별연을 열었다.

이 무렵 조정에서는 임금의 서행절차가 결정되었다. 광해군光海君 혼琿을 왕세자로 책봉하여 같이 데리고 가기로 하고, 영의정 이산해, 좌의정 유성룡 이하도 호종의 영을 받았다. 왕비 박 씨를 비롯하여 궁빈 수십 명도 서행의 일행 속에 끼었다.

그리고 선조의 제1자인 임해군臨海君은 함경도로, 제3자인 순화군順和君은 강원도로 파견하여 근왕병勤王兵을 호소하기로 했다.

이러한 판국에서도 탄핵소동은 그치지 않아 행차 하루 만에 대간臺諫 김찬金瓚과 대사헌 이헌국李憲國 등의 건의가 있어 영의정 이산해李山海는 파직되고, 영의정으론 유성룡, 좌의정으로 최흥원崔興源, 우의정으론 전리방환田里放還 중이던 윤두수尹斗壽가 임명되었다.

임금은 한양을 떠났다. 그 소식을 듣고 홍계남도 떠났다. 손을 맡겨 놓고 말없이 울기만 하던 숙랑의 모습이 뇌리를 떠나지 않았다.

산과 들이 화창한 봄빛 속인데도 을씨년스럽기 짝이 없었다. 홍계남은 나라의 운명과 자기의 인생을 생각하며 안성을 향해 무거운 걸음을 떼놓았다. 그러나 우리는 홍계남의 감회를 살피기에 앞서 임금의 행차를 살펴볼 필요가 있다. 뭐니뭐니 해도 그때 우리의 운명을 대표한 사람은 그 어른이기 때문이다.

어둠 속에 임금의 거가車駕는 출발했다. 3청의 금군들 가운덴 도망치는 자, 숨는 자들이 있었다. 일행이 경복궁 앞을 지날 때 거가의 양편에서 민중들이 호곡號哭하는 소리가 들렸다.

승문원의 서원 이수겸李守謙이 유성룡 앞에 달려와서 물었다.

"승문원의 문서는 어떻게 해야 하겠습니까."

"그 가운데 중요한 것만 챙겨들고 뒤쫓아 오너라."

이수겸은 울면서 물러났다.

돈의문을 나와 사현沙峴에 이르렀을 때 먼동이 텄다. 성중을 뒤돌아보니 남대문 안의 대창大倉에 불이 나서 연기와 불꽃이 그득했다.

난민들이 장예원 형조를 불태운 것이다. 이곳에 공사노비公私奴婢의 문서가 보관되어 있었기에 난민들은 이 기회에 그들에게 불리한 증거를 없애려고 들었다. 이어 궁성창고에도 방화했다. 이때 경복궁, 창덕궁, 창경궁이 한꺼번에 불에 탔다.

사현을 넘어 석교에 도착했을 때 비가 내리기 시작했다. 경기감사 권징權徵이 달려와 호종扈從에 참가했다. 입고 있던 우의雨衣를 임금께 진상했다. 벽제碧蹄에 이르렀을 때 장대비가 내려 모두들 흠씬 젖었다. 임금은 잠깐 역사에 들러 쉬었다가 다시 출발했다. 관원들 가운덴 이곳에서 서울로 돌아가는 사람들이 많이 있었다.

혜음령惠陰嶺을 지날 무렵엔 비가 쏟아지듯 내렸다. 궁인들은 작은 말을 타고 얼굴을 수건으로 덮곤 울면서 갔다. 마산역을 지날 때 논에서 일하던 사람이 돌연 통곡을 터뜨리며 소리쳤다.

"나라님이 우리를 버리고 가는구나. 우리는 무엇을 믿고 살까."

임진강에 도착했을 때도 비는 멎지 않았다. 배에 오른 임금이 영상과 좌상을 옆으로 오라고 했다. 강을 마저 건너기 전에 어두워졌다. 임진강 남안에 옛날의 관청 건물이 있었는데, 그 재목으로 적들이 떼배를 만들어 건너올 염려가 있었으므로 불태우도록 한 것인데 북안까지 비친 그 불빛으로 길을 찾아 걸을 수가 있었다.

초경에 동파역에 도착했다. 파주목사 허진許晉과 장단부사 구효연 具孝淵이 약식略式으로 주방을 차려 놓았는데 하루 종일 굶기만 한 하인들이 뛰어들어 닥치는 대로 집어먹었다. 그 때문에 임금이 식사를 걸렀다. 허진은 너무나 황송해서 어디론가 도망쳐 버렸다.

5월 1일 임금은 동파관에 대신들을 인견하여 물었다.

"남방의 순찰사 가운데 진심으로 근왕勤王할 뜻을 가진 자가 있을까."

실로 애통한 질문이 아닐 수 없다.

《징비록》에 의하면 ―

날이 저물었을 때 임금은 개성을 향해 떠나려 했는데 경기도의 이졸들이 전부 도망쳐 버려 호위할 자가 없어졌다. 마침 황해감사 조인덕이 병을 거느리고 달려오는데 그 배하의 서흥부사 남의가 도착했다. 병력 수백, 말이 50~60필 되었기 때문에 겨우 출발할 수 있었다.

출발에 앞서 사약司鑰 최언준崔彦俊이 임금께 아뢨다.

"궁중의 어른들은 어제부터 지금까지 아무것도 먹질 못했습니다. 소미小米(줍쌀)를 구해 허기를 면하고 출발함이 좋을까 하오이다."

그리고 남의가 이끄는 군인들이 가지고 있는 식량 가운데서 쌀, 조합하여 2～3두를 구했다.

정오, 초현첨에 도착했다. 조인덕이 임금께 배알했다. 노상에 장막을 치고 일행을 영접했다. 배관들은 여기서 겨우 요기할 수 있었다.

저녁 무렵, 개성부에 도착했다. 임금께서 남문외의 공서公署에 납시었을 때 대간들이 각기 장계하여, 영상 이산해李山海가 측근 김공량 등과 결탁하여 정사를 어지럽혀 드디어는 왜놈의 침략을 받게 되었다는 죄상을 들어 탄핵했는데 임금은 듣지 않았다.

2일, 대간이 다시 영상을 탄핵했다. 영상 이산해는 파직되었다. 유성룡이 승진하여 영상이 되고, 최홍원이 좌상으로, 윤두수는 우상으로 임명되었다.

함경도 북병사 신할申硈이 교체되어 왔다. 이날 정오 임금은 남성문루南城門樓에 납시어 인민들을 위유慰諭하고 바라는 바를 말하라고 했다. 그랬더니 어느 자가 어전으로 나와 아뢨다.

"원컨대 정철을 정승으로 기용하사이다."

이 무렵 정철은 강계에 유배 중이었다.

임금은 '알았다'고 하고 정철이 행재소行在所로 오도록 영을 내렸다.

저녁 때 임금은 행궁으로 돌아왔다. 실정失政이 있었다고 해서 유성룡이 파직되고, 유홍兪泓이 우상으로, 최홍원은 영상으로, 윤두수는 좌상으로 승진되었다.

적이 아직 한양으로 쳐들어오지 않았다고 듣고, 괜히 서울을 떠났다고 불평하는 사람들이 있었다. 그러나 그 이튿날 왜군은 한양에 침입했다. 서울을 지키는 유도留都 책임자인 도원수 김명원, 유도대장 이양원은 도망쳐 버렸다.

기록에 의하면 도원수 김명원은, 지금으로 말하면 용산구 보광동에 있는 제천정濟川亭에서 적이 쳐들어오는 것을 멀리 보면서도 싸울 생각은 않고 군기, 화포, 기물 등을 한강에 던져 넣고 자기는 옷을 바꿔 입고 도망쳐 버렸다. 종사관 심우정沈友正이 아무리 타일러도 듣지 않았다고 한다.

한편 이양원도 한강의 군대가 모두 도망쳤다고 듣자 성을 지킬 수 없다고 단념하여 양주楊洲로 피했다. 이렇게 해서 왜적은 일병도 손해 보지 않고 한양에 들어올 수가 있었다.

왜병은 부산에 상륙한 지 불과 20일 만에 한양에 입성한 것이다. 그 경로를 대강 알아 둘 필요가 있다.

적은 동래성을 점령한 후 삼로三路로 나눠 북진했다.

일로는 소서행장이 이끄는 군단으로서 양산, 밀양, 청도, 대구, 인동, 선산을 거쳐 상주에 이르러 이일 군을 무찔렀다.

또 일로는 가등청정이 이끄는 군단으로서 장기, 기장, 울산, 경주, 영천, 신령, 의흥, 군위, 비안을 함락하여 중로中路의 군과 합류, 조령을 넘어 충주로 들어왔다.

충주에서 다시 이군二軍으로 나눠, 소서행장이 이끄는 군대는 여주로 급행하여 양근을 거쳐 용진을 건너 한양의 동쪽으로 나갔다. 한편 가등청정이 이끄는 군대는 죽산, 용인으로 빠져 한강의 남쪽에 이르렀다.

마지막의 일로 흑전장정이 이끄는 군단은 김해를 거쳐 상주, 지례,

402

금산, 영동으로 해서 청주를 함락하곤 경기도로 향했다.

이렇게 삼로의 왜병들은 무혈점령하다시피 한양을 장악했다.

이상의 기록에서 본 바와 같이 적병은 이육의 죽산현竹山縣을 스쳐 지났을 뿐 안성엔 발을 디디지 않았다. 줄곧 부모님의 안위를 걱정하던 계남은 우선 마음이 놓여 반갑게 아버지의 사랑에 들었다.

촌로들과 함께 무슨 의논인가 하던 자수自修는 침통한 얼굴을 들고 계남을 노려보았다.

"서울은 어떻게 되었느냐."

"임금님께선 평양으로 떠났습니다."

"서울을 지킬 만전책은 강구되어 있던가."

"잘 모르겠습니다."

"네 이놈! 명색이 군적에 있는 놈으로서 그 꼴이 뭐냐. 너는 마땅히 상감을 따라 호위의 책임을 다하든지 서울에 남아 수성에 목숨을 바쳐야 할 처지에 있지 않는가. 그런데 그 꼴이 뭐냐."

계남은 자초지종을 설명하고 나서 덧붙였다.

"지금은 무사한 것 같으나 안성에도 불원 적병이 들어올 것입니다. 저는 부모님과 이 안성을 지킬 작정으로 돌아왔습니다."

"불원 적병이 여기까지 들이닥칠 것을 내 모르는 바 아니다. 그러나 안성은 우리들이 지킬 것이다. 군적에 있는 너는 빨리 나가 일선에서 싸워라. 일선에서 싸워 적의 대세를 꺾어 봐야만 이곳도 안전하다. 너는 빨리 일선으로 떠나라."

자수의 말은 엄격했다.

이때 모여 있는 촌로들이 전세라도 알아보려고 만류하지 않았더라면 계남은 선 자리에서 집을 쫓겨나야 할 형편이었다.

자수가 계남을 훈계하는 자리에 김달손이 허겁지겁 어디에선가 나타나더니 계남을 보고 반색을 했다.

"나는 자네가 이일이나 신립의 휘하에 있는 줄 알고 걱정을 했는데 이거 반갑구나."

이 말을 듣고 자수는 이맛살을 찌푸렸다.

"김 공, 무슨 소릴 그렇게 하는가."

"아닐세. 패전敗戰에 휘말려 무인武人의 면목을 떨어뜨려서야 되겠나. 우리 계남은 연전연승하는 장군이 되어야 하는 거여."

김달손은 이어 다음과 같이 말했다.

"아무튼 그 패전에 끼이지 않은 건 다행이었어. 이일의 군사와 신립의 군사 가운덴 지금쯤 흐트러져 갈피를 잡지 못하는 무리들이 있을 거여. 그걸 계남이 수습해서 정병을 만들면 될 것 아닌가. 상감 호종도 중요하지만 왜놈을 직접 쳐부수는 것도 중요하다. 왜놈은 30리 밖, 또는 50리 밖에 병정을 잔류시키고 있으니 그걸 쳐부수는 거다. 머지않아 여기도 전쟁터가 될 걸세. 계남의 생각이 옳다, 옳아."

김달손의 말에도 일리가 있었다.

자수는 그 의견을 채택하기로 하고 계남에게 일렀다.

"너는 나가 이일, 신립 휘하의 잔병殘兵들을 수습하도록 하라. 나는 여기서 근왕병을 초모하여 우리 안성을 지키겠다. 들으니 네 아우 제霽는 상감을 호종하는 모양이더라. 내 아들 다섯 가운데 하나가 상감을 호종했으면 그로써 됐다."

이런 말이 오가는데 말발굽 소리가 요란하게 났다. 기마병 몇 명이 마을로 들어오더니 자수의 집 앞에 섰다.

계남이 황급히 뛰어나갔다. 기마병 가운데 한 사람을 계남은 곧 알아볼 수 있었다. 먼지와 땀범벅인데 그는 조인식趙寅式이었다. 같이 통신사의 수행원으로 일본에 간 사람이며 특히 창술槍術에 능했다.

"홍 부장님, 마침 계셨군요."

조인식은 반가워 어쩔 줄 모르는 듯 말에서 뛰어내렸다.

"조 대정, 이게 어찌된 일인가."

계남이 그의 손을 잡았다. 계남이 조인식을 대정隊正이라고 하는 것은 그 계급으로 통신사의 수행원이 되었기 때문이고, 조인식이 홍계남을 부장部將님이라고 부른 것은, 계남이 부장으로서 통신사의 수행원이 되었기 때문이다. 부장이면 종6품의 계급이다.

조인식과 그를 따라온 군인들에게 물을 먹이고 요기를 시키는 등 각별한 배려를 하고 나서 그들의 얘기를 들었다. 죽산竹山과 진천鎭川 근처의 산속에 이일, 신립의 배하였던 군사 2백 명가량이 지휘자를 잃고 숨어 있다는 것이었다.

"모두들 어찌할 바를 몰라, 우리가 대강의 상황을 알아보려고 이 길로 왔는데, 이 근처가 홍 부장님의 고향이라고 듣고 소식이나 들으려고 온 겁니다. 그런데 부장님이 계시니 얼마나 반갑습니까. 군사들도 홍 부장님을 모신다고 하면 모두 용기백배할 것입니다."

조인식은 이어 자기가 겪은 전투 얘기를 시작했다. 듣고 있는 모두들 눈물을 글썽하면서도 주먹을 쥐었다.

대강의 계획이 짜여졌다. 우선 식량 준비가 시급했다. 뒷일은 자수와 김달손에게 맡기고, 긴급용 식량을 준비하여 홍계남은 조인식 등을 따라 진천으로 향했다. 왜병들의 진로를 피해야 했기에 길 아닌 길을 걸어야만 했다. 도중 죽산竹山엘 들러 그곳 산속에서 대기하던 군사를 거느리고 진천으로 갔다.

일행이 진천에 이르렀을 땐 밤중이 지나 있었다. 홍계남은 어두워서 얼굴도 채 볼 수 없는 병사들에게 우선 안성에서 마련해 온 주먹밥을 먹여 요기를 시킨 다음, 초승달이 돋아오를 무렵 군사들을 점검했다.

이일 휘하의 군졸이 80여 명. 신립 휘하의 군졸이 백여 명이었다. 그 가운데 부상자가 40여 명이 되어, 이들은 날이 새기 전에 안성을 향해 출발시키고 보행을 못하는 자는 날이 밝기를 기다려 인근의 민가에 의탁할 요령을 했다.

그러고 보니 쓸 만한 군사는 150여 명밖엔 되지 않았다. 이 150명을 3대로 나누어 각각 50명씩으로 하고, 각 대의 장은 자기들끼리 호신하도록 했다. 군졸들의 내력을 소상하게 파악할 수 없었기 때문이다.

총지휘는 홍계남 스스로가 맡고, 그 직속 막료로서 조인식을 임명하고 연락병 수 명을 역시 자기 막하에 두었다. 이러한 편제를 하는 데 홍계남의 두뇌는 기민했다. 실의에 젖어 있던 군사들도 서슴없이 대열을 수습해 나가는 계남의 수완에 탄복하여 차차 사기士氣를 회복하는 것 같았다.

먼동이 틀 무렵 각대에서 선임한 대장隊長의 명단이 올라왔다. 제 1대의 대장은 변갑수邊甲守란 정병正兵이었고, 제 2대의 대장은 황충량黃忠良이란 대졸隊卒이었고, 제3대의 대장은 길봉준吉鳳俊이란 팽배彭排

406

였다. 양반이니 상민이니 하는 구별도 없고 종래의 계급에 구애됨도 없이 각자의 인망과 자질에 따른 선발이었다.

이와 같이 대략의 편제가 끝나자 홍계남이 일장 훈시를 했다.

"우리는 나라와 백성을 건지기 위해 한 덩어리가 되었다. 우리에게 감천感天케 할 지성至誠이 없으면 적을 보자마자 뿔뿔이 도망칠 것이다. 그러니 나도 여기서 말한다. 지성이 없는 자는 가라고, 여기서 떠나라고. 지금 떠나면 나는 책하지 않겠다. 그러나 일단 남을 각오를 했으면 생명을 내게 맡겨라. 군령軍令은 앞으로 지중하다. 일단 맹세한 후엔 군령에 절대로 복종해야 한다. 내 비록 미천한 관직이지만 지금부터 내가 내리는 명령은 나라의 명령이다. 내 명령에 따라 일사불란하면 싸워 반드시 이길 것이고 그렇지 못하면 패배가 있을 뿐이다. 내 명령에 복종하겠다면 손을 들어라! 이건 아직 명령이 아니니 자기 재량껏 하라."

모두들 일제히 손을 흔들었다.

그 손과 손끝에 5월의 아침 해가 부셨다.

홍계남은 충주 근처까지 되돌아갈 작정을 세웠다. 그 목적의 하나는 신립 군과 이일 군의 잔병이 산간유곡에 숨어 있을 것으로 보고 그것을 수습하는 데 있고, 제2의 목적은 적이 잔류시켜 놓은 거점據點을 격파하여 적을 후방에서 교란시킴으로써 그 전진의 기세를 꺾자는 데 있었고, 제3의 목적은 피란 중인 사람 가운데서 장정을 뽑아 합세시킴으로써 대군大軍을 만들자는 데 있었고, 제4의 목적은 그렇게 형성된 대군으로써 언젠가 적의 주력主力을 분쇄하려는 데 있었다. 이러한 목적 제시와 작전계획이 하달되자 군의 사기는 일시에 올랐다.

홍계남은 삼 방면으로 척후병을 내며 다음과 같이 지시했다.

"정여림靜如林, 조용하길 숲처럼 하고 동여풍動如風, 움직일 땐 바람처럼 하라! 이편에선 보면서 저편에겐 보이지 않는 것이 척후의 요체이니라."

척후들의 탐색과 보고는 정확했다. 그 탐색한 보고에 따라 홍계남은 적의 3번대인 흑전장정군黑田長政軍이 취한 진로의 방도傍道를 역진逆進하여 충주로 향했다.

진천에서 청안으로 가는 도중에 적의 거점을 야심夜深에 습격하여, 그곳에 주둔한 적 약 1천 명가량을 도륙했다. 그런데 적은 우리 군사가 어느 방면으로 와서 공격하고 어느 방면으로 퇴각했는지 알 수가 없어, 일시 한양에 들어갔던 병력을 되돌리는 소동을 벌였다.

이 전승의 기록은 우리 측에는 없지만 일본의 기록엔 있다. 그곳을 지키던 자는 흑전장정의 부하 쇼오노 야스케庄野彌助란 놈인데 뒤에 흑전장정과의 회고담에서 다음과 같이 말했다는 것이다.

"청안 근처엔 조선병이 하나도 없음을 확인하고, 한양에 무혈입성했다는 소식을 축하하느라고 연회를 베풀었는데 물론 주위에 삼엄한 경계망을 치는 걸 잊지 않았죠. 그런데 난데없이 사방에서 함성이 났다 싶더니 순식간에 아수라장이 된 겁니다. 나는 그들과 격전 끝에 간신히 살아남긴 했지만 지금 생각해도 가슴이 떨립니다. 조선에 건너가서 처음 당한 일이었으니까요. 그때까지 어디 한 군데서나 싸움다운 싸움을 해보기라도 했어야죠. 뒤에 들으니 그때의 장군이 홍계남이라지 뭡니까. 일본에서 몇 번 들은 이름이어서 어디서 만나나 했는데 거기서 만났단 말입니다. 내 부하 한 놈이 피를 철철 흘리고 죽으면서 한다는 소리가 신장神將을 만났다는 겁니다."

역시 이것도 대전투가 아니라서 우리 측에 기록이 없었는지 모르나 홍계남이 이끄는 군대는 충주 가까이에 갔을 때 5백 명으로 불어 있었다. 그리고 그는 청안 습격의 충격이 사라지길 기다려 충주 단월역丹月驛에 주둔한 왜병 1천 명을 기습으로 도살했다.

그곳을 지키던 자는 소서행장의 부장 와키베脇部란 놈이었는데

"조선군이 신출귀몰하여 어찌할 줄을 몰랐는데, 알고 보니 그것이 홍계남 장군이었더라."

고 편지에 쓰고 있다.

홍계남은 바로 그 충주에서 신립 장군의 패배를 일부분이나마 설욕한 셈이다.

홍계남이 이렇게 기습작전을 전개하여 부분적으로 승리했으나 전세戰勢의 전국全局은 말이 아니었다.

적장 가등청정은 한강 남안의 고지에 서서 한강의 북안北岸 쪽을 바라보며 한양의 상황을 살폈다. 그런데 북안 쪽으로 갈매기가 한가하게 날고 있었다. 갈매가 날고 있는 언저리에 배 같은 것이 보였다.

"사람이 있고서야 어찌 저렇게 갈매기가 한가로울 수 있겠나. 누군가 저편으로 가서 저 배를 끌고 올 자가 없는가."

가등의 말이 떨어지기가 바쁘게 소네마 고로쿠曾彌孫六라고 하는 놈이 강물이 뛰어들어 북안으로 헤엄쳐 가 이모저모 살핀 끝에 배를 끌고왔다. 그 배 말고도 많은 배를 발견하여 다음다음으로 끌고 와서 군사

를 건네는 한편, 인근의 민가를 부수어 그 재목으로 떼배를 만들어 가등청정의 대군은 무사히 한강을 건넜다.

그런 만큼 왜의 장병들은 무슨 궤계詭計가 있는 것이 아닌가 하고 행동을 신중히 했다. 그들은 조선군이 성안에 대군을 대기시켜 놓고 기계奇計를 쓸 줄 알았다. 그래서 이틀 동안 한강 연안에서 진을 치고 살펴본 후에야 조심조심 숭례문에 접근했다. 조선군이 한강의 요지와, 한양을 버리고 도망친 줄을 그들의 상식으로선 상상할 수도 없었다.

가등청정군, 즉 적의 제 1번대가 숭례문 가까이 왔을 때 숭례문은 열려 있었다. 가등은 필시 복병지계伏兵之計가 있는 것으로 보고 병사 1명을 잠입시켰는데 성이 비어 있음을 알고 전군을 입성入城시켰다. 이른바 무혈입성無血入城이란 것이다.

이보다 앞서 제 2번대인 소서행장 군은 여주-양근-삼전도의 루트로 동대문에 도달, 굳게 닫힌 문을 부수고 입성했는데 이들도 역시 무혈입성이었다. 이에 3번대 흑전장정군도 입성했다.

성안엔 조선군 병사는 물론 주민도 없었다. 완전한 공성空城이었다. 난민亂民들이 방화 약탈한 흔적만 스산했다. 소서와 가등은 같이 성내를 일순한 다음 각기 진을 성 밖에다 치기로 하고 성안의 치안을 나눠 담당하기로 합의했다. 성안에서 주민들이 자유롭게 살 수 있도록 해주겠다는 합의合意였다.

그들은 자기네 군졸들에겐 '이유 없이 주민에게 폭행이나 위해를 가하거나, 약탈해선 안 된다'는 등의 경고를 하고, 주민들에겐 '반항하는 행동이 없는 한 안온한 생활을 보증하겠다'는 뜻의 방을 붙였다.

달리 생로生路가 없는 사민士民들이 속속 모여들기 시작했다. 방리坊里와 시전市廛이 종전처럼 되고 적병과의 교역도 시작되었다.

적은 4대문을 엄중히 지켰다. 그곳을 출입하는 조선인은 적이 발행하는 첩帖(증명서)을 휴대해야만 했다. 일종의 양민증良民證 같은 것이다.

이때에도 아부하는 놈이 있었다.

예빈사禮賓寺의 서원이었던 박수영朴守英 같은 놈이다. 그들은 적에게 아부하여 적의 힘을 업고 동포를 괴롭히는 짓을 했을 뿐만 아니라, 혹시 적지敵地에서 적에 반항하는 일을 꾸미려는 동포가 있으면 이를 적에게 밀고하여 많은 주민들이 적에 의해 참살되었다. 물론 터무니없는 밀고도 있었을 것이었다. 기록에 의하면 이렇게 해서 참살당한 시체가 종루鐘樓와 숭례문 앞에 산더미 같았다고 한다.

아부도 갖가지란 것은 예나 지금이나 다를 바가 없다. 김수돌金秀乭이란 자는 왜군의 대장隊長쯤 되는 놈에게 왕실의 딸이니 고관대작의 첩이니 하여 여자들을 갖다 바치다가 그 가운데의 하나가 창녀娼女였다는 것이 탄로 나서 칼에 맞아 죽었다는 얘기가 야담에 수록되어 있다.

어느 때, 어느 나라치고 낙성落城한 수도의 몰골이 비참하지 않을까만 임진년의 그날, 서울의 수모와 굴욕은 이를 형언할 수 없더라고 전한다.

홍계남은 충청도와 경기도 접경에 주둔한 왜병들을 교묘한 전술로 공격하는 한편, 연락병을 내어 도원수都元帥의 행방을 찾았다.

계남은 도원수의 군과 합칠 계획이었는데, 며칠 후에 도원수 김명원金命元이 임진강의 북안北岸에 진을 치고 있는 것을 알았다. 그리고 모든 배는 북안에 가 있다는 소식이었다.

그래서 북진하려는 왜군을 북안에 있는 아군我軍과 호응하여 공격하면 큰 전과戰果를 올릴 것이라고 믿고, 담대하고 동작이 기민한 병사 몇을 골라 보냈는데 중도에서 왜군을 만나 백병전을 벌인 끝에 전사했다.

그리하여 홍계남은 군을 영남으로 몰아 실함된 지구를 수복하면 어떨까 하고 궁리하던 차에 해유령에서 부원수 신각申恪이 이끄는 군대가 적을 크게 무찔렀다는 낭보朗報가 들어왔다.

해유령은 경기도 양주군 백석면 연곡리에 있는 고개이다.

한양을 점령한 왜군들은 안하무인으로 한양 근처의 마을에 출몰하여 식량조달을 겸한 약탈행위를 자행했는데 그들의 행동범위가 양주읍까지 확대되었다.

그때 부원수 신각은 유도대장 이양원과 같이 양주의 산속에 숨어 있다가 이러한 정보를 듣고 그들을 격퇴할 작전을 세웠다. 5월 10일경, 적의 부대가 양주 근처에 나타나 대대적인 약탈행위를 한다는 소식을 들었다. 신각은 피란민들을 다른 방면으로 보내는 양동작전陽動作戰을 펴서 해유령 근처엔 무인지경無人之境이란 인상을 주도록 꾸며 놓고, 지형과 지물을 이용하여 우리 군사를 매복하여 대기했다.

이윽고 소, 말, 돼지, 닭 그 밖에 많은 식량을 실은 왜군이 질서도 없이 한양을 향해 행진하는 광경에 부딪쳤다. 아군은 이때 해유령을 중심으로 하여 왜군을 완전히 포위하는 태세를 갖추고 있었다. 신각의 호령이 있었다.

우리 군사는 아수라처럼 적에게 덤벼들었다. 허虛를 찔린 적은 우왕좌왕 어쩔 바를 몰랐다. 아군은 순식간에 적의 수급 70여 개를 베어 버렸다. 이 전투에 신각의 활약은 실로 대단했다. 말을 타고 대검을 휘둘러 분신奮迅하는 모습은 눈부신 바 있었다. 신각 혼자 죽인 적병만도 수십 명이 되었으리라고 한다. 이 전투에 이어 유도대장 이양원과 신각은 곧 병을 수습하여 임진강 쪽 대탄大灘으로 옮겼다.

이 승전의 소식이 평양으로 전해지자 임금은 이양원에게 영의정을 제수했다. 그랬는데 신각의 운명은 비참했다. 신각의 공로가 평양에 알려지기 전에 임금은 신각을 참형斬刑에 처하라는 명령을 내렸다. 한양을 버린 도원수 김명원이 임금에게 신각이 무단 전지戰地를 이탈하여 행방을 감추었다고 보고했기 때문이다. 임금은 신각의 승전을 뒤에야 알고, 곧 그 명령을 취소하려 했으나 때는 이미 늦었다. 임금의 취소명령이 도착하기 전 신각은 이미 처형되었다.

홍계남은 신각의 군과 합류하려고 행동을 일으켰을 때 이 소식을 들었다.

"왜 어찌 이다지도 숨이 가쁜지고."

홍계남은 억울한 신각을 위해 앙천탄식 눈물을 흘렸다.

- 2권에 계속